岩 波 文 庫

31-042-9

ふらんす物語

永井荷風作

目次

橡《とち》の落葉

「フランスより」〔『あめりか物語』附録〕

船と車

ニューヨークを出て丁度《ちょうど》一週間目、夜《よ》の十時半に初めて、フランスのアーブル港に着した。

自分は船客一同と共に、晩餐後《ばんさんご》は八時半頃から、甲板《かんぱん》に出て、次第に暮《く》れ初《そ》める水平線のかなたはるかに、星かと見ゆる燈火をば、あれがアーブルの港だ、といって打眺《うちなが》めていたのである。

海は極《ご》く静《しず》かで、空は晴れて、しかも陸地へ近《ちか》づきながら、気候は七月の末だというのに、霧や雨で非常に寒かった大西洋の沖合と、まだ少しも変りはない。自分は航海中着ていた薄地の外套《がいとう》をば、まだ脱《ぬ》がずにいる。

見渡す海原の、かなたこなたには三本檣《さんぼんマスト》の大きな漁船が往来している。無数の信天翁《あほうどり》が、消え行く黄昏《たそがれ》の光の中に、木葉《このは》の如《ごと》く飛交《とびちが》う。遠い沖合には、汽船の黒烟《こくえん》が一条二条《ひとすじふたすじ》と、長く尾を引いて漂《ただよ》っているのが見える——どうしても陸地へ近いて来たという気がする、と同時に、海の水までが非常に優しく、人馴《ひとな》れているように見え初めた。

かの遠くの燈火は、この愉快な心地《ここち》の弥増《いやま》すにつれ、夜《よる》の次第に暗くなるに従い、一ツ一ツ数多くなり、遂《つい》にあれが燈台、あれが街《まち》の灯《ひ》という区別さえが付くようになった。アーブルの市街は山手に近いと見えて、燈火《ともしび》が高い処《ところ》まで散点し、その高い山の上からは、忽然《こつぜん》、鋭いサーチライトが輝き出した。

自分はいうまでもなく、モーパッサンの作物《さくもの》――La Passion. Mon oncle Jules または、Pierre et Jean なぞいう小説中に現れているこの港の記事を思い浮べて、大家《たいか》の文章と実際の景色とを比べて見たいと、一心に四辺《あたり》を見廻《みまわ》していたのである。

しかし、多分夜のためであったか、自分は遺憾《いかん》ながらも、それかと思うような景色には一ツも出会《であわ》さぬ中《うち》に、船は早《は》や岸辺近く進んで来た。岸辺は一帯に堅固な石堤《いしづつみ》で、その上は広い大通になっているらしく、規則正しく間《あいだ》を置いて、一列の街燈が美事《みごと》に続いている。この光を受けて、海辺の人家が夜の中に静に照出《てらしだ》されている様子は、遠くから見ると、まるで芝居の書割《かきわり》としか思われぬ。(久しくニューヨークの、屋根のない真四角《まっしかく》な高い建物ばかり見ていた眼には、フランスの人家が、如何《いか》にも自然で、美しく、小《ちい》さい処《ところ》から、一際《ひときわ》、画《え》らしく思われるのである。)

船は非常に速力を弱めながら、二、三度続けて、汽笛を鳴らす。長い反響が市街から山手の方へと進んで行った。海辺《かいへん》から人の叫ぶ声が聞える。続いて、舞踏の音楽が波の上を渡って来る…………。最《も》う何も彼《か》も明《あきら》かに見え初めた。海岸通りには、夏の夜涼《よすず》みにと、男や女が散歩しており、飲食店らしい店の戸口には美しい灯が見え、その中《うち》にも、一軒際立《きわだ》って水の上にと突出《つきで》ている大《おおき》な家《うち》の中では、眩《まばゆ》い電燈の下で、人が大勢踊っている。「しゃれた処《ところ》にカジノがある！」と自分の傍《そば》に立っていた男が独言《ひとりごと》をいった。

石堤の下には、小形《こがた》の蒸汽船が幾艘《いくそう》も繫《つな》いであり、また少し距《はな》れた水の上には、大きな汽船が浮いているので、自分の乗っている船も、その辺《へん》の岸辺に碇《いかり》を下《おろ》す事だと思っていたが、船は石堤に添いながら、なお静に進んで行く。岸の上に遊んでいた小供《こども》や娘は、甲板からハンケチを振って人の呼ぶ声に応じて、同じように叫びながら、一生懸命《いっしょうけんめい》に船を追かけて、堤の上を馳《はし》っている。しかし、船は晩《おそ》いようでも、非常に早い。何時《いつ》か岸伝《きしづた》いに、もう街端《まちはず》れらしい処《ところ》へ来た。人家は次第に少《すく》なった、岸辺には、石造《いしづくり》の倉庫が幾棟《いくむね》と立ちつづき、わが乗る汽船と同じような汽船が、一艘《いっそう》、二艘と、並んでいる波止場《はとば》に横付けにされている。

即《すなわ》ち、トランスアトランチック会社のドックに入ったので、船が初めて進行を止《と》めるや否《いな》や、水夫が声勇しく船梯子《ふなばしご》を下《おろ》した。梯子の向うは、直《ただち》に汽車のステーションで、甲板から見えるような処に、

TRAIN SPECIAL POUR PARIS
7 H 55, A.M.

巴里《ぱり》行《ゆき》特別列車午前七時五十五分発、と大きく掲示してある。甲板では大分不平をいうものもあったが、やむをえない。船なりホテルなり、是非《ぜひ》にも一夜を明さねばならぬ。

翌朝《よくあさ》はまだ夜《よ》の明けぬ中《うち》から、葡萄酒《ぶどうしゅ》でござい。麦酒《ビエール》でござい。と汽船の周囲《まわり》に小舟を漕ぎながら、物売に来る男や女の呼声に起された。

自分はすっかり上陸の仕度《したく》をした後《のち》、カッフェーを啜《すす》りおわって、甲板へ出ると、時候はなお昨夜《ゆうべ》のままに寒いほど涼しい。フランスという処はこんなに寒い処かと、妙な気もする。空は曇って、夜更《よふけ》に小雨が降ったらしく、その辺《へん》がまだ湿《ぬ》れている。自分は今一度、明《あかる》い日の光で、市街《まち》の様子と、聞及《ききおよ》ぶセーン河《が》の海へ流入《ながれい》る河口《かわぐち》の景色を見たいと思っていたが、甲板からは、大きな倉庫《くら》と広い鉄道の敷地が眼界《がんかい》を遮《さえぎ》っていて、僅《わずか》に人家のちらばらしている高い、青い、岡の一部が、遥《はる》かかなたに見えるばかりであった。

停車場は、波止場から続いているので、汽車へ乗込むには何の世話もない。手革包《てかばん》を提《さ》げて、広い待合室を通り過ぎる時、草色に塗ってある単純な清洒《せいしゃ》な壁の色彩《いろあい》が、金銀で塗立てる事の好きなアメリカの趣味とは、非常な相違である、と著しく自分の眼を牽《ひ》いた。同時に、面白い薄色で、スイスや南欧各地の風景を描いた鉄道会社の広告が、これまた、自分の足を引止める――ああ、自分も遂に、ヨーロッパ大陸に足を踏入れたな。という感情が、一際《ひときわ》深くなったからである。

汽笛と共に汽車は動き初めた。

ゾラを読んだ人は、いわずとも知っていよう。アーブルとパリー間の鉄道は、殺人狂を描いた有名なその小説、LA BÊTE HUMAINE の舞台である。ゾラは、荒寥《こうりょう》、寂寞《せきばく》、また殺気に満ちた、さまざまな物凄《ものすご》い景色をば、この鉄道の沿路から撰《えら》んでいる。で、自分は昨夜《ゆうべ》、港に這入《はい》った時よりも一倍注意して、窓から首を出していた。が、またも自分は失望――というよりは意外の感に打たれねばならなかった。

急行列車は、ちょっとルアンに止《とま》って、四時間足らずで、パリーに這入るまで、一カ処《しょ》も、そのような物凄い景色の中を通りはせぬ。なるほど、やや長いトンネルは五、六カ所もあったが、しかし、北米大陸の広漠《こうばく》、無限の淋しい景色ばかりに馴《な》れていた自分の眼には、過ぎ行くノルマンデーの野の景色は、まるで画《え》だ。余りに美しく整頓《せいとん》していて、生きているものとは思われぬ処がある。

例えば、見渡す広い麦畠の麦の、黄金色《こがねいろ》に熟している間《あいだ》をば、細い小道の迂曲《うきよく》して行く具合といい、已《すで》に収獲をおわった処には、点々血の滴《したた》るが如《ごと》く、真赤な紅瞿栗《コックリコ》の花の咲いている様子といい、または、その頂《いただき》まで美事に耕《たがや》されて、さまざまの野菜畠《やさいばたけ》が種々《さまざま》に色別《いろわけ》している小山や岡の高低《たかびく》といい、枯草を山のように積んだ二頭立の馬車が通って行く路傍《みちばた》には、正しく列をなして直立している白楊樹《プープルエー》の木の姿といい、あるいは、野牛が寐《ね》ている水のほとりの夏の繁りといい、その位地、その色彩は、多年自分が、油絵に見ていた通りで、いわば、美術のために、この自然が誂向《あつらえむ》きに出来上っているとしか思われず、それがため、「自然」そのものが、美麗の極《きよく》、已《すで》にクラシックの類型になりすましているようで、かえって、個人的の空想を誘《いざな》う余地がないとまで思われた。

汽車が、パリー近くなるにつれて、鼠色《ねずみいろ》の雨雲はすっかり西の方へと動いて行って、青い青い夏の空が見え出したが、この空の色が、また、アメリカの地では、如何《いか》に晴れた日でも見る事の出来ぬほど、青く澄んでいる。無論、この空の色、日の光を得て、野の景色は一段と冴《さ》え冴《ざ》えして来る。自分は、緑の木陰に、何れ《いず》も同じように、赤い瓦屋《かわらや》根《ね》と、鼠色した塗壁の人家を見る度々《たびたび》、ああ、この国に住む人は何たる楽園の民であろうか、と思った。

遥《はる》か空のはずれ、白い夏雲の動くあたりに、突然、エイフェル塔が見えた。汽車の窓の下には、青い一条《ひとすじ》の水が、如何にも静に流れている。その岸辺には、繁った木葉の重さに疲れたといわぬばかり、夏の木立が黙然《もくねん》と水の上に枝を垂れている。人が幾人《いくたり》も釣をしている。鳥が鳴いている。流れは、木の繁った浮洲《うきす》のような島に、幾度《いくたび》か分れてはまた合《がっ》する――自分は車中に掲示《けいし》してある地図によって、これが、セイヌ河《が》である、と想像した。

いよいよ、汽車がパリーの、サン、ラザールの大停車場に這入《はい》る前、町端《まちはずれ》に別荘の数多《あまた》、立続く、郊外《バンリユー》の景色は、何といおうか！　皆《みな》富める人の住居《すまい》であろう。その家屋のバルコンから窓から、その整然としている花園の造り方から、思い思いに意匠を凝《こら》している処《ところ》は、定《さだ》めし専門的の名称があるに違いない。しかし自分は、汽車の響きにその窓、その花園から、こなたを見返る女の姿を見て、これまで読んだ仏蘭西《フランス》劇《げき》や小説に現われている幾多《いくた》の女主人公《エロイン》を思い出《いだ》すばかりであった。

サン、ラザールの停車場に着した。この近辺はパリー中でも非常な雑沓場《ざっとうば》で、掏盗児《すり》の多い事は驚くほどだ。時計でも紙入でも、大切のものは何一ツ外側の衣嚢《かくし》へ入れていてはいけない。と、船中で或るフランス人が注意してくれたので自分もその気で、プラットフォルムへ出たが、なるほど、雑沓《ざっとう》はしているものの、その度合は、ニューヨークの中央停車場なぞとはまるで違う。人間が皆《みん》な、ゆっくりしている。米国で見るような鋭い眼《め》は一ツも輝いていない。後《うしろ》から、旅の赤毛布《あかげつとう》を押飛《おしとば》して行くような、無慈悲な男は一人もいない。今、プラットフォルムから往来へと出て行く旅客の中では、恐《おそら》く自分が——出迎人《でむかいにん》も案内者の一人もなくて、生れて初めて見るパリーの大都《たいと》に入ろうとする自分が、一番早足に、勇立《いさみた》って歩いて行く男であったろう。

停車場の出口で、制服をつけたホテルの宿引《やどひき》が二、三人、モッシューモッシューといって名刺《カード》を出して見せたが、自分は構わずに、出口前の広場を通抜《とおりぬ》けて、辻馬車、乗合馬車、電気鉄道なぞの込み合っている、向うの街《まち》の方へと進んで行った。何処《どこ》かその辺に安そうな宿屋があるだろうと思ったからで。

すると、案《あん》の定《じょう》、ルュー、ド、ローム、としてある街の曲角《まがりかど》近く、見返れば、今出て来た停車場の鼠色の大きな建物が、晴々しく一目に見える処《ところ》に、見付きの小《ちい》さいホテルの入口があった。PRIX MODERÉS(安価)と書出してあるのが、貧乏旅をするものには、何よりの誘惑である。

進入《すすみい》ると、傍《かたわら》の一室から、ボンジュール、モッシューといって、宿の内儀《ないぎ》が出迎《いでむか》えた。

酒樽のように肥った大きなマダムで、髪の毛は、半《なか》ば白い、が、身体《からだ》と同じように、肥満している頬は、熟した林檎《りんご》のように血色がよく、その頤《あご》の横手には、大きな、黒い黒子《ほくろ》があって、其処《そこ》から長い髯《ひげ》が生えている。よく雑誌や新聞の画《え》にある通りの、女の手一ツで何も彼も切って廻《まわ》すという、パリーの町の女房《にょうぼ》である。――何処《どこ》から被入《いらし》ッた、さぞお疲《くたぶ》れであろうなぞと、何処までも御世辞《おせじ》を見せて、人をそらさない。自分は、内儀が呼ぶ跛《びっこ》の下男《しもおとこ》に手革包《てかばん》を持たせて、広い螺旋形《らせんがた》の梯子《はしご》を上《のぼ》り、三階の一室に案内された。

自分は、しかし、二日より長くは、パリーに滞在している事は出来ない。今度、生活の道を仰ぐために、ある会社に雇《やと》われた身は、一先《ひとま》ず、急いで南の方《かた》、リヨンに赴《おもむ》かねばならぬ。何《いず》れ再遊の機会はあるとしても、目《ま》のあたり、見られるだけは見て置こうと、急ぐ旅の事情を宿のマダムに話すと、馬車を一日雇切《やといき》って、市中を廻り歩くがよかろうとの事であった。

ああ！　パリー！　自分は如何《いか》なる感に打たれたであろうか！　有名なコンコルドの広場から、並木の大通シャンゼルゼー、凱旋門《がいせんもん》、ブーロンユの森はいうに及ばず、リボリの街の賑《にぎわ》い、イタリヤ四辻《よつつじ》の雑沓《ざっとう》から、さては、セインの河岸通《かしどお》り、または名も知れぬ細い露地の様《さま》に至るまで、自分は、見る処《ところ》、到る処に、つくづくこれまで読んだフランス写実派の小説と、パルナッス派の詩篇とが、如何に忠実に、如何に精細に、この大《たい》都《と》の生活を写しているか、という事を感じ入るのであった。

フランスはフランスの藝術あって初めてフランスである。車の上ながら、自分は遠い故郷の事、故郷の藝術の事を思うともなく考えた。吾々《われわれ》、明治の写実派は、何《いず》れ程よくその東京を研究したであろうか。已《すで》に、来るべき自然派、表象派の域に進むほど、明治の写実派は円熟してしまったのであろうか………。

二日見物して廻ったその日の夕暮、いよいよリヨン市に出達するため、自分はその辺《へん》のカッフェーで晩餐《ばんさん》をおわると直《す》ぐ、宿へ立戻って、一切の勘定をすましたが、肥ったマダムは、命じた馬車の来るまでと、その帳場の長椅子に自分を請じたので、そのまま這入《はい》って、少時《しばし》腰を下した。マダムは親切に汽車の事、停車場の事、切符の買方から、フランスには贋金《にせがね》が多いから用心しろのと、いろいろな事を注意してくれた上句《あげく》には、いざ馬車が来て、出達という間際《まぎわ》に、ほんのその場の思付《おもいつき》ではあったろうが、暖炉の上の花瓶から、白薔薇《しろばら》の一輪を抜取って、道中のおなぐさみにとまで、自分に手渡ししてくれた。

牡丹《ぼたん》のような、大きな、フランスの白薔薇である。自分は訳《わけ》もなく非常に感動した。

広いパリーの都、広いフランスの国に、今自分を知っているものは、全くこの内儀一人。しかし今宵《こよい》、この都を去ってしまえば、それが最後で、少時《しばらく》にして、二人は何も彼《か》も忘れ果ててしまうのであろう。彼《か》の女《じょ》は時が来れば勝手に死んでしまい、自分もまた、何《ど》処《こ》かの国で病気にかかって斃《たお》れてしまうのだ。世の中は、その進歩の歴史に関係のない自分を知る事なく、このマダムの白薔薇をも知る事なく、従前通り、無限に無限に過ぎ去って行くのであろう。

ガール、ド、リヨンの停車場から、マルセイユ急行の列車に乗る。自分は窓際に席を占め、列車が次第にパリーの町端《まちはず》れを離れて広い広い麦の野中《のなか》を過行く夕陽の景色を眺めた。紅《くれない》の夕照《ゆうばえ》がぼッと黄金色なす麦の畠に反映する中に、青い夏木立《なつこだち》が紺色になってかなたこなたに立っている。家路に急ぐ男や女や、または家畜の影は、黄昏《たそがれ》の光の薄れ行くに従って、かえって明《あきら》かに、遠い遠い地平線のはずれに動く……ああこの明《あかる》い、静《しずか》な、フランスの野の夕暮といえば、自然《おのず》とかの田園画家ジュール、ブルトンの一詩が、思返されるのである。

Voici l'ombre qui tombe, et l'ardente fournaise
S'éteint tout doucement dans les flots de la nuit,

Au rideau sourd du bois attachant une braise
Comme un suprême adieu. Tout se voile et s'apaise,
Tout devient idéal, forme, couleur et bruit,
Et la lumière avare aux détails se refuse;
Le dessin s'ennoblit, et dans le brun puissant,
Majestueusement le grand accent s'accuse;
La teinte est plus suave en sa gamme diffuse,
Et la sourdine rend le son plus ravissant.

Miracle d'un instant, heure immatérielle,
Ou l'air est un parfum et le vent un soupir!
Au crépuscule ému la laideur même est belle,
Car le mystère est l'art: l'éclat ni l'éteincelle
Ne valent un rayon tout prêt à s'assoupir.

然《しか》り、この幽暗、朦朧《もうろう》たる黄昏《たそがれ》、平安限りなき微光の中《うち》に、万象《ばんしょう》は模糊《もこ》としてかえってその輪郭を鮮明《あざやか》にする黄昏、天地は漠然としてただ、色と影と音ばかりなるこの黄昏は、如何《いか》なる醜《みにく》きものも……醜きもの直《ただち》に美しきものと見ゆる、夢幻、神秘、不可思議の瞬間である。

一点、ルービーのような赤い宵《よい》の明星《みょうじょう》が輝き出《いだ》した。路傍《みちばた》の人家には灯《ひ》がつき、それが野川の水に映っている処《ところ》もある。自分は一刻《いっこく》一刻、蒼《あお》い蒼い夜の色が、際限のない麦の野の上に濃く広がって行くのを、打目《うちま》戍《も》っていたが……パリーを出てからは、最《も》う都会らしい処は一ツもない。小《ちいさ》い村の停車場をば、幾カ所も、急行列車は風の如くに飛び過ぎるばかりで、平かな麦の野、繁れる木立、悠然たる小川の流れは、限りもなく引き続く。というものの、その趣《おもむ》きは、かの単調、漠然たる北米大陸中部の平野とは、全く異っている。カンサスの牧野《ぼくや》、ミゾリ、イリノイスの玉蜀黍《もろこし》畠《ばたけ》の景色は、何処にかいい難い荒寥《こうりょう》、無人《むにん》の気味があって、同じ平和の野とはいいながら、旅の心に一種の悲哀を与える——強い大《おおき》い、いわば男性的の悲哀を与える、が、それに反して、今見るフランスの野は、何も彼《か》も皆女性的で、夜の中《うち》に立つ森の沈黙は、淋しからぬ暖い平和を示し、野や水の静寧《しずけさ》は、柔い慰撫《いぶ》に満ちているらしく思われた。アメリカの自然は、厳格極《きわま》りなき父親の愛があると例うれば、フランスの自然は、母親の情《なさけ》というよりも、むしろ恋する人の心に等しいであろう。

この、艶《なま》めく優しい景色は、折から昇る半月の光に、一層の美しさを添え初めた。ああ! 故郷を去って以来、四年の旅路に、自分はこんな美しい景色に接した事はない。窓を明けると、野《の》一面、枯草の香《におい》が人を酔わせる中に、自分は大西洋を越えて来た長い旅の疲れで、覚えず知らず、うとうと眠るかと思えば、また覚める。覚めるかと思えばまた眠る。覚る度々《たびたび》、眺める窓の外には、冴え行く月光《つきかげ》、更《ふ》け行く夜の空。自分は何《いず》れが夢、何れが現実《まこと》の景色やら、もう分別する事が出来なくなった。

たしか、十二時過ぎてからの事であったろう。汽車が唯《と》ある停車場に止って、駅夫《えきふ》が、デヂョン、デヂョンと土地の名を呼ぶ。窓の下では、女連《おんなづれ》の三、四人が、スキスの湖水に行くには、どの汽車に乗換えればよいのかと、高声《たかごえ》に訊《き》いていた。その声が、寝《ね》覚めの耳に、訳《わけ》もなく不思議に聞え、ああ、この明《あかる》い月の夜更《よふけ》に、フランスを越して、スキスの湖水《みずうみ》へ行くとは、何処《いずこ》の若い女であろう。月の世界からでも来た人ではないかしら……と、その白い夏衣《なつぎ》の姿が、妙に神々しく見えた。女連は向うへと歩いて行く。汽車は五分も経《たた》ぬ中《うち》、また急行し初める。

自分はいよいよ疲れて、天鵞絨張《びろうどばり》の腰掛が痛くて堪えられない。瞼《まぶた》は重くなって自然《おのず》と閉ずる。それでも自分は、この得がたい月夜が惜しさに、眠り眠り眼を見張れば、一帯の地勢はよほど変って来たらしい。見渡す限り、殆《ほとん》ど高低のない平地で、こんもり繁った木立は全く稀に、人家は絶え、汽車の線路と並行に走る一条の広い道のほとりには、フランス特有の、高い白楊樹《プープリエー》の並木ばかりが、一列、一様の高さに、何百本、何千本とも数知れず打続く………と見る中《うち》に、四面忽《たちま》ち、真白な幕を引いたような狭霧《さぎり》に蔽《おお》われ、その切れ目切れ目に、砂地らしい白い浮洲《うきす》が見える。土地一帯は驚くほど低く平であるらしい。何でもよほど大きい河のほとりと想像せられる。自分はどうかして流るる河水《かわみず》を見定《みさだ》めたいと思ったが、月の光の余りに青く、地の上に棚曳《たなび》く霧の余りに白くて、疲れた眼はただ夢に彷徨《さまよ》うばかり。壁の上には地図が掛けてあるが、椅子《いす》から立上って見るのが、如何《いか》にも辛いので、今見よう今見ようと気は急《あ》せりながら、つい知らぬ間に、到頭《とうとう》眠ってしまった………。

突然、列車が一条の鉄橋を渡る響に、目覚めて見ると、白い壁塗の人家が、高い石堤の両岸に立続き、電燈の光か、月の光か、四辺《あたり》は非常に明くなっている。

いよいよ、リヨンの市街へ入ったのである。自分は慌《あわ》てて落ちている帽子を冠《かぶ》り、衣服《きもの》の塵《ちり》を払って、汽車を下りれば、停車場の時計は夜《よ》の三時半。夏の空は星消えて、月落ちて、もう白々《しらじら》と明けかかるのであった。

馬車で寝静った街《まち》を過ぎ、河岸《かわぎし》の唯《と》あるホテルの一室に這入《はい》ったが、自分は寐《ね》る前に、少時《しばし》、この明け易《やす》いヨーロッパの暁《あかつき》の空を見ようと、バルコンの窓を明けると、遠く近く、小鳥の囀《さえず》る声………都の夜明に鳥の歌う声を聞くとは、ニューヨークから来たものの耳には、実に何たる不思議であろう。

目が覚めた時、思い出したのは、パリーで宿屋の内儀がくれた白薔薇の事であった。窓の上に置いたまま、自分は慌忙《あわ》てて下車したため、すっかり取忘れてしまったのだ。花は依然として香《かんば》しく、今頃はマルセイユに行ってしまったろう。あるいはその途中出《で》入《いり》の人の足に踏砕《ふみくだ》かれてしまったかも知れぬ………。

（リヨン市四十年七月）

ローン河のほとり

リヨンの市街《まち》を流れる、ローン河《が》の水を眺めて、自分は今、石堤《いしつつみ》の下、河原の小砂利を蔽《おお》う青草の上に、疲れた身体《からだ》を投倒している。

毎日、何もしないが、非常に疲れた、身体《からだ》も心も非常に疲れた。フランスに来てから、早《は》や二週間あまりになる。最《も》う旅路の疲れという訳《わけ》でもあるまい………。

眼を閉《つぶ》って、足元の小石を揺《ゆす》る急流の響のみを聞いていれば、いろいろの事が眼に見える、別れたアメリカの景色が見える、我を愛した女の面影《おもかげ》がありありと浮ぶ。おお！過《すぎ》にし夢、仇《あだ》なる思い出《い》で。何という美しい、優しい悲しみであろう。

この悲しみ、この物思《ものおもい》こそ、今自分の身には、何よりも懐《いと》しい。恋人その人よりもかえって懐《いと》しい。自分は、返らぬ昔を思返し、尽ぬ悲しみの夢に酔わんがため、毎日の夕暮、この河原の草に腰を下《おろ》す。

四辺《あたり》は静《しずか》だ。ここは最《も》うリヨンの街《まち》の町端《まちはず》れ。見上《みあぐ》れば、わが頭上《とうじょう》には、二段になった石垣が、淵瀬《ふちせ》の変り激しい急流の、いざ洪水という時の用意にと、高く堅固に、城壁の如く聳立《そびえた》ち、その上なる往来からは、青い楓樹《プラターン》の並木が枝を垂れている、渦巻く水を隔てて、向うの岸を眺むれば、クロワ、ルッスから、サン、クレールという町の古い鼠色《ねずみいろ》の人家が、次第に、重《かさな》り重り、山手の方へと攀昇《よじのぼ》って、その尽きる処《ところ》からは、大方《おおかた》果樹園か、牧場《まきば》にでもなっているらしい青い岡が、高く、遠く延長して、青空を限る。河下《かわしも》の方《かた》は、眼の届くかぎり、両岸とも、並木の緑に縁《ふち》を取って、一斉の高さに列《なら》び立《た》つ白い人家の壁、鼠色の屋根かぎりなく打続き、処々《ところどころ》には円《まる》い寺院の塔が見える。幾条《いくすじ》ともなく架《かか》っている橋の上には、人や車が急いで通る。

今、一帯に見渡すこの景色は、何ともいえぬ美しい薔薇色《ばらいろ》の夕照《ゆうばえ》の中に烟《けむ》り渡って、どんより夢見るように静《しず》まり返っているのだ。そよと吹く風もない。しかし空気は冷《つめた》く、爽《さわや》かに澄渡《すみわた》って、目に見るもの、朦朧《もうろう》と霞んでいるようで、家といい、木立といい、近くといわず、遠くといわず、かえって鮮かに明《あか》く、例えば対岸の遠い岡に上る小道までが明瞭《はっきり》と見え、堤の下の小石の数さえ数え得《う》るかと思う。けれども、その鮮明は決して実在的のものではなく、もし、手に触れて見ようとしても、触る事の出来ぬ――いわば明鏡《めいきょう》の面《おもて》に映じた物の影を見詰《みつ》めているような心地《ここち》である。

アメリカは緯度が低いため、こういう美しい黄昏《たそがれ》の光は漂《ただよ》わぬ。夏の盛りでも昼と夜の間が非常に短い。しかし、今見るフランスの国は、夏も早《は》や末近くなった八月に、日は七時頃に落ちて、九時近くまで、殆《ほと》んど三時間というもの、天地は此《か》くの如《ごと》く漠《ばく》たる夢幻の世界になってしまうのだ。

恋も歓楽《よろこび》も、現実の無惨なるに興さめた吾《われ》らには、何という楽園であろう。自分はリヨンの街《まち》に着いたその翌日から、一日とても欠《か》かした事はなく、独《ひと》り物思いに耽《ふ》けるため、此処《ここ》にこうして、ぼんやりしている。

自分は何のために、自ら勇んでフランスへ来たのであったかしら。何年この国にいるのであろう。何《いず》れ一度は日本へ帰らねばならぬのかしら。最《も》う一度アメリカに渡る機会があるだろうか。彼女はどうして自分を愛したのであろう。彼女は何時《いつ》までも何時までも自分の帰って来るのを待っていてくれるかしら。ああ。どう考えても、しみじみ恋しい。一思いにアメリカへ行って見ようか。

否《いな》、否、と自分は直《す》ぐ思い返す。彼《か》の女《じょ》も、自分も人間である。年も取れば、恋も覚めよう、夢も消える時があろう。自分は今こそ、こうして、遠く離れて、独り異郷《いきょう》の空の下に、異郷の女の事を思詰《おもいつ》め、疲れ、やつれ、悲しんでいれば、この悩んだ胸の中《うち》に宿るその面影《おもかげ》は、永遠に若く美しく変る事はあるまい、恋しくて、恋しくて、最《も》う一度、目にも見、手にも触れ、腕《かいな》に抱いても見たいが、雲遠く、水遥かに、思う事のかなわぬ悲しさ、哀れさが、我が恋の香《かおり》を消さぬ不朽の生命《いのち》ではなかろうか。

終の全きもの、目出度《めでた》いものに、何一ツ真《まこと》の生《いき》たる夢が宿り得よう。自分は全からぬ恋にやつれて死にたい。終の全き現実に興覚めて、絶望の中《うち》に生きているより、如何《いか》に美しく、如何に幸いであろう。自分は、どうしても二度と、彼の女を見る事なくして、恋しい、逢いたいと思う悲しい一念の中《うち》に、死なねばならぬ………。

少時《しばし》、眼を閉じた後、自分は更に四辺《あたり》を眺めた。黄昏《たそがれ》はやや薔薇色《ばらいろ》の光沢《つや》を失い、何処《いずこ》からとも知れず、青みがかった色が添《そ》って来る。対岸の小山や人家の屋根は、背面から受ける明《あか》るい空の光に対して、何ともいえぬほど鮮《あざや》かな輪郭を示す、と同時に、急流の面《おもて》はその渦巻《うずま》く波紋の色々に、眩《まばゆ》いばかり燦《きらめ》き出《いだ》し、まだその辺に釣している人の影は、造った像のように動かずじッとしている。堤の上なる並木の間には、已《すで》に瓦斯燈《がすとう》が点《とも》されたが、空の光、水の輝きに、点々として、ただ鈍い悲し気な、黄い色《きいろ》を示すに過ぎぬ。空気は以前にも増して、一層静《しずま》り返り、永遠に低く呻《うな》る水音のみが、如何《いか》にも沈痛に、底深く響くと、その響の中に、自分はかえって、さまざまな歌、声、私語《ささめき》が聞かれるように思った。耳が聞くのではない。天地が今、夜という大安息に入ろうとするこの瞬間、生きた心のみが聞き分け得る無声の声である。自分はかかる折こそ、確《たしか》に恋しい人の囁《ささや》きを聞く事が出来ると思って、遠く空の端《はず》れを見詰めて、耳を澄した。

「それじゃ、もう今夜きり逢《あ》えないんですね。」というのは若い女の声である。

「そう、少時《しばらく》の間《あいだ》…………一年か二年。」と態《わざ》とらしく平気を粧《よそお》う男の声が、これに答えた。すると、女の声はやや顫《ふる》えて、

「一年か二年といえば、少時じゃない。その間《うち》には、お互に、これなり一生逢えなくなってしまうかも知れない…………。」

啜《すす》り泣《な》く声。男の調子も激して来た。

「そんな事のあろうはずがないじゃないか。よし十年二十年別かれていたって、心さえ変らなければ…………。」

「それじゃ、もしや、心が変ったら如何《どう》します…………。」

男は答えに困《きゅう》したらしい。突然、自分の胸は、冷たい剣《つるぎ》か、鋭い針で刺されるような気がした。見上ぐれば、石堤の欄干《てすり》に凭《もた》れて、下には自分が横《よこた》わっているとも知らず、まだ二人とも、二十《はたち》を少し越した位の少年少女。

自分は刺されたように痛む胸を押えて、ああ心変り——と独《ひと》りで口の中《うち》に繰返した。自分は死ぬまでも、別れた女の面影を夢に見ようと心に誓いを立てている——心さえ変わらねば、それに映る面影は消え去るまい。しかし、人の心、わが心は何を頼りに、何時《いつ》までも変らずにいるといわれ得よう。もしや雲のよう、水のよう、わが心のわれにもあらず移り行かば、自分は如何《いか》にして、一度《ひとたび》宿った美しいこの面影を、わが胸の底深く

に保っていようか。面影は何時か一度、消え失せる時がありはしないか、と自分は四辺《あたり》に盗人《ぬすびと》でもいるように、両手で再び胸を押えた。

堤の上なる少女《おとめ》の声は、涙ながらに繰返す——ピエールは巴里《ぱり》へ行くと間もなく、あれほどに思っていた……の事を忘れてしまったじゃありませんか。ジャックは兵隊に取られて、アフリカへ行くと、アラビヤの女に馴染《なじみ》になるし、あのルイザを思っていたシャールは伊太利亜《いたりや》へ勉強に行ったなり、もう帰って来ないじゃありませんか…………。

ああ、自分はやがて伊太利亜にも行くであろう。西班牙《スペイン》を見る機会もあろう。自分は計《はか》り知られぬ身の行末《ゆくすえ》を思うにつけ、われながら我が心の弱さ、頼りなさ。冷たい石垣の石の上に額を押当てて、自分は泣いた。四辺《あたり》は早《は》や夜である。

（リヨン市四十年八月）

秋のちまた

フランスに来て、初めて自分は、フランスの風土気候の、如何《いか》に感覚的《サンスエル》であるかを知った。

夏の明るさ、華やかさに引変えて、秋が如何に悲しく、如何に淋しいか！　そして、その悲しさ、淋しさは心の底深く感ずるというよりは、むしろ生きている肉の上にしみじみと、例えば手で触って見るように感じ得られるのである。ドイツとフランスの詩や音楽の根本的に相違するのも、乃《すなわ》ち此処《ここ》であろう。ミュッセを産んだフランスに、ゲーテは生れず、ベルリオを生じたフランスに、ワグネルは出ない。北欧の森の暗さは神秘を語るであろうが、しかし南の方《かた》、優しいフランスの自然が齎《もたら》す悲哀の中《うち》には、いいがたい美が含まれているので、人はその悲哀によって何物かを思い、何物かを悟るというよりは、直ちに、悲哀というその美に酔うて恍惚《こうこつ》としてしまうのである。

月は赤く、星は蒼《あお》い夏の夜《よ》を浮れ歩き、露清く、草匂う夏の朝《あした》を喜んでいる中《うち》に、何《い》時《つ》となく朝夕の風が、身にしみて来る。身体《からだ》の中《うち》までも射通《さしとお》すかと思うような、明《あかる》い、

乾いた午後《ひるすぎ》の日光《ひかげ》は、気付かぬ中に、自然《おのず》と薄れ行き、時にはまるで燈《ともしび》の光のように、黄《きいろ》く見える事さえある。ラマルチンが、

Oui, dans ces jours d'automne où la nature expire,
A ses regards voilés je trouve plus d'attraits;
C'est l'adieu d'un ami, c'est le dernier sourire
Des lèvres que la mort va fermer pour jamais.

「万象《ばんしょう》消え行く秋の日の、朧《おぼ》ろの光ぞいや美しき。そは友のわかれを告るに似たらずや、そは死せんとする人の唇の、臨終《いまわ》の微笑《ほほえみ》に似たらずや。」の一句も今更《いまさら》のように思い出《いだ》される。

夏のさかりには、八時、九時近くまでも、いうにいわれぬ薔薇《ばら》色《いろ》の黄昏《たそがれ》に、天地はどんよりと酔っているようであったのを、今は寺々に鳴り響く、アンジェロスの鐘の音《ね》を聞く頃には、光なく力なく老《おい》さらぼいたる秋の夕陽は沈みはてて、その余光を止むる空の色は、夏のそれに比して、夥《おびただ》しく紫色を呈し、霧とも靄《もや》ともつかぬ、薄い夕烟《ゆうけむり》が、あたりを罩《こ》める。

かかる時、市中の処々《しょしょ》に設けてある広い四辻……噴水や銅像や、樹木のある広い四辻に佇《たたず》めば、家路を急ぐ人の影のみ、際立《きわだ》って黒く、木の間に動き、空は一刻一刻に暗く

なりながら、まだ消え去らぬ悲しい黄昏の光に、星は見えず、しかし地上の燈火《ともしび》は、早《は》や初夜らしい光を放って、樹《き》の影をば黄《き》ばみかけた芝生《しばふ》の上に投げている。木の葉が一枚二枚と音もなく散って行くのを、この新しい燈火の中《うち》に照して見るほど、物哀《ものあわ》れなものはない。

かかる時、ローンの流れに幾筋となく架《か》けられた大《おお》い石橋の袂《たもと》に佇《たたず》めば、河下、河上、眼の届く限り引続く両岸の人家も、渦巻いて流れる広い水の面《も》も、丁度《ちょうど》洗い晒《さら》した水彩画のように、一望漠然とかすみ渡った濃い紺色の烟《けむり》の中から、人家の燈《ひ》、堤上の燈火が、点々として赤く朧《おぼ》ろにきらめいている。しかし、橋の上ばかりは、両側の欄干《てすり》に輝く電気燈の光に、急いで歩む男女の帽子は、風が畠の作物《さくもつ》の葉を動《うごか》すように、崩《なだ》れを打って動く。一日の労働、一日の事務をおわって、家路をいそぐこれらの人の足音、馳過《はせすぎ》る電車や荷車の響は、橋の下に鳴り轟《とどろ》く急流の声と合して、今、都会が暮れて行く時の、「生活」という苦痛の音楽を奏するのである。見れば、石堤の下には、洗濯を家業《なりわい》とする幾艘《いくそう》の屋根船、その中では、燈《あかり》をつけながら、腕巻《うでまく》りした幾多《あまた》の女が、河水に布《きれ》をば洗っているではないか。秋の水はさぞ冷《つめた》いであろう…………。

かかる時、商店引つづく繁華の大通を歩めば、此処《ここ》は両側の硝子戸《がらすど》に輝《かがや》く燈《ひ》の光に、空の明《あかる》い中《うち》から、もう夜らしい人の賑《にぎわ》い、角々の料理屋では、植木鉢を置いた戸口から、往来傍《おうらいばた》までテーブルを据《す》え並べ、明い電燈の光の中《なか》をば、黒い衣服《きもの》を着た給仕人が皿を持って飛廻《とびめぐ》っている、と、其処此所《そここここ》のカッフェーからは、ビオロンの調《しらべ》や、女の歌う声が聞え、往来《ゆきき》の人の雑沓《ざっとう》に交《まじ》っては、目のさめるような装《よそお》いをして、媚《こび》を売る女の往きつ戻りつ歩いている有様、涼しい秋の長夜の来るのをば、一刻も早くと待兼ねるらしいフランスの街《まち》の黄昏時《たそがれとき》、これこそ、他の国に行っては見られぬ処《ところ》であろう。

かかる時、町端《まちはず》れなる公園に行けば、如何《いか》にも寂《しん》然として立っている木立の間に、もうガス燈の火がつきながら、人はなお池のほとりや、花の小路《こみち》を散歩している。けれども、夏の夕《ゆうべ》に聞くような、花やかな笑い声、話し声は聞えず、水のほとりに生えている葦《あし》の葉に秋の風の戦《そよ》ぐばかり。黄昏の光と、燈《ともしび》の火影《ほかげ》に、夜《よ》とも夕《ゆう》とも、昼ともつかぬ一種幽暗の世界の中に、音もなく歩いている白い女の衣服《きもの》、水の上に眠っている白鳥の羽《はね》の色を眺めると、夕烟《ゆうけむり》につつまれたかなたの森の暗さに対して、いい知れぬ淋しい感じがするのである。水際《みぎわ》の柳がしきりに落葉する。星が水に映り出した。湿った土の香《にお》いが一際《ひときわ》高く感じ得られる……………して、夜が蔽《おお》いかかるのである。

かくして、日は一日一日と短くなり、早《は》や十月も残り少《すく》なる……と空は全く灰色に褪《あ》せきッて、細《こまか》い雨が降り出す。明けても暮れても雨である。雲は折々動いて青空が見え、時には薄い日の光の漏《も》れる事もあるが、半時《はんとき》、一時間と経《たた》ぬ中《うち》に、また降って来る。真青なローンの水は、濁りに濁って、今にも高い石堤を崩して溢《あふ》れ出そうに漲渡《みなぎりわた》り、その吠える水音は、夜更《よふけ》なぞには、物凄く近くの街中《まちじゅう》に響く。この河下の南フランスから、またはガロンの河筋に、折々大洪水《おおみず》の出るのもこの時節である。

もう、何時《いつ》日が暮れるとも気が付かぬ。午前《ひるまえ》も午過《ひるすぎ》も、まるで夕暮同様に薄暗いからで。窓の少い室《へや》なぞでは、三時四時頃から、燈《あかり》をつけねばならぬ。よし雨は小止《こや》みしていても、家中《うちじゅう》は戸外《そと》と同じように湿《し》けきって、妙に肌寒い。いくら身仕度をしていても、思わぬ時に、くしゃみが出て、鼻を啜《すす》るが否《いな》や、もう性の悪い風邪《かぜ》を思うさま引込んでしまったように、身中《みうち》がぞくぞくする。

家《うち》もなく、友達もない旅人には、こんなつらい天気は、恐《おそら》くあるまい。散歩といっても、こういう天気では、公園や町はずれにも出られぬので、傘を手にしたまま、雨の晴れ間、晴れ間に見馴《みな》れた市中、歩み馴れし往来を歩くよりしようがない。

雨に濡《ぬ》れた楓《プラターン》樹の落葉狼藉《ろうぜき》たる河岸通《かしどお》りや、石像もしくは紀念碑の周囲《まわり》の花園に、草花の枯れ萎《しぼ》んだ広場《プラース》の眺めは、さながら、何か市中に大騒動でもあった後《あと》のような、いわれぬ深い荒寥《こうりょう》の感を与える。で、一度《ひとたび》、こういう本通から曲りくねった横町や露地裏に這入《はい》ると、淋しい四辺《あたり》のさまは、一層深く身に迫るのである。

鼠色した古い壁塗の人家は、雨に濡《ぬ》れたまま、灰色の空の下に蹲踞《うずくま》っていて、その窓々は、盲人の眼のように、何の活気も、何の人気もない。こういう横町には、よく、かつてお客の這入《はい》った事のないような、荒物屋だの、古時計屋なぞいう小店《こみせ》があるが、その真暗な、燈《ひ》を点《とも》さぬ店の中には、必らず、リューマチスで、手の動かぬような老婆がチョコンと張番《はりばん》をしている。人通りといっては、折々身なりの見すぼらしい女が、洗濯物なぞを入れた手籠を片腕に引掛けて、大通りから大通りへと、早足に抜道をするばかり。日光のとどかぬその辺の戸口戸口をば、痩《や》せた犬の群がうろうろしている中《うち》に、気魂《けだたま》しい声を出して嚙合《かみあ》う……が、その鳴声も、嚙まれた犬の逃げ行くと共に再び元のように寂《しん》然となってしまう。すると、やがて、一時《ひとしきり》小止《こや》みしていた寒い時雨《しぐれ》が、はらはらと降出《ふりだ》す、にもかかわらず、こういう裏街《うらまち》、車や馬の危険のない裏町ばかりを彷徨《さまよ》う盲目の音楽者が、何処《いずこ》からともなく歩み出て、音のわるいビオロンの調《しらべ》に、暮れ行く四辺《あたり》の淋しさに、一層の哀れを添えしめる……。

自分は何時《いつ》でも、有合う小銭を、衣嚢《かくし》から攫《つか》み出して投捨ててやるが否《いな》や、急いで明《あかる》い大通りへ馳出《かけだ》すのだ。早く黄昏《たそがれ》が過去って燈火の輝《かがや》く夜になってくれればよいと、それぱかり思詰めて家《うち》へ帰るのである。寧《いっ》そ夜になったらば、薄暗い夕方よりも、幾分か気が変るであろう。晩餐《ゆうめし》に葡萄酒《ぶどうしゅ》でも飲んだら、少しは心が浮き立つであろう。と思うからで。

しかし、連日の秋雨《あきさめ》に腐り果てた心は、夜が来ようとも、酒に酔ったとても、如何《どう》して浮き立つ力があろう。狭い室《へや》の、机の上の燈火《ともしび》は、幾程《いかほど》心《しん》を拈《ひね》り出しても妙に薄暗く見えるし、酔うた心は、かえって思わずともの事ばかりを思い返す。

こういう晩である――バルコンに滴《したた》る雨の音が、わけもなく人を泣かせるのは！　ベルレーンの詩に

Il pleure dans mon cœur
Comme il pleut sur la ville;
Quelle est cette langueur
Qui pénètre mon cœur?

O doux bruit de la pluie,
Par terre et sur les toits!
Pour un cœur qui s'ennuie,
Oh! le chant de la pluie!

Il pleure sans raison
Dans ce cœur qui s'écœure!
Quoi! Nulle raison ?
Ce deuil est sans raison.

C'est bien la pire peine
De ne savoir pourquoi,
Sans amour et sans haine,
Mon cœur a tant de peine.

「都に雨の濺《そそ》ぐが如《ごと》く、わが心には涙の雨が降る。如何《いか》なれば、かかる悲《かな》みの、わが心の中《うち》に進入《すすみい》りし。地に響き、屋根に響く、ああ蕭条《しめやか》なる雨の音よ、雨の調《しらべ》よ。しかし、わが心は何がために憂《うれ》うるとも知らず、ただ訳《わけ》もなく潤《うるお》う。訳もなく悲しむ悲しみこそ、悲しみの極みというのであろう。憎むでもなく、愛するでもなくて、わが心には無量《むりょう》の悲しみが宿る……」というような意味が歌ってある。

自分は窓の硝子戸《がらすど》から、雨の街《まち》を見下《みおろ》して、秋――雨――夜――燈《ともしび》――旅――肌寒――とこんな名詞をば、フランス語で、調子をつけて口の中《うち》に繰返した事がある。自分ばかりには、その時、それが、何だか意味の深い詩になっているような気がしたからで。一夜、大風《おおかぜ》が吹いた。並木通《アベニュー》から、四辻《プラース》から、河岸通《かしどお》りから、市中の樹木は、すっかり落葉してしまって、その朝、街《まち》は非常に明《あか》くなったように思われた。見れば、空は青く晴れて、日が照っている。道行く人の鼻息が真白く見える。冬が来たのだ。

すると、滅入《めい》った心は、滅入ったなりに、もうどうやら、沈着《おちつ》いてしまったらしく思われる。何故《なぜ》なれば、自分は人と同じように、時には笑って、火の傍《そば》、ランプの下で、冬の遊び事の話しをするようになったから。しかし、自分は決して春の楽しさ、夏の明るさを忘れたのではない。冬の寒さを喜ぶのでもない。さらば、過ぎた時雨《しぐれ》の夜《よ》の悲しみは何《ど》したのであろう。自分はこう思った――恋人に別れた人が、一時は死のうと思うほどの絶望を感じても、やがては、その絶望に馴れてしまって、恋しいと思いながらも諦《あきら》めがつき、追々に忘れてしまい、そして遂に年を取ってしまうのも、やはりこんなものであろう……。

（リヨン市四十年十一月）

『ふらんす物語』

華盛頓《ワシントン》府より帰りて
直ちに桑港に去りた
る我が親愛の従兄永
井素川君に本書を献
ず
永井荷風

序

千九百〇七年夏、横浜正金銀行雇人として、米国を去って仏蘭西《フランス》に赴き、此処《ここ》に留る事僅かに十一ヵ月半なり。本書収る処《ところ》の小篇は、当時の印象を失わざらんがため、銀行帳簿の陰、公園路傍の樹下、笑声絃歌のカッフェー、また帰航の船中に記録したるを、帰国の後修正したるもの多しとす。前著米国小話集の名題にならいて、ふらんす物語と称す。「放蕩」及《および》「異郷の恋」二長篇の外は一度《ひとた》び諸雑誌に掲載したる事あり。また、巻中に掲ぐる名所図絵は、巴里《パリ》の大都中、著者の最も愛好散策したる場処のみを選び、写真画は巴里の劇場を代表すべく、国立劇場四ヵ所を示したるものとす。

千九百〇九年正月

著　者　識

絃歌のモンマルトル

放蕩

Il y a je ne sais quelle malsaine ivresse
A se laisser aller sans tenir un effet:
……………………………………………………
L'ambition s'énerve et le cerveau s'embrume,
La volonté s'en va dans le tabac qu'on fume.

Débauche —— Louis Marsolleau.

さもあらばあれ、身はままよと投捨る、
酔心地こそおそろしけれ。
功名の念しびれて心は曇り、
意志の力はくゆらする煙草《たばこ》の烟《けむり》と消えて行く。

放蕩の詩——マルソロオ

一

外交官小山貞吉は、巴里《パリ》なる帝国大使館の事務を終って、その門を出ると、きまってシャンゼリゼーの角まで歩く。歩いて立止まる。ここがその日の思案の四辻である。広い並木の大通を西の方、右へ上れば凱旋門を越して、自分の下宿したエトワルの界隈《かいわい》。東の方、左手に下りて行けば、シャンゼリゼーが尽きて、其処《そこ》からは、市中到る処《ところ》の繁華な街へ出る四通八達の中点、プラース、ドラ、コンコルド。

すぐ家へ帰って休もうかしら。晩餐になるまで何をしよう。散歩しようか。するなら、何処《どこ》へ行こう。晩餐はどうしよう。何処で何を食おう。最初の中《うち》は、この四ツ角で、こんな事を考えるのも辛くなかった、面白かった。巴里でなければ出来ない独身者《ガルソン》の、こうした浮浪的《ボエーム》の生活が珍しかった。しかし間もなく飽《あ》きた。寒い冬に出遇《であ》ったまま、急に隠遁《いんとん》して、下宿屋の食堂で、おとなしく食事する事にしていた。それさえ飽き果ててしまった。再び最初の生活を繰返《くりかえ》しはじめた。繰返すよりしようがないとあきらめた。毎日、同じ料理、同じ下宿人、同じ画《え》の額、同じ壁に対するよりも、この方がいくらか増しらしい。けれどもまた、毎日毎日きまって、何処へ行って、何を食おうかという思案が、今では堪えがたいほどうるさく感じられる。すっかり生活の興味を削《そ》いでしまう。

そもそも外交官試験に及第して、海外に出たのは八年前だった。最初ワシントンに三カ年、ロンドンに二年いて、巴里に転任してからが、また三年。

満三十二歳の徴兵免除の年齢も、最初の願い通り、もう二、三年後に過ぎてしまった。今では日本に帰っても差支はないのだが、余り長く海外に出ていると、日本の時勢に後《おく》れたようで薄気味も悪く、また一方では、何だか失敗して田舎へ引込むような屈辱をも感ずる。親、兄弟、親族、朋友などの関係が、如何《いか》にも窮屈らしく感じられる。このまいられるだけ長く、外国に遊んでいるに如《し》くはない。その方が気楽だ。帰るとなるといやでも帰ってから先の事を考えなくちゃならん。前途を考えるに当っては、真面目に過去を顧《かえりみ》る煩《はん》が生ずる。顧るだけならよいが、解決の出来ない疑問が起る。疑問は煩悶《はんもん》だ。煩悶を避けるには、ぶらぶら無意義にやって行くが一番だ。ぶらぶらやって行くには、毎日毎日大使館を退出後、飯を食って寐《ね》るまでの間を、どうしてぶらぶらやって行くべきか、その方法を考えなくちゃならん。これだけは、どうしても免れ難い義務である。

十一月の曇った空は、重く湿った羅紗《らしゃ》のよう、深い霧に閉されて、風の動きさえ絶えている。立続く並木は黒い雲の如く、その暗澹《あんたん》たる木立の間からは、まだ四時過ぎというのに、白く褪《あ》せた電燈の光がきらめき出した。世界第一の散歩道も、今は、見渡すかぎり淋しいものだ。それでもさすがは巴里の事、三、四台、五、六台と、間を置きながら引続いて、馬車自働車が動いて行く。しかし道が湿っているから、車輪の響は鈍《にぶ》って反響しない。それ故、車はいくら早く走っていても遅いように見える。何《いず》れもまだ灯《ひ》をつけずにいる。首を前に伸して馳《か》ける辻馬車の馬が、際立《きわだ》って痩せて物哀《ものあわ》れに見える。両手に裾を引上げて小走りに、行交《ゆきか》う馬車の間を巧みに、向側へと大通りを突切《つっき》って行く女があった。三頭立の馬に曳《ひか》した大きな乗合馬車が、四角《よつかど》に止るのをば、乗りはずすまいとて、三、四人の人影が、後から追掛けて来る。その敷石の面は、霧でしっとり、滑《すべ》りそうに湿《ぬ》れていて、電燈の光が憂欝に反映している。

貞吉の心は忽《たちま》ち、冬の夕方の悲しさに冒されてしまった。殊更《ことさら》、湿った、静かな枯木の色が堪えがたいほど悲哀に不快に感じられた。余りに悲哀で不快なのに、それを避けるよりも、突差《とっさ》の反抗心で、その色の中へ闖入《ちんにゅう》してやろうと思った。ブーロンユの森に行って見よう。時節ちがいで、人は一人も居まい。その不景気な料理屋を騒がして見よう。自分ながら驚くほど、この考《かんがえ》が突飛《とっぴ》で、かつ痛快であるような気がした。貞吉は歩いて程もない、シャンゼリゼーの地下鉄道《メトロ》へ下りた。

人々の着ている毛織物の、湿った匂いが胸悪く、ぷんと鼻についた。けれども忙《せわ》しい群集の動き、プラットフォームの壁一面に貼ってある、けばけばしい色の広告画、さほどには明《あかる》くないが、如何《いか》にも夜らしく輝く電燈の光が、気を引立たせる。上りの列車が向側のプラットフォームへ止った。その出るのを眺める間もなく、突進して来る下りの列車が、一等二等と上から札を下げた場所へ巧みにきちんと止る。シャンゼリゼー、シャンゼリゼー、シャンゼリゼー、と呼ぶ役人の声。飛び乗ると、車の中は人込みで暖い。電燈の光は赤く、鈍く、濁っている。貞吉は、いくら大使館の事務が暇だといっても、暇であるだけ、同じ椅子に一日坐《すわ》っているだけ、身体が疲《つか》れている。忽ちいい心持になった。エトワル、エトワル――次の停車場へ来た時には少し眠くなった。が、忽ち、マイヨー。ポルトマイヨー、と人の呼ぶ声。下りなけりゃならん。貞吉は下りた。

巴里の市街が尽きて、番人の立っている鉄柵の向うに、限り知られぬ長い街道、その左手には、目的のブーロンユの冬の森が、粛然《しゅくぜん》として拡がっている。あたりが、いやに広く見えて、道は汚《きたな》く泥濘《どろ》になっている。それをば平気で歩いている男女の姿が、如何《いか》にも見すぼらしい。鉄柵の外には、ベルサイユまで行く田舎通いの列車が、石油発動機の煙出しから、ポツポツと、汚《きた》ない煙を吐出しているのが、鼠色の霧の中に透見《すきみ》える。場末の物哀《ものがな》しさが、貞吉の勇気をすっかり挫《くじ》いてしまった。地下鉄道の出口の敷石に佇《たたず》んだまま、もう一足も前なる泥濘《ぬかるみ》へ踏出す気はせぬ。どっちへ行くとも、当《あ》てなしに、辻馬車を呼んで見たが、道幅の広いのと、人が込み合っているので聞えない。貞吉は仕方なしに再び地下鉄道《メトロ》へ下りたが、切符を買う時に、はたと行先の地名に窮した。モンマルトル！　声の出るままにいう。開札口から貞吉の顔を見た札売りが、外国人と気付いて、モンマルトルという停車場はない。クリッシーか、その先の停車場で下りろ。それにはヱトワルで乗換えるのだ、と後から人の押して来る忙《せわ》しい中にも、早口ながら親切に教えた。それが貞吉には理由なく癪《しゃく》に触った。教えられた通りの道順で、その方向に行くのが一種の屈辱であるような気がしてならん。といって、もうモンマルトルより外には差当って行先が思付けない。ますます不快に感じながらも、遂にヱトワルで乗換えてしまった。外廻りのブールヴァールへ行く車には碌《ろく》な奴は乗らない。安官員か商店員見たような奴《やつ》ばかりだ。女といえば女工か売子位がせいぜいだが、この方はそれほど不愉快ではない。何か糸口を見付けて話でもすれば、晩飯に連れて行った帰りにゃ、直《す》ぐいう事をききそうに見える。貞吉は、といって別に目的のあるでもないのに、傍にいた若い女が、忙《せわ》しく座を立つや、その後につづいて車を出た。停車場の壁に、プラース、ブランシュとしてある。女の姿は忽《たちま》ち雑沓《ざっとう》の中に紛《まぎ》れ込んでしまった。貞吉は直ぐと忘れてしまって、また別の女の後に従いながら、人崩《ひとなだ》れと共に外へ出た。

　もうガス燈がついているけれど、昼間見ると、夜半には、放蕩《ほうとう》の馬車で埋ってしまうこの歓楽の大路《おおじ》も、一条の汚い場末の街道に過ぎない。有名な美女乱舞の劇場ムーランルージュの風車小屋は、破《こわ》れた物置場見たようだし、見世物「地獄極楽」の入口なぞは、彫刻の色彩《いろどり》が、二目と見られぬほどきたならしい。霧は小雨になっている。それでも近所の古片《ふるぎ》れ屋の前には傘もささぬ女供が大勢集《たか》っている。貞吉は、食事すべき料理屋の問題を決定しようと、先ずカッフェーに這入《はい》った。

巴里中は何処《どこ》でもそれ相当に案内は知っている。この近所の綺麗な料理屋は、全体が芝居帰りの当込《あてこ》みだから、まだ時間が早い。早いのみならず、馬鹿に高くて、男一人で食事すべき場所でもない。というと、中等の処《ところ》がなくて、どうしても、ぐッと下等な安飯屋《ガルゴット》ばかりになる。たかだか二フラン半(我一円《わが》)のおきまり、タ－ブルド－トと来れば葡萄酒《ぶどうしゅ》もつくわけだ。それも経済でいい。

貞吉は、フランス人が食慾をつけるとかいって、きまって食事前に飲むアペリチフの一杯。その勘定にと給仕人を呼んで五拾フランの紙幣を崩させた。すると、隣の室の帳場で内儀《かみ》さんらしい声が聞えていながら、いやに暇取っている。カッフェーの裏口は中庭《クール》を越えて、裏長屋にでも通じているのか。頻《しき》と帽子の冠《かぶ》り方を気にしながら出て来た一人の女が、待遠しそうに剰銭《つりせん》を待っている貞吉の顔を見ると、にっこりしてボンソワール(今晩)といいながら行き過ぎた。

貞吉は黙っている。女は鼻唄を歌いながら表の戸口まで歩いたが、「チョッ。まだ降ってるんだ。」思案するらしく佇《たたず》んで往来を見ている。

やッと剰銭《つり》を受取った貞吉は、給仕人がメルシイ、モッシュー（有難うございい）の声を後に外へ出る、その場の機会が、何という事なしに、佇んでいる女をば、開いた傘の中へ入れてやる事になった。

口数の多いのは、こういう女の常。些細《ささい》な礼を述べるにも、恐しいほど強く響く感投詞に、文字で示したら、エキスクラメーション、マークの三ツ——!!!——もつくような語調で。つい其処《そこ》の横町なる料理屋へ晩飯を食いに行く次第を話す。黙っていた貞吉は突然、

「うまいか。その料理屋は？」

女は、悪くもないという要点を、一口にいい現わす方法を知らない。スープがどうだ。肉がどうだ。と一ツ一ツに話す……話し終えぬ中《うち》に早《は》やその前まで来てしまった。

入口の硝子戸《ガラスど》の上に、ちゃんと定価を書いた安料理屋である。内《なか》なる灯《ひ》で人の動く影が見える、横町は、建て込んだ人家の両側から蔽い冠《かぶ》さるように空を遮《さえぎ》るばかりか、もう、たっぷり暮れ掛る夜と、深くなる霧とで、非常に暗い。白粉《おしろい》を塗った女が、湿《ぬれ》た敷石の上をば、裾と靴を汚《よご》すまいとて抜足するように歩いている。時々は、傘もささず、髪の毛を湿《ぬれ》るがままに、帽子も冠らず汚《きたな》い汚い衣服《きもの》を着た下女らしい女が、長い棒のよ

うな焼パンを抱えて走って行く、そしてひょいいと消えるように姿をかくし、思いも掛けぬ処に露地《ろじ》のある事を知らせる。そういう処々《ところどころ》には、立派な風采《ふうさい》の紳士が、雨傘に顔をかくして、人を待つらしく立っていた。

貞吉は、別に女の誘《いざな》った訳《わけ》でもないのに、誘われたような心持で。最初から此処で食事すると決めてもいたらしく、日頃の不決断とは全反対。先に立って戸口の引手を捩《ねじ》り、構わず空《あ》いているテーブルに坐《すわ》った。

職業の想像しかねる中年の男が二、三人いる外《ほか》には、客は大抵艶《なま》めかしい同類の女ばかり。貞吉の連れになった女は、それらの二、三人に手さえ握って挨拶し、さて貞吉の傍に坐ると、直《す》ぐ前にある料理の献立書を取り上げ、

「あなた。何がいいでしょう。」

「なんでもいい。なんでもいい。」

「私のそういうものなら、何でもよくッて?」

「いいともいいとも。」

「ほんと?」といって女は横合《よこあい》から貞吉の頬へ軽く接吻した。

料理はおきまりの値段通り馬鹿にまずかったけれど、案外愉快に食えた。雨の小止《こや》みを幸い、女のねだるままに寄席へ這入《はい》って、それから、いやとも応ともなく、ずるずる

に女の家まで行った。

二階目で、広からぬ一室に幕を引いた寝台がある。それを一目見て、貞吉の心に浮んだ事は、この様子じゃ一晩泊ったって高々金貨一枚で沢山だ。何だか薄眠いように元気がないので、女が二度ほど衣服を脱《ぬ》いで楽におなりなさい、というのも聞えぬ振りで、長椅子の上へ横になっている。女は帰り道に買ってもらった菓子とボンボンの紙包を鏡台の上で開き、摘《つか》んだ一ツを自分の口、一ツを貞吉の口の中へ押入れ、さも可笑《おか》しそうに笑いながら、消えかかった煖炉に火を焚《た》く。衣服をぬいで、丁寧《ていねい》に始末をする。それまでも貞吉は、黙って仰向《あおむ》きに寝ていた。

「しようがないね。ほんとに。」といって女は貞吉の投出した足から靴を取り、抱起《だきおこ》して上衣をぬがせ、女物の寝衣《ねまき》を出して着せ掛けた後は、なおも、男の胴衣《チョツキ》にボタンが一つとれかかっているのを見て、長椅子の端に腰をかけながら丁寧に縫い始める。

貞吉は、靴下ばかり肌着さえ付けぬ女の、真白な身体《からだ》の半面が、折からパット燃え立つ煖炉の焔に赤く照らされるのを見ていた。女は黙って一生懸命に縫っている。突然、貞吉は可愛《かあい》らしくて堪《たま》らないような気がした。こういう種類の女に、こういう特別の感激を覚えるなぞは、近来には絶えてない事だ。一週間に一度二度位は必ず女を買っているが、自分から進むのではなくて、ある時は巴里見物に来る日本人への義理、ある時は女から無理やりに引張《ひっぱ》られるのに過ぎない。巴里の情事は濃厚なだけに飽きる事もまた早い。

「もう、ボタンのとれたのはなくって？」と縫いおわった女は、にっこり振向いた。この瞬間までは能《よ》くも見なかった女の顔をば、貞吉はしげしげ眺めた。フランス中部生れの女に能くある円顔の小作り。年は二十二、三位。

燃える焰は、蔽《おお》うものもない二人の皮膚をば、じりじり焼くように暖める。丁度、熱い温泉にでも飛込んだように、女は両腕を胸の上に組み、その手先で横腹をこすって時々は身を捩《ねじ》りながら、

「あつかないの？　あなたは平気？」と片手で貞吉の身を撫でようとする。

長椅子の上から、女の縫った胴衣《チヨツキ》が、バタリと床の上に滑《すべ》り落ちる音がした。二人がそれに気の付いたのは、しかし、よほど後の事であった。

二

非常に、蒸暑《むしあつ》く感じて、貞吉は眼を覚ますと、女は男の腕を枕にし、男の胸にぴったり額を押当ててすやすや眠っている。この、睦《むつま》しい寝態《ねざま》が、ふいと七、八年前の事を思返させた。初めて外交官補に任ぜられて、ワシントン府に赴《おもむ》いた時の事だ。アーマは必

ずこういう風に、自分の腕を下にしなければ、寝付かれないといっていたっけ。Let me sleep in your arms! という事は手紙の中にも、きっと読まれる文句だった。アーマ、あのアーマによって初めて西洋婦人の激しい恋を経験したのだ。西洋婦人の恋は実に自働的《アクチーブ》だ。実に猛烈だ。日本の女性だって、精神上に根本的の相違もあるまいけれど、言語動作の発表がまるで死んでいる、力が抜けている。だから、異性間に起る肉体の歓楽は殊更《ことさら》に萎微してしまった。日本の恋は全く自然のままだ。技巧や空想で消え衰えたものを興し、興ったものを更に強烈ならしめる方法を案じ出さぬ。二千年以来、米から取る一種類の酒だけで、満足し、その他のアルコール類を発見せずにいた歴史を見ても、日本人種の如何《いか》に、単純な原始的な、自然の児《こ》であるかが分ろう。アメリカはクリストフ、コロンブにばかりではない、貞吉には更に驚くべき新発見の世界であった。

新発見の先導者《パイオニヤー》なるアーマ。それは華盛頓《ワシントン》郵政局の裏手、C《シー》ストリートに住んでいた醜業婦だ。最初は、洋行したての誰《だ》れもがする通り、無遠慮に面白可笑《おか》しく英語会話の練習が出来る、趣味と放蕩と勉学との不思議な調和を喜んで、無暗《むやみ》に通った。珍らしいのが第一で、事実はそれほどに惚《ほ》れてはいないが、芝居や小説で見る通りの真似《まね》をしてやたらに愛情のデクラメーションをやった。いい加減やり尽して、大分飽きて来た時分に、それをば最初から真《ま》に受けていたアーマは、次第に足の遠のき掛った貞吉に追縋《おいすが》った、貞吉は少しく当惑した。行末が空恐《そらおそろ》しく思われた。

けれども、全然振切ってしまうのも惜しいような気がする。真実忍びないようにも感ずる。月夜に逍遥するポトマックの河端、電燈の光の蒼《あお》く静かな公園の木蔭、あるいは朝寝の床の中から聞く、隣室のピアノの曲。その場その場の情景が、つい人の心を弱く、酔わせる。ぴったり肉を触れ合わした女の真情から溢出《あふれで》る声には、言語発音以外に詩や音楽と同じ力がある。貞吉は応とも、否ともいわず、女のするがままになった。女は自分の稼《かせ》ぐ金を投じて、貞吉を立派なホテルに住まわせたり、宝石類を買ってやったり、食事の贅沢《ぜいたく》を尽くさせたり、つまり、自ら好んで男の犠牲になって見たいのだ。貞吉は時々見兼ねて、「そんな親切を見せてくれないでも。」という事もあったが、すると、それが非常な侮辱ででもあるように、一夜中泣きわめかれるので、これにも閉口して、もう何も彼《か》も、為《な》すがままに目を閉《つぶ》るよりしようがない。

けれどもまた折々は、孤独な旅の身の上を思ったり、殊《こと》に、世界の到る処《ところ》に絶えざる人種の闘争反目の悲惨な記事に感ずる暁には、アーマの情深《なさけぶか》い声を聞いただけでも、覚えず涙の出るほどに深く感動する事がある。で、急に嬉しく懐しく、堪らない気がして、一日彼は日本の旧友に、幸福な生涯の消息を漏らそうとて筆を走らせたが、読み返して見ると、我ながら驚くほど、書出しの調子が次第に変って、熱がなくなり、遂にこんな事をいうている。

「恋の成功とは此《かく》の如《ごと》きものか。吾人の若き血が、かつて羨《うらや》み、望み、悶《もだ》えたる、空想の実現とは此の如きものか。吾人が、その作りし空想の影に惑《まどわ》さるる事もまた甚《はなはだ》しからずや。小生にして、もし彼女に死ねよといわば、彼女は好んで死するかも計られず。されどかくまでにして、自ら自己の勢力を確信するも、また何の興味かある。空想、成功の実現は、失敗の恨みより、更に更に大なる悲哀と落胆を感ぜずばあらず……。」

貞吉は自分の書いた文字に、自分ながら驚いた、同時に敬服もした。考えて見ると、何も恋ばかりではない。今日まで経験した事実は皆そうだ。外交官補になって、華盛頓《ワシントン》に来ると、その翌年に日露戦争が起った。けれども貞吉は自分で勇立ちたいと思うほど、どうしても勇み立つ事が出来ない。国家存亡ノ秋、不肖ノ身、任ヲ帯ビテ海外ニ在リ……なぞと自分からその境遇に、支那歴史的慷慨《こうがい》悲憤の色調を帯びさせようとしても、事実は、差当り、国家の安危とは、直接の関係から甚だ遠《とおざ》かった政府の一雇人に過ぎない。毎日、朱摺《しゅずり》の十三行罫紙《けいし》へ、上役の人の作った草稿と外務省公報を後生大事に清書する、暗号電報飜訳の手伝いをするだけだ。上役、先輩の人の口から聞かれる四辺《あたり》の談話は、日清戦争講和当時の恩賞金や、旅費手当の事ばかり。人が用をしている最中に、古い官報や職員録を引張り出させて、身寄でも友達でもない人の過去《すぎさ》った十年昔の叙《じょ》爵《しゃく》や叙勲の事ばかり議論している。貞吉は他の人ほど戦時の増税については苦痛を感じないが、ただ徹夜で電報受附の当直をするのが、いやなばかりに、一日も早くと、平和を希《ねが》っていた。戦争の結果なぞ殆《ほとん》ど考慮すべき問題でない。万一負けた処《ところ》で、今日では各国との国際関係から、昔のように戦敗が直ちに国の滅亡という事になる気遣いがない。賞金を取られるだけだ。国民の負担が比較的重くなる。重くなったとて、直《す》ぐ貧乏して餓死する訳じゃない。自分の父は相当に累のない一家を持っているし、自分は自分だけの月給で暮して行けばよい。たかだか高等官最下級の外交官補だ。政府だってないものは無理に徴発も出来まい……。こんな事を考える事さえ忽《たちま》ち無用になった。戦争の報知は勝利ばかりしか伝《つた》え来ぬ。そういう電報をば貞吉は、手ずから飜訳するのであるが、職業柄止《や》むを得ないという義務の念ばかりに使役せられて、熱しもせず、珍らしくも、面白くも感じなくなってしまった。

講和大使の一行が米国に乗込んで来た。談判地へ派遣せられなかった居残りの公使館員は皆非常に不平だ。不平な原因は、国家を思う熱誠からではなくて、差詰《さしず》め叙勲の沙汰には縁遠くなった虚栄の失敗から出る泣言としか、貞吉には思われなかった。貞吉もワシントンに残された連中の一人であった。しかし、可笑しいほど不平でも、得意でも何んでもない。ただ日一日と深く感ずるのは、外交官になっているのが不快である。日本政府によって衣食しているのが心疚《こころやま》しくてならない事であった。貞吉は、日本政府の外交官たる以上は、夜の目も眠らぬほどな愛国の熱誠に駆《か》られて見たいと思うのだが、どうしても思うように行かぬ。行かない以上は、断然、辞職し、国籍を脱し無籍浮浪の猶太《ユダヤ》人かジプシイ見たようになってしまいたい。しかしこれも要するに「なってしまいたい。」というだけで、事実にはどうする事も出来ず、ぐずぐずに日を送っているのだ。

その中に三等書記官に昇進した。厳《いか》めしい辞令書に対した瞬間には、訳もなく自分の身の上が滑稽で堪《たま》らなく思われた。次いで、新しく大使館になった英京倫敦《ロンドン》に転任を命ぜられた。

その日まで、これもぐずぐずに腐れ縁のつづいていたアーマは一緒に連れて行ってくれるか。でなくば死ぬといって泣く。貞吉は考えた。もし真実心疚《こころやま》しい官職から身を退《しりぞ》ける気ならば、この時を逸して他によい機会はない。しかし、官を去れば、海外の事、これという衣食の道がない。否応《いやおう》なしにアーマの望み通り、醜業婦で衣食する不良の遊民専門になってしまう。それはアーマがいい出したくてさすがにいい出し得ずにいる兼《かね》てからの宿望である。名誉と恋の衝突なる古い問題が提出される。しかし貞吉の苦しむのは、その問題の答案ではない。答案は恋の勝利と已《すで》に決定されている。決定されているが、相も変らず断行する勇気がない。如何《いか》にしたら実行の勇気が出るだろう。悶々《もんもん》の中に日数は過ぎた。いよいよ最後という晩に、貞吉は、どうにでもなれ。その時の場合で、なるようにしか物事はなるものじゃない。しかし心の底ではどうかして近頃見て感じた芝居や小説の人物のように、自分も恋のため、女のために、名を捨て身を過《あやま》つ悲惨な人物になりたいものだ。そう念じながらアーマを訪ずれた。

何でもない平日でさえ、アーマは階子段を上る自分の足音を聞付け、戸の開くのを遅しとその陰に待構えていて、自分の身体が一足、その室の中に踏入るや否や、力一杯に武者《むしゃ》振《ぶ》りつき、直訳したら、おお我が親愛なるもの！　わが赤児！　わが鶏《にわとり》！　わが宝石！　わが桃の実！　わが甘き菓子！　なぞと叫びながら、口、眼、耳、鼻、頬あらゆる処《ところ》に接吻して騒ぐが例である。されば、この日は、別れるか、同棲するか、いよいよ最後の運命の決着する会合の事。貞吉は自分の返事一ツで、どんな騒ぎが始まるとも推測が付かず、あたかも悪霊の籠《こも》った秘密の室にでも近付くように、足音を忍び、そッと戸を押して這入《はい》った。

きっと寝床の中に泣いているだろうと思ったアーマは、午後《ひるすぎ》の寝乱れた髪のままながら、長椅子の上に起きていて、半分引寄せた窓掛の間から外を見ていた。貞吉の姿を見ると、静《しず》かに立って手を取り、「別にお変《かわ》りもなくッて？」と、妻君が毎朝夫にするような、軽い接吻の礼をなし、そのまま、長椅子へ並んで坐《すわ》らせた。貞吉は、自分の姿の現われると共に、西洋婦人には珍しくない、感情の激動から、一時的の気絶でもしはせぬかと思いの外、余《あまり》に烈《はげ》しい万事の相違に、何となく底気味悪く、早や気でも狂《ちが》っているのではないかとも怪《あやし》まれ、少時《しばし》は女の様子をば見て見ぬように覗《うかが》うばかりであった。アーマは気もちがっておらぬ。泣きもせぬ。静《しずか》に男の手だけをその膝《ひざ》の上に握って、「あなた。私が悪かったんですから勘忍《かんにん》して下さい。死ぬの何のと、あれは皆な私の我儘《わがまま》でした。後生《ごしょう》ですから私にかまわずにイギリスへ行らしッて下さい。初めてお目にかかってから満《まる》二年も嬉しい月日を送ったんですもの、この上、何の彼《か》のと我儘ばかりいっちゃ神様にも済みません。ほんとに構《かま》わず行って下さい。ね、あなた。ですけれど、私の事だけはどうか忘れないでいて下さい。無駄使いせずに私はお金を沢山ためて、きっとロンドンまで逢いに行きます。だから、あなたも、浮気なんぞしないで待ってて下さい。二人一緒に、そうしたら、あなたの夏休みに、瑞西《スイス》の温泉にでも行こうじゃありませんか。ね、一生忘れないという誓言《せいげん》だけ立てて下さい。手紙を船の出る度々《たんび》に出す約束だけして下さい。それでもう、私は心から満足です。アブソリュートリー に幸福《ハッピー》です。」と片手で心臓のあたりを打ち、声に力を入れていい切った。

貞吉は覚えずほろりと涙を落した。拝むようにその足元に跪《ひざまず》いた。官職を捨てて遊民になろうなぞとは余りに無謀な空想であった。物事は真率に、謹み深く考えねばならぬ。

自分は官命止《や》み難《がた》く、海を隔てて逢われぬ恋に憧憬《あこが》れよう。その方が遥《はるか》に恋に忠実なるものというべきである。形容の出来ない、痛ましい、同時に美しい悲哀が、胸の底深く突入るのを覚えた。ああ、あの時に、静なワシントンの街の、何処からともなく流れて来る、遠い会堂の讃美歌の声をば、自分はアーマと二人、如何なる深い感動を以て黙聴したであろう。

三

ふと、夢に聞く響かとばかり、耳につくのは、あの、遠い昔の讃美歌の声ではなくて、身は大西洋を越えて欧洲の中心。巴里の放蕩児《ほうとうじ》が夜を明かして騒ぐ舞踏場の音楽である。貞吉は同衾《どうきん》している女の眠りを覚さぬようにと、そっと身を寝床から滑《すべ》り出し、煖炉の前の長椅子にぼんやり坐《すわ》った。火はまだ燃えている。部屋は暑い。

窓を開けた。閉《ふさ》いだ耳の栓《せん》でも取った時のように、舞踏の音楽が一段高まる。それにつれて馬車の音、女の笑う声、酔う人の歌う歌が、氷のような空気と共に室内に突き入って来る。須臾《しばらく》にして窓を下《おろ》した。物音は忽然《こつぜん》、世を隔る如く遠くなった。

貞吉は、とても眠られぬ。このまま坐ってもおられぬ。無暗《むやみ》に外へ出たくなった。女を起そうか。きっと止めるに違いない。それを無理に振切るのも厭《いや》だし、納得するようにいい聞かすのはむずかしくもあり、また面倒臭い。時計を見れば、巴里じゃまだ宵の口ともいうべき三時にしかならぬ。名案を得たという体《てい》で、貞吉は、机の上の紙片に、明朝、非常に早く用事があるから帰った。少しばかりなれど、路易金貨《ルイドオルカドー》の贈物お受取り被下度候《くだされたくそうろう》。二、三日中に、横町の料理屋にて、昨夜の時刻頃に、再びお目もじ致し度く候。との走り書き。その上に二拾法《フラン》の金貨を載せ、急いで女の室を出た。

霧でぼっとした暗い横町には、幾組の男女が寒さに互の身を摺合《すりあわ》せ、急いで歩いている。通過《とおりす》ぎる馬車の中からは、酔っている男が、大声で歌うのもあった。真暗《まっくら》な露地口や、瓦斯燈《ガスとう》の瞬《まばた》きする道の角々には、五人六人と一塊《ひとかたま》りになって立っている淫売婦が、夜明けの近づくまま、寒さに身の凍えるにつけ、半分は泣き声で、通過ぎる男の袖を引く。貞吉は道が緩《ゆるや》かな下り坂になっているまま、身体《からだ》が自然と前の方へ進んで行くので、馬車も呼ばず寒さも感ぜず、どんどん歩いた。霧と燈の相戦うあたりの薄暗さに烟《けむり》のような建物の影は夢裏《むり》のものとしか見えぬ。深い過去の追回は、運ばれる歩調の速度に従う如くなおも引続いてその後の生涯を描き続ける。

アーマに別れた当座は実に淋しかった。一思いにアメリカに帰ろうか。寧《いっ》そアーマを呼寄せようかとも思って、手紙まで書き掛けた。ふと、下宿した家の令嬢と懇意になった。音楽が好きで自分にも勧《すす》めて、毎晩ピアノを教《おしえ》てくれた。処女の潔白が如何にも高く美しく見えた。浅間《あさま》しい経歴の女を遠くから呼寄せて、強いて自分の一生涯を日陰にするほどでもあるまいと、知らず知らず一時の決心が鈍《にぶ》った。現実に見て破綻を生ずる憂《うれい》のあるよりも、むしろ精神上で長く変らず、アーマの純粋な恋のみを味《あじわ》っている方が、と理窟を付けた。その中《うち》、次第次第に寂寞《せきばく》に馴れた、時にはかえって寂寞を愛するようになった。音楽と読書に深い興味を得た。真面目に健全な人生問題を考えた。アーマの事は最早《もは》や、堪え難い烈《はげ》しい追想ではなくて、遠い、快い、夢のような記念の一ツになった。

巴里に転任した。真黒にくすぶった倫敦《ロンドン》から、突然、明《あかる》く賑《にぎや》かな巴里に出た心地は、湿った森を抜けて、日の照る花園を見たよりも更に烈しい変化であった。濁ったテームスの水に馴れた眼は、緑深いセーヌの流。黒く厳《いかめ》しいウエストミンスターを仰いだ心は、ノートルダームの佳麗に驚き迷わされた。夕暮の音楽、夜の燈火、婦女の往来は貞吉をして覚えず、巴里は自分の本能性と先天的に一致する処があるといわしめた。貞吉は例えば魚類が泳ぐ事を知っていると同様、誘惑されるのではなくて、天然自然に高帽燕尾服でブールヴァールあたりに夜明しをする連中の一人になった。英国に於ける沈思的な生活が、そうなって見ると、不自然とよりは、解釈の出来ぬほど不思議に思返される。どうして、あんな柄にもない事が出来たのであろう。女一人買わなかった。貞吉は取返しのつかぬ短い青春の二年間というものを、無駄にした埋合《うめあわ》せでもする気で、遊びたくない晩でも務めて遊びに出掛ける事さえあった。

他愛《たあい》もなく時間は過ぎる。けれども、貞吉はどういうものか、万事につけて、米国赴《ふ》任《にん》当初のような生々《いきいき》した感興、身の顫《ふる》う衝動を覚える事が出来ない。ああ好《い》い女だ、と眼だけは引付けられても、心では、如何《どん》な無理をしてもというほどの勇気が起らぬ。貞吉は、どうかして最《も》一度、アーマに対したような、血の煮返る熱烈な恋をして見たい、その思いにのみ日を送っている。無論売女ばかりじゃない。職務上で、巴里の外交界、交際場裏で、宝石や衣服の美を尽す貴婦人や令嬢とも同席する場合には、必ず無限の空想を宿す眼をその方へ注ぐ。けれどもそれは実際、夢よりも果敢《はか》ない空想に過ぎぬ。日本の外交官一般の通弊とでもいおうか。心ばかりはいくら負けぬ気でも、つまりは影辨慶。いざ晴れの夜会の場になると、どうしても引け目で、面伏《おもぶ》せで、自然と知らぬ間に、南米やバルカン諸国辺りの、碌《ろく》でもない奴《やつ》らの影になって、その存在さえを認められずに過《す》ぎてしまう。表面の外交問題の掛引になればなおさらで、貞吉には年と共に事情の幾分が分れば分るほど、職業の不適当を感じ、米国時代の失望にいよいよその根底を深くさせるばかり。自分はどうして外交官なぞになったのだろうと。書生の空想が如何に人を欺《あざむ》くものであるかを憤りもする。自分はどれほど他人から推薦されるとしても、とても安《やすん》じて将来公使や大使になり済ます勇気はない。平然として何の煩悶《はんもん》もないらしく国家の重任を帯びている先輩、上官の態度が、堪えられない不快に感じられる、自分はたった一ツ無頓着とも称する一種の勇気のないため、報告書の筆耕で一生を畢《おわ》るのかと心細くてならぬ事もあった。

四

オペラの裏手から、ブールヴァールへ出た。無暗《むやみ》に歩いたので、腹が減った。夜通し起きているオランピヤの酒場《さかば》へ立寄ってサンドイッチでも食いたいと思ったが、しかし彼処《あすこ》は日本人の能《よ》く落合う処で、きっと今夜も一人や二人来ているに違いない。彼らに逢うのが面倒だ、との一念が、空腹を我慢させてまで、貞吉の身をば、辻馬車で一思いにその家まで送り帰してしまった。

貞吉は実際、自分ながら訳《わけ》の分らぬほど、日本人を毛嫌いしている。西洋に来たのを鬼の首でも取ったように得意がっている漫遊実業家、何の役にも立たぬ政府の視察員、天から虫の好かぬ陸軍の留学生。彼らは、秘密を曝《あば》かれる懼《おそ》れがないと見て、夜半酒場に出入し、醜業婦に戯《たわむ》れていながら、浅薄な観察で欧洲社会の腐敗を罵《ののし》り、その上句《あげく》には狭い道徳観から古い武士道なぞを今更の如くゆかし気《げ》にいい囃《はや》す。一方には博士だとか何とかいう文部省の留学生がいて、その中には驚くほど謹勉篤学《きんべんとくがく》の人がある。が、それらの人に対しては、貞吉は、単に謹勉という点だけでも、到底自分の及ばぬ事なので、妙に羨《うらやま》しくもあり、恐しくもあって、やはり逢う事をばこちらから避けようとするのであった。

腹の空《す》いているためか、翌朝は前夜を更《ふ》かしたにもかかわらず、早く眼が覚めた。大使館の椅子で折があれば、居眠りと生欠《なまあくび》をして、夕方は退出すると、有合《ありあ》う近所の安飯屋で腹を拵《こしら》え、家へ帰って、直《す》ぐ寝てしまった。次の日は充分な睡眠後の事とて、もう、むざむざ長い夜を早寝するわけには行かぬ。置手紙をした前夜の女の事が、折能《おりよ》く思返されたので、例のプラース、ブランシュの横町の小料理屋へ赴《おもむ》いた。

「待ってたのよ!」

女は大勢人のいるにもかかわらず、抱付いて音高く接吻した。貞吉は女が先に立って料理を選定してくれるので、平素《いつも》のように、献立書《ムニュー》を眺めて、何にしよう。フライはいいが、魚は古いか新しいかなぞと思案する面倒もなく、甘《うま》くはないが話相手につれて葡萄酒にもほろりと酔えた。これが何より有難《ありがた》い。

貞吉は、無暗《むやみ》に嬉しく、はしゃぎ出して、女を連れて舞踏場へ行こうといった。それならば是非《ぜひ》とも着物を着換えて行きたいという女の言葉に、貞吉は長仕《ながじ》度《たく》の間を茫然《ぼんやり》待たせられるのが、つまらなく思われ、それじゃ仕方がない。近所の見世物にでも行こうかと、種々迷った上句に、俗謡詩人《シャンソニユー》が地口《じぐち》の即興詩を歌う酒場に這入《はい》った。

其処《そこ》を出ても、貞吉はまだ歩きたくてならぬ。女の室へ行けば寝るより外に仕草のないのが、如何《いか》にも無造作にこの夜の落《らく》を付けてしまうようで面白くないのだ。何処かで最一度《もう》物でも食おうかといい出したところが、女は巴里で金を使うほど馬鹿馬鹿しい事はない。昨日今日《きのうきょう》巴里を初めて見た人でもないのに。といわれて貞吉は返す言葉なく、まるで、不勝手な新世帯の夫婦連《ふうふづれ》が食後の散歩にでも出たように、十二時前に室へ帰った。

フランスのこういう種類の女には、どうかすると、一時の酔興で恐しく世帯じみた事の好きな性質のものがある。貞吉の相方《あいかた》もその一人であろう。燈火《あかり》を暗くし、衣服を脱《ぬ》ぎ、寝床に這入《はい》り、その寝床が、二人の身体《からだ》で暖かになり、遂には蒸されて、寝返りでもする時には、肉を焼く竈《かまど》の扉を開けたよう、油じみた熱い空気が、夜具の間から鼻先へ漏れて来る、街の物音が次第次第に遠く幽《かす》かになり、隣の室の話声が怪《あや》し気《げ》に途絶《とだ》え、灯《ひ》を消した階子段をば折々、疲れた人の足音が上って来る――乃《すなわ》ち女が男の眠りにつく前を覘《ねら》って種々《さまざま》微細な事をいい聞かす時刻である。貞吉の女(ロザネットという事をその夜始めて聞いた)ロザネットはこの時刻を逃《のが》さずに、是非とも男と一緒に新世帯を持って見たい。忠実に女房らしく働いて見せる、食事もうまく賄《まかな》って見せると、いろいろに水入らずの生活の楽しさ艶《なまめ》かしさを喃々《なんなん》と語りつづけた。で、その費用の事まで進んだ時には、女は初手から、外国人の好《よ》い客と見て、一も二もなく、賛同の返事を予期したらしく、「二人の洗濯代まで入れてね、一カ月三百法《フラン》で、何も彼《か》もやって見せます。」と元気のある声でいい切った。

ところが、貞吉の方は依然として、にやにや笑っているばかり。好いか悪いか、一向に煮切《にえき》らない。しかしこれは何によらず人から物を相談される時の、貞吉が自然の態度なのだ。男らしくきっぱり拒絶もせぬ代り、進んで引受ける風もしないので、相手と場合によっては、思わぬ成功を来《きた》す事がある。独《ひと》りで焦《じ》れ込んだロザネットは、弱切《よわりき》った上句、遂には自分から、折れて、

「二百法でも遣《や》って行けるかも知れない。」と情なくいい捨て、「あなた、二百法出す。きっと出すと約束して下さいな。ね、ね。いいでしょう。」

「いいよ。分ってるよ。」

疾《とう》から話は決っているのだという調子で、貞吉は眠むそうに眼をつぶってしまった。けれども、貞吉は真実睡ったのではない。約束した二百法の事を考えている。月俸や手当、すべての収入が八百法あるから、二百法まるまる欺《だま》されて取られたところで、大《たい》し

た損害でもない。二百法位はどうせ月々不要領に消えてしまうのだ。

翌朝、別れてから、二日たッて、ロザネットが電報を寄越《よこ》した。全《まる》一日足を棒にして室《へや》を捜して歩き、漸《ようや》くバチニョルの並木通から、北へ這入《はい》る――町――番地の三階目に、またとないほど好《よ》いのを目付けたとの事であった。

行って見ると、場末の割には静《しずか》で綺麗な横町であるが、女のいうほど、大した目付物《めつけもの》とも思われぬ、普通の借間《かしま》だ。しかし無論不満足をいうべき点はない。

一生懸命、自分のために真目真目《まめまめ》しく働《はたら》く女の様子を見れば、さすがに憎《に》くはない。煖炉の前の小机に白い布をかけて、臨時の食卓を作り、二人差向いに食事をした時には、繁華な街の料理屋で、粧《よそおい》凝《こら》した女供を相手にシャンパンを飲むのとは、また別段。ランプは暗く、その辺は今朝引越したばかりの、取散らされたままで、蓋《ふた》の明いた行李《マール》の中から、女着のレースや何かが床《ゆか》の上まで溢《あふ》れ出している。煖炉の花瓶にはまだ花一ツ挿《さ》してない。この室の有様に連れて、貞吉はロザネットが髪を綺麗に縮らし、顔には紅白粉をつけながら、古ぼけて、綻《ほころ》びさえある日本式のキモノを着て働く姿を見ればなおさらに、恋の落人《おちうど》が世を忍ぶような、如何にも深い懐《なつか》しい感に打たれた。

食後は、自ら進んで、散歩に誘い、花瓶に挿すべき花束やら、壁にかくべき裸体画の額なぞ買求めて帰った。帰る道すがらも、貞吉は、世の中は何といっても、女でなくちゃ夜が明けぬ、とつくづくそう思った。

最初の一カ月は、万事が物珍《ものめずら》しく、愉快なばかりか、ロザネットは約束通りの金高で滞《とどこお》りなく遣《や》って見せた。二カ月目に、毎日晩餐の仕度《したく》をしに来る日雇《ひやとい》の老婆に対する賃銭だけが、支払い兼ねるという。ところが、三カ月目になッてぽッかり室代《へやだい》として七十法の超過を訴えた。

それをば貞吉は、例の煮切らぬ調子であしらうと、ロザネットはこれまでの態度とは打って変って、

「あなた。ただうむうむばかりじゃ、埒《らち》があきませんよ。いいんですか。いいのなら直《す》ぐ出して下さいな。」と突込《つきこ》んで来た。

貞吉は、ぐっと癪《しゃく》に触った。が、向《むき》になって怒るのは馬鹿馬鹿しい。こっちが怒るより、相手をなおも怒らして弄《もてあそ》んでやる方が、遥かに充分の腹讐《はらいせ》になる……そう思って、

「二、三日中に都合する。」というべき処をわざわざ、

「二、三日中に都合して見よう。出来るだけ。」といって見た。

果せる哉《かな》女は急込《せきこ》んで、

「あなた。それじゃ真実《ほんと》に困《こま》ッちまう。出来るなら出来る……たかが七十法じゃありませんか。きっと出来ますか。」

「だから、出来るだろうというのじゃないか。」

「よござんす。」女の声は顫《ふる》えて、「それじゃ、もうよござんす。もう頼みません。」

「頼まなくって済む事なら、始ッから黙ってるがいい。」

貞吉は勝利を得た態《てい》で、横を向き、煙草を吹いていたが、突然、怪しい音に心付いて振向《ふりむ》けば、ロザネットが椅子の凭木《もたれぎ》へ掛けた腕の上に顔を押当て、泣きしゃくッているのであった。

貞吉は忽《たちま》ち気の毒になって、傍に立寄り、「何だって、そんなに怒るのだ？　いいよ、明日《あした》にでも、きっと届けてやる。」

女はいい宥《なだ》められると、ますます感情が激すると見えて、泣き止《や》まぬ。此度は貞吉の方が、真実《ほんとう》に疳癪《かんしゃく》を起し、勝手にしろとばかりに、室の外へ出て行こうとする。女は驚いて取縋《とりすが》る。謝罪《あやま》る。繰返して事情を開陳する。真《まこと》か嘘か、これまでの楽しさ嬉しさを長々と口説《くど》き立てる。それが貞吉には、疳癪に触っている場合、殆《ほとん》ど堪えられないほどうるさく、一層《いっそ》、最初に金を出してしまえば好《よ》かったと後悔するが、今更どうともしようがないので、独《ひと》りで焦《じ》れ込む。貞吉は、今夜一晩、泣いたり怒ったりする面倒臭いロザネットの傍にいるのが、つくづく厭《い》やに思われた。七拾法は愚《おろ》か百でも、二百でも金で済む事ならそれを置いて、外をぶらぶら何処《どこ》かでまた更に新しい、風《ふう》の変った女に出逢いたくて堪《たま》らない。一度《ひとた》び理由もなく、厭《いや》だと思ったら、どんなにしても我慢の出来ぬのが、飽《あ》き易《やす》い貞吉の性質である。貞吉は、我慢に我慢して、その夜はやッとの事女の室に泊ったけれど、無暗《むやみ》に居心地が悪く、ただ一心に翌日の朝の来るのを待つばかりである。並べた枕から女の寐顔《ねがお》を眺めると、髪を解《と》いた生際《はえぎわ》の抜上り方が、おぞ気《け》立つほど厭《いと》わしく、金を入れた歯の間の汚目《よごれめ》が、不潔に見え、よくこんな女の唇に接吻が出来た。油ぎった小鼻の形が不快でならぬ。目の縁にはもう皺《しわ》が寄っている。白粉の剝《は》げた頰の血色《つや》の悪い事、身体に何か病毒でもありはせまいか。汗を交え、呼吸を接するのは危険なような気さえ起った。

明日《あした》の晩、七十法《フラン》持って行て遣《や》るのが最後のお別れだ。もう二度と妾だの、囲者なんぞ置くものじゃない。と決心したが、それに連れて、感ずるともなく深く感じて来るのは、結婚に対する不快と反抗の念である。結婚とは、最初長くて三カ月間の感興を生命に、一生涯の歓楽を犠牲にするものだ。毎日、毎夜、一生涯を同じ女の、次第に冷て行く同じ肉、同じ動作、同じ愛情、同じ衝突、同じ講和、同じ波瀾、一ツとして新しい範囲に突飛する事はない。良人たるべき単調に堪え得る人は、驚くべき意力の人だ。自分は世間一般の結婚期を、外国にいたばかりに、周囲からは何の勧誘も干渉も受けずに、大なる危険から逃れていた事を、非常に嬉しく思ったが、さすれば、この一生涯は遂に孤独で果てるよりしようがないのか。思定めて見ると、自然というにいわれぬ深い落寞《らくばく》の感に打たれた。しかし、すぐとまた、反抗の気力が出て、何《な》に世間に女はいくらもある。酒もある。出来るだけ陽気にやって行くばかりだ……それなり疲れて眠ってしまった。

五

カルナワルの祭が近付いた。天気は雨になり風になり、折々は雲の間に何ともいえぬ美しい青空が見える。大通の商店には、晴々《はればれ》しい春衣の女物が飾り立てられた。諸処に名残りの仮面舞踏会があると見えて、まだ寒い夕霧の中に、新しい街の灯の輝くを遅しと、種々雑多な仮装をした男女が、馬車に乗って馳過《はせす》ぎる。昇天《パーク》の祭も過ぎて、四月も半ばになった。シャンゼリゼーを初め巴里中の並木は一斉に木芽《このめ》を吹き、新しく洗出したような青空の光に、きらきらと宝石を連ねた如くに輝く。セーヌ河を往来する小蒸汽船には、もう美しい色の日傘をさした女さえある。欧米各国から巴里見物に来る外国人の群が、ブールヴァールからオペラの近辺に、大分うろつき出した。グランパレーの前には、有名な美術展覧会《サロン》開場の旗が幾筋も飜《ひるが》える。到る処《ところ》の辻や角には選挙運動の貼紙がうるさく目につく。パンテオンの堂前に書生の大喧嘩《おおげんか》があった。並木の木の芽は日一日と伸《の》びて、花の開くよりも美しく、青い軟《やわらか》いマロニヱー樹の若葉になる。午後の公園、大通、四辻なぞは、日曜日でなくとも、散歩の人が押合うほどに出盛《でさか》る。カッフェーや料理屋では人が寄ると触わると競馬の話ばかりしている。

貞吉は已《すで》に三度目の春ながら、巴里の春ばかりにはさすがに飽きる事を知らぬ。毎年毎年新しい変ったものに逢うような気がする。人生に春ほどいいものはないと、青空の色を見ればつくづく感ずる。新しい楽しみを見出すのはこの時節だ。散歩の人出の中には、こういう人たちの心を引こうとて、さまざまな化粧をした女が、秋波《しゅうは》を送りながら徘徊《はいかい》している。貞吉には新しく目につく未知の女といえば、一人として風情深く、卑しい空想を誘わぬはない。けれども、一度《ひとたび》誘われるままに慾望を遂《と》げてしまうと、最《も》う二度と同じ相手を繰返す興味がなく、甲から乙、乙から丙にと、遂には誰《だ》れ彼《か》れの選みなく、行き当りばったり摺違《すれちが》う女を弄《もてあそ》び始めた。並木の若葉は已に伸び尽して、房のようなマロニヱーの白い花が、行交《ゆきちが》う馬車の轟きと共に、往来《ゆきき》の人の肩の上に散り掛かる頃となった。もう夏らしい烈しい夕陽がマドレーンの寺院の後に沈んで、並び連なる人家の片側が、反照の焔に燃立つブールヴァールの夕まぐれ、或る時、貞吉は例の如く夕飯の料理屋を捜しながら散歩して行くと、その辺の角々に徘徊する醜業婦の大半は何《いず》れも一度、買った事のある女ばかりなのに、自分ながら驚いた。

一刹那《せつな》に起る慚愧《ざんき》の念に、覚えず貞吉は、姿を隠そうとしたけれど、マドレーンからカピュッシーンへ続く広小路の、大きな商店ばかりで曲《まが》るべき露地横町は一条《ひとすじ》もない。夕方の雑沓をまだしも幸いと、その中に交って詮方《せんかた》なしに歩いた。醜業婦どもは早くも貞吉の顔を認めて、妙な色目をつかって呼ぶのもあったが、互に何かいい合うらしく、遂には、乳搾《ちちしぼ》りのような汚《きたな》い肥《ふと》ッちょうの女が大きな口を開いて笑った。笑う拍子に、人でも喰ったように紅をさした厚い唇のぱっくり開《あ》いたのが、実に何ともいえぬほど、不潔、不快……不快ばかりではない、貞吉は心の底までに、拭いがたい汚辱《おじょく》を被らせられたように感じた。

ああ。いやだ。実にいやだ。自分はこうまで汚辱の淵に堕落しているとは気付かなかった。潔白な、健全な、真面目な生活に、どうかして復帰したいものだと、しみじみ思った。

善悪を問わず、その辺の料理屋で食事も急いで済まし、何の理由もないのに、無暗《むやみ》と家へ帰って、人のいない処で静かに物を考えよう。何を考えるとも明《あきら》かに思定めているのではないが、ただ、無暗に考えに沈みたくなったのだ。乗合馬車にまで乗って家路を急ぎ、コンコルドまで出て、シャンゼリゼーを上る乗換の馬車を待ったが、容易に来ない、やッと来たかと思えば、二台とも満員であった。

貞吉は気がせかれて、大股に歩き出した。五月も半《なかば》。日はもう長い。見渡すかなたの凱旋門は、烈《はげ》しい夕照の空を後にして、物凄《ものすご》いほど濃く黒く聳《そび》える。その下から真直《まっすぐ》に、広々と、緩《ゆるや》かな傾斜をなしたシャンゼリゼーの大道には、無数の馬車自働車の列が、目の舞うように動揺している。貞吉には最早《もは》や、珍らしいというではないけれど、さすが、巴里でなければ見られない繁華豪奢《ごうしゃ》の有様に、心は如何《いか》ほど家路を急《せ》きながら、眼は今更の如く牽《ひ》きつけられて眺め入る。轟々《ごうごう》と大地を揺《ゆす》る車輪と馬蹄の響の中には何という強さ、深さが含まれているであろう！　車に乗っている男女……人種、職業、境遇、年齢の千差万様な人間をば、一様《いちよう》に盲動させる運命の声を聞くようではないか。色付いた夕方の水蒸気と人馬の塵埃《ほこり》とで、あたりはぼっと霞《かす》んでいる。大通の左右に広がる深い若葉の木立は、車の動揺と相反して、如何にも静かである。幾千本とも知れぬその梢《こずえ》は、一斉の高さに連《つらな》り、近いものから、一株一株と、こんもりした茂りの列が段々に、緑から紫、紫から紺色に、極《ご》く遠い処は、黄昏《たそがれ》の空に対して、雲のように黒く棚曳《たなび》いている。

足の向くままに木立の陰に這入《はい》ると、夕方の空気の冷《つめた》さと、樹木の薫りが際立《きわだ》って感じられる。大空は高い橡《とち》の木《き》の若葉で隙間《すきま》なく遮《さえぎ》られているが、夏の明《あかる》い黄昏の光は、一層ゆかしく、七重八重に立交《たちちが》う太い幹の間に漂《ただよ》っている。蟠《わだかま》るような、低い雑木の茂りは、遠近に従い、朦朧《おぼろ》ながらに微妙な濃淡を示す。その間へと奥深く、鼠色した砂の輝く優しい小径《こみち》が、さながら人を夢幻の境に誘い入れるよう、行先も知れず迂曲して行く。迂曲する角の処々には、花壇があって、チュリップの鮮《あざやか》な色分け、ダリヤの紅色《くれない》、薔薇の粧いは、あたりの薄暗いだけに、丁度寝屋《ねや》の燈火が、おぼろに照す、女の衣裳《いしょう》を見るよう。影なるベンチには、動かぬ男女の、尽きざる話声も聞える。貞吉は今日初めて、この公園を見出したような思いがして、有合う腰掛に杖を止めた。絶えざる車の轟きが、咲き匂う花壇を越え、木立を隔てて、遠く遠くなるにつけ、一層、意味深く聞きなされる。木立の後には、いつも静《しずか》なガブリエルの裏通が見え、エリゼーの館と覚しい白い土塀が、折りから輝くガス燈の光に蒼く照し出された。そのガス燈はイフと呼ばれて、贅沢《ぜいたく》を尽した三角形をなし、順序よく裏通の左右に、並んでいる。青い若葉の蔭にかくれて、このあたりには、風雅な料理屋と、夏の夜を涼みがてらに聴く劇場があって、数知れぬ軒端《のきば》の燈火《ともしび》は、絹よりも薄く軟《やわら》かな青葉を、茂りの奥底から照出すので、満目、何処《いずこ》を見返っても、透通《すきとお》る濃い緑の色の、層をなして輝き渡るさま、造化の美を奪う人工の巧み。ああ、これが巴里だ！　と貞吉は思った。巌、石、雑草、激流、青苔、土塊、砂礫、沢沼、そういう不安と動揺の暗色世界からは全く隔離して、花、絹、繍取《ぬいとり》、香水、燈火の巷《ちまた》に放浪し、国を憂いず、民を思わず、親を捨てて、家もなく、妻もなく、一朝、歓楽極《きわま》って、哀傷切なる身の上は、何という風情《ふぜい》深い末路であろう！　かくして、一日も早く、老年、悲痛、悔恨等の襲来せぬ中《うち》に、早く、一日も早く、利己の満足と慾情の恍惚《こうこつ》中に一生を終えてしまいたいものだ。夭折《ようせつ》、頓死、これより外には、もう自分の将来を幸福ならしめるものは一ツも見当らない。

ガブリヱルの裏道をば、劇場へ出るらしい美人を載せた一輛の馬車が通る。美人は二人連れ何《いず》れも舞台へ出るそのままの衣服に、帽子は冠《かぶ》らず、黒髪の間にさした宝石をあたりの燈火に露の玉かと燦《きらめ》かす。三人連立って木の下を歩いていた夜会服の男が、知己《ちかづき》なのか、あるいは藝人と見て戯《からか》うのか、聞取りにくい二語《ふたこと》三語《こと》。すると、女の一人が、真白な細い手を上げて持ったる鈴蘭《ミュゲー》の花束を投げた。馬車は鈴のような涼しい女の笑声を載せたまま過ぎてしまう。かがんで拾取《ひろいと》った男の一人は花束の上に、冗談らしく接吻する、その影をば瓦斯燈《ガスとう》が黒く長く、光った砂地の上に描いた。先に立った二人の姿は、最《も》う青葉の茂りに隠れている——どうしても画だ。巴里遊楽の漫画なぞにあるその通りの情景だ。

貞吉は先ほどの悔恨と慚愧《ざんき》の念をば、早《は》や跡形《あとかた》もなく忘れている。懐中《ふところ》に金さえあれば、自分も今夜、劇場へ行き、ああいう美人を楽屋口に待受けて、料理屋のカビネ、パルチキュリヱー(秘密座敷)にでも連込んで見たい。女藝人や役者に関係して見なくては、いくら遊んだとて巴里で真実遊んだとはいわれない。それには、自分の収入が充分でない。外交官なぞと肩書ばかりは大きいが、ロシヤ辺の留学生よりも見じめな生活だ。巴里にいれば、心は果てしなく羨《うらや》み、身は限り知れず汚《けが》れて行くばかり。といって、日本に帰るが厭《いや》とあれば、一層、南米あたりの辺境に左遷されて、鳥なき里に蝙蝠《こうもり》を気取った方が、遥かにましであろう。

その時、突然、木陰の料理屋の音楽が響き出した。英国で下宿した家の令嬢から、ピアノを教《おそわ》った事のあるだけ、貞吉は直《す》ぐと、歌劇「カルメン」の抜萃曲《ばっすいきょく》である事を知った。第一に西班牙《スペイン》なる闘牛場の囃子《はやし》が、連絡なく、勇《いさま》しく華麗《はで》に湧返《わきかえ》る、とその次には鋭く、顫《ふる》えるビオロンのトレモロが、高い処から物でも落しかけるように、南国の激しい恋のさまを思わせた。それのみならず、全曲を通じて流渡る東方的の懶《ものう》く夢みるような色調が、さすがは不朽の傑作といわれるだけあって、聞入る人の魂を、一種神秘な遠い国へと持って行く。

貞吉は空も水も青く青く晴れ渡った海をば、心に見た。烈《はげ》しい日の光に、草も木もなく、黄色に焼けただれた野原を見た。牢獄のような厚い壁塗りの家の窓に、家畜の如く居眠っている裸体の蛮女を見た。

そういう国、懶惰《らんだ》、安逸、虚無の天国へと、再び帰り来る事なく、行ってしまおう。出来るならば、今夜にも行李の仕度《したく》をしたいような心持になって、貞吉は長く腰をかけたベンチから立上った。

六

家へ帰ると、夕方配達されたらしい一通の郵便が来ている。以前妾にしたロザネットの手紙だ。その後は、いいあんばい、久しく無心もいい越さぬので、いよいよ諦《あきら》めを付けたのかと思えば、またしても煩《うる》さい。何《な》んだ。半月あまりの大病で、家業は出来ず、頼る人はなし、薬は愚か、食《たべ》るものもない――それだから巴里には養育院がある、政府は公立病院を設置しているのだ、と貞吉は独《ひと》りで腹を立てた。放捨《ウッちゃら》かして置け。皆《みん》な遠い慮《おもんぱか》りをしないその身の罪だ。一時妾にしていたからッて、その時にはそれ相当の報酬をした。今日になって生死の問題にまで干与する義務はない。貞吉は自分ながら冷酷な決断に痛快を覚え、手紙を円《まる》めて煖炉の中に投入れたまま、寝床に這入《はい》った。燈火を消すと、窓だけが明《あかる》くなり、夏の夜の空と星が見える。眠《ねむり》に就こうとしたけれど、いつも外で夜明しする癖が付いているので、何となく居心《いごころ》が変って眠られない。ロザネットの事が妙に哀《あわれ》ッぽく思返されて来た。それのみか、万一死にでもしたら、自分を恨みはしないか、と気味さえ悪い。馬鹿なッ！ 貞吉は再び以前の冷酷に立返ろうと一心に務めた。なぜ、人間という奴《やつ》は、思うように劃然《かくぜん》と冷酷にも、また、劃然と慈悲一方にも傾き得ないのだろう。人間ほど、柔々不断、卑屈、未練なものはない。人間の関係ほど面倒なものはない。たッた妾一人さえ後腹《あとばら》やめずには置く事が出来ないのだ。

貞吉は病気の女に金を恵んでやりたくもあるし、また、幾分たりとそれだけの余裕があるなら、新しく女藝人へ馴染《なじみ》をつけた方がとも思迷い、不決断の中に眠ってしまった。その翌朝、大使館へ出勤すると、机の上に手紙が三、四通来ている。所書《ところがき》が赤字で書き換えられ、大分方々を転送されて来たらしい一通が目につき、第一に開いて見ると、絶えて久しいアーマからの便《たよ》りであった。

かつて自分を恋した華盛頓《ワシントン》のアーマは、運河工事で大勢の人が入り込むパナマの新開地へ出稼ぎに渡ったが、三カ月もたたぬ中《うち》に風土病に冒《おか》され、瀕死《ひんし》の砌《みぎ》りに、最終の祝福を昔の恋人に送るとの事。筆取る苦しさもさぞと思われる読みにくい文字さえ、わずか十行に足りない。貞吉は少時《しばし》茫然として、何事をも考える事が出来なかった。アーマ——実に三年この方《かた》、忘れられてしまった響である。どうして、パナマなぞへ行ったのであろう。貞吉の眼には、色香の失せたこういう種類の女の、一歩一歩に、零落して行く末路のさまが、ありありと浮んだ。アーマは米国を喰《く》いつめて、技手や工夫を相手にあんな処まで流れて行ったに違いない。可哀《かあい》そうな事をした。

電話の音に呼覚まされ、同僚の手前も気になって、貞吉は仔細《しさい》らしく他の書状を開く。

米国の商店に出張している旧学友の消息で、紐育《ニューヨーク》生活の高価な事、滞在手当の少《すくな》い事、交際のうるさい事、最後に官吏の境遇を羨《うらや》むような意味を匂わしている。次には、学校を卒業後十年一日の如くに、ある私立大学の教師になっている男が、バルカン問題だの、独英の海軍縮少問題だの、マロックの干渉までを論じて、世界外交の中心点に立つ貞吉の意見を叩いて来た。日本で書物ばかり見ている奴《やつ》は、これだから困る。困るよりは煙たくって恐《おそろ》しい。自分なぞは新聞も、寄席《よせ》だよりへ目を通す位で、論文一つ見た事がない。と貞吉は、心の中で、独りその無学、怠慢なるを快く嘲笑《あざわら》った。

午後《ひるすぎ》に電話がかかった。日頃懇意な西洋人から、今夜モンマルトルの劇場へ来てくれとの事。その知己《ちかづき》の女藝人何とか嬢というのが、アメリカ興行からの帰り新参で、その義理もあり、また、一座の中には非常に日本好きの女があるから、是非《ぜひ》貞吉に顔を出してくれと、何やら胸のとどろく話である。

貞吉はその夕、頭髪《かみのけ》を分け直し、手の爪《つめ》を磨《みが》き、口髯を縮らし、すっかり、燕尾服の支度をすまして、大きい姿見に対しながら薫《かお》りの強いトルコ煙草をくゆらした。藍色の煙が、閉め切った部屋の事で、天井へも昇らず、窓の方へも流れず、空間に長く棚曳《たなび》きかかったままで、動かずにいるのが、はっきりと鏡の中に映っている。電燈が簞笥の上に置き並べた香水、鋏、削刀《かみそり》、焼小手《やきごて》、コロン水、顔へ塗るクレーム、髯剃《ひげそり》の後でつける白粉なぞさまざまな小瓶《こびん》、小箱、小道具を照らす。貞吉は小娘のように他愛《たあい》もなく、あの者どもが自分の姿を美しくしてくれるのかと、嬉しいばかりか、有難いような気もする。粉飾、化粧、こればかりが、吾々を土人や野獣や草木土塊から区別してくれるのだ、とあらゆる人工、技巧の力を思い浮べ、淘然《とうぜん》として十八世紀王政時代の宮殿宮女のさまなぞを空想した。

室《へや》を出ると、番人《コンシエルヂユ》が瓦斯《ガス》を点《とも》し忘れたと見えて、階子段は真暗《まつくら》く空気が湿っている、一時《いちじ》紛《まぎ》らされていたアーマの最後が、突然思返された。アーマは今頃はもう死んでいるだろう。熱帯の土の下に、あの美しい身体《からだ》はもう腐って虫が湧いているだろう。美しい身体――実に暖かであった、肥っていた、滑《なめらか》であった。満《まる》二年間毎夜自分の肉が親しく触れて、感じたその身体は、もう千万里のかなたに朽ち腐されてしまった。貞吉は覚えず身顫《みぶるい》するほどの恐怖に打たれたが、階子段を下り尽して入口の戸を押すと、楽土の雲を破った如く、夏の夜の、燈火《ともしび》涼しい巴里の巷は、燦然《さんぜん》として目の前に拡がる。貞吉は狂する如く辻馬車を呼び、出来るだけ早く馳《か》けろと命じた。

馭者《ぎよしや》の打振る鞭《むち》の音高く、馬車は驀地《まつしくら》にシャンゼリゼーを下る。後にも先にも引続く馬車の中には、乗ったる美しい女の顔が、両側の燈火でははっきり見える。その化粧の薫《かおり》が、風と共に面を打つ。貞吉は忽《たちま》ち酔った。今夜の愉快がさまざまに想像せられる。

女藝人が肌着をぬぎ捨てる化粧室のさまが目に浮ぶ。車が丁度マリニー劇場の前を過ぎた。明《あかる》い灯の下に人が大勢込み合っている。コンコルトの広場に出た。高いオベリスク(尖柱)が、白い影のように突立っている。居並ぶ大きい石像が幽霊のように見えた。セーヌ河の方から、冷い風が吹付けて来る。貞吉は再びアーマの事を思った。しかし、それは最《も》う、最初の悲痛でもなく、その次の恐怖でもない。広場の向うには繁華雑踏の大通が見え、馬車が見る見るその方へ近づいて行く。音楽が聞える。貞吉はああ！ 過ぎた恋人の死をさえ、今はただの一夜も、忠実に泣き明す事の出来ぬ、自分の頼りない心を、自分ながら悲しく思ったのである。

七

五月下旬の午後《ひるすぎ》。巴里の都を囲む要塞の土手の上に、人がごろごろ寝ている。土手の後は、鼠色の汚れた屋根が海をなす巴里の街。土手の向《むこう》は、限り知れぬ広い広い、野と空の眺望《ながめ》である。もし、年久しくポンヌフやフォーブルグの陋巷《ろうこう》に住むものの、何かの拍子で、この辺《あたり》へ来たなら、一面の日光、一面の青空に、少時《しばし》は茫然として、新鮮な空気の深く、冷《つめた》く、肺臓に浸渡《しみわた》ることをば、むしろ恐れ、驚き、怪しむであろう。

市街に面する側の、土手の中腹には、ちらばらにプラターヌ樹が立っていて、寝ている人の上に、美しい若葉の天幕を拡げているが、頂上から、やがて、水のない深い濠《ほり》の方へと、烈《はげ》しく下りる傾斜の面は、どこも彼処《かしこ》も、伸びたいだけ伸びた青草の褥《しとね》に蔽《おお》われ、その濃く生々《いきいき》した緑の色は、影の汚点《しみ》一つない強い日光に照らされて、眩《まぶ》しいほどの光沢《つや》を誇っている。濠を越えた向には空地《あきち》があって、女が四、五人で綱を編んでいるのが、遠く小さいながら明瞭《はっきり》と見定められる。続いた小家の背面には、野菜畠がある。草花の咲乱れる間に、洗濯物の風に動き飜《ひるがえ》るのも見えた。郊外の田舎町は、それから続いて、四、五軒、巴里風の高い建物、二、三本、製造場の煙筒を聳《そび》やかし、いずれも貧し気《げ》な背部を、遮《さえぎ》るものなく曝《さら》し出しているが、左も右も、眼のとどく限り、新緑の林と田園とが広がっていて、折々通る汽車の烟は、女帽につけた駝鳥《だちょう》の羽飾《はねかざ》りのよう、茂った林の間を縫って、ふっくりと湧き上り棚曳《たなび》いて行く。極《ご》く遠く、其処《そこ》はもう、日の光のぎらぎらぎらして、一帯に曇り霞《かす》んで、鉛色に見える地平線の上には、銀色の光沢ある恐《おそろ》しい雲の列が、東の方へと徐《おもむ》ろに動く。

何から発するとも定め得られぬさまざまな物音が、雲の列を突いて、空のはずれまで反響するのかと思われる。それほどまで、あたりは静かだ。土手の後をば時々電車の過ぎる事だけは、誤《あやま》たず聞き分られる。突然、実に遠い処で、鍛冶屋の槌の音が響き出した、かと思うと、甚だ近く、濠外の人家の間から、蓄音機が流行唄《はやりうた》を歌い初めた。大方、職人の集る酒屋《カバレー》であろう。

浅黄木綿《あさぎ》の上衣《ブルース》を着け、土手の木陰に寝転んで、太い声で雑談していた職人体の三、四人が、逸早《いちはや》く耳を聳《そばだ》てた。それと見定められるはずもないのに、土手の頂きまで昇って、頻《しきり》と音する方を見廻すものもあった。首を振って、機械の歌と一緒に声を合すものもあった。新聞を読んでいた町端《まちはず》れの老人が、眼鏡越しに、無遠慮な職人の方を見返る。子供の守《も》りをする十二、三の小娘が、耳を澄《すま》して独りで微笑《ほほえ》む。画家らしい風俗した若い女と、その手を握ったまま、午睡していた貧しい風采の書生が眼を覚す。しかしなお も心地よげに寝ている女の顔を眺めて、男は所在なげに煙草をふかし始めた。二人の傍には一巻の詩集が落ちていて、そのページが、ひらひら春風に飜っている。

蓄音機は止《や》んだ。

午後《ひるすぎ》の怠惰に耽《ふ》ける人々の視線は、この時、いい合わしたように、土手の上をば、あなたから歩いて来る一人の、立派な風采の紳士に注がれた。新しいパナマ帽、鼠地の胴衣《ちょつき》、黒ずんだオリーブ色の縞地の背広《ベストン》に、はでな織模様の襟飾。手に持つ杖の銀細工が日の光にきらきらする。若い貴族がお忍びの散歩姿ともいいたいほど、町はずれのこの界隈《かいわい》には驚くばかり目に立つのである。

紳士の容貌は更《さら》に四辺《あたり》の好奇心を引いた。外国人——日本人——紳士は小山貞吉であった。貞吉は今日、何という訳《わけ》もなく大使館を休んだ。そして当てもなく、こんな処まで散歩に来てしまったのだ。彼はやや離れた木の下に腰を下し、両足を投出した膝の上に両手を組んで、空、雲、日光、青草、人家、目に入るものをば尽《ことごと》く、じッと深く打目戍《うちまも》った。

それは昨夜の事だ。老人がつまらぬ事で死の前兆を感ずるように、彼は例の如く暁近く帰る道すがら、セーヌの方に落ちる流星を見て、巴里にも早や三年以上になる近い中《うち》に必ず転任を命ぜられるだろうと思った。こんな放縦無頼な身体で日本には帰られない、無能な外交官の埋葬場といわれている南米もしくは西班牙《スペイン》へでも転任を命ぜられるようにと、彼は本省内で勢力のある、さる知己《ちかづき》に手紙を書いた。書き終った時には、窓の外には小鳥が囀《さえず》っていた。

いま、遠く眺めやる地平線の上に、凄《すさま》じい雲の列の、静《しず》かに押し移って行くのが、何という事なく不思議に見える。能《よ》く晴れた景色ながら何処《どこ》となしに悲しい気がしてならない。貞吉は二、三日前に、モンマルトルの芝居で紹介された女藝人を一思《ひとおも》いに、所持金《ありがね》は一厘残らず、身につけた宝石金時計までも売飛《うりとば》して、たった一夜の歓楽に、その翌朝はセーヌ河へ身を投げてしまおうか、恐しいモルグへ屍《しかばね》を曝《さ》らそうか。世間はさぞ騒ぐ事だろう。巴里の新聞は一ツ残らず、美しい仏蘭西語《フランスご》で自分の名を書き立てるだろう。

それが忽《たちま》ち、印刷の汚《きたな》らしい日本の新聞に飜訳されるだろう。例えられぬほど自分の最後がトラヂックに感じられて、覚えず知らずその空想に恍惚としてしまった。

しかし、直《す》ぐとまた、そんなつまらない、狂言じみた事をするまでもない。死ぬ事さえも今では何だか面倒な懶《ものう》いような気がする。今日の帰り道、飛び乗る電車が衝突でもして、一思いに死なしてくれればいい。というような、貞吉には少しも珍らしくない、自分ながら落胆《がっかり》してしまうほどな、色も彩《あや》も力もない実に厭《いや》な、冷《ひや》やかな考えが浮んで来る。貞吉は首を垂れて、草の上に投出す両膝を支えた優しい綺麗なその手を見詰めた。明《あか》るい日光《ひかげ》が、ルビーと金剛石《ヂアマン》の指環にきらきら輝く。

突然、口笛と共に山羊《やぎ》の鳴く声がした。ごろごろしている土手の上の人たちは、またもいい合わしたように、退屈な眼《め》をその方に注いだ。長い髪の毛を額に垂らした、半ずぼんの少年が、手に鞭《むち》を持って、七、八匹の山羊をば土手の上に追放した。山羊は感謝の意を表するものの如く、皺枯《しわが》れた声で鳴き続けながら、水のない深い濠《ほり》の方まで馳下《かけお》りて、夢中で青い青い若草を喰《く》いはじめる。

蓄音機が再び流行唄を歌い出した。長閑《のどか》な夏の日は何時《いつ》暮れるのであろう。長閑な夏の日。

セーヌ河よりノートルダムを眺む

脚本 異郷の恋　三幕四場

第一幕

紐育市《ニューヨーク》。中央公園《セントラルパーク》。五月の夕。

舞台一面、電燈の光にて蒼然として夢の如き夏の夜の色を示す。正面大理石の欄干つづき、その尽《つき》る処《ところ》は、下に降る階段の心。欄干の柱には彫刻の飾を着く。奥深く、樹木鬱蒼《うっそう》たる浮島を見せし大なる池の眺望。舞台中央には、芝生、花壇、腰掛あり。腰掛の後に、メープルの大樹、緑浅き若葉の釣枝を下ぐ。幕明くと、コロンビヤ大学学生、鈴木一郎、年齢二十七、八、黒の山高帽、鼠色薄地外套、半靴、手袋、小形の詩集を膝にし、腰掛の上に腰かけている。

第一節

思いに悩む体《てい》にて吐息《といき》をつきつつ、懐中時計を眺め、静かに立上り、首を垂れて花壇の周囲を歩む事一、二回、再びベンチに腰を落して、携えたる詩集を開き読む。

鈴木　Show me the way that leads to the true life.
I do not care what tempests may assail me.
Show me the way.
Show me the way to that calm, perfect peace
Which springs from an inward conscious of right;
To where all conflicts with the flesh shall cease,
And self radiate with the spirit's right,
Though hard the journey and the strife, I pray
Show me the way.

詩章の三行目辺より次第に沈痛の声を強め、遂に書物より目を離して、後向き、斜に池の方を眺め、再び次第に声を弱らせていいおわると、溜息《ためいき》を漏《もら》して、手にて額を押える。

第二節

令嬢クララ。年齢十七、八。レースの胸飾を付けし白地絹の下衣《ウエースト》。石竹《カルネーション》の花束を胸にさし、薔薇色の長き上衣《ジヤケツト》、同じ色の袴《スカート》。駝鳥《だちよう》の羽飾りも同じ色合にしたる花笠ようの大形の帽子、斑点付きの面紗《ベール》。腕環、指環、頸飾《くびかざ》り、時計の鎖などよろしく、黒き絹手袋したる片手に、象牙彫の根付を付けし印殿《いんでん》皮、日本製の大なる紙入をさげ、足早やに右手より出る。

クララ「There《ゼヤー》 you《ユー》 are《アール》！」

鈴木「おお、クララさん。」

鈴木は立上り、クララの手を取る。

クララ「おそくなったでしょう。夜になって公園へ這入《はい》ったのは、今夜が初めだものですから、道に迷ってしまったのですよ。五十九丁目のコロンブス四辻《サークル》から真直《まつすぐ》だと思ったら、動物園の方へ出てしまって、吃驚《びつくり》して、また後戻りをしたんです。」

腰掛に坐《すわ》って、面紗《ベール》を上げる。鈴木は立ちたるままにて、

鈴木「それア大変でした。私はあなたが、ああお約束はなすったものの、定めし御迷惑な事だったろうと、実は後悔していたのです。時候がよくなると、この辺は何ですよ、よくない女なぞが徘徊するといいますから、私は純潔な、あなたに対して、何となく申訳のない事をしたような気がしてならんです。」

クララ「私とあなたの間に、そんな遠慮がいるものですか。まア、何という美しい夜で

しょう。もう、ほんとうの夏の夜ですねえ。(四辺《あたり》を見廻し)ミッド、サンマーナイト、ドリーム(真夏の夜の夢)ですわ。恋に迷ったものの出会をする晩ですもの、人が何といおうと、少しもかまやしません。私は信ずる処《ところ》があって、今夜此処《ここ》でお会い申すように約束したのですもの、少しも世間を恐れたり、また自分で心に恥しいとも思いはしません。」

鈴木は激しく感動する体にて、進み寄り、

鈴木「感謝します、クララさん。あなたは、それほどまでに私《わたし》を信じて下さる。しかし、ああ、クララさん……(並んでベンチに腰をかけ)私は今夜きり……これが、あなたとお話をする最後の晩じゃないかと思います。クララさん。私の手紙をお読み下さいましたか。」

クララ「ええ。」

鈴木「さぞ、私の卑怯《ひきょう》な事を非難なすったでしょうね。これまでの、あなたの交情に対して……私は実に苦悶に堪えられません。」(俯向《うつむ》く)

クララ「お国の事情が許さないのなら……つまり私たち二人は不幸な運命に泣くよりしようがありません。鈴木さん、私はお手紙を見て泣きました。」(鈴木の手を取る。)

鈴木「許して下さい。クララさん。私の心が弱かったばかりに、あなたまでを、こういう悲しい深みへ陥《おとしい》れてしまったのです。一昨年《おととし》の、忘れません、七月四日の独立祭の晩でしたねえ。エレンさんの別荘へ花火を見に行った晩、あなたと二人で、皆《みんな》と別れて、たった二人で、小山の上に坐って海を見ていた時です。村中の花火はもう消えてしまって、真暗な海のかなたに、コニーアイランドの電気燈が、魔術のように浮いていました。(手を動《うごか》し遠くの方へ目を移して)あたりは今夜のような、真青《まつさお》な夏の夜で、鈴虫が鳴く、駒鳥が鳴く。海の涼しい風が野草の薫りを動す。森陰の別荘からは、美しい窓の灯と一所《いつしよ》に、大勢の人の笑って話す声が漏《も》れて来る。あなたは、あの時、キーツの詩の事をお話しなすった。私は覚えず知らず、あなたの手を握っていたのです。あなたも私も、話す事がなくなって、黙《だま》って大空に輝く夏の星が、幾個となく、西の海——太西洋の方へ流れて落ちるのを見ていました。その時、別荘の人声がふいと途絶《とだ》えて、声のいい、彼《あ》のエレン嬢が、

The days I spent with thee, dear heart, are a chain of pearls to me.

(恋しき人よ、君と暮せし過ぎし日は、珠の鎖に似たりけり。)

と歌うのが聞えました……。」

クララ「ほんとに美しい夜でしたねえ。忘られない一生涯の記念!」(思入《おもいい》れ深く空を仰ぐ。)

鈴木「私はその瞬間から、永遠に尽きない恋の夢に酔ってしまいました。その晩、あなたと二人で、遠くには紐育の街《まち》の灯《ひ》、あたりには汽船の燈火が星のように点《つ》いている紐育湾の夜半。渡し通いの蒸汽船に揺られながら帰って行くその時の心持。私は何という無限の幸福に打たれましたろう。しかし、クララさん。その幸福と同時に、私は直様《すぐさま》無限の悲愁に襲われる身になったのです。あなたをお送りして。お宅の門口で、堅《かた》い握手をして、一人とぼとぼハドソンの河端《かわばた》を帰って来ます、その途中で、私は、突然、ここは外国である。あなたは外国人であると気付いたのです。私は如何《いか》にあなたを恋いするとも、何時《いつ》か一度はお別れしなければならん。学校を卒業さえすれば、日本に帰らなければならん。外国人との結婚は、到底《とうてい》私の家庭の許すべき処でない。私は丁度、死刑の剣が糸一筋で頭の真上に釣してある、かのダモクレスのような苦痛を感じ、河端のベンチに倒れて覚えず泣いたのです。私は実際、あなたを愛する瞬間から、あなたの事を思切ろうと決心していました……。」

クララ「あなたの切《せつ》ないお心持は、もう能《よ》く、私にも分っています、ですから、あなたのお手紙を読んで、私は心の底から泣いたのです。いつぞや、芝居へ行った帰りにもあなたは芝居の事から人間の別離という事を、しみじみお話しなすった――あのお心持も、今になって初めて身に浸《し》みて解りました。鈴木さん。私はあんまり我儘《わがまま》でしたねえ。自分の幸福ばかりに急《あせ》って……私は余り我儘でした。わるうござんした。」
鈴木「わるいのは、私ばかりです。クララさん。許して下さい。私は最初から、もしこのままにあなたとの交情を続けて、進ませて行ったなら、私ばかりじゃない、あなたにまで人生最大の苦痛を経験させるようになろう……そう思いながら、いざ、あなたの美しい姿を目の前にすると、どうしても、冷静な言葉で、はっきりと打明けてお話する事が出来ない。一方であなたを思えば思うほど、一秒でも早く、私の事情を打明けねばならない、と思いながら、到頭《とうとう》今日となって、この苦痛、この悲愁。皆《みんな》私の卑屈な事から起ったのです。私はまるで、純潔なあなたの心を弄《もてあそ》んでいたような、何ともいえない苦痛を感じます。クララさん。（草の上に両膝をつき、組みたる手先をクララの膝の上に載せ、）許して下さい。私の最後の望みは、あなたの口から寛恕《フォーワギーブ》という一言《ひとこと》が聞きたいのです。許して下さい。」
　クララは鈴木の肩の上に両手を伸して抱くように、少し前に折屈《おりかが》み、
クララ「一度、あなたに捧げた私の心から、許すの、許さないのと、どうして、そんな事がいえましょう。事情が許さなくて、この世の幸福を味《あじわ》う事が出来ないのなら、何故《なぜ》、鈴木さん。永遠に結び付けた心の誓を変《かえ》るなと仰有《おっしゃ》って下さらないのです。心の愛ばかりは、どんな世の中の事情も迫害する事が出来ません。」

鈴木「クララ。（と呼び、肩の上に載せたるクララの片手を取り、軽くその上に接吻して）クララさん。それじゃ、あなたは私が結婚の問題を辞退したのにもかかわらず、親愛なこれまでの友情を続けて下さるのですか。」

クララ「無論ですわ。あなた。一生涯……お互の心の助けになって下さい。」

クララは男の手を取り、跪《ひざまず》ける鈴木を引起すように、自分も共々《ともども》腰掛より立ち上り、

クララ「鈴木さん、それについて私は今夜お話したい事があって此処《ここ》へ参りましたのです。鈴木さん、私は一年か一年半ばかりもヨーロッパへ行ってしまうかも知れません。」

鈴木「ヨーロッパへ……どうしてです。」

クララ「両親が今度スイスへ別荘を買いましたのでね、その方へ家中で引移す事になったのです。私だけはね、あなたの事や何か考えて、家と別れてしまおうかと思ったのですけれど……（俯《うつむ》向いて二、三歩鈴木と共に花壇の周囲を歩み、）まだ旅行した事がありませんから、あっちの世界も見たし、それにね、鈴木さん。私は巴里かミランの音楽学校へ入って将来音楽で独立して行きたいと思っていますの。成功するでしょうか。」

鈴木「無論です。大学の音楽部でもあなたほどの声を持っている人は一人もないじゃありませんか。」

クララ「あなたが、そう仰有《おっしゃ》って下されば、何よりも心強い気がします。鈴木さん。あなた、私が帰って来るまで……来年の夏か来々年《さらいねん》の春の休暇《やすみ》には、きっと帰って来ます、その時まで亜米利加《アメリカ》にいらッしゃいますか。それとも欧羅巴《ヨーロッパ》へ来て下さるか。私そのお約束して置きたいんです。」

鈴木「大学はこの夏卒業しますけれど、その後一年位はきっと此処《ここ》にいます。どんな事をしてもあなたの帰りを待っています。クララさん、あなたはそれほどまでにこの私を思って下さるのですか。クララさん。」

感激してクララの腰に片手をまわし、抱き締むる。クララは男の胸に顔を押当て、両人暫《しばら》く無言となる。

クララ「鈴木さん。それじゃ……私今夜はお名残惜《なごり》しいけれど、これでお別れします。明日《あした》、午後《ひるすぎ》に学校の運動場へいらっしゃい。またロンテニスをしますから、その帰りにまたゆっくり……夜のせいだか、私何だか気が急《せ》くような心持がします。」

鈴木「その辺《へん》までお送りしましょうか。差支《さしつか》えがなければ。」

鈴木少しく身を離す。クララは胸にさしたる石竹《カルネーション》の花一輪を抜取り、クララ「今夜は一人で帰りましょう。直《す》ぐその辺から馬車を雇いますから……鈴木さん。それじゃ、また明日。」
鈴木の外套のボタンに花を挿《さ》す。
クララ「グッド、ナイト。ダアリング。」
鈴木「グッド、ナイト。」
握手して、クララ早足に左手に這入《はい》る。鈴木は暫く立止りてその後姿を見送る体《てい》。遂に腰掛の上にドッサリと腰をつき、外套の花を抜取り、花瓣《はなびら》の上に接吻する。

第三節

小林丈吉、年齢同じく廿六、七歳。色青く、頬落ち、眼のみ輝き、憂鬱悲哀の中に、何処《どこ》となく鋭い面立《おもだち》。古き中折帽、古き背広、汚れたる編上《あみあ》げの靴。

アンニイ。年齢二十二、三。白粉を厚く塗りたる頬の上には薄く紅をさし、下瞼《したまぶち》には墨を入れ、花飾りつけし麦藁帽《むぎわらぼう》を冠《かぶ》り、白地の下衣《ウエースト》に海軍紺色《ネビーブルー》の袴《スカート》。鳥の羽の襟巻を肩先に引掛け、すべて安ッぽき醜業婦の扮装《こしらえ》にて、両人腕を組み、各々巻煙草を吹《ふか》しながら右手より歩み出る。

鈴木は足音に空想から呼覚《よびさま》されたる体《てい》にて顔を上げ、近く過ぐる両人を見て、鈴木「や、小林君じゃないか。久振《ひさしぶ》りだ。」

小林「鈴木君か。どうしてこんな処《ところ》に……ちッとも気がつかなかった。」

　アンニイと腕を組みたるままにて立止り、わざとらしく物懶《ものう》き語調にて、

「鈴木君。紹介しようか。これがいつか君に話をした僕の、悪徳生活の伴侶だよ。恋人、情婦《いろおんな》——名称は何でもいい。アンニイというのだ。(ちょっと女の方を顧みて、)僕の一番古い、一番親しい鈴木君、コロンビヤ大学の学生……。」

　鈴木は立上りアンニイと握手する。

鈴木「いろいろスヰートなお話を沢山《たくさん》、小林君から伺っていましたよ。一度お目にかかりたいと思っていたんですが、つい……僕には行きにくい処だもんですからね。」

アンニイ「いい処でお目にかかりました私《わたし》も是非一度……とは思っていましたけれど、こういう汚《けが》れた身分ですから……。」

　やや恥る体にて窃《ひそか》に巻煙草を捨てる。

鈴木「アンニイさん。そんな、つまらない遠慮は全く不必要なんです。私と小林君とは外国で計らず出会った、子供の時からの友達という、極《ご》く無邪気な、善悪無差別な関係で、そんな身分や何か、少しも構《かま》う処じゃない……ねえ、小林君。黙《だま》っていちゃ困る。気まずくなっていかん。僕もすこし、君に話したい事があって、今夜にでも家へ

帰って手紙を書こうと思っていたのだ。」
小林「手紙を……？。」
鈴木「ああ。（頷《うなず》付き）僕は実に堪《た》えられないほど煩悶している。」
小林「どういう話なんだ。」
小林はアンニイを真中《まんなか》にして、腰掛の上に鈴木と居並ぶ。鈴木は手にしたる石竹の花を打眺めながら、
鈴木「君も能《よ》く知っている彼《あ》のクララの事さ。僕は今日まで余りに幸福だった。クララは僕に対して未来の結婚を約束してくれるようにといい出した。」
小林「そうか。煩悶する事はない。運命が授けた賜物《たまもの》なら、遠慮なくそれを受けるがいいじゃないか。地上の人間の幾人《いくたり》が、死に換えても、その賜物を得たいと急《あせ》っているだろう。君は何といって答えた？。」
鈴木「僕は辞退してしまった。煩悶、煩悶、煩悶の末に辞退してしまった。」
アンニイ「まア、残酷な……。」
小林「どうして、そんな浅果敢《あさはか》な事をしたんだ。（次第に激したる語調を作り、）君の家庭財産からいっても、よしまた君一個の将来からいっても、西洋人と結婚したって少しも差支《さしつかえ》はないじゃないか。それとも君は、それほどに深く思っていたのじゃないの

か。」

鈴木「深く思っている、深く愛しているさ。僕はもう二度とこの世で恋いする事はあるまい。」

強くいい切ると同時に、腰掛より突立《つきた》ち、一、二歩離《はな》れて石竹の花に接吻する。

アンニイ「それほどに思っていらッしゃるものを、どうして、まア……。」

小林「恋は盲目だというけれど、君の頭脳は、ああ。余《あん》り明晰過ぎた。」

鈴木「その攻撃は僕の予期していた処だ。しかし、小林君、僕には実に苦しい忍びない事情がある。もし僕が、自身の幸福のために、クララと結婚する事になれば、それがために、日本にいる両親、鈴木一家の平和は全く破れてしまう。僕の一家は、今日では父が貴族院の議員になってはいるが、いわば、旧華族も同様な、情実の多い地方の豪家だ。よし父が承知した処で周囲が治《おさま》って行かない。僕は外国人と結婚すれば、どうしても外国で一生暮すような生活の方法をつけなければならない。墳墓の地を永遠に見捨る事になる。それは、僕を育てた両親に対して、僕は気の毒で、到底《とても》忍び得られる処でない。」

小林「ああ。君は青春の熱情より外に、もっと重《おもん》ずべきものがあると信じたのだね。それは、日頃から、君の主張していた処だから、その主張を実行した点からは、僕は非常な勇者英雄として尊敬する。攻撃する事は出来ない。しかし、僕はただ残念だ。ただ無暗《むやみ》に憤満《ふんまん》を感ずる。広く人生に対して、底知れぬ深い憤満を感ずる。僕は何となく君の態度が冷静に見えてならない。卑怯《ひきょう》のようにも見える。鈴木君。君には、どうして、自我の独立、自由の要求が、僕の感ずるように激しく堪えがたく、感じられなかったのだろう。僕とアンニイ、僕ら二人は世間から見たら悲惨でもあり、嫌悪すべきものでもあろう。しかし僕ら二人は、豪然として行く処まで行って、いよいよその尽きる処は、自個の手で自個の生命を断つ手段がある……と心の中はいつも限り知れない自個の満足を感じている。」

二人は軽く抱合って接吻する。鈴木は俯向《うつむ》いて、その辺を歩みながら、

鈴木「君ら二人、社会の制裁、道徳、習慣、あらゆる物の悪弊《あくへい》に堪えずして、鷲のように強い反抗の翼を揚げた人たちの目から見たら、僕は冷静かも知れぬ。卑屈かも知れぬしかし……(突然、能《よ》き位置に立止り、)僕の見る処、僕の思う処を遠慮なくいって見れば、僕は君たちの方が、かえって、自我を信じない、少くとも自我の偉大という事を感じないように見える。」

小林「どうして?。」

鈴木「霊を有する人間であるからには、自個を重ずる事は、僕とて、決して君に劣りは

しない。僕は何処《どこ》までも自個を重ずる――重ずれば重ずるほど、しかし僕は、自個の負うべき義務責任という事を思う。義務責任を負わない、負う事の出来ない自個は真の自個とはいわれない。吾々人間の生活は解りきった話であるが、独立のものではない。動物の生息とは全く状態を異《こと》にしている。父母という養育者なく、社会という保護者がなければ、今日の自個なるものは発生して来ない。それ故、自個の発生を意識して自個の負うべき義務を全くしないのは、乃《すなわ》ち、自個なるものを完全に知らない、完全に発揮しなかったものと見て差支《さしつかえ》はない。僕は君の卑しむ周囲の事情、伝来の習慣の前に潔《いさぎよ》く屈従して、人生の最も尊ぶべき恋愛を犠牲にした。自個の幸福は永遠の闇に葬られてしまった。しかし僕は悔《くや》まない。屈従という自個の犠牲から、僕の周囲一族一家が、どれほどの深い感謝、歓喜、幸福に打《う》たれるか、それを思えば、僕は独り窃に自個の運命にこそ泣け、他人、多数者のために、自個を捨ててしまった方が、遥《はるか》に広い幸福と偉大な感激に打たれる。僕は君のように自個の絶対を認める事が出来ない。僕は一度《ひとた》び自覚した我れというものを、我れ自ら捨てて、周囲の声の中に葬って行く、激甚の痛苦、深刻の悲哀、その中に初めて、自個の見出した真《しん》の人生の意義が含まれていると思うのだ。」

小林「解《わか》った。君の考えは能《よ》く僕にも解った。しかし、君、それでは思想の革命、進歩という事がどうして、期待されるか。周囲習慣――乃ち愚昧《ぐまい》な多数者の幸福のために、その価値の如何《いかん》を問わず、自個を没して行く事になる……。」

鈴木「或る場合にはそうだろう。それでもいい。革命と呼ぶ破壊の曝発を見せないでも、内容、思想は泉の地下に流るる如く子孫に伝《つたわ》って行く。酒作る人の如く、見えない「時間」の働きに感謝せよだ。時間、時代は、一時恨《うらみ》を呑んで屈従した先覚者の思想を、徐々ではあるが、破壊的の革命よりも、なお結果よく円満に完全に実現して行ってくれるだろう。」

小林はアンニイと手を握りたるまま、深く敬服するものの如く俯向《うつむ》く。

鈴木は無言にて二、三歩花壇の方へ歩み、立止る。忽《たちま》ち手に持ちし石竹の花に気付き、それを打眺めると、また激しく思乱るる体にて、
鈴木「クララはもう去《い》ってしまう。小林君、僕は君が羨ましい。日本に生れた運命を呪《のろ》う……。」

いいつつ馳《か》け戻り、アンニイの前に片膝をつき、女の膝の上に顔を押当《おしあて》る。アンニイは鈴木を労《いたわ》る。小林は腰掛より立ちながら、
小林「君の恋人は君を残して……君とクララさんの関係は、最早《もは》や切《きれ》てしまったのか。」

鈴木は草の上に横坐《よこすわ》りとなり、半身をアンニイの方へ寄せ掛け、肱《ひじ》を女の膝の上

につき、

鈴木「切れた訳《わけ》ではない。必ず逢うという約束をした。約束をしてクララは欧羅巴へ行ってしまう。しかし君。人間の感情を殺す「日本」という情実を後に背負《せお》っている限りには、吾々はむしろ逢わぬ方がよいと思う。逢えば徒《いたず》らに、苦悶と悲憤を深くするばかりだ。ああ僕はもう……君たち二人の猛烈な反抗の、君ら二人の生活を見るのが、せめてもの心遣《こころや》りだ。男は賭博、女は醜業……そして麗《うるわ》しい恋の満足に酔っている。社会も道徳も何にもない。其処《そこ》まで身を落《おと》す事の出来ない僕の境遇から見れば、何という残酷な諷刺だろう。」

片手に小林、片手にアンニイの手を握る。

アンニイ「迫害と絶望の闇には恋ばかりが、せめての光でございます。酒と鴉片《あへん》が心を痺《しび》らせる力がなくなりましたら、私たちは今夜にも、良心の苦痛に斃《たお》れてしまいましょう。」

小林「自殺。死。それが僕ら二人を救う最後の幸福だ。僕ら二人の現在は、如何にして自個の生命を絶つべきかと、その方法を見出すために、生きているようなものだ。酒も呑み飽《あ》きた、鴉片も厭《いや》になった、実はもう反抗にも、疲れてしまった。明日にも今夜にも、僕らは機会さえあれば死んでしまうのだ。鈴木君。久振《ひさしぶ》りだ。君と二人して過ぎ去った昔の、無邪気な小供の時分の話がしたい。アンニイは、これから舞踏場《おどりば》へ稼ぎに行く。その辺まで僕らと一緒に歩いて行ってくれないか。」

話の間にアンニイは石竹の花を鈴木のボタンに挿してやり、小林の方を見て、

アンニイ「私は、何《なん》なら直《す》ぐ公園の外から、電車に乗って行きますから……。」

鈴木「いや、計らずお目にかかったのです。一緒に歩きましょう。」

草の上より立上り、

鈴木「美しい夏の夜じゃありませんか。」

鳥の声聞える。アンニイ腰掛より立って梢《こずえ》を仰ぎ、

アンニイ「あら、何でしょう。いい声……。」

小林「駒鳥。恋人の忘れぬ駒鳥だ。」

三人思い思いに上を見る。鳥の声、再び聞ゆ。幕。

第二幕

夜会の一室。夜。

右手やや奥深く、階子段の上口。左手、窓、煖炉、その上に置物。正面、見事な

る天鵞絨《びろうど》の帷幕《とばり》を片寄せたる、その後は広間へ通う廊下の心。硝子張《ガラスばり》の暖室、青き植木の葉見える。階子段寄りに着物掛け。舞台一面美しき絨氈《じゅうたん》。電燈、椅子、長椅子、肱掛椅子、半身像の置物、小さきテーブル、その上にウイスキー入の硝子壜《ガラスびん》、コップなぞを置く。米人三人、米婦人三人、日本人二人(藤崎、建部《たてべ》)何《いず》れも大学学生の年輩、日本人一名(山田)半白の実業家。男女一同夜会服の扮装《いでたち》にて、ある者は椅子、長椅子等、よき処に坐し、ある者は立っている。ある者は煙草をふかす。幽《かす》かなワルスの曲、見えざる奥の広間より漏れ聞える心にて、幕あく。

第一節

米人の一「クララさんは、どうして伊太利亜《イタリヤ》なぞへ行くのでしょう。鈴木さんと婚約《エンゲージ》したんじゃないのですかしら。」

藤崎「そんな話もあったようですがね……。」

米婦人の一「私、ほんとに羨《うらやま》しいですよ。クララさん見たように日本語が分ったら、どんなに面白いでしょう。こんな、つまらないアメリカなんかに遊んでいやしません。」

建部「日本へ遊びにいらッしゃいますか。」

米婦人の二「行きますとも。いっそ、日本に帰化してしまいます。すっかり、日本のムスメになってしまって、私はキモノを着て、そして美しい日傘をさして歩きます。」
米婦人の三「私はあの……何ていいましたかね、人間が馬の代りをする、あの小さい車……。」
米人の一「ジンリキシャ。そうでしょう?。」
米婦人の二「そう。それから、わたし、あの、猫のような、可愛《かあい》らしい毛の長い、日本の犬を抱いて、人力車に乗って歩きたい。どんなに面白いでしょう。」
米人の二「日本では、年中花が咲いているんですか。実に美しい処《ところ》ですね。この間、芝居で、「ミカド」というのを見ました。面白かった。あれは、ほんとですか。」
建部「舞台の景色ですか。それとも出て来る人物がですか。(少しく当惑の思入《おもいいれ》)」
米婦人の一「私も、見ましたよ、あの芝居。実に綺麗ですわねえ。女ばかりじゃない。男の人まで、綺麗な繡取《ぬいとり》の着物をきて、髪を結っていました。日本へ行って、ああいう綺麗な着物を着た男の人と腕を組んで、桜の花の下を歩いて見たい。(愉快そうに身を顫《ふる》わし、)私、どんなに美しいラブの夢を見るでしょう。」
米人の三「メリーさん。あなた方が、桜《チエリーブロッソム》の花の下で、日本の人をラブするなら、私たちは、藤花《ウイステリヤ》の咲く窓の傍《そば》で、お茶を飲みながら、愛らしきムスメの三味線を聴きましょう。」

建部「あなた方はまだ御存じがない。あれは藝者といって、極く賤《いや》しい女です。(心中憤満の体)」

藤崎「(笑いながら)賤しい事は決してない。音楽者です。美の女神です。日本を世界に紹介した功績はこの間欧米に渡航した日本の新造軍艦〇〇よりも更に偉大です。」

米人の二「全くそうです。軍艦は吾々アメリカ人も持っています。イギリス人は、もっと沢山持っています。しかし、あの愛らしいムスメ。蝶のような髷《まげ》、鳥のような袖を飜《ひるがえ》すムスメは、世界中何処《どこ》にもない。」

米婦人の一「なぜ、あなた方は、ああいう美しい着物を着ていらッしゃらなかったのです。実に残念だわ。」

米婦人の二「今夜、もし、あなた方が繡取をした着物を着ていらしったら、あなた方は接吻のために窒息なすったかも知れない。」

米人の二「クララさんはきっと、何処《どこ》かで、鈴木君が髷を結い、扇を持った姿を見たに違いない。それで、あんなにラブしてしまったのでしょう。」

米人の三「あなた。どうして、髪を短く切っておしまいなすったのです。実に残念でしたねえ(真面目な調子にていう。)」

建部「文明の今日、チョン髷なぞ結うものがあるものですか。ロシヤに打勝った今日の日本は、米国の通り、西洋諸国の通りです。電車もあり、汽車もあり、汽船もあり、議会もあり、病院もあり、学校もあります、何一ツ、西洋と変った事はない、西洋よりも、ある点に於てはもっと進歩しています。二十世紀の日本は、世界の進歩、人類の幸福のために、泰西《たいせい》の文明と、古代日本の武士道とを調和しようという、大《おお》いなる任務を持っています。吾々はつまり、東西の両大思想を結び付けようという任務を持っているのです。」

藤崎「いや、大変な任務だ。私はちっとも知らなかった。建部君。領事館からでも、そういうお達旨《たつし》があったのですか。」

テーブルの上に置いたウイスキーを飲む。実業家の山田覚えず吹出して笑う。

建部「君、冗談をいうべき時じゃない。我々は国民の義務として外国人の誤解を正さねばならない。帝国の臣民たる義務……。」

米婦人の一「あら。それじゃ、私たちは思違いをしていましたの。日本という処は、私たちの想像したような処じゃないのですか。」

藤崎「(嘲笑の語気にて建部の方を見返りながら、) ないです。まるで違っています。人力車見たような、人間が動物の力役をするような野蛮なものは決してありません。髷を結ったり、刀をさしたり、繍取りの着物を着たりしたのは、一世紀も二世紀も前の事です。あなたのお国の、ペルリというアドミラル、トーゴーのような、えらい大将が黒船に乗って浦賀の港にお出《い》でになり、大砲を放って、日本の国民に、文明になれッ。と号令を下した。そこで、日本の国民は、三千余万人、一度に、髷を切る。刀をすてる。洋服を拵《こしら》える。その時の騒ぎは、ロージャスピットのような大きな裁縫会社が十軒あっても足りない位でした。」

建部「君、いい……いいかげんに、したまえ。（顔を赤めて立腹の体）」

米人の一「その時、私がその需用を一手に受負ったら、非常な利益を得たんだ。もう今日じゃ遅いでしょうな。」

藤崎「無論遅いですとも、今、建部君が仰有《おっしゃ》った通り、日本はもうすっかり文明になった。西洋の通りになってしまった。」

米婦人の一「それじゃ人力車もない。綺麗な着物をきた人もいないんですか。」

米人の二「ムスメもいないのですか。」

米婦人の二「桜の花もないのですか。」

米人の二「残念だ。惜しい事をしたものだ。」

米人の三「なぜ、自国の美しい風習をすててしまったのでしょう。」

一同如何にも残念そうにいう。建部は、激昂のあまりいい出そうとしていい得ざる体。藤崎は絶えず嘲笑の語調にて、さも愉快そうに、

藤崎「何故といって。吾々日本人の罪じゃない。わざわざ海を越してまで、文明になれッと号令をかけに来た、あなた方の祖先が悪いのです。米国は日本文明の父です。つまり、あなた方が命令して髷を切らしたり、洋服を着せたりしたようなものです。」

米婦人の一「だから、私は米国の政府、共和党の政治は嫌いだっていうのです。これからのアメリカ人は何処《どこ》までもモンロー主義で、つまらない干渉《おせっかい》をしない方がいい。」

藤崎「大《おおい》にそうです。ペルリというアメリカ人は、世界の最も美しい、活《い》きた美術品を壊《こわ》してしまったのですからね。その罪や甚《はなは》だ大なりです。今日、あなた方が遊びにいらしッたッて、日本にはもう、何一ツ不思議なものは存在しておりません。あなた方が写真で見てさえ立派だ、面白いと仰有《おつしや》る神社仏閣なぞは、だんだん壊《こわ》れて行きます。ブース大将が救世主のように歓迎されました。基督《キリスト》教が勢力を得て、あっちにもこっちにも木造りの教会《チヤーチ》が出来ました。日本は世界第一の基督教国です。救世軍が家ごとに、うるさく寄附金を徴集して歩く事は、公然の事業と見做《みな》しますが、警官は、仏教徒が、天笠を戴き、袈裟《けさ》をまとい、錫杖《しやくじよう》を鳴らして、朗《ほがら》かな声に町々を読経して歩く事は、浮浪の乞食としてこれを罰する位です。」

米婦人の一「(憤慨の調子にて)私は決心しました。米国の議会に、私はアメリカが世界の奇習を滅した責任問題を提出します。」

藤崎「それもいいでしょう。大に妙です。日本帝国はすっかり昔の奇習と美観を失《なく》しましたが、しかし、只今も建部君が仰有《おつしや》ったように、五大洲全世界のために、すべてのものを犠牲にしたのですから、あなた方も、その心で、日本を見る、日本に対する態度を変えて下さらねばならない。つまり、日本帝国を娯楽の目標とするよりも、何か新に学ぶ処がありはしないか、という風に考えて頂きたい。」

山田「謹聴謹聴! 藤崎君。しっかり遣《や》ってくれ給え。」

実業家の山田笑いながら手を叩く。この以前より、正面帷幕《とばり》の間より、三人四人と、夜装の男女、奥なる広間の舞踏にもつかれたる心にて、出で来《いきた》り、佇《たたず》みて聞きおる。山田につづいて一同手をたたく。藤崎は、有り合う低き椅子の上に立上り、演説する辯士の目礼をなし、

藤崎「レデース、ヱンド、ゼントルメン。満場の淑女よ、紳士よ。私は、親愛なる米国の諸君に向って、二十世紀の最新形――アップ、ツー、デートの日本帝国を紹介する光栄を感謝いたします。私は一言にして、大日本帝国は世界の模範国であると断言する事を憚《はばか》りません。代価は見てのお戻り。品物に嘘はない。嘘だと思う方があったら、

今夜にでも行って御覧なさいまし。日本帝国の臣民はこぞって、道路に群集し単に万歳の声を揚げるばかりでは、外来の客賓を歓迎するには充分でないという処から、必ず、婦女老幼を濠に突落《つきおと》し、下駄《げた》の歯で踏殺してまで、熱烈なる誠意を発表するでありましょう。日本帝国は歴史が証明する通り、万世一系四海兄弟の国家であります。正月もしくは宴会の帰り、紳士は乱酔して、道路を家とし溝《どぶ》を枕にして睡眠するほど和気《わき》靄々《あいあい》とした社会であります。政府と警察と人民とは、父と子の如き密接なる関係を有しております。それ故、政治上の集会からすべての興行、運動会、およそ人の集る処といえば、警官は必ず出張していかめしい制服を以て、人民に無上の光栄を与えます。国民は挙げて勤倹貯蓄を旨《むね》としておりますから、米国の如く、道路を作るにも地ならしの機械なぞは用いない。臣民は個々の履物《はきもの》を以て、往来へぶちあけた石小《いしこ》砂《じゃ》利《り》を踏みならす義務を負い、祖先が眠る墳墓の土地を出来得る限り豊沃ならしむる目的で、下水を作らず、汚物を一滴一塊たりとも魚の餌にはさせまいと、地の下へと吸い込ませます。全国を通ずる汽車にさえ、無烟炭の如きは決して使用いたしません。一粒でも石炭殻の雨霰《あめあられ》と降り濺《そそ》ぐようなものを選んであります。これ実に、祖先伝来の土壌に炭素を多からしめようという、愛国的経済の観念に基いたものでありましょう。大日本帝国臣民が礼義を重んずるの一端は、電車の中で、喫煙を厳禁してある事でも明瞭であります。しかしました、大日本帝国臣民はロシヤに勝った進取活動の勇者であります。虚礼柔弱の国民ではありません。電車に上り下りする時にも、決して婦女をつッころばすの意気を失いません。大日本帝国臣民は、厳粛なる道義の君子聖人であります。不義、破倫、悪徳を憎む事の如何《いか》に強いかは、全国の新聞紙上に遺憾なく現われております。私は西洋人が日本新聞の三面記事を読み得ない事を、もっとも残念に思う一人であります。強姦、私通、殺人、紳士の私行、これらは政治商業工業よりも何よりも、我国新聞紙の最も主要なる報道の材料であります。読者は単に、事実の報道ばかりでは満足いたしません。新聞記者は、読者の要求に相応じ、小説家以上の神来の感興《かんきょう》に乗じて、強姦私通の顚末《てんまつ》、特に醜行の瞬間に於ける光景を、細大《さいだい》漏らす事なく活写致します。大日本帝国臣民は尽《ことごと》く大哲学者であります。大観念大覚悟の聖者であります。世界の覇者たろうなぞとの英雄的野心は微塵《みじん》も持っておりません。帝国は万世不朽《ばんせいふきゅう》でありますけれど、帝国がその一部を占めている地球全体は、年数に限りのある天文学者の学説を公認しております。不朽ならざるこの地球の上に、フランス人の如く美術や学藝を残して、未練らしく、民族発展の光栄を後代に伝えようなぞとは、大日本帝国臣民の潔《いさぎよ》しとする処でありません。都会を初め到る処、あらゆる物、尽《ことごと》く吹けば飛ぶべき無常の哲理を暗示するために、電信、土手、石垣、鉄道、すべて一時的の経営を主意となし、雨、風、雪の度々破損崩壊するようにと作ってあります。大日本帝国は、世界模範の国家であります。不肖《ふしょう》なる私は、かかる立派な帝国の臣民として、余りに無上の光栄を感じ、畏《おそ》れ多くて、むしろ頓首《とんしゅ》再拝、御免蒙《ごめんこうむ》りたい位に存じ奉るものであります。親愛なる米国の淑女紳士諸君。世界模範の帝国のため、諸君が愛するムスメのため、諸君が芝居でよく御存じの通俗なる国歌チョンキナチョンキナを三称されん事を希望いたします。チョンキナ、キョンキナ……。」

藤崎は音頭を取る。満場それにつづいて

一同「チョンキナ、チョンキナ、チョンキナ、キナキナ……ナガサキ、ハコダテ、チョチョンガ、ヨイ……」

一同繰返して唄う中、男女は浮れ出し、藤崎も共々踊りながら、正面帷幕《とばり》の彼方へ這入《はい》る。建部と山田の二人居残る。

第二節

建部「実にけしからん。ああいう奴は、国民の義務としてそのままにはして置けん。僕は止《や》むを得ん。誅罰《ちゅうばつ》を加える！」

憤然として、追掛けようとする。実業家山田は、演説中にもしばしば激昂する建

部を宥《なだ》めていたが、この様子を見て周章《あわ》てて追止め、

山田「建部君。まア待ち給え。そんなに立腹せんでもいい。まア待ち給え。」

抱き止めて、椅子に坐らせる。

建部「実にけしからん。彼奴《あいつ》は非国民です。国賊です。誅罰を加えなければならん。外の事とは違う。外国人の前で、国家を嘲弄《ちょうろう》するなんて、私は、どうしても我慢が出来ません。もッての外だ。神州男子の鉄拳を喰《くら》わしてやる！」

山田「宴会なぞで、そんな事をしちゃア、かえっていかん。今夜は、まア、老人の僕にめんじて、我慢してくれ給え。」

建部「外の事とは違う。国家の名誉を毀損《きそん》した罪人だ。一刻も猶予《ゆうよ》はならん。」

山田「外国人の前で、そんな事をしちゃア、ますます国家の名誉にかかわる。亜米利加《アメリカ》人なぞは気の大きい、ぼんやりした人間だから、君の思うほど、あの演説を真《ま》に受けていやせん。今夜は、まアこのままにすます方が、かえって国家の名誉になる。荒立てては不得策だ。明日《あした》にでも、今夜にでも、この家を出てから、君と二人になってから、いいたい事があるなら、君ら二人で充分に論ずるがいい。今夜だけ、この席にいる間は老人の僕にまかしてくれ給え。」

建部「それじゃ、許すべき場合でないが、あなたの御忠告を入れましょう。その代り、

一言、あなたにお訊《き》き申す事がある。」
山田「何です。」
建部「あなたは、只今、亜米利加人は気が大きいから、私の思うほど、あの演説を真に受けておらんと仰有《おつしや》った。」
山田「うむ。（頷《うなず》付き磊落《らいらく》な調子にて）大丈夫だよ。真に受けていやせん。」
建部「あなたは、在米の先輩者たる責任を以てそう仰有るんですか。それならば、私はあの馬鹿者と同様、あなたに対しても、失礼ですが、大《おおい》に論駁《ろんばく》しなければならんです。」
山田「建部君。そう、ちょっとした事を悪く聞取ってくれちゃ困る。まア、今夜は何でもいいさ。今夜は、君も知っている――君たちの友人のクララが明日の朝早く欧羅巴《ヨーロッパ》へ行くというので、夜中、夜の明けるまで、愉快に踊ったり歌ったりして遊ぼうという、無礼講の席だから、まア、何にも彼《か》も今夜はお預けにしてくれ給え。気に触《さわ》った事があったらあやまるよ。」
建部「いや、そう仰有られては、恐縮するです。私は何も、あなたの言葉尻を捕えて、とやかく、いうのではない。しかし、あなたのお言葉によると、亜米利加人は気が大きいから、何をいっても差支《さしつかえ》ない。構わない。というように聞える。一個人の事なら、そうでしょう。しかし国家全体に関しては、私は如何に些細《ささい》な事でも、誤解のないよう注意するのが、国家の保護によって、この海外万里の異郷に、個人の権能を全くしている在留国民個々の大義務であろうと信ずる。それを、あなたのように、如何にも軽々しく見做されるのは、私に取っては、誠に合点《がてん》が行かない……。」

この会話の最中、鈴木一郎、令嬢クララ、何れも夜会服の扮装《いでたち》、互に腕を組みたるまま、早足に、正面帷幕《とばり》の間より進み出る。

第三節

山田、建部両人の姿を見て、よき処に佇み、

クララ「建部さん。こんな処に引込んでいらしッたの？　皆《みん》な、あちらで、大騒ぎやって踊っております。」

鈴木「私はもう倒れそうです。少し休ましてもらわなければ息がつけない。（有り合う椅子に坐る。）」

山田「じゃア、老人の私《わし》が助太刀に出掛けようか。」

クララ「建部さん。どうかなすったの。御気分でも悪いんじゃないんですか。余り暑いせいかも知れません、この鈴蘭《すずらん》の花を嗅いで御覧遊ばせ。気分が清々《せいせい》します。」

クララは独《ひと》り堅くなっている建部の傍に寄添い、自分の胸にさした鈴蘭の花束より、二、三本を抜き取って、建部が燕尾服のボタン穴にさしてやる。

建部「いや、有難う。いや、恐入ります。（ますます堅くなる。）」

クララ「ね、ほんとにいい匂いでしょう。薔薇の花はかえって頭が痛くなります。私は、鈴蘭が大好き。歌では、谷の姫百合《リリー　オフ　バレー》ッていうせいか、何となく奥床《おくゆか》しゅうございますわねえ。」

建部「はア、なるほど……。」

建部はハンケチにて額の汗を拭《ふ》く。鈴木は咽喉《のど》の渇《かわ》きたる心にて、小机の上のウイスキーをば、実業家の山田と共に飲んでいる。

以前の米婦人二名、出《い》で来《きた》り、遠くより元気よく、

米婦人の一「鈴木さん。私にも一杯……。」

米婦人の二「私にも……。」

両人踊りの歩調にて掛け寄る。

山田「お嬢さんたちがウイスキーの御用ですか。（わざとらしくいう。）」

米婦人の一「ほほほほほ。いやですねえ。ウイスキーじゃありませんよ。そっちの……ソーダ水ばかり、一杯に波々ついで下さい。」

両人コップを差出す。鈴木、注《つ》いでやる。両人一息に飲干すや否《いな》や、

米婦人の二「さア、山田さん。私と一緒に踊って下さい。踊りに行きましょう。アロン、モッシュー。」

山田「アベック、プレヂール、（わざと古風なる礼式をなし、女の手を取る。）」

米婦人の一「建部さん。あなたは、私のお相手におなんなさい。」

建部「私は踊れないのです。知らないのです。」

狼狽《ろうばい》する建部の手を取り無理やりに、一同踊りながら這入《はい》る。クララと鈴木の二人居残る。奥の方にて、人の笑う声、ワルスの曲と共に漏れ聞える。

第四節

鈴木、長椅子に凭《もた》れて巻煙草を取出して喫烟する。クララ、その傍に進寄《すすみよ》り。

クララ「大変おくたぶれになったようですね。ここで、すこし二人して、休んでいましょう。」

鈴木「ええ、久しく練習しなかったせいでしょう。当分あなたと踊るのも……あなたと踊るのも今夜ぎりだと思って非常に踊りました。クララさん。あなたも疲れたでしょう。お坐《すわ》んなさい。（手を取って長椅子の上に引寄せ、じッとその顔を見て、）いよい

よ今夜ぎりですね。今日の夜が明けると同時に、あなたはもう欧羅巴《ヨーロッパ》へ行ってしまう。」

クララ「あなた。あなたまでがそんな悲しい事を仰有《おつしや》っては、私はもう、とても出発する事が出来やしません。来年帰って来て、また逢う時の事を考えて下さい。鈴木さん。新らしい希望を話して聞かして下さい。手紙で最《も》う一度、お国へ相談すると仰有ったじゃありませんか。あなたさえ許して下されば、私もあなたの御両親に手紙を書きます。」

鈴木「書いて下さい。父は一度欧羅巴を漫遊した事もある人です。英語も読めます。しかし、クララさん。包まずに打明けていえば、あなたの手紙も私の手紙も、如何なる熱情の言葉も、父に対しては何の効果もありますまい。父は「日本人」と称する人間です。外国を旅行した事があっても、それは高々《たかだか》政治や商業や工業や外部の文明機関を視察したばかりで文明の深い内面生活に接した事はない。彼《あ》の人たちには恋愛の機微は到底了解されますまい。人生の意義は想像されますまい。理由のない感情ほど破り難いものはない。彼の人たち、新しい日本を経営した彼の人たちは、西洋の衣服を着、西洋の建物の中で、政治を論じていますが、皆古い保守の人です。理智の上から、政治上の手段としては厚い黄い《きいろ》唇に笑いを含ませて外国人と手を握るでしょうが、自然の感情としては、決して打解《うちと》けるものではありません。人種の僻見《へきけん》からは、決して、立離《たちはな》れ得るものではないのです。日本の封建制度は、彼《あ》の人たちによって、見事に破壊されましたが、その革命者の思想内部の生活は、まだ何らの革命にも逢った事がない。クララさん。議会と軍隊があるからといって、日本を米国の如く文明視するには、まだ余りに早過ぎるのです。非常な手段を取らない限りには、クララさん、私は断言します。私たち二人の恋に希望は殆どありません。」

いい切って苦痛に堪えざる如く長椅子より立ち、二、三歩歩む。クララ両手にて顔を蔽《おお》う。奥の方にて男女の笑声、舞踏の曲幽《かすか》に聞える。クララ顔を上げ、

クララ「それじゃ、私たち二人は一生失恋に泣かなければならないのですねえ。」

鈴木「家族と社会と、すべてを捨ててしまわない限りは、私たちの恋は成立ちません。絶望です。」

クララ再び手にて顔を蔽う。

鈴木「然《しか》らずんば——死の満足。」

クララ「ああ。死——。」

クララ叫びながら、決然長椅子より立ち、暫く無言にて鈴木の方を見詰めたる後、思入《おもいいれ》深く、

クララ「私、もう思い諦《あきら》めました。絶望。絶望。しかし私は絶望のために斃《たお》れはしません。私たちは新しい国民です。鈴木さん。私たちはシェーキスピーヤの書いた古い伊太利亜の男や女じゃありません。飽《あ》くまで二人して運命に泣きましょう。しかし、斃れません、死にません。」

強い調子にていい切る。

鈴木「クララ!!!」

叫びながら鈴木はクララの足元に馳寄り跪《ひざまず》いてその手を握り、顔を見上げる。クララは傍の卓《テーブル》に身を倚《よ》せ、

クララ「考えれば、もう二年三年……青春の三年間も、香しい恋に酔ったのです。ああ。私はそれだけでも、生命《いのち》をこの世に下すった神様に感謝しなければならなかったのでした。鈴木さん。改めて、約束して下さい。私たちは永遠に忘れない。一番親しい友達だという事を……」

鈴木「約束します。クララ!」

立上って、鈴木は労《いたわ》り扶《たす》けるように軽くクララを抱き、傍の肱掛椅子に坐らせる。

クララ「今日までの過去《すぎさ》った幸福を思返すと、ほんとにもう、夢のようです。明日《あした》から眺める淋しい夕陽は、端《はて》もない海の上に暮れるのですねえ。」

奥の間にて奏するビオロンの音高く聞え出す。鈴木は椅子の肱掛《ひじかけ》に身を倚せかけ、

鈴木「悲しい現在に、過去の楽しい夢を思出して泣く……ああ追憶、回想。クララさん。追想の涙。こればかりは何物にも妨げられない永久に尽きない賜物です。」

折りかがまりて話す。クララは仰向《あおむ》いて聞く。両人知らず知らず顔を近《ちかづ》けて接吻したままになる。

第五節

前節に出でたる藤崎、そっと正面帷幕《とばり》の間より、こなたを差覗《さしのぞ》き、進入《すすみい》ろうとして躊躇《ためら》う体《てい》。遂に思切って、静《しずか》に二、三歩踏出し、

藤崎「Excuse me, my friends《エキスキユーズ　ミイ　マイ　フレンヅ》.」

鈴木とクララは身を倚合《よせあ》いたるまま、恍惚たる黙想の中より、此方を見る。

藤崎「鈴木君。何処《どこ》から来たのですか、使《メッセンヂヤーボーイ》の小供が、あなたにといって、この手紙を置いて行きました。」

藤崎は進み寄り、手にしたる一通の書状を渡す。

鈴木「誰だろう。（状袋の筆跡を見て、）小林の手紙……何の用事かしら。クララさん。ちょっと失礼します。」

クララ頷《うなず》付く。藤崎その傍の椅子に坐る。鈴木は立ちたるままにて、手紙を二、三行読み行く体。忽《たちま》ち驚愕する語調にて、

鈴木「大変！　小林が自殺した。」

藤崎「自殺！」

藤崎その坐より飛び立つ。クララ鈴木に寄添う。鈴木手紙を読む。

鈴木「余ら二人は運命に感謝す。余はアンニイと共に最後の手段に到着致し候。余ら二人はいよいよ自殺を断行するの勇気を得申候《えもうしそうろう》。自殺は余ら二人の生涯が致すべき必然の結果に有之《これあり》候えば、今更ここにその原因を申上る必要もなかるべくと存じ候。余ら二人は鴉片《あへん》を服し、室を密閉し、瓦斯《ガス》の口を開きて眠るべく候。眠るべき以前に余はアンニイと共に、親愛なる兄に、最終の祝福を送り申候。先日計らず公園にてお目にかかり候う時、兄が寸毫《すんごう》も道徳的先入の判断なく、一個の人間として快談下されし事に対し、アンニイは兄が身の上を神の如く尊敬致しおり候。寛大にして愛情深き兄が態度は、毒流に沈溺したる彼の女が精霊に対する最大最終の福音にて候いき。親愛なる兄よ。この手紙の兄が手元に達すべき頃には、余とアンニイとは、再び破らるる恐れなき平和の中に眠りおるべく候……」

クララ「おお！」

鈴木

両人椅子の上に落ちて、手にて顔を蔽う。藤崎は立ちたるままにて

藤崎「その人のお宅は遠いのですか。直《す》ぐ馳《か》け付けたら、あるいは間に合うかも知れない。」

鈴木「そうだ。（中腰になる）」

藤崎「瓦斯の窒息なら、手当次第で助らないとも限らんです。急ぎ給え。急いで行って見たまえ。」

鈴木「ククラさん。私は行って来ます。大急ぎで。君、藤崎君、それじゃ、後《あと》を頼む。」

クララの手を握り、早足に右手の戸口に行きかける。奥の間にて舞踏の曲、男女の笑い騒ぐ声。幕。

第三幕

第一場

紐育《ニューヨーク》、支那街裏長屋内、廊下。深更《しんこう》。

上より一面に釣下《つりさ》げたる汚《きたな》き壁の書割《かきわり》。能《よ》きほどの距離を置いて、ペンキ塗の汚

れし戸口三個あり。右手の端《はず》れの扉《ドアー》にはGradisse(グラデス)と書きし色紙。真中の扉には花結びにしたる赤きリボンを打付け、また左りの端れにはAnnie(アンニイ)と書きし色紙を貼る。人々の指の跡、落書なぞしたる壁の一方には薄暗き瓦斯の裸火がついている。一体に暗澹《あんたん》陰鬱なる趣《おもむ》き。幕明くと、やや遠く、酔いたる人の声にて、

Wait till the sunshines Nellie;
When the cloud's drifting by,
We will be happy, Nellie, don't you sigh?
Down the lover's lain, sweetheart you and I.
Wait till the sunshines Nellie, by and by.

という卑俗なる流行唄《はやりうた》の一節、疲れたる懶《ものう》き調子にて聞える。

第一節

真中《まんなか》の戸口忽然内より開く。内なる明《あかる》き燈火、さっと薄暗き廊下に漏れ、背広を着たる渡米苦学生風の日本人、続いて、米国の醜業婦ヱバ、厚化粧、寝乱れ髪、日本風の浴衣姿に帯なく、厭《いや》らしき風にて現れる。

日本人「ヱバ、じゃまた来るぜ。当分、お前の顔も見られねえんだ。お前の事《こ》ッたから、ちッとの間、稼《かせ》いで、この秋帰って来る時分にゃ、もう何処《どこ》へか行ッちまってるだろう。支那街の女にゃ、熱くなる方が馬鹿ア見らア。」

ヱバ「ボストンの稼口《かせぎぐち》が分ったら、番地をお知らせよ。用があるかも知れないから。」

日本人「うまくいってらア。用があったら、お隣の支那人《ちゃん》にお頼みな。ちッとの間だア、天井の汚点《しみ》でも眺めて、我慢していりゃア、どんな無心でも聞くだろう。」

ヱバ「ヘッ。憚《はばか》りさまだね。処は支那街だって、隣りのアンニイとこのヱバだけは、憚りさまだがね、いくら困《こま》ったって、チャンは喰え込まないんだよ。冗談もいい加減にするがいいや。」

日本人「迷った耳にゃ、そう、啖火《たんか》をきってくれるだけでも頼《たのも》しいや。あっちへ着いたら手紙を出すから、お前も居処《いどころ》だけは、忘れずに知らしてくれ。」

ヱバ「知らせるよ。万一分らなかったら、酒場のキャラハンへ行ってお聞きよ。」

日本人「うむ。ぐずぐずしていると、また汽車に遅れっちまわア。じゃ、あばよ。随分達者で稼ぐがいいや。……」

ヱバ「聞きたくもない。またお厭味《いやみ》の百万遍かい。」

日本人「達者で稼《かせ》ぐがいいという事よ。隣のアンニイにもよろしくいってくれ。小林さんでいったけな。れこが来ているのか。」

ヱバ「来ているもいないもありゃしない。始終一所にいるんだアね。」

日本人「おやすくねえな。ヱバ、なぜお前も乃公《おれ》と一緒にボストンへ行ってくれないんだ。頼みがいがねえ。」

ヱバ「時節が来りゃア、厭でも一緒にならアね、ぐずぐずしていると、晩《おそ》くなるじゃないか。」

日本人「勝手に追出すがいいや。」

音高く接吻して苦学生の日本人は、足早やに入る。ヱバ戸を開《あ》けたるままにて内へ入る。以前の流行唄

Wait till the sunshines Nellie;
When the cloud's drifting by,
We will be happy, Nellie, don't you sigh?

此度は近く聞えて、西洋人の家庭に住込むボーイ風の日本人三人、出で来る。

第二節

日本人の一「ああ。酔った酔った。もう、何時だろう。」

日本人の二「キャラハンで飲んでた時に三時だった。ぐずぐずしていると夜が明けちまうぜ。」
日本人の三「不景気だなア。もう皆な寝ていやがるぜ。お客と寝ていやがるんだ。」
日本人の一「しめた！　戸があいてる。ハロー、スキート、ハート！」
開けたるヱバが戸口へ立寄る。ヱバ、戸口へ半身を現《あらわ》し、
ヱバ「遊んで行くんなら、お這入《はい》り！　ちょっと遊んで行くのかい。それとも一晩泊って行くのかい。どっちだ。」
日本人の一「此奴《こいつ》ア、御挨拶だ。まア、水の一杯位、飲《のま》したって、いいじゃないか。ああ酔った。口が乾く。キッス位してくれたっていいじゃないか。」
ヱバ「してもらいたきゃア、代《だい》を先《さ》きに払うがいいや。もう晩《おそ》いから、二弗《ドル》でいいよ。さア。」
日本人の一「明日《あした》の朝まで、二弗なら高くねえ。」
ヱバ「馬鹿おいい。二弗で誰《だ》れが一晩宿《とま》らせるものか。」
日本人の一「そんなら一弗だ。支那街の相場は一弗と何処《どこ》へ行ったって極《きま》っていらア。」
ヱバ「いいから、文句をいわずとお這入り！」
ヱバは日本人の一を力強く引き込み、戸を閉める。日本人の二と三は、頻《しきり》にその

他の戸口を叩く。

日本人の二「オープン！　開けろ。」

日本人の三「オープン、ヱ、ミニュット！」

日本人の二「寝ていやがるんだ。お客があるんだ。」

日本人の三「構うものか、妨害してやれ。癪《しゃく》にさわらア。」

日本人の二「おや、田島の奴、何処《どこ》へ行きやアがった。いつの間にか沈没してしまいやがった。サノバガンだな。彼奴《あいつ》は。」

頻《しき》りと叩き続ける。肥満したる支那人二名、辮髪、洋服、中折帽を阿弥陀に冠《かぶ》り葉巻を啣《くわ》えながら出で来り、グラデスと書きし右手端《はず》れの戸口に立止り、遠慮なく、

支那人の一「グラデス。グラデス。」

グラデス「だれだい。(内より大声にてきく。)素見《ひやかし》なら、もう寝ているよ。」

支那人の二「乃公《おれ》だよ。リーにトムだ。」

グラデス「あら！　今、あけるよ。」

醜業婦グラデス寝衣《ねまき》のままにて戸を開けて出で、支那人の首に抱き付き、交《かわ》る交《がわ》る接吻し、

グラデス「遅かったじゃないか。うまく当《あた》ったかい。今夜は。」
支那人の一「大当り。すっかり運が向いて来た。」

グラデス再び支那人に接吻し、両人の手を引いて、這入《はい》る。グラデスは戸を閉める時、顔だけ出し、呆然として佇む日本人の方に、赤い舌をぺろりと見せ、
グラデス「あばよ。お金があるなら、一昨日《おととい》お出《い》で。さ、よ、な、ら。」
日本人の二「驚いた。乃公《おれ》たちを、てんから、一文なしの素見《ひやかし》だと思っていやがるんだ。」
日本人の三「彼女は、支那人の妾になってるんだな。きッと。」
日本人の二「二人いたじゃないか。二人で女一人を妾にしているのか。」
日本人の三「そこが、支那人の支那人たる処だ。珍らしい話じゃないよ。何をしていやがる……覗《のぞ》いて見ろ。(鍵穴を伺う。)」
日本人の二「見えるもんか。よせ、しようがねえ、またキャラハンの酒場へ行って飲み直そうよ。その中にゃ乙《おつ》な奴《やつ》に引《ひッ》かかるだろう。」

口笛を吹きながら両人這入《はい》る。

第三節

外出姿の醜業婦ジャニイ出で、アンニイと書きし戸口を叩《たた》く。

醜業婦「アンニイ。寝たのかい。十四丁目の酒場へ行くんだけれども、電車賃がないんだよ。五仙《セント》玉一ツでいい。五仙のニッケルを貸しておくれよ。アンニイ。アンニイ。」

寂《しん》として返事がない。ジャニイ暫く待って、また二、三度叩きながら、

ジャニイ「寐《ね》ちまったのかい。しようがないねえ。明《あ》けて這入《はい》るよ。いいかい。アンニイ。」

手に提《さ》げた蟇口《がまぐち》より合鍵を出して、戸を開けて這入るが否《いな》や、

「大変だ。大変だ。大変な瓦斯だ。アンニイが窒息した。大変だ。」

馳《か》け出してヱバ、グラデスらの扉を叩いて叫ぶ。醜業婦、支那人、日本人、何《いず》れも乱れし姿にて出る。

ヱバ「まア大変な瓦斯だ。早くその辺の窓を明けないか。」

グラデス「早く、誰か。誰《だ》れか這入って救《たす》け出さなくッちゃ……早く早く。」

名々毛布《めいめいけっと》、テーブル掛《かけ》なぞ持出し煽《あお》ぎ立てる。日本人、支那人、醜業婦、不良の米国人、宿なしの黒奴なぞ大勢出で来り、アンニイの部屋に這入る。お釜形の帽子、制服を着たる巡査一名。高帽、フロックコートを着たる医者一名出で来り、

同じく這入る。よき程にて、壁の書割全体を上へと引き上げる。

第二場

支那街裏長屋内、アンニイ部屋。深更。

正面左右とも汚れし紙張りの壁。正面に大なる寐台。白きシーツ掛蒲団は半《なか》ば床の上に落ちかかっている。枕元に窓。煖炉の上に活花《いけばな》、写真、安物の陶器。それに近く壁際《かべぎわ》に、木製のテーブル、その上に、食い残したる食物の皿、鴉片《あへん》の烟管《キセル》なぞ置いてある。三方の壁、よき処に、裸体画の額、いかがわしき写真、男女の外套帽子なぞを掛け、中央に破れし長椅子、寐台近くに一脚の椅子を置き、女着の裾、上衣、襦袢、肌着、股引、コーセット、靴足袋なぞ、その上に乱暴に脱《ぬ》ぎすててある。左手の壁に出入の戸口。それに続いて、鏡付きの古き化粧台。その上なる陶器製の手洗鉢より、湿《ぬ》れたる西洋手拭だらりと下っている。台の下にはブリキ製の手洗鉢便器、陶器製の水瓶《ピッチャー》、バケツなぞ、乱雑に置いてある。燈火なければ、正面の窓に、戸外なる夜の色、蒼然として映じおるばかり。舞台一面、辛うじて小道具の輪廓を辨《べん》じ得るほどに暗し。

第一節

小林丈吉、第一幕と同じく汚《よご》れたる背広。醜業婦アンニイ、白き寝衣《ナイトガウン》、黒き靴足袋、半靴の姿にて、女は乱れたる寝台の上を斜めに、両腕を投出し、拳を握り締め、身を捩《ねじ》り、最後の苦悩を思わしむるさまにて、仰向《あおむ》きに横《よこた》わっている。男は寝台より滑り落ちたる体《てい》にて、半身を寝台によせかけ、両足を床板の上に投出し、がっくり首を垂れている。

第一場に出でたる日米清の男女尽《ことごと》く、黙然《もくねん》として顔を見合せながら佇《たたず》みおる。

巡査医士の二人、寝台の近くに立ちいて、

巡査「早くランプを持って来い。」

医士「窓を明けたんで、大分息がつけるようになった。ランプはどうした。」

米人一名手に、ホヤの曇りたる、小さきランプを持ち入り来《きた》り、寝台近く進む。部屋の中やや明《あか》くなる。医士は小林とアンニイの顔を打眺め、脈搏を試みながら、

医士「これアもう駄目らしい。窒息したのは、もうよほど前だ。何しろ、寝台の上に寝かして見るがいい。」

巡査と二名の米人、小林とアンニイの死骸を寝台の上に並べて寝かす。医士は携

えたる小箱より薬品を出し、注射などしている。

巡査「煖炉のガスを閉め忘れて、それがため窒息したのか、それとも、自殺を企てたのじゃなかろうか。その辺に何か手紙でもありゃせんか。」

第一場のヱバ、ジャニイ、その他一同化粧台、煖炉棚の上、テーブル等を捜す。

ヱバ「何にもない。別に何にも見当らないけれど、それじゃア、やっぱり自殺する気だったのかも知れない。五月にもなって、瓦斯ストーブを焚く奴《やつ》もないから。」

ジャニイ「それにしちゃア、私今日の午後《ひるすぎ》に会ったのだけれど、ちッともそんな素振《そぶり》を見せなかった。二人ともよっぽど気丈夫に覚悟をきめていたのだと見える。」

巡査「一体、この男はどういう人だ。色男か。何だ。」

ヱバ「二年あまりも、上町《うわまち》の方で一所に世帯を持っていたんだそうですよ。」

巡査「どういう身分の人か、分らんかしら。御存じじゃないですか。君たちは。」

日本人の方を見る。

日本人の一「領事館へでも聞き合わして見なくっちゃ委《くわ》しい事は分りませんね。顔だけは、角の酒場を初め、その辺で能《よ》く見て知っていますがね……。いずれ、吾々同様、野心に駆られてアメリカへ苦学に飛出した人でしょう。絶望して遂に自殺したんでしょう。」

巡査「絶望したからッて、何も自殺しないでもよさそうなものだな。情婦《いろおんな》があれア、何も絶望する事アない。これほど幸福な身分はないじゃないか。」
日本人の二「君はアメリカ人だから、恋愛にさえ成功すれば、世の中に不幸も絶望もないと思うかも知れんが、吾々日本人には、そうはいかん。この同胞はどういう訳《わけ》で自殺したのか知らないが、吾々には実際、いうにいわれない苦痛が沢山ある。東洋の旧思想を破壊しようという、いろいろな精神上の苦痛がある。」
巡査「君たちは、まるで魯西亜《ロシヤ》人のような事をいうじゃないか。君たちはまさか亡命者じゃあるまい。日本にゃ議会もある。学校もある。軍艦もある。もうそれで沢山《たくさん》じゃないか。」
医士「駄目です。もう駄目です。君。（巡査に向い、）気の毒だが、二人とも蘇生《そせい》する見込みはありませんな。」
巡査「それじゃ、窒息して、間違いなく死んでしまったのですね。」
医士「そう。死んでしまった。霊魂はもう、肉体を離れた。」
　一同覚えず寂《しん》となり、今更らしく小林とアンニイの死骸を眺める。

第二節

突然、戸を手荒く引開け、鈴木一郎、シルクハット、燕尾服、手袋。外套を小脇に抱え、馳《か》け入る。粛然たる一同の様子を見て、早くもそれと推察したる心にて、叫んだまま、外套を投捨て、跪《ひざまず》いて顔を寝台の上に押当てる。

鈴木「あ、小林、アンニイ！」

第三節

開放《あけはな》したる戸口より、制帽をつけたる救世軍の女二名入り来り、静《しずか》に枕元に立ち寄り、祈禱を始める。あるものは跪く。

救世軍「全能の神よ。主にありて世を逝《さ》るものの霊、主とともに居りて生き存《ながら》えて、主を信ずる人のたましい、肉の重負《おもに》をおろす後、主とともに居りて楽しむ。主よ願くはわれらも主の御名《みな》を真に信じて世を去りし者とともに世に限りなき栄光に与《あずか》り、身も霊魂も全く幸いを享《う》くる事を得させ給え。主イヱスキリストによりて希《ねが》い奉る。アーメン。」

一同「アーメン」

一同低き声にて繰返す。救世軍の女、先に立ち、一同は、曇りたるランプを煖炉の上に置き残したるまま、静に部屋を去る。

第四節

寝台の上に顔を押当てたる鈴木は、漸《ようや》くに顔を上げ、力なく立ち上り、恐る恐る歩み寄って、並びて横わる小林とアンニイの死顔を差覗《さしのぞ》き、暫くじッと打眺めたる後、一、二歩退き、沈痛なる語調にて、

鈴木「これが、死というものだろうか。人の恐れる死というものだろうか。永遠の眠りとは、誰がいい初めた言葉であろう。ああ、何という平和！　何という静寂！（再び近寄りて、）親愛なる小林、哀れなるアンニイ。生きている時、苦悶している時、反抗している時、その時の鋭い、その時の疲れた、その時の憂わしい、その時の病的な、すべての面影は残りなく消え失せた。愛する女、愛する男。愛する二人が、春の光に笑い、秋の雨に泣き、冬の風に争い、遂に疲れて、しめやかな夏の夜に、喧《さわが》しい夜明けはもう来ぬとばかり、夢穏《おだや》かに寝入っているとしか、どうしても思われない。冷《つめた》い二人の面《おもて》には、何という深い満足、深い幸福が漂っているであろう。」

寝台枕元の欄干《てすり》に肱をつき、額を押える。

「ああ、満足、幸福。生きた時分の二人の生活を浅間《あさま》しい、痛《いたま》しい、不幸なものだと思ったのは、あるいは自分の誤りであったかも知れない。穏かな、この二人の顔、互に頬を触合《ふれあわ》して寐ている二人の顔を眺めては、ああ、自分は、もうどうしても、二人の生涯を不幸であったとはいえなくなった。」

心は疑い、気は悶《もだ》ゆる体にて、枕元を離れ、少時《しばし》室内を歩き廻り、テーブルの上なる鴉片《あへん》の煙管《キセル》を恐る恐る取上げて、

「これが鴉片の筒か。虚無を夢み、無限に遊ぶ、と小林の唱導した毒烟の筒……。神壇の前に薫る香炉の烟に、信仰敬慕の熱情を感じなくなった、破れた傷付いた吾々には、瞬間の平和を与えてくれるだけでも、この毒薬の烟こそ、如何に感謝すべきものだろう……と小林は能《よ》くそういって、叫んだ事がある。」

煙管をテーブルに置き、ますます苦悶するものの如く、女の衣服の乱暴に脱捨《ぬぎす》てられし長椅子の上に、倒るるように腰をかけ、少時の間、手にて蔽いたる、その顔を上げ、乱れたる室中のさま、壁にかけたる卑猥《ひわい》なる裸体画なぞを見詰めて、

「ああ、恐しいと思った二人の生活。二人があらゆる世の道徳習慣に反抗したその生涯の亡骸《なきがら》は、しめやかな夏の夜ふけ、薄暗いランプの光の陰に、ああ、何とも知れず自分に向って、深い秘密を囁《ささや》くような気がする。女は売淫。男は賭博。天も地も、神

も人も、人種の発生して以来、許されたる事のない恐しい厭《いと》わしい生涯に、二人は最も麗《うるわし》い恋の満足を誇り、勝手に鴉片を服して、勝手に死んでしまった。死そのものが、已に彼らの望んだ、最後の満足の実現であったのだ。ああ――燈火《あかり》が消えて行く――油がなくなったのか――」

煖炉棚の上に置きたるランプ、一、二度瞬きして消える。後の窓、鈴木には心付かず、夕暮に等しい暁の光に、極《ご》くゆるく、次第に白くなって行く。しかし室中は、一時《ひとしきり》、以前よりも、ずっと小暗くなる。鈴木は夢に物いう如き語調にて

「考えれば、自分と彼ら二人の生涯は何という相違であろう。自分は、充分に主張し得られる、明《あか》い、正当な、その恋までを捨ててしまった。自分は犠牲、制裁、束縛というようなものの中に、勇しい克己――自個の意志の偉大を感じようと思った……それが人間の最大不変の幸福であると信じもした。そうだろう……果して、そうであったろうか……。自暴自棄して死んでしまう。それも不幸というべきものではない。アンニイと小林は確に不幸じゃなかった。自分も決して不幸ではない……けれども……けれども……ああ自分は、ああ自分は、安《やすん》じていられない、疑う処が出来て来たようだ、……何故《なぜ》、どうして、自分は、自分を疑うのであろう……」

片手に額を押て、声次第に激して来る。突然、遠く海の方にて、汽船の汽笛、長

く響く。

「おお、汽船の笛――船が港を出る――」

額を押えたまま、長椅子より立上る。暁の白き、憂鬱なる微光は、いつか知らぬ間に、枕元なる窓より差し込み、アンニイと小林の死顔を、ありありと物静かに照している。鈴木は感激の上にも驚愕の語調を合せて、

「夜はもう明けた。倒れるまでに踊った夏の夜の楽しみはもう昨日の夢。今日の十時――十時を合図に、愛するクララは行ってしまう。大西洋のあっちに行ってしまうのだ。小林。どうしよう。小林、アンニイ……」

寝台に寄添い、手を伸ばし、眠れる人を揺り起すよう、危く死体に触れようとして、

「ああ二人はもう覚めずに眠っていたのだ。静《しずか》に眠っていたのだ。もう答えてはくれない。自分の生涯を不憫《ふびん》と哀れむように黙っている……何たる幸福、平和、静粛。ああ――」

両膝ついて倒れ、二人の腕の上に顔を押当てて泣き入る。幕静に下《お》る。

凱旋門

除夜

Pauvre année au vent qui pleure
Jette ton dernier soupir!
Achille Millien.

哀れの年、泣く風に、
そが終焉の吐息《といき》をつけよ。
アキユ、ミイヤン

ローン河の低地を蔽《おお》い尽す冬の霧に包まれて、日頃は眠れる如くに寂としたリヨンの市街《まち》も、今日はさすがに行く年の、夕暮近くからは特更《ことさら》に、さまざまな街《まち》の物音、さながら、夜半《よわ》の嵐夕《ゆうべ》の潮《うしお》の吠るがように、薄暗い五階目の、閉切った吾が室《へや》の窓まで、響いて来るのであった。

煖炉の傍《そば》の椅子から立って、窓から見下すと、霧立ちこめる街《まち》の面《おもて》は祭礼の夜に異ならぬ燈火のきらめき、往来《ゆきき》の人の影。

ああ、年は今行くのか。行いて再び帰らぬのか。思えばわが心俄《にわ》かに忙《せ》き立ち、俄かに悲しみ憂うる。

再び椅子に落ちて、どうしてこの夜を送ろうかどうして、来るべき年を迎えようか、と考え始めた。戸を叩いて、下宿屋《パンシオン》の下女が、

——御飯が出来ました、モッシュー！

自分は喫《す》っていた巻煙草を煖炉の中に投げ捨てて、そのまま食堂へ出掛けた。富裕《ゆたか》な家庭の晩餐であるならば、今宵《こよい》は年越の吉例とてテーブルは花に飾られ、笑談の声の中に、シャンパンを抜く音も聞かれようが、旅人と独身者ばかり寄合う下宿屋では、別に変った事もない……否《い》や平常《いつも》よりは、かえって淋しいような気がするのである。日頃、議論でテーブルを賑《にぎ》わす大学の書生連は、何《いず》れも聖誕祭《ノエル》の休暇《やすみ》で、親元へ帰ってしまったので、残るは自分を入れて、僅か六人。物いいの恐《おそろ》しく丁寧なだけ、慾には抜目のなさそうな宿の内儀《かみさん》を正座にして、その隣りに坐《すわ》るのが、わざわざフランス語の研究に来ているとかいう猫脊の独逸《ドイツ》人。その次は、六十あまりの老人で、昔はオペラの第二低音《バリトーン》を勤めたとやら、今はいささかの貯金で食っている身寄も親族も何にもない独身者《ひとりもの》。その他は、市中の商店や会社に雇われている若いものが、三人ばかり。何《いず》れも

毎日、同じ顔ばかり見合している事とて、会話も通り一遍。ほんの申訳らしく取交(とりかわ)されるばかりで、食事は事の外、早く済んでしまった。

自分はテーブルを立つとそのまま部屋には帰らず、ただ何という当《あて》もなく、往来へ出て見た。

夕暮から特更に深くなった霧は何時か雨に変じてしまい、燈火の美事に反映する敷石の上をば、傘さす人が、忙《いそが》し気《げ》に歩いている。

何処《どこ》へ行こう。こんな湿った寒い、いやな天気に散歩でもあるまい。クラシック音楽の合奏会《コンセール》も今夜は番組が面白くなかったし、市設のオペラ座は、たしか、もう幾度《いくたび》となく聞きあきたトーマの「ミニオン」であったと思う。劇場はスクリーブか誰《だ》れかの古めかしいボードビルだ——こんな事を思いながら、道行く人の傘の間をば、霧と小雨に包まれながら歩いている中《うち》、間もなく、ローンの河岸、ラフェット橋の橋袂《はしだもと》に出た。

自分は、見渡すローン河の眺めを如何に愛するであろう。夜といわず、昼といわず、橋を渡る折には、必ず、立続くプラターヌの木蔭、岸の石堤に身を倚《よ》せて眺めやる——しかし昼の眺めよりも、夜がよい。その夜景色も晴れた月夜や、星の明《あかる》い夏の夕よりも、今夜のような、陰気な湿った、暗い晩、もしくは鉛色した霧の朦々《もうもう》と立ちこめる冬の夕暮に如《し》くはない。

晴れた夜であると、両岸の人家、橋の姿、岸の石堤なぞがあまりに鮮明に過ぎて、風致を欠く、が、それに反して、今、冬の小雨に眺め遣《や》る河面《かわもせ》一帯は、模糊として何れが石堤、何れが人家とも見定め得ず、橋の欄干や岸辺《きしべ》の木の間に輝く電燈さえ、深い霧につつまれて、その周囲に、水蒸気が丁度月の暈《かさ》のような、紫色の虹の輪を作っている。何という混然たる夜の色の調和であろう！　この調和の中に、底深く響く物音は、折々過ぎ去る電車の音と合して、石の橋台に激する急流の吠声である。

自分は耳を澄して心の底深くこの水の音を聞きながら橋を渡る――半《なか》ばほど渡りかけると、橋向うの岸辺から繁華な大通りへかけて、夥《おびただ》しい燈火の光を認めた。行く年の夜の事とて、日頃は夕暮に戸を閉める商店も、花火のような、色さまざまのイルミネーションに戸口を飾って、客を迎えていると、その往来際《おうらいぎわ》の敷石の上には、無数の小商人《こあきんど》が、小雨を避ける大きな雨傘や天幕の下に、年の市を張っているのであった。

絵葉書、リボン、造花、留針、襟かざり、何という事はない何れも一山百文の品物を、今夜限りに売尽くそうとて、声を枯して、客を呼んでいる、小商人の中には、白髪の老人やまだ年若い娘らしいのも交《まじ》っていた。何故《なぜ》、あの老人は、暖い火の前の長椅子に横《よこたわ》らず、この寒い河風に吹かれ、霧と小雨の中に立っているのであろう。何故あの若い娘は、新しい帽子を冠《かぶ》って男と一緒に芝居へ行かないのであろう。

生きようと、悶《もが》く、飢えまいと急《あせ》る。この避くべからざる人の運命を見るほど悲惨なものはあるまい。自分には自殺した人や、病気で死んだ人に対するよりも、単に「生活」という一語のために目覚しく動いている人を見るのが、如何にも辛く、如何にも痛《いた》ましく感じられるであろう。

往々にして自分には、藝術も、政治も、哲学も、諸有《あらゆ》るものが、その表号する声は何であっても、とどのつまりは、乃《すなわ》ち、人を飢えざらしめんために、存在しているに過ぎぬように思われてならぬ事がある。

何時《いつ》の事であったか、しかし忘れはせぬ丁度今夜のような寒い湿った夜の事だ。何となく頭が重いので、新刊の文学雑誌をば広げはしたものの、読むのではなく、ただページを繰っている中、巻の初めと終りの色紙に、いろいろな専門の書物や雑誌の広告が出ているのに、目を付けた、が、その時、自分はどういう訳《わけ》であったか、フランスにはどうして、こう沢山、書物や雑誌が出版されるのであろう、世間は果して、こんなにまで、智識を要求しているものかしらと思った。新聞紙ならば、保守派と、それに対する進歩派、何れにも組みせぬ独立派のようなもの三種あれば、事は已に足りているように思われるではないか。その他のものは、各《おのおの》発表している高尚な目的の外に、何か隠れたものがありはせまいか。人間にしてパンを食わずに活《いき》る事が出来たら、何《ど》れほど出版物が減るであろうか……急に、自分は、身の周囲《まわり》に積んである書物を見るのが厭《いや》になって、重い室内の空気から、外の新しい風に吹かれようとて、街《まち》を歩き始めた。

下宿屋の門口から直ぐ筋向うに立っているサンポータンという寺院前の広場を横切ると、アブニュー、ド、サックスと呼ぶ大通りは、まだ宵ながら、手も凍え、耳も痛む冬の夜の寒さに人通り少く、両側の電燈が、冬枯れした並木の淋しい影をば、霧で湿った往来の上に、黒々と描いているばかりであった。自分は無論、何処《どこ》へ行くという目的《めあて》もないので、一、二町も足にまかせて歩いて来ると、並木の大通りは、左右に折れて、職工なぞの多く住んでいる貧しい街近く、とある小さな寄席の戸口を通過ぎたのを幸い、寒さ避《よ》けにと何心もなく、切符を買って場内へ這入《はい》った。

外気の湿っているだけに、場内に這入《はい》ると多くの人の吐く呼吸や、敷物から発散する塵埃《ごみ》の臭気《におい》が、一時《ひとしきり》、夥《おびただ》しく鼻につく。空気は幕間に見物人の喫《ふか》す煙草の煙で濁っているので、場内一面の電燈は眩《まぶ》しいほどに輝きながら、それがかえって薄暗いように、すべての物が恐しく不健全に見える。同時に、天井や柱や、鏡をつけた四方の壁まで、何処《どこ》も彼処《かしこ》も、ただピカピカと光った、趣味のない装飾をしてあるのが、自分の眼には反対に薄淋しく暗く見えるのであった。この場内の様子で、見物人の顔付や風采《みなり》は見ずとも、何処《どこ》の国でも、都会の町はずれにある極めて卑俗な興行物である事は、直《す》ぐと想像が付く。

自分が場内に這入《はい》った時には、正面の舞台には市中の勧工場《マガザン》を初めとして、種々な商店の広告を書いた布の緞帳幕が下りて居て、見物人の雑談の声囂然《ごうぜん》たる中を、かなたこなた、花売りの婆や、駄菓子売り、番附売りの子供の甲走《かんばし》った声が聞える。平土間の席についていた場末の紳士や、土木の技師でもしているらしい男は、大方席を去って土間の周囲にある散歩場《プロムノアール》の、其処《そこ》には毎夜芝居へ客を引きに来る如何《いかが》わしい女の徘徊《はいかい》する中を、己《おの》れもうろうろ徘徊しているがあり、または廊下の片隅の酒場で思い思いの飲料《のみもの》を命じているもあった。

舞台下の薄暗い楽座から、一時《ひとしきり》中休みしていた囃《はや》しの音が聞えると、連中は皆あわてて元の席へ着く。奏楽はややしばらく、太鼓《バットリー》や喇叭類《キユイーブル》や、飛び跳るような胡弓《ビオロン》の音で、無暗《むやみ》と騒《さわが》しい割合に、極《きわめ》て単調な曲を続けている中、幕は明いて、舞台の横合から小走りに走出でたのは、裾の短い、思切ってはでな衣裳に、両肩から乳房の半分ほどを見せた髪の黒い大柄の女であった。

もう大分年を取っている。幸いに肥《ふと》った身体《からだ》の肩から腕の肉付きはよく、眼の小さいふっくりした顔に厚化粧はしていたが、頤《あご》の下から咽喉《のど》のあたりは、皮膚が弛《たる》んでいるかと思うほど油気《あぶらげ》が失せ、頸《くび》のまわりに太い動脈が出ているし、身動きする折には、明い電燈の光で、どうかすると、小鼻の両脇に深い線の彫《きざ》まれるのさえ、ありありと遠くからも見える。

女はそれでも、巧妙《たくみ》な若々しい微笑を口元に作り近くの桟敷《さじき》の方へ愛嬌の秋波《しゅうは》を送りながら、囃立てる音楽につれて、両手を腰にし、肩と腰をば妙に動《うごか》しながら、舞台の上をば、右に二、三歩、左に四、五歩、歩いている中、音楽の一節の切れ目を目掛けて、少し半身を前にかがまし、左手で胸の心臓あたりを軽く押え、右の手を前に、何か空中の物を摑《つか》もうとするような手振《てぶり》——十人が十人、極《きま》ってやる歌唄いの身振をして、On a toujours le chagrin——人にゃ何時《いつ》でも苦労が絶えぬ——という近頃の流行唄を歌い出した。

天井裏の大向《おおむこう》からは手を打つ響も聞えたが、何時《いつ》も一流のオペラや音楽会《コンセール》などへ出る世界に名高い歌手《カンタトリース》ばかり聞馴れた自分の耳には、今歌う女の声の、上滑《うわず》った調子が如何にも聞き辛く、どうかすると、まるで楽譜に合わぬ処《ところ》があるようにも思われ、特に量のない声を無理に張上げて、高い調子を歌おうとする折には、小鼻の脇のみならず、口元にまで痙攣《けいれん》のような恐しい線が出て、折角《せっかく》白粉で隠《かく》した年波がありありと見えすく、と、殊更《ことさら》に表情を示すための媚《こび》る身振が調和を失い、不快というよりは、見る目もいとど気の毒になるのであった。

あの歌う声は、飢《うえ》を呼ぶ叫びとも聞かれ得よう。自分は紐育《ニューヨーク》にいた以来、こうした場末の寄席藝人の生活を能《よ》く知っている。あの女も若い時分には、パリーの音楽学校《コンセルバトワール》の生徒であったかも知れぬ。世界の批評を一身に集めるオペラの花形を夢みた時代もあったであろう。けれども、けれども……この世の望は烟よ。雲よ。今では親もあるまい。子もあるまい。恋人もあるまい。都を遠く、地方の街の場末場末を流れ歩き、疲れた咽《の》喉《ど》から、夜《よ》ごと夜ごと、枯れたる声を絞って、歌いはするものの、そればかりでは、こういう女の唯一の幸福とする、衣服の流行を追うては行けぬので、折あらば、桟敷に来ている客を目的《めあて》に、よからぬ事も恥とはせぬのであろう。

思わずともの事思出せば、場内のもの一ツとして悲惨ならざるはなくなった。一夜を、愚かな流行唄、軽業手品の囃しばかり奏している楽座の音楽師とて、かつてはモザルトにあこがれ、ベトーヴェンを夢みた時もある身の上であろう。見物人の外套を預《あずか》る木戸番の婆や、花売りの昔は何であったろう。

歌手《うたいて》の女が引込むと、入替りにモノローグといって日本の落語家のような事をやる男が、海老《えび》のように顔を赤く塗り、緑地に荒い辨慶縞《べんけいじま》の、だぶだぶなフロクコートを着、鼠色の小さなシルクハットを横手に冠《かぶ》って、酔どれのような風付《ふうつき》で、よたよたと舞台へ出る。見物はこの風を見てまだ洒落《しゃれ》一ツいわぬ先から、一度にどっと笑出した。

自分はもう訳《わけ》もなく、堪えられないような気がして、急いで席を去ったが、外に出ると、ああ、何という恐しい霧の夜であろう。歩《あゆ》もうとする足元さえも見え分かぬほどで、呼吸をする度《た》びには、烟で燻《えぶ》されるように思わず咳嗽《せき》が出るのであった。久しく冬の夜の霧には馴れているものの、余りの事に、佇《たたず》んで四辺《あたり》を見廻すと、街燈は黒幕で密封されたように全く光を失い、天地はさながら創生当初の渾沌《こんとん》を思出すように、人も家も樹木も、一斉暗黒の中にもやもやしている。遠くの街の方で、衝突を恐れるためと覚しく、頻《しき》りに打鳴《うちなら》す電車の鈴の音が、相呼応して物哀れに聞える。

自分はいつも闇が誘出《さそいだ》す原因《いわれ》のない不安と恐怖を感じて、何処でもよい明《あかる》い灯のついている処へ行こうと思い、咖啡店《カッフェー》のある街の方へと早足に歩いて行ったが、する中にふいと目に浮んで来たのは、夜昼、休む間もなく、客の呼ぶ声に応じて、テーブルの間をてんてこ舞っている哀れな給仕人《ガルソン》の生活であった。

人一倍に安逸と懶惰《らんだ》を好む自分には、あんなに忙《いそが》しく動いているものを見ると堪えられないほど気の毒になって、尽きぬ生存の憂苦を思うが常。最早《もは》や、この恐しい霧の夜を、行き処のない自分は、過ぎ行く電車で、一刻も早く家へ帰るより仕方がない……ところが、自分の眼には、またもや、電車の運転手が、寒さに凍え、塵に塗《まみ》れた、その顔が浮んで来るではないか。

咖啡店に行くも厭《い》やだし電車に乗るのもまた辛《つら》い。自分は真暗な霧の中をば、何処《どこ》をどう行くとも知らず、無暗と歩いた。

フランスの街《まち》は米国のそれとは違って不規則な小路や、どこへ通ずるとも知れぬ抜裏が多い。忽《たちま》ち、自分は、暗い霧の中を、唯《と》ある小路に迷入った。見ると、荷車がやっと通れる位な道幅で、両側に立っている低い石造りの家屋は、汚れた黒赤い瓦屋根の半《なかば》は傾き、扉の落ちた窓の数は少く、土塗の壁の憂鬱な事は、まるで牢獄のよう。厚底の靴の上からでも、歩けば忽ち、足の裏が痛くなるほどに凹凸《でこぼこ》した敷石の、処々の凹《くぼ》みには、えたいの知れぬ、汚水が溜っていて、何処《どこ》から来るとも知れず、何の光とも知れぬ光を受けて、その面は気味悪く光っている。人家の暗い戸口——丁度死んだ老人の歯のない口のように、ぽかんと開《あ》いている戸口の前には、毎日夜明けに取りに来る塵馬車《ごみばしゃ》へ積せるためにと、鉄板製の大きな塵桶《ごみおけ》が出してあるのが、何ともいえぬ悪臭を放つ、と、諸所の野良猫が、それを嗅付《かぎつ》けて、幾匹となく群れ集り、骨や餌を饕《あさ》っていた。

自分は夜といい、霧といい、猫といい、悪臭といい、名も知れぬこの裏道の光景が作出す暗澹《あんたん》な調和に魅せられて、覚えず知らず、巴里の陋巷《ろうこう》を、歩みも遅く、ボードレールが詩に悩みつつ行く時のような心地になった。

この凹凸《でこぼこ》した敷石の上にはどうしても浮浪人の死骸がなくてはならぬ。あの暗い窓からは、己が女房を絞殺してその金を奪い取った泥酔《よいどれ》の亭主の真赤な顔が現われべきはずだ……

忽然物音が聞えた。野良猫の影が四方に散った。自分は驚いて目を見張ると、やがて真暗《まっくら》な霧の中から、かたりかたりと木靴の音をさして現出たのは二人の女の姿である。木で造った靴Sabot《サボ》といえば、田舎の農婦ならばともかく、市中では荒仕事をするものか、極めて貧しいものでなければ穿《は》きはせぬ。されば無論帽子なぞ冠《かぶ》っていようはずはない。この寒いのに肩掛さえもせず、垢じみた上衣に、ぼろぼろの裾《ジュップ》一ツを纏《まと》っているばかり。乞食かしら、とそう思う途端に、高声に話しながら歩いて来た女の一人は、自分の姿を見ると、ふと立止り、さも馴々《なれなれ》しい調子で、

——mon《モン》 coco《ココ》！と声を掛けた。

同時にぷーんと強いアルコオルの臭がする。他分この界隈《かいわい》の屋根裏に住んで、洗濯屋の女工でもしている貧乏人の女房であろう。酔っているので人違いでもしたのか、と、そのまま行過ぎようとすると、この度はやや声高く、

——mon《モン》 petit《プチー》！と呼びながら、「一緒にぶらつか歩かないか？」と自分の身近に寄添って来た。

「およしよ、姉さん、あんまり立派な旦那過ぎるよ。」と躊躇《ためら》う他の一人の声も聞えた

が、やや身丈《せい》の高い以前の女は、自分の手を取らぬばかりにして、

「あたいの宅《とこ》へお出でな。すぐ其処《そこ》だよ。」

自分は直《す》ぐ合点《がてん》した。この国では下女だの女工だの、貧しい女という女は、その場の出来心で、能《よ》く醜業を営むというが、しかし今見るこの女はその容色《きりよう》といい服装《みなり》といい、あまりの事に、自分は呆れてその様子を目戍《まも》っていると、女はもう焦《じれ》ったそうな調子になり、

「えッ、あたいが気に入らないのなら、あの児《こ》をお買いよ。まだ……。」とやや声に力を入れ、

「まだ男なんぞ知らないんだよ、あの児は。」

この一語でまんまと好奇心の餌になる、かと思いの外、自分はなおも返事をしないので、女はむしろ不審そうに自分の顔を差覗《さしのぞ》き、

「お前さん、嘘だと思ってるんだね。嘘なもんか、幾歳だと思う。まだほんの十四にしきゃならない。」

いで証拠を見せるという風で女は振返り、其処《そこ》はもう霧でよく見えぬ五、六歩向うに、俯《うつむ》いたまま立っている伴《つれ》の女をば、叱るような調子で、

「ジャネット！　こっちへお出でよ。何をしているんだ。」

霧で真青に見える女の影は、木靴《サボ》の音と共に自分の傍《そば》に動いて来た。近く見ると、なるほど嘘ではあるまい、まだ十四、五の娘であった。

「ね、可愛《かあい》いでしょう。遊んでおやんなさいよ。」

「お前の友達かい？」

余りに激しく強請されるので、自分は何心なく質問すると、

「いいえ、私の妹。」

平然たるものだ。自分は再びしげしげと二人の顔を打目成《うちまも》る。姉娘は語調も急《せわ》しく、

「いいでしょう。旦那、さア早く連れてお出でなさいよ。ジャネット、お前、何をぐずついてるんだね。――ほほほほ。旦那、しようがないんですよ、この児は。いつでも、姉さん、私も稼いで見たいッて、そういってながら、いざとなると、この通り、おじおじして埒《らち》が明かないんだもの。」

いつか知らぬ間に、姉の方は自分の外套の袖をしっかり握っている。自分はどうしてこの場を逃れようかと非常に苦悶《くもん》し初めた折から、突然こなたへと凹凸《でこぼこ》した敷石を歩いて来る人の足音を聞付けた。

自分は突差《とっさ》の間に起る恥辱と恐怖の念に打たれ、無理無体、取られた袖を振払い、ひたすら姿を見られまいと駈《か》け出したが、ほッと息を吐《つ》き吐き立止ると、狭い裏道の、両

側の家屋に反響して、遠いながらも、はっきり霧の中に聞き取れるのは、足音の主と覚しい男の声。それに交《まじ》わる女の声。やがて、連立って歩み出す靴と木靴の響。自分を取り逃した女の一人は、遂に一夜の餌を得た——それは姉か。それは妹か。

霧深い冬の夜、更《ふ》けたる街を歩むといえば、自分は必ずその夜の暗い裏道の記念を思返す。

今宵《こよい》は行く年。街には燈火も明るく人通りも多いけれども、商店や勧工場《かんこうば》に夜中働いている薄給の売子の様子、賑《にぎわ》う角々のカッフェーに給仕人《ガルソン》の忙《いそが》しさ電車の行きかう様を見ると、自分は暗い彼《か》の夜に変らぬ悲愁に迫められ、家へ帰ったとて誰一人話相手のない淋しい身上《みのうえ》ながら、さりとて例の寄席を覗《のぞ》く気にもならず、何処《どこ》か面白い処へ、行きたい行きたいと思いながら、いつか元《も》と来た道を、再び渡るローンの橋。

永遠の叫びを上る水音の中に、自分は遥かかなたの、市庁《オテル、ド、ビル》の大時計が、千九百〇七年を葬り去る十二時の鐘を聞いた。

一ツ一ツ打出す鐘の音は長く長く……自分が遅い歩みで広い橋を渡尽《わたりつく》しても、最後の十二度目の鐘はなお打ち終えなかった。

晩餐

時代の思想と趣味の変遷につれて、昔愛誦《あいしょう》した『唐詩選』や『三体詩』にある詩なぞは、一首残らず記憶を去ってしまったが、あの、高青邱《こうせいきゅう》の、十載長嗟故旧分、半帰黄土半青雲。という起承の二句だけは、旅する境遇の然《しか》らしむる処か、今だに折々心に浮んで来る事がある。

何処《どこ》となしに音楽のような優しみと悲しみのある処から、西洋ならばヴェルレーヌなぞが歌ってもよさそうな詩であるように思われる。

四散した旧友が、互に記憶から遠《とお》ざかって後、更《さら》にまた、五年六年を過ぎた。その年、ヨーロッパを旅して、自分はフランスのリヨン市を訪うた時である。計らず、この地に在る、日本の銀行の役員になっている旧友の一人に出会った。

場所は銀行頭取の社宅である。その夜、自分は晩餐《ばんさん》に招待されて、食堂のテーブルにつくと、頭取は同じ席に着いた銀行員三人と、リヨンに滞在している横浜の生糸商二名とをば、一人一人、自分に紹介してくれた。

「や、そうですか。竹島君とは昔から御存じなんですか？」と意外らしく頭取は、自分の旧友なる竹島の方を顧《かえり》みる。

竹島は、「はい。」と正しくいったきり、後は愛嬌の付笑をして、「御漫遊ですか。結構ですな。ロンドンの方に長らく……はは ア。巴里も御見物でしたか。いや、さぞ御愉快でしたろう。」

互に好き勝手な議論をした昔の人の口から、殆《ほとん》ど第二の習慣性になったらしい、こんな滑《なめら》かな、口先ばかりの世辞を聞くと、自分は今更の如く、「世間」とか「生活」とかいう不思議な力の働きを感ずる。

もう五年晩《おそ》かったならば、自分は到底、向島でボートレースの舵取《かじとり》をした彼の面影を見出す事は出来なかったであろう。言語と同じく、容貌風采《ようぼうふうさい》、共に驚くばかりに変っている。縞地の二個《ふたつ》ボタンという最新形の背広に、金鎖、襟飾り留め、指環《ゆびわ》、袖口のボタンなぞ、無暗に光るものが付いている。ロンドンやニューヨークにいる日本の商人や会社員の一般が外国にいる間は第一に風采に注意せねばならぬ。風采さえ美なれば国民の品位は立派に保って行けるらしく信ずる――その同じ感念は、このリヨン在留の日本人の頭をも、よほど強く支配しているらしい事が分った。

やがて、頭取の夫人が席に現われ、その手料理という日本料理に日本酒が、食卓の上に並べられた。

例の通り、直様杯《すぐさまさかずき》の取り遣りが始る。「もう、いけませんよ。そう頂き過ると、明日商売が出来なくなります。」というのを、無理強いに、「野郎の御酌《おしやく》じゃ御気に召しませんかね。」なぞと、日本中の料理屋、宴席、待合、女郎屋等で、幾度となく幾人と知れぬ人の口から繰返される物騒しい主張と辞退の争論が、これら欧洲在留の紳士の間に、いつ終るとも知れず引続いている。その中《うち》に、赤い顔が出来、臭い息が起る。頭取はわざとらしい快活な態度を見せて、

「さ、どうです。お順に隠し藝でもお出しなすっちゃ……。」と部下の銀行員を見返った。

「竹島さん。あなたからお始めなさい。」と夫人のお声がかり。

「奥様、これア驚きました。」と竹島はさながら、高座に上った円遊のような手振をして、辞退したが、そのわざとらしく、狼狽《うろた》えて見せた様子は、フランス式に縮らした八字髯と金縁目鏡とに対して可笑《おか》しいほど不調和なばかりか、自分の眼には一種の不快な感を起させた。

竹島は順送りに、その隣りに坐っていた生糸商の一人に、「さ、お手のものです、何か一ツ伺いたいもんですな。」といえば、生糸商はまた折返して、他の銀行員に向い、

「横浜の千歳あたりじゃ、ちょいちょいお名前を伺っていましたぜ。」と突込む。話が転じて藝者の事になる。日本も物が高くなったから、中々安かア上らんそうだ……と待合や料理屋の勘定話が初まる。フランスの女と日本の藝者の比較談が起る。議論は多数で、西洋はつまらぬ、無趣味だ、ゆっくりしておらぬ、余り現金過ぎる——こんな事に決着してしまった。

食事が済む。一同は主人に案内されて元の客間に移り、シガアをふかす。フランス人の下女が、菓物とコニャックのコップを持運んで立去った。

「なかなか別嬪《べっぴん》ですね。」と誰かが後姿を見送りながらいう。

「お世話しましょうか。」と笑うのは夫人で。

「お宅には、よほど長くいるんですか。」と生糸商が訊《き》く。

「もう三年ばかりになります。」

下女の給金談が始まる。つづいてフランスで日本人が暮らすには、どれほどかかるかという事になる。すると、夫人は忽《たちま》ちある程度以上の熱心な調子になり、東京の銀行本店からは、社宅費を貰うものの、相当にこれでも日本の銀行の頭取だと、国家の名誉上、外国人からも笑われぬようにして行くには、なかなかそれだけでは足りるものじゃない。という事をば、種々なる方面の実例を上げ、時には女の僻とて、話の岐路《わきみち》に外《そ》れてしまうのをば、幾度となく繰戻す、と、頭取もまた、問われもせぬのに、海外出張店と本店の関係なぞを、長たらしく説明するのであった。

無論、談話の進行につれて、帝国の領事や外交官の滞在手当の事も出た。独逸や英国の銀行出張員なぞの事にも及んだが、これは外国の事、委しく実例を引いて論じ得るほど、事情に通じているものは一人もないので、つまり、日本の官吏と銀行会社員の手当の相違が、話の重《おも》なる点となった。銀行員連は、竹島を初めとして、下宿代がいくら、衣服がいくら、電燈料に冬は石炭代がいくらと、互に同業の身ながら、ひたすら蓄財の困難な事をば、頭取に向って、それとなく訴え知らせようとするらしく、果ては独語《ひとりごと》のように、

「銀行ばかりじゃないかも知れませんが、今じゃ昔と違って、半季の賞与金なんぞも、年々増えるような事はありませんからね。」と愚痴までこぼす。

すると、頭取の方では、いくら昔だって、そううまい事ばかりはなかった。自分も諸君と同様、随分苦しい中を押抜けて来たのだという事を知《しら》せようとて、十年、二十年前の銀行員の生活を物語るのであった。

話はそれで済むかと思うと、今度は頭取が昔語りの中に現われた人物の名前から、あの人は、誰々の下にいたために出世が早かった、今は何処《どこ》に行って、何をしているとか、

または、かの人の夫人は何々伯、何々紳商の令嬢であるとか、親戚だとかいう血統の詮議や、個人の経歴談に移る。話の最中にもし□□侯爵の事を□□伯だなぞといい誤るものがあると、忽ち他のものが、鋭く、□□伯は侯爵――候《そうろう》侯だ。戦争後侯爵になったのだ。と大事件のように訂正する。貴族や富豪の家庭の、誰の処には、令嬢が二人だとか、三人だとか。その母親は、正妻であるとかないとかいう争論も出る。突然、最近に到着した日本の新聞紙の美人投票の事が問題になった。日本の写真版は何故フランスのように鮮明でないのだろう、とこの辺で過激な西洋崇拝説が加わる。かと思うと、美人募集なぞというが、あれは自分の方から新聞社へ写真を送って出してもらうのだ。結婚さがしの広告に過ぎない、なぞと、日本人特有の皮肉な性質を表わし、強いて万事の内密を暴露しようとするものもあった。

夕の七時に食卓についてから、夜の十時過ぎまで、自分の耳にした談話は、こんな事であった。

* * *

自分は一同と共に、頭取夫婦に礼を述べて外に出た。

夏八月の夜は、いうばかりなく青く、アブニューの並木を渡る風は冷《ひや》やかで、長く煙草の烟と雑談の声の中に閉込《とじこ》められていた結果、星のきらめく夜の空が、如何《いか》にも快《こころよ》く広々と打仰がれた。両側の商店は、赤色の軒燈を点《とも》す煙草屋を除いて、大方戸《おおかた》を閉めていたが、人の住む二階三階の明放《あけはな》した窓々には涼しい灯影《ほかげ》。植木鉢を置いたバルコンには夜を見ながら話をしている人影も見える。角々のカッフェーには、毎夜の如く、夜涼の人が大勢、明《あか》るい灯の下で雑談しながら往来を眺めていた。

夜を徹しても歩きたくなるフランスの夏の夜である。自分は頭取の宴席では思うように旧情を温める事も出来なかったので、今はローンの河辺《かわべり》でもよい、公園の池のほとりでもよい、十年ぶりに出会った竹島と、心置きなく昔を語りながら歩いたら、如何に愉快であろうと思った。

折から、一同はアブニューを過ぎて、ローン河へ出る橋袂の広場、プラース、ド、モランまで来た。横浜の生糸商と銀行員の一人は、夏中は町端《まちはず》れに下宿しているとかいうので、過ぎ去る電車を追いかけて飛び乗った。

竹島は大きな声で「そう急《いそ》いで帰らないだっていいじゃないか。電車がなくなったら馬車もある、リヨン中お宿りになる御妾宅もあろうじゃないか。不景気な連中だな。」

自分は気付かなかったが、大分酔っているらしい。頭取の前では気をしめていた酔が、外へ出たために、一時に発して来たのであろう。竹島は過ぎ去る電車の影を見送って舌打をしたが、忽ち自分と他の同僚が立っているのに気付いて、此方《こなた》に振向き、

「散歩しましょうよ。こんなに酔おうとは思わなかった。顔は赤いですか。」

「君は、昔は少しも飲まない方でしたろう。」

何気なしにいうと、竹島はどう思ったか、不満らしい調子の、酔と共に語もやや乱暴になり、

「君。昔と今とは違うよ。書生の時代と社会へ出た今日とは同じようにゃ論じられん。」

黙って立っている同僚の方を顧み、

「高田君、君もちっと飲み習い給え。沢山飲む事は不必要だろうが、君見たように一滴も飲めないじゃ今後社交上非常に損だよ、フランスに来てから、もう半年位たつでしょう。それだのにビール一ツいけないなんて、実際話にならない。」

「ええ。追々《おいおい》修業しましょう。」と高田と呼ばれた若い男は、当らず触らず、笑顔を作った。

年は二十二、三、何処《どこ》か地方の商業学校でも卒業して銀行に雇われ、間もなくフランスに送られたのを、順送りに竹島が、こういう社会には能くあり勝な、先輩風、上役風をば頻《しき》りに吹かしているものと思われた。自分は横合から、

「竹島君、君は何年ほどフランスにいるんです。」

「僕か。」と語を切って、如何にも重々しく、「この冬で満五ケ年。」

するとう、気の弱い、年の若い高田には、まだ故郷を去って間もない事、とかくに淋しさを感ずる時代とて、満五ケ年の言葉が非常に深く響いたらしく、

「その位長くいなくッちゃ、とても駄目でしょうね。しかし私なんざ、何年いたら西洋人の話が分るようになるか、訳《わけ》が分《わか》りません。」

「君見たように、家ばかりに引込んでちゃ、駄目なのも無理はないさ。つとめて、西洋人に接するようにしなくっちゃいけない。」

折から、ローンの河端に出た、正面にモランの橋を越えて、向う岸の灯が美しく水に映じている、岸辺一帯から、右手に遠く聳《そび》ゆる、クロワ、ルッスの高台の人家までが、明《あか》い夏の夜の空の下に、薄い銀色の水蒸気を着て、夢のように立っているのが見える。

自分は忽ち、二人の事も打忘れ、ただ恍惚と夜の空気に酔いながら、橋の上を歩いた。

「え、高田君、ホームシックなんざ男らしくもない。今夜は僕がいい処を紹介しよう。第一、早く西洋人の中へ這入《はい》って、西洋人の女なぞが、こわくないようにならなくっちゃ駄目《だめ》だ。」

厭《いや》だといえば、無理にも誘って見たいのが、やはりこういう社会の人の僻であるらしい。竹島は忽ち自分の方に近寄り、

「今夜は君、全く久振《ひさしぶ》りだから、一ツ愉快に飲みたいものだね。」

行先も大概は分った。竹島と自分の生活、性情の全く違ってしまった事も察せられた、しかし、自分は無論拒絶する場合でもないので、誘われるままに、その行く処へと案内してもらう事にした。

＊　＊　＊

モラン橋を渡って、市設オペラの前へ出ると、竹島は直《す》ぐ馬車を呼ぶ。

馬車はリヨン市中第一の大通り、ルュー、ドラ、レピュブリックを真直に、商業会議所の横手を過ぎて、暗殺された大統領カルノーの記念碑の下に出で、まだ人出の賑《にぎや》かな四辻をば右手に突切り、忽然、薄暗い横町へと抜けて程もなく、英国の街で見るような、酒場らしい戸口の前に止った。

竹島が馭者《ぎょしゃ》に賃銭を渡している間、自分は立って戸口を眺めると、商売柄、人の目につくようにとの思付きと覚しく、英国と米国の国旗を画いた壁の上に、わざと英語で、ロンドン、ハウスと屋号が書いてあり、出入の扉には青い木立の前の泉水に、如何なる意味か、二匹の白鳥を見せた画硝子がはめてある。中なる燈火で、この画模様が、横町の薄暗さにつれて、殊更《ことさら》、色あざやかに、艶《なまめか》しく見える。

馬車の止まった音を聞きつけて、中からは黒いベストンを着けた給仕長らしい男が、白鳥の扉を明けた。

這入《はい》ると、ぱッと明い燈火。シガーの煙。酒の匂い。女の香気。蒸暑い空気を掻き乱す電気扇の響。室の片隅で、ナポリ風の赤い衣服に半ズボンした四、五人の伊太利亜人《イタリヤ》が連奏する、細くて早いギターの曲。

男や女は室の一方に設けたアメリカ式のカウンターに寄掛り、丈の高い円椅子に腰をかけているもあれば、悠然と据並べたテーブルに陣取っているもある。

竹島は席に着くと直ぐさま、「何にしよう。」と二人の顔を見た後、「シャンパンがよかろう。極《ご》く乾燥《セック》な奴《やつ》を……。」と傍に佇む給仕人に命じた。

「此処《ここ》が君の本陣ですか。」

「そう極《きま》った訳《わけ》でもないが……。」と竹島は四辺《あたり》のテーブルに坐っている女たちを見廻しながら、「しかしこの辺で飲んでいれば、そう外分《がいぶん》の悪い事はない。一番上等な家という訳じゃないが……。」

給仕人が手拭に包んだシャンパンの大壜《おおびん》を持って来て、栓を抜く前に、その張紙の記号と商票を竹島に示すと、竹島は小声で何やら通《つう》をきかしながら頷《うなず》付いて見せる。給仕人はちょっと斜に背を見せ、ポンと栓を抜いて、平《ひら》たいコップへ七分目についで、氷詰めにした小桶の中へ、壜をつけて立去った。

「さ、どうです——Votre《ボートル》 Santé《サンテー》」

竹島が先にコップを上げて自分と高田のコップに打合せた。

高田は薬でも飲むように一口した後は、ただきょろきょろと男や女が騒いでいる四辺の様子。コントアールの後一面にリボンや造花で飾立てた棚の上に、種々な酒壜が並べてあるのやら、または四方の壁に、レオン、シャンパンだのホワイト、ロバートだのと、酒や葉巻の広告画が綺麗に掛けてあるのをば、子供のように物珍らしく眺めていた。

自分は杯を下に置いて、ポケットから煙草を引出そうとする。それと察した竹島は

「失敬失敬、煙草なら君、此処《ここ》に沢山ある。」と銀製の煙草入をパチッと開いて差出した。

フランスの煙草ではなくて、この国では非常な贅沢《ぜいたく》といわれているエジプトの輸入煙草である。自分が一本引取ると、竹島は直ぐ様、マッチをすって、自分の方へ差付けてくれた。余り機敏なので、自分は呆れるばかり、その様子を眺めて、覚えず、

「実際変ったね。」と繰返した。

「あたり前さ。君とは違う。僕なぞその身になっちゃ日々業務の責任はあるし、そればかりじゃない。日本にも色々な厄介者がいるんだからな。」

「厄介者……とは。」

「女房さ。打捨《うっちゃ》っても置けんから、月々いくらか手当を送らなくちゃならん。」

「何故フランスへ呼寄せないのだ。」

「そんな馬鹿な事が出来るものか。」

「どうして……？　頭取だって妻君があるじゃないか。君も妻君を呼んで家庭を作るといったら、銀行だって、相当の保護はするだろう。」

「まだまだ。世の中はそう進歩しちゃいないよ。特別家族手当というのは、頭取だけで、その他の社員はこれに与《あずか》る資格がない。」

「そうか。それなら強いて手当を請求せずともいいさ。君一個人の月給だけじゃ遣って行けないか。」

「行けんこともなかろう。すこし無理をすれば遣って行ける。しかしそんな事をして見せると、銀行のためにかえってよくない。」

「どうして？」

「もし、僕が、僕一個で暮し得べき滞在手当で、妻まで養い得るという事になると、つまり今日まで五年間というもの、僕は非常に余分な手当を貰っていた事を、銀行に知らしてやるようなものだ。」

「それでもいいじゃないか。」

「そうは行かん。そんな事を見せようものなら、何かにつけて損だ。第一に賞与金にさし響いて来るからな。東京本店の監査役なぞという奴は、中々細《こまか》い処へ目を付けるからな。」

「そういう込入《こみい》った事情があれば仕方がない。しかし細君が気の毒だ。もう五年も独りで留守をしているんじゃないか。この後、君はまだ何年いるつもりだ。」

「まだ何年とも分らない。しかし日本の女なんてものは、留守をする事なぞはそう苦にしちゃァいないものだよ。吾輩、月々手当を送っているから、それで時にゃ芝居でも行って結句、呑気に暮しているんさ。」

突然、自分の後に女の声がしたので、振向くと、三人連の白粉した女が、

「コンバンワ！」と日本語でいいながら、竹島を初めとして、吾々に握手し、傍の席についた。

「お揃で、カジノ(寄席の名)のお帰りですか。」と問うたが、竹島は首を振るだけで、

「シャンパンの徳利を見ると、知りもしない女《やっ》までが寄って来るんでかなわない。」と得意らしく自分の方に話しかける。

「竹島さん。頂戴な。一本……。」

「煙草か。」と竹島は銀製の煙草入を差出した。

一番懇意らしい女の一人は竹島の方へ身を寄せかけるようにして、

「この間の御《お》連《つれ》さんはどうなすって、ほんとにいい方《かた》ね。」

「どなた……？」と他の女がきく。

「ジャーンのお客様さ。」

「日本のお方は皆《みん》な、いつでも綺麗にしていらしゃるわね。ほんとに立派《シック》だわ。」と以前の女は遠慮なく竹島のさしている襟飾のピンを抜取り、

「私も欲しい事ね。いい細工だ。竹島さん。どこでお買いなすって、リョンですか。」

最前から、気まずそうにもじもじしていた年少の高田は、テーブルに置いた竹島の銀製の巻煙草入を指先で、パチリパチリと絶えず開けたり閉めたりしている。

竹島は気付いて、「おい、君。こわしてくれ給うな。ばねが悪くなると困るから。」

高田は恐縮して、「失敬失敬、つい気が付かなかった。」

日本語は分らぬけれど、傍の女たちは高田の様子の可笑《おか》しさに、

「え、どうなすったの？」と笑いながら訊《き》く。

「お前がね、最《も》う少し若かったら情婦《いろ》にしたいというんだとさ。」と竹島はいい紛《まぎ》らした。

「どなた、この方なの？」

「うそですうそです。」と高田は火のように赤くなった。

自分は最前から、竹島と自分の生涯の相違から、とても、学生時代の昔を話す機会はないように失望もする。年少の高田の現在が如何にも気の毒に思われる。出来る事なら、竹島一人を女連の間に残して、この場を去りたいと思出した。

幸いに、絶えず出入する男女の雑沓に交って、二人連の日本人が現れた。

「や、竹島君か。相変らず御盛《おさかん》だね。」

竹島の紹介によると、二人は当市に日本雑貨店を開いている神戸出の商人だとの事であった。

自分は更に新しく一、二杯を傾けた後、高田と二人、夜の晩《おそ》い事を申訳けに、漸くこのロンドン、ハウスを立去った。

途中で高田に別れ、独り夜のローン河を渡る。

巴里のセーヌに比較しては、河幅が広いのと、両岸の人家がそれほどに高くないのとで、静かな大空一面、淋しい河筋一帯、川上川下に架《かか》った橋々の眺望、すべてが明い夏の夜の中に一目に見尽されるような気がする。もう人通りは絶えた。石堤の下に繋いである洗濯の小舟、水浴の屋根舟、橋の礎に激する急流の声のみが心の底に浸《し》むように響く。河下遥《はる》か、リヨン大学の円屋根が黒く聳《そび》ゆるあたり、南方行の夜汽車の鉄橋を過行くのが見えた。星が二ツばかり飛んだ。

自分は、世に語るべき友一人残らず失ったような、淋しい、悲しい感に打れながら、家に帰った。

祭の夜がたり

Le désir, sur la douce nuit,
Glisse comme une barque lente,
Soir romantique — Comtesse de Noaille.
慾情の乱れ、徐《おもむ》ろにして舟の如く
しめやかなる夜に流れ来りつ。
おぼろ夜——伯爵ノワイユ夫人

自分と彼との間柄は、離れがたい親友というほどのものでもないが、また通り一遍、余義なく名刺を交換した社交上の知己《ちかづき》というでもない。もともと、志《こころざ》す学術も、生活すべき職業も違っていながら、時の拍子では、他人にいわれぬ事なぞも、随分しんみりと話し合わぬでもなかった。

つまり、両方とも、新しい時代の非常な利己主義の人間で、同時に皮肉な弱い厭世家《えんせいか》であるからであろう、友情だの朋友の義務だのといっても、それは、要するに実行の出来ぬ虚偽の声で、もし、自分なり、彼れなり、異郷に病んで餓死でもする場合には、お互に已《おの》れの食うものまで分ち、着ている衣服まで脱《ぬ》いで助け合おうというほど、立派な決心のない事をば、能《よ》く知抜いている。

その代り、互に已れを偽《いつわ》るようなお世辞をいったり、外形をつくろう必要もない処から、往来で出会わしても帽子も取らず知らぬ顔で行過ぎてしまう事もあるが、時には久しく別れた恋人同志のように心の底から、「どうした、その後は。」と堅く手を握る事もある。

二人とも、無性《ぶしよう》なので、下宿を引移しても通知なぞはせぬので、時々は、リヨンの町にいるのか、パリーに行ったのか、あるいはもう日本に帰朝してしまったのか、一向分からぬ事さえある——かと思うと突然、芝居の廊下や、カッフェーのテーブルで出会わし、二時間も三時間も、時には半日一日位一緒《いつしよ》になって話をする。その上句《あげく》に別れると、また忘れたように往来が絶えてしまう。

その年、十二月の七日、リヨンの町の東南部、ソーン河の河向う、フールビエールという山の上に聳《そび》えている聖女マリーの大伽藍に、例年の祭礼があった。

伝説によると、十六世紀辺《あた》りに、ヨーロッパ一円に、烈《はげ》しい疫病のあった時、リヨンの街《まち》ばかりは、聖女マリーの庇護《ひご》により、その災禍《さいか》を逃がれて以来、毎年全市をこぞって、家ごとに、燈明を点じて、祭りをするが例とやら。

その夜は降続《ふりつづ》いた雨の空が、不思議にも夕方近くからけろりと晴れた、それのみならず、冬には珍らしいほど風のない暖かさ、商店や銀行や勧工場《かんこうば》の立ちつづくルュー、ドラ、レピュブリックの大通りから、右に左《ひだ》りに名も知れぬ小路小路《こうじ》に至るまで、家々の窓や戸口やバルコンに、燈明、電燈、瓦斯燈《ガスとう》の輝く光が、ソーン河、ローン河の二大流に反映するさま、何ともいえぬほど賑《にぎや》かであった。

自分は雨霽《あまあが》りの湿《ぬ》れた往来をば、群集と共に、押しつ押されつ、ルイ十四世の騎馬像が立っているベルクールの広場まで歩いて来る、と遥か向うの山の上なる大伽藍には燈火で、DIEU PROTEGE LA FRANCE(神フランスを守らせ給う)の大文字、その下なるサンジャンの古刹では MERCIE SAINTE VIERGE(聖女に感謝す)の文字を輝かしたので、暗い冬の空さえ、雨霽りの雲の往来《ゆきき》までが照し出されるかと思われた。自分は突然、広場の片隅なる池の畔《ほとり》、冬枯の木立を前にして、此処《ここ》は明《あかる》い中にもまた明いメイゾン、ドレー(黄金亭)と呼ぶ料理屋の軒先で、同じように群集に押されながら歩いている「彼」に出会った。

「や、どうした。相変らず面白い処で出《で》ッ喰《くわ》すじゃないか。」

最初に語をかけたのは彼である。

「君はリヨンにいたのか。」

自分はやや驚いた。一カ月ほど前、丁度トッサンという祭日の頃に出会った時、彼《か》れは、フランス人がコート、ダジュール(藍色の海辺)といっている景色も気候も、この上ないほど麗《うるわ》しい、南部地中海辺を旅行しようといっていたからで。

「旅行はどうした。お廃止になったのか。」

「まずお廃止も同様さ。途中でひどい目に会って、折角《せっかく》の計画も滅茶滅茶になってしまった。また来年、休暇と金が出来るまでは、リヨンの霧の中に蟄居《ちっきょ》する訳《わけ》さ。」

「どうしたんだ。金でも盗まれたのか。」

「まアその見途《けんと》だな。」

「君はあんまり――僕も大口はつけない方だが、あんまり暢気《のんき》過《す》ぎるからだよ。」

「まア、そう攻撃し給うな。何ぼ暢気《のんき》でも、ただ、そう無暗《むやみ》には盗まれないからね。」

その微笑、その語調。吾々若いものの理解力は極めて鋭い。

「はははは。」

「はははは。」

二人とも同時に大きく笑った。

直様《すぐさま》、前なる料理屋メイゾン、ドレーに這入《はい》って、テーブルについた。天井から、壁から、柱から、黄金亭というその屋号にそむかず、象牙色に塗った間々を金色に飾ってある。夜ごとの賑いを、殊更今宵《ことさらこよい》は、一ぱいの人込み。例の凄《すさま》じいはでな帽子の女連中も、日頃よりはなおさらはでな扮装《つくり》をして、祭の夜の若者を悩殺しようとする。室《へや》の内は苦しいほどに暑い。眩《まぶ》しいほどに明るい。のぼせるほどに騒がしい。胸が悪くなるほどに香水が匂う。かかるフランス特有の夜のさわぎの中に、さて彼は語り出した。

＊　　＊　　＊

機会とか奇遇だとかいうものほど恐しいものはない。とうとう僕もやられてしまった。僕はフランスへ足を踏入れたその日から、非常に用心したものだ。僕は恐らく君以上のフランス狂さね。街や田舎の景色は無論、生きているフランスの女と来たら、まだ誰《だ》れといって、話し一ツしない先《さ》きから、自分はうかうかしていると、とんでもない馬鹿な事をやり出すに違いない、と何となく自分で自分の身が恐《こわ》くなって来た位だ。

フランスの女は外国で想像するほど美人というのじゃない、が、いうにいわれぬ処に魔力があってちょっと、料理屋か公園なんかで、何の気なしに話をする——散歩する——手を握る——身体《からだ》を摺寄《すりよ》せる——凭《もた》せ掛《か》ける——知らない中《うち》に引込まれてしまうのだ。で、その翌日ぼんやり家へ帰って始めて、馬鹿な事をしたと気がつく。つきながら、やはり、悔悟や憤怒の念は起らずに、その馬鹿な事をもう一度――どの位馬鹿だか、繰返して見たくなるんだもの！

僕は最初フランスに来た時分には、どんな事をしても自己を制する事が出来なかった。三日間に一カ月の生活費を消費してしまっていながら、まだ遊びたい、仕方がないから、母から送別に貰った真珠の指環を女にやってそれで一晩宿《と》めてもらった事がある。

だから、僕は決心した。一切《いっさい》、フランスにいる間は、女には手を出さぬ。何かの機会で思われ慕われでもしたら、僕はとても再び日本にゃ帰られなくなるかも知れんからね。僕は人間からは遠《とおざ》かってずッと詩人肌になり、美しいフランスの山水に酔おうという決心をした。

この間、地中海の方へ旅行を企てたのも、それがためで、先《ま》ず、マルセイユから、サンラファエル、カン、ニース、マントン、モントカルロ……金が余ったら伊太利亜まで踏出して見るつもりで出掛けたのさ。ところが汽車の中で、乗り合わした老人――マルセイユの中学校《リイセー》の先生だとかいっていた、その人が、プロヴァンス州を旅行なさるのなら、行きなり帰りなり、アビニオンの古城と、アールにある羅馬《ローマ》人の古跡を見残してはならぬ、という。アビニオンの事は、僕もドーデの日記なんぞで地名位は知っているんで、急に見物がしたくなり、駅夫がアビニオンアビニオンと呼んでいる声を聞くや否や、ふッとした途中の出来心で下車してしまった。

停車場を出ると、広場の木立を透《すか》して、正面には、近くの燈火で、中世紀の物語で画に見る通りの狙撃の小窓や女牆《じよしよう》をつけた高い城壁の立っているのを見た。その壁のかたは兵営にでもなっているのか、淋しく澄んだ喇叭《クレーロン》の音が、泣くように響いて消えた。

停車場前に出張している旅館の馬車は、城壁を切割った大通を、停車場前から真直《まつすぐ》に、自分を程遠からぬ旅館に連れて行く。その道すがら、自分は大通の様子が、両側に植付けられたプラターヌ(楓樹の一種)の並木と、金文字を輝した商店とで、巴里の場末に行ったような、すっかり近代風のアブニューになっているのを見たけれど、城壁の古びた色と、喇叭《クレーロン》の淋しい響から得た最初の印象が、非常に深く心の中に彫《きざ》み込まれているために、馳《は》する車の音につれ、自分は「近世」なるものからは如何にも遠く隔《へだ》った未知の時代へと送られて行くような気がした。ボッカチオの物語で見るようなローマンチックの都にさまよって来た感《かんじ》がどうしても消え失せなかった。

淋しいようで、また懐《なつか》しいようなこの心持。生れて初めて踏む土地ながら、何か前世の約束でもあったような心持は自分が一先《ひとま》ずホテルの一室に手革包《ワリーズ》を置いたまま、まだ済まさなかった晩餐を準《ととの》えるためにと、再び町へ出た時に、いよいよ深くなり増《まさ》って来た――無論何という理由はなく――

自分は大通りを真直に、後で知ればこの地の市庁《メーリー》とやら、古びた太い石柱を前にしゴチック形の装飾ある時計台を頂いた建物の見える広場に出で、その片隅の唯《と》あるカッフェーに食事を済ますと、夜はまだ十二時前ながら、地方の街の静けさは、室内には四、五人の女が男の相手もなしに坐《すわ》っているばかり。隣の別室で玉突をする響が電燈のいやに明い天井へと恐ろしいほど反響する。帳場の中には若い内儀さんが、ぽつ然《ねん》と絵表紙の小説を読んでいた。往来には折々女の彷徨《さまよ》う外に人通りは絶えた。商店は尽《ことごと》く戸を閉《とざ》した。けれども、自分はどうしても、平素《ふだん》旅人が見も知らぬ異郷に迷入った時に感ずる不安と恐怖を思う暇がなく、例えば黄昏《たそがれ》の光にただ一人野を過ぎる時のような忘られぬ幽愁の美に酔うばかり。

時節は最早《もは》や十一月、北の方遥か、リヨンは霧、巴里は陰雨の時節というのに、此処《ここ》、プロヴァンスの小夜《さよ》吹《ふ》く風は、春にも増って暖く、まだ色さえ褪《さ》めぬプラターヌの青葉の茂り、太空《おおぞら》の色と星のかがやきは南フランスの常として、他国では思いもつかぬほど明い、美しい。

自分は、この得がたい夜の中に、十四世紀の遺跡と聞いた羅馬法王の宮殿を打仰いだならばと、まだその方角も知らぬながら、道の行くままなお深く、寝静《ねしずま》った古城の街《まち》に入込んだ。

広場を出ると、近代風の大通りは忽《たちま》ち尽きて、古い伊太利亜の街もかくやとばかりかなたに折れ、こなたに曲る横町はやっと車の通れるほどで、立て込んだ両側の人家は重い石壁の左右から狭い小路《こうじ》を墜道《とんねる》のように蔽《おお》い冠《かぶ》せている。処々の出窓の上には美しい鉢物の花が咲いているのを見ながら、家々の窓、戸口は一ツ残らず閉されて、赤い屋根瓦の上に太空の星の輝くばかり。わが歩む靴音のみ、古びて、磨滅して、凸凹《でこぼこ》した敷石の上から、曲りくねった横町の壁から壁へと反響する。

突然、その反響の消え行く遠くの方から、これも曲った小路を流れ流れて伝わって来る細《こまか》いギタールの調《しらべ》が聞えた。北の国で聞くのとは同じ楽器でも音色が違う。どうしても南方の響だ。南方の、艶いた暖い、香しい、また懶《ものう》い情から湧出る響だ。自分はありありと、頬の薔薇色した頭髪の真黒な、重々しく肥った女の、薄い襦袢の下に恐しい動《どう》悸《き》を打つ豊かな、柔い、滑かな、また燃えるほど熱い胸と乳房のさまを思い浮べた。

その音をたよって、横町から横町、小路から小路を迷って行く中、調べはふッと途《と》絶《だ》えてしまった。茫然として自分は、夢から覚《さ》めた如く佇《たたず》むと、その時、突当りの、唯《と》ある二階の出窓《バルコン》に、ぼんやり灯のついているのを認めた。

古城の街の、人住む家の窓という窓は、欄干《てすり》のあるのも、ないのも、扉のついたのも、付かないのも尽《ことごと》く暗く音なく閉されてしまったこの夜更《よふ》けに、ああ、あの窓一ツ、燈火の光が薄赤く、引廻した中なる窓掛《リドー》の花模様を透《すか》して見せる風情《ふぜい》。何という奥床しさであろう。Il n'est pas d'object plus profond . . . qu'une fenêtre éclairée d'uné chandelle――燭の光に照らされた窓ほど、眩《まばゆ》く、豊で、不思議で、奥深いものはない、日の光で見るものは、何によらず、硝子戸越しのかなたのものよりも風情は浅い、暗くとも明くとも、窓という穴の中には、生命《いのち》が生きている。夢みている、悩んでいる――已に何年か昔《むか》しにボードレールがそういっているじゃないか。

自分はどうしても、あの窓の中を覗《のぞ》きたい。窓の中に這入《はい》りたい。どんな危険をもいとわないと思った。好奇心ほど恐ろしいものはないよ。

嬉しや、窓が開《あ》いた。出窓《バルコン》の欄干に、能《よ》くは胸も引合わさぬ薔薇色の寝衣を着た、しだらのない女の姿が現れたじゃないか！　どうしても自分は窓の下でセレナドを弾くドンジャンという役廻りだ。自分は夢中になって、前後の考《かんがえ》もなく指先きに二度まで接吻を送って見せる、と、女の姿は掻消《かきけ》す如《ごと》く窓の中に隠れてしまった。

自分は実に恥じた、後悔した。彼の女は夜も眠らずに、恋人の来るのを待っていたのに違いない。自分は最少《もう》し思慮深く慎《つつし》んでいたなら、この、いうにいわれぬ静かな艶《なまめ》かしい南国の秋の夜に、イタリヤのオペラの舞台でなければ、吾々北の人間は決して見る事の出来ぬ美しい、美しい忍会いの場を目撃したかも知れぬものを。若い男はロメオのようにさほどに高くはないバルコンの欄干に攀登《よじのぼ》ったであろう。窓掛《リドー》は花模様の上に二人の相抱く影を映したであろう。暖い空気は接吻の響を伝えたのであろう。さるを、さるを、自分は実に済まない事をしたと心に攻められ、すごすごその場を立去ろうとした。その時窓下の入口の戸がかすかな音して、二、三寸も開《あ》いたかと思う、その隙間《すきま》から、姿は見えず、細い女の声のみが——Entrez, monsieur, entrez par ici!

夢という事の味《あじわ》いを知らぬ人から見れば、何の不思議もあるまい。全く不思議な事は更にない。リヨンにでも、パリーにでも、ロンドンにでも、何処《どこ》にでも更渡《ふけわた》る夜に見ず知らずの誰かを待っているその女に過ぎない。恋人よりもなお甘い楽しみを与えながら、妻のような重い責任を負わしめない、その女に過ぎない。

けれども、この瞬間、この古城、この夜更け、自分の眼には何から何までが、美しく不思議に見えるので、丁度、エヂプトを遠征したセザールが沙漠の真中に立つ怪像《スフアンクス》の像の前に星を戴きながら姿もしどろに眠っているクレオパトルに出会わしたよう。自分は恐る恐る戸口に進み寄る。と、古い古い石造の家から湧く、湿けた壁の匂の漂う闇の中に、女の暖い息と肌の匂が嗅《か》ぎ分けられる。再び——Entrez monsieur!

柔い香しい手が、よろめくほど強く、自分を内へ引き込んだ。家中は真暗なので、顔は見えない。しかし女は薄い薄い、丁度帽子へ付ける面紗《ボワル》のような、極めて薄い絹一重を被《はお》っていたので、自分は、石の階段を上って行く一段一段、手先に触《さわ》る女の身の、最初は何一つ纏《まと》えるものもないのかと怪しんだ。

二階へ上ると、女は戸を押して、室の中に自分を案内するや否や、もう、身体《からだ》が疲れきっているという風に、次の間《ま》に置いた寝床の上に打倒れ、骨のないように、真白な片腕を床《ゆか》の方へぶらいさげた。

椅子やテーブルに飾られた此方の客間は、やや広いけれども、燈火はたった一つ、寝室の枕元なる小机の上に、赤い花笠をつけたランプを置いたばかり。しかもその光は、二間を境した織物の引幕に包まれているので、自分はあたりの朦朧《もうろう》とした客間の長椅子から、遥かに次なる寝室の態《さま》を半《なか》ばほど透《すか》し見るばかりである。

女は自分をこの長椅子の上に残したまま、何ともいわず、早や眠ってしまったかと思われるほど静《しずか》である。自分は、所在なさに、ぼんやりして、引幕の中をば見詰める。

船のような形をした大きな木造りの寝床の上に、鳥の羽の蒲団を包む白い敷布は、別々に剝《は》ぎ分けられ、枕は飛んでもない位置に投飛ばされた有様、寝た人の足や手や、よし身体《からだ》全体にしても、どうしてこうも掻乱し得たかと驚かれるほどである。寝床の傍には椅子がある。裾《ジュップ》や、蹴出《ジュボン》しや、肌着《シュミーズ》や、胸当《コルセイ》や、長足袋《バー》や、およそ吾々が太陽の光では日頃見馴れておらぬものどもは、皆それぞれの色彩と、それぞれの形と、それぞれの汚《よご》れ目を以て、椅子の上に、重なり、蟠《わだかま》り、横《よこたわ》り、引掛りして、休息している。ボタン留の、踵《かかと》の高い靴が一対、その片方がさかさになって、丁度踏み潰された魚のような奇怪な態《さま》して、寝台の下に寝ている。リボンの飾をつけた靴足袋留《ジャルチエール》が片々、飛び離れた床の上に、一輪の薔薇の花のように落ちている。ああ、夢のような薄赤いランプの光。

自分は何に限らず、きちんと整頓しているものよりも、乱れたものの間に無限の味いを掬み出す。整頓と秩序とは、何の連想をも誘わないからね。

君はどう思うだろう。自分には、汚れがないと称される処女というものは、如何に美しい容貌をしていても、何らの感興を誘う力さえないが、妻、妾、情婦、もしくはそれ以上の経歴ある女と見れば、十人が十人、自分は必ず何かの妄想なしに過ぎ去る事が出来ない。新聞紙や人の口で、不義汚行の名の下に噂された女の名前は、容易に記憶から消去らぬばかりか、その面影は折々、罌粟《けし》の花のように濃く毒々しく、自分の空想中に浮んで来るのが常である。

無名の新作家の処女作よりも旧大家の旧作の方が能《よ》く読まれる。戦功の勲章を下《さ》げた兵卒の方が、下げない士官よりも豪《えら》く見える。経験は尊い事実だ。事実はつづいて未来を予想させる唯一の導きだ。往来や料理屋や芝居の廊下をば妙に身体《からだ》を振りながら散歩している醜業婦それ自身は、決して人を誘惑する力を持っていない。経歴が証明する予想と、も一つ、強い力で吾々をその方へ引張って行くものは形骸に対する特別の磁石力とである。形骸に対する特別の磁石力――自分は適当な言葉を見出し得ないが、まア、夕暮に縁の下からのそのそ匐《は》って出て来る蟇蛙《ひきがえる》の姿を想像し給え、蟇を踏潰すものだとは、吾々はいまだかつて、如何《いか》なる書物からも教えられた事はないのに、訳もなく踏んづけて見たくなろう。野良猫がのそのそ中庭を歩いていると、人を見れば恐れ逃げるものだとは知っていながら、要もないのに追掛けて見る。これらの動作は、何の目的、何の必要、何の感動から来るのでもない。ただその形骸が呼起す一種の神秘だ。形をもっている方の側からいえば、かく為《な》されるべき運命に生れついているともいうべきであろう。

君は以上の理論に基いて、自分が如何に、崩れた髷《まげ》や、皺《しわ》になった衣服を愛するかを知られたであろう。

自分は夢うつつに長椅子を離れた。しかし、女は自分がその傍まで進寄るのを見ても、未だ何一ツ言葉を発せず、なおさら懶気《ものうげ》に身をねじり、魂も空洞《うつろ》になったといわぬばかり両の朱なす唇をば、真珠のような白い歯と、花瓣《はなびら》のような舌の先をも見せるまでに力もなく開《あ》けたまま、その半開《はんびら》きにした瞼《まぶた》からは、うっとりした潤《うる》んだ眼付で、自分の顔をばじーッと見詰めているのみである。

自分は全く恐しいといおう。フランスのこういう女ほど、自個の地位と相手の心理を知抜いているものはない。

惚れたの、愛するの、淋しいからのと、そんな人の心情に訴えるような事で、吾々を誘うのは全く無益である。いつも、かかる女に対して、吾々が持っている嫌悪醜劣な感情をば、その起るがままに極度まで、極度以上までも高かめさせて、かえって人をしてその捕虜《とりこ》たらしむるようにするのだ。

自分は翌日の朝、甚《はなは》だ満足して、その以上を思わずに、意外なる冒険に成功したつもりで、得々として旅館に帰り、午後から、有名な羅馬《ローマ》法王の遺跡を見物し、その夜の汽車で、マルセイユに出発しようと、市庁前の広場のカッフェーで夕飯を準えていると狭い地方の街では何かにつけて、大概の人の行合う処は、ほんの一、二カ処しかない処から、間もなく同じ食堂に這入《はい》って来た人をと見れば、不思議にも昨夜の女で、しかも一人、運動家のチャンピオンとでもいいそうな、肉の逞《たくま》しい、顔色の燃えるような若い男を連れている。

女は男と共に片隅のテーブルに着いた時、初めて自分の姿を見付けたらしく、如何にも間《ま》が悪いというように、そっと目礼したなり、俯向《うつむ》いたが、直様両手を上げて帽子の長い留針《ピン》を抜き、冠った帽子を脱いだ後は、つづいて、着ている毛織の上衣《ジャケット》をぬぎ、下には、飾りのレースを透して白い胸を見せた絹の半袖の下衣《コルサージュ》の皺《しわ》になった襟を直しながら、男の方に背を向けて、

「後のボタンをかけて下さい。あんまり急いだもんだから。」

男は一つ一つボタンをかけてやる時に、にっこり笑って、「お前、胸当《コルセー》をしていないんだね。」というのを聞いた。

女はすると、やはりにっこりと笑って見せたその唇をば、そのまま男の方に差出して軽く接吻せしめた。

自分は心の中に汽車の時間を考えながら、遣《や》り場《ば》のない眼を自《おの》ずと二人の方に注ぐ。女は男の注《つ》いでやる葡萄酒をば食事する前に一杯飲み干した。じきと色づくその頬には、美しく化粧をしていながら、髪の毛は、何故ああ無造作にしているのかと思うほど、今朝寝床の中で自分が見たままの乱れ髪で、挿した櫛さえ崩れた鬢から、今にも滑《すべ》り落ちそうになっている。給仕人《ガルソン》が三皿目のアントレー(煮た肉の皿)を持って来た頃には、女はもう、食べられないほど、酔ったという風で、後から廻す男の太い腕の中に、その顔

をば仰向《あおむけ》にもたせかけ、囁《ささや》くような低い男の話に対して、時々は声高く笑う。時々は、だらしなく崩した身体をば、何処《どこ》かに痙攣《けいれん》でも起したように、突《つッ》と起直し、腰のあたりを両手で押えて、ふーッと大きな息をつく。

自分もいつかほんのり酔って来た。すると、突然、不思議なほど、男の逞《たくま》しい身体付《からだつ》きが、目について来た。何故《なぜ》だろう、その逞しい美しい骨格が、何ともいえぬほど、自分には羨しい、妬ましい気を起させるのだ。

男は突然、便所にでも行くらしく黙って立って行った。すると、女は、料理の献立《ムニユー》を印刷した紙片《かみきれ》を引割いて、鉛筆で書いたものを、掌《てのひら》で円《まる》めて、巧《たくみ》にこなたのテーブルへと指先で弾《はじ》き飛《とば》した。

Je serai livre dans une heure. Viens chez moi, mille baisers sur tout ton corps ...Paulette.

「一時間内には自由の身となります。家へいらっしゃい。あなたの身体中へ千度《た》びの接吻――ポーレットより。」

女は自分の姿の映っているかなたの壁の鏡の方で、その唇を差出して見せる。

男が帰って来た。女は入代って座を立ち、再び戻って来ると、帽子の仕度《したく》をして、ぴったり男に寄添いながら、自分の方へは見向きもせず、何か嬉しそうに笑いながら出て行ってしまった。

自分は太い逞しい男の腕ばかりを心に浮べると、妙に後から物にでも追い掛けられるような気がして、行くべきはずの停車場へは行かずに、時間を計って、とぼとぼ女の住居を尋ねて行った。

昨夜のままなるランプの光は、昨夜のままなる薄赤さで、昨夜のままなるアルコーブ、昨夜のままなる女の姿を照していた。自分は今日一日の時間が、忽《たちま》ち昨日の過去へ逆戻りして行ったような、いわれぬ不思議の感に打たれる。進み寄ると、女は枕の中に埋ませた顔を持上げる力さえ抜け果てたよう。ただ、いつもの軽い微笑を見せてその目を潰った。胸の動悸《どうき》が波のように高《たか》まっている。

「あの男の人は帰ったか。」

「ええ。ですけれど、明日《あした》の午過《ひるす》ぎに、また来ます。」

「何をしている人だ。」

「兵営にいる士官です。」

「いい体格をしているじゃないか。」

「ですから……。」と言葉を切って、「あなた、済みませんけれど、少し休まして下さいな、一時間ばかり……。」

自分は再び昨夜のように、次の間の長椅子に腰をかけて、女のつかれて横《よこた》わるさまを眺めた。

一夜は明けた。けれども、自分の眼には士官の腕が見えて、どうしても帰る気になれない。自分が帰ると、その午過ぎにまた来るのだといった女の語《ことば》が、耳に響いて消え失せぬ。自分はその日一日、それから翌日の朝まで、居続けにしてしまった。精神上の嫉妬は相手を殺せば足りる。肉体上の嫉妬は、自分の妄想を包む自分の身体を砕き滅してしまうまでは止《や》む事がない。

三日目の朝、自分は今朝こそは妄念を断って南方へ出発しようとすると、しとしと音もなく降る雨の雫《しずく》が、出窓の上に置いた鉢物の花を湿《ぬら》している。時候はその朝、五月の初めのように生暖く、ただささえしめやかな古城内の裏町は、何という静けさであろう。静かなといって、寂寞《せきばく》の感を催さしめる種類のものではない。すべてのものが、なまけて、だらけてしまった静けさだ。女の身、自分の身は無論室中《へやじゅう》のものは椅子から、引幕から、衣服から何から、何までが、油の中へ漬けたように、しっとりとなって、湿った重い匂が、胸の呼吸を押え付ける。お互に経験した遊廓の春雨の朝を想像し給え。変化を欲する一点の奮発心もなくなって、ただ、現在の沈滞に身も心も腐るがままに快く腐って行くその朝の心持。自分はまた一日滞留した。

四日目の朝に、やッと、身体は自分のものではないような気がしながら、それでもなお、非常な未練を残して汽車に乗った。

遠く遠くに、アルプ山の一脈を望む乾燥したプロヴァンス州の、広い平野の真中をば、岸の柳を根から揺るようにローンの大河が凄じい速さで流れている。幾世紀前の遺跡とも知れぬ古い寂しい石の要塞が、急流の中ほどで、崩れたままに突立ているが、その対岸の、近い丘陵の上には、暗澹たる褐色して、古城の塔と観楼《ものみ》までがそのままの形を保ちつつ聳《そび》えている。汽車は、目の下を流れるローンの水よりも早くなった。窓から後を振向いても、最早《もは》や、懐《なつか》しい恐しいアビニョンの城壁、羅馬の法王が宮殿の跡なる塔の頂きに、金色の光を放つ聖者の像も、斉《ひと》しく眼界を離れた。連なる葡萄畠は色づいた葉の、次第に枯れそめ、桃、梨、橙子《オランヂュ》、橄欖《オリーブ》、杏実《アマンド》の果樹園も、皆収穫の後の荒らされたままになっている。

一度見えずなったローン河の葦のしげりが、また見え出した。汽車が停って、駅夫がタラスコン、タラスコン――

房のついたトルコ形の帽子に、真赤な袋のような袴をはいた亜弗利加《アフリカ》殖民地の兵隊が三人プラットホームで大声に話をしている。去年オデオン座で、ドーデの作劇 Arlésienne(アールの女)で見た通りのプロヴァンス州特有の髪飾りをした女が二人、狼狽《うろた》えながら三等車の方へ走《か》けて行った。新聞売りや果物、葡萄酒売りの呼び声が、自分には耳新らしい訛《なま》りを伝える。大空の青さ、日光の美しさ、何という事なく、自分は全くの南フランスへ来た。愉快な、物騒がしい南フランスへ来た心持が一層強くなった。

ドーデが、この街《まち》に舞台を取って、あんな滑稽な「獅子狩の人」を書いたのも無理はない。

タラスコンを出ると、景色はますます広く明くなると同時に、樹木が少なく、乾いて真白くなった土地や崖《がけ》が見えて来る。濃い橙子《オランヂ》色した平い瓦屋根と、真白な低い人家の壁が、青く光った大空の下に、何ともいえぬほど眼を喜ばす。

遂にマルセイユに着した。停車場前のだらだら坂からプラターヌの並木の下を馬車で大通りへ出る。大通りは丁度午過《ひるすぎ》の人出の賑《にぎや》かさ、騒《さわが》しさの、まるで巴里へ行ったよう。自分はこの人通りを一方に見下し、正面には、青い青い地中海から、港の岸辺一帯を望む旅館に這入《はい》った。

這入《はい》って初めて気が付いた。驚いた。三百法《フラン》以上持っていた紙入れの金は、僅かに五十フランを残すばかりじゃないか。それももっとも至極《しごく》。目が覚めて見れば、ちっとも怪しむ事はない。最初からで五日五晩というもの、三度三度の高い食事、高い酒の外に、毎日いうなり次第の価を払っていたのだもの。あの場合じゃ、どうしても、払わない訳には行かない。払わなければ、自分は女の室《へや》を去るばかり。去ればすぐと、あの腕の逞しい骨格の美事な、若い士官が自分の代りに、自分よりも二人掛けの力で、女をいじめにやって来るのだもの！

急に萎《しお》れ返った。心細くなった。十一月の太陽が、夏のように明《あか》く美しく、藍色の海の上に輝き渡るその光が、今はいうにいわれず淋しくなった。窓の下の大通りや、無数の檣《マスト》が立っている岸辺の往来から聞える、さまざまな言語や、さまざまな呼声。南方の晴れた港でなくては見られない、行く人の目覚めるような衣服の色、旗の色の動くのさえ、最早自分を慰める力がない。

自分は兼々《かねがね》聞いていたマルセイユ第一の名物、ブイヤベエズという魚の料理さえ味わう勇気がなく、その夜の最終列車で、（恐しいアビニョンの古城は夢の中に過ぎよと、）すごすごリヨンへ帰って来た。

恐しいのは南国の女だ。後で考えると、あの若い士官だというのは、真赤な嘘で、つまり自分の弱点に乗じた巧みな女の狂言であったような気がしてならぬ。とにかく、恐しいのは、南国の女だ。フランスの中でもあの位なら、フランス人さえ恐れるアラビヤの女と来たら、いや、自分なぞは書置《かきおき》を懐《ふところ》にして旅行せずばなるまい。

蛇つかい

Je ne prétends pas peindre les choses en elles-même, mais seulement leur effet sur moi.

——Stendhal

われはそのままに物の形象を写さんとはせず、形象によりて感じたる心のさまを描かんとするものなり。

——スタンダル

一

雨というものは一滴も降らない。照る日の輝きに、心もおのずと晴れ渡るフランスの真夏の盛り。自分はその頃雇われている銀行の、一日の仕事を済ましても、燕の飛び交《か》う青空に、まだ日は高い六時前。ローンの河畔なる寓居の方とは反対に、サンピエールの宮殿とて、十六世紀の尼寺を美術館に直した、暗くて古い建物の前を過ぎ、ソーンの河岸通に出で、牡獅子の立つサンポールの石橋の袂《たもと》から、田舎行の電車なり、河筋通の小蒸汽なり、何《いず》れにしても河の流を溯《さかのぼ》って、リヨン市の郊外遠く、散歩に行くのを例としていた。

リヨン市を過ぎた人は、街の中央に立つ株式取引所の入口なる、左右から昇る大階段の正面に、裸体の男女の身をからませて泳ぎ行く大理石の彫刻を見たであろう。あの、筋骨逞《たくま》しく、恐しい顔した男は、ローンの急流を示し、後向きに髪もしどろ、溺《おぼ》る如きさまを見せた女の姿は、ソーンの流の心を示したものである。ソーン河は女性である。その流れは巴里なるセーヌの如くに穏かで、岸辺の景色もそれに劣らず美しい、愛らしい。

獅子の石橋を離れ、河下の方を見返すと、古びた石の人家の立続く河岸通り、パレード、ヂュスチース(裁判所)の太く並んだ石柱の列を越して、十三世紀の初めに礎《いしずえ》を置いたサンヂャンの古刹《こさつ》と、そのまわりには、中世紀の名残《なごり》なる傾きかかった小家の屋根。見渡す全景の古色暗然たるに比較して、直《す》ぐその真上なる山の頂きには近世的建築の物欲しさが、覚えず懐古派の人の眉を顰《ひそ》めしむべく、フールビエールの新しい大伽藍が立っている。行手の河上は流れの緩かに曲るまま、河岸通りは市の膨脹を示す新しい人家の列、その後を限って、両岸に高く急なる小山の中腹には、処々に古びた石垣の崩れ、要塞の壊《こわ》れ跡があって、瘤《こぶ》だらけの痩せた樹木が、その間から苦し気に生えている様《さま》の、何となく物寂《ものさび》しい。

ヴェーズ、ヴェーズでお下りの方はありませんか。と、第一に見える橋のほとりで、電車ならば車掌、船ならばその切符売りが叫ぶであろう。

人家はまばらになり、瓦を焼く製造場と、材木の置場が現われ、その前の流れには砂と、材木を積んだ曳船が幾艘《いくそう》も繫《つな》いである。石堤を下りた水際には葦の茂った処《ところ》があって、人が幾人も並んで釣りをしている。流れは真直《まっすぐ》に開けて、正面遥かに聳《そび》えるモンドオル（黄金の山）へと、次第に高く連《つらな》って行く小山の列が一目に見渡される、その中腹は見事に開墾されてあるので、晴渡る青空の下に、栽培された野菜の種類が、それぞれ縞目のような美しい色分けをしている。

突然、河の流は、堅固な堰《せき》で中断され、溢れ落ちる水は低い滝をなし、その真白《まっしろ》い布《ぬの》を敷いたる前方には蒼々《あおあお》とした深潭《しんたん》の物すごさ。この辺《あたり》、堤の石垣は城壁のように高く厳《いか》めしく、一条の釣橋が、堰のかなたに浮ぶ青い小島の端に通じ、更に対岸にまでとどいている。乗合の船の切符売りが、ランパール。リールバルプ（髯の小島）と大声で客に知らせるであろう。

両方の岸辺、橋の袂《たもと》には、赤い瓦屋根、白い壁に、ホテル、カッフェー、レストーランなぞ書いた二階立の家が五、六軒もあり、往来際へ出したテーブルには、いつでも夕方に散歩する自転車や自働車乗りが、休んでおり、二階の突出した欄干テラスの上には食事をしている男女が見える。

「髯の小島」の前方は公園になっていて、涼しい木の下で肌抜ぎになって玉投の遊びをしている連中もあるが、その後《うしろ》は古木の陰に、寂しい土塀を廻《めぐ》らして、住む人もないのかと思う一構え。昔の修道院、後に尼寺となった名所といえど、名残《なごり》の建物は、幾百年の木立の奥ふかく、その屋根さえ見せず、水の底より築き上げた石垣はまつわる野蔦と蒸す青苔に蔽《おお》われて、何の物音さえも外へは漏《もら》さぬ。

両岸はますます静《しずか》になって、山の下に村の赤い屋根、古びた寺の塔の見えるばかり。折々は土塀を廻らした広大なる富豪の別邸らしいものがある。気まぐれの風流人を当《あ》てにするらしい料理屋がある。河筋の往来は砂のみ白く焼け乾いて、白楊樹の並木が限りもなく続き出す。道はしかし平で広い。自転車乗が、遠慮なく砂烟を立てて走る。再び、青々した木立に蔽われた浮島が現われる。近所の小供が蛙のように泳いでいる。水は運河のように静で、輝く砂の上から桟橋を出した舟小屋の周囲には、白い貸舟が幾艘となく浮いている。繁った蘆のかげからは市中の女のはでな衣服が見え、その話声が突然接吻の響に遮《さえぎ》られる、かと思うと、石垣下の見えない処で、釣師の太い鼾《いびき》の声がする。

こういう景色を、自分は毎日、行きがけには、沈む前に一際《ひときわ》烈しく照返す、夏の夕日の明《あか》るい中に眺めあかして、さて帰り道は夢のような黄昏《たそがれ》の、やがて近付くリヨンの燈火の、やッときらめき初《そ》める頃、わが住居にと辿《たど》って来るのである。時々は、夜の来ると共に、露に生き返る草木が吐く空気の香しさに、帰る時刻も打忘れ、休んだ村の居酒屋の門口、大木の下のテーブルなぞで、そのまま晩飯をすます事も度々《たびたび》であった。

二

晴々しい河岸通り、きまって例のカッフェー(休茶屋)やカバレー(居酒屋)の二、三軒も並んでいる間から、村は大概、細い一条の石道で、山手の前の平地、もしくは石段で山の麓まで上っている事もある。いずれも百戸二百戸位の小村でありながら、家屋は互に密接し、非常に狭苦しく立て込んでいて、他村の襲来でも恐れたような、古代の強い保守的な面影を残した処さえある。道の敷石はでこぼこに磨《す》りへっていて、何ともいえない古色を帯びた石壁の、その曲りくねる角々にはソシアリスト、ラヂコー(社会主義本党)だの、コレクチビスト(共産派)だの、レピュブリカン(共和政党)だのと過ぎた、選挙運動の色紙の広告が貼ってあるが、それさえ幾年間、重《かさ》なり重なって貼付けられたために、新旧無数の色合いが、また一種の趣味を生ぜずにはいなかった。家は大概二階造りで、この窓に欄干を付けたのさえあるけれど、石壁の古く重いせいか、皆洞穴のように暗く感じられる。そういう戸口には、家中の娘や女房が、椅子を往来際まで引出して、終日休まずに編物や針仕事をしているが、うっとりした黄昏頃には、不思議なほど人影がなくなって、晩飯の油の臭が重苦しく立ち迷う中に、子供が騒しい声を立てながら、狭い道をわがものに、ギヤボロ(玩具の名)を投げているばかり。

丁度こういう刻限、自分は確かクーゾンとか呼ぶ村の道であったと思う。人家の間には処々、ビラ、カステランだの、ビラ、ボンジョワなぞと風流な名を書いた陶器の表札を出した貸別荘らしい構え、または庭園付売り屋敷、お望の方何々方へ何時の間にお出を乞う、なぞと書いた石塀の下をば、他分後《うしろ》の山手から溢れて来るらしい清水が、青苔の上にささやかな音を立てて流れているのに、自分は訳もなくこういう景色を故郷の何処かで見た事があるようにも思うし、また突然、この道端の流の何処かでは、きっと美しい娘が白い腕をだして物を洗っていはせまいかと、そういう荒唐無稽な空想に酔わされて、黄昏の光が一層ゆかしく感じられ、急ぐともなく急いで歩いて来ると、気のせいか、村中はいつもとは何かしら様子が違っている。若い娘が新しい前垂をして、人でも誘い合うように四角《よつかど》に立って話をしているのみか、ここらでは滅多に聞いた事のない曲馬のような囃子《はやし》の音楽が、耳元近く聞える。

通り過ぎる居酒屋へはいって、土地で自慢の川魚グージョンの天麩羅《てんぷら》で、晩飯を準《ととの》える時、自分は小肥りの給仕女の、如何にも口さがなく見えるを幸い。「姉さん、今夜は何処かでお祭りか、踊りでもあるのかね。」

「ボーグが来たんですよ。踊り場も出来てるでしょう。」

「ボーグとは何んだい。」

「知らないんですか。」

笑ったけれど、田舎の人の親切気で、女は客の立った後のテーブルを清めながら、毎年夏になると、鳥のように冬中は南の方を歩いていた宿なしの見世物師の一群が雨の降らないこの地方の季節を目がけて、痩馬《やせうま》に曳かした車を家に、村から村、町から町をさまよって来て、彼処で三日、此処で五日と、芝居、からくり、さまざまな見世物を出す。ほんとに面白いから、自分にも行って見よ、というのであった。

イギリス語でジプシイ。フランス語でボヱミヤンなぞと名をつけて、物語にも見、日常の雑談にも能《よ》く聞く、由緒《ゆいしょ》の分らぬ浮浪人種のそれであろう。

浮浪。無宿。漂泊。ああ。その発音はいつもながら、どうしてこうも、悲しくまた懐《なつか》しく、自分の胸の底深く響くのであろう。浮浪、これが人生の真の声ではあるまいか。

あの人たちは親もない。兄弟もない。死ぬ時節が来れば、独りで勝手に死んで行けばよい。恩愛だの、義理の涙なぞ見る煩《わずら》いもない。女も男も、お互に無智で、残忍で、その上に嫉妬深く、見世物小屋の車の中で、不潔な猥雑《わいざつ》な生活を続けている中《うち》、一人が病気にでもなれば、慈悲も情もなく、知らぬ他国の路傍に捨てて行く。浮気騒ぎの起った暁は、たった一突き、嫉妬の刃で心臓か横腹でもえぐってやるばかりだ……。

居酒屋を出た時には、もう夜であった。自分は初めて、非常に酔い過している事を知った。一本道を真直に河原へ出たのを幸い、苦しいままに草の上に坐《すわ》った。性の悪い葡萄酒のためであったろう、頭がぐらぐらして、夜の景色が休まずに回転するので自分は事実に、嫉妬の刃に横腹をえぐられたのではないかと思い、かの無智で、肉慾の逞しい、いやな情婦の顔がありありと見え出す。夜の川水の輝きと木立の黒さが、戦慄するほど物すごく、空に浮ぶ明い星の光が如何にも遠く見える。自分はのめるように前に倒れて、寝返りした。

川向うには人家の灯、車の灯が見える。あたりの暗い木立の間には、なおも暗い方、暗い方へと歩いて行く忍会いの男女の影が、折々通る。村のかなたでは、夕方から囃しつづけている喇叭《らっぱ》太鼓の音が次第次第に近付いて来るように高まる。自分は野草の中に顔を埋め、地湿《じしめ》りの冷たさに、悩む額を押付けながら苦しい中にも、単調な音律の動きに耳を澄まそうとした。若い娘たちの笑う声が聞える。後の往来には不揃いな大勢の人の足音が続く。

突然、地を揺《ゆす》る太い響に、自分はびっくりして身を跳ね起した。夜行列車が村の後手の山際を通り過ぎたのであった。しかし、自分はその時、悪い酒の酔が大方は経過してしまって、案外気分の軽快を覚え、物凄いと思った川原の夜は、またとないほど美しい夏の宵である事を知った。

丁度うなされた夢から覚めたよう。夜の空を限る山の影、樹木の影、家々の燈火、何から何までがはっきりと、しかも正当にその処を得て目に映じて来る。囃子の騒ぎが、静かな田舎の夜の、遠くの方へと伝わって行く、その反響の速度までが聞き分けられるかと思う。堤の下、葦の茂りを隔てては、正しく律を作って、水を切る櫂《かい》の響が、舟の姿の見えないだけに、なおさら床《ゆか》しく聞きなされる。

落ちたる帽子を拾い、手さぐりに襟飾りの形を直し、自分は草の中から起出して、暗い河原をのそのそ、騒ぎの囃子のする方へと歩いて行った。

三

浮浪の見世物師は、対岸から石の釣橋を渡って、村へはいるべき、空地の草の上に陣を取っていた。数多い魚油のカンテラが盛に煙を吐く、黄い焔の光で、先ず、村の男女の後姿と、草の上に置いてある屋根付きの荷車が四、五輛目についた。

　人込を割って這入《はい》ると、見世物らしいのは僅かに二軒しかない。残りの天幕は何れも煎餅や、飴や、アイスクリームなぞ売る食《くい》もの店で。その後の少し離れた処では、高い木製の台の上に三人の音楽師がビオロンを弾く野天の舞踏場。夏の夜の星をいただき、石油ランプの煙の中で、田舎の男女が汗じみた身を抱合わせ、きゃッきゃと笑いながら、くるくる踊り廻っている。

　どどどん、どどどん——と銅鑼鐘《どらがね》を叩《たた》いて、見世物小屋の男が、人々の注意を呼ぶ。天幕外の広い台の上に、幕の両脇から、二人の娘が小走りに現われて直立した身体をちょっとかがませ、その前に集まる見物人に目礼した。年齢は、白粉を濃く塗り立てているこういう種類の女の事で、想像はしかねるけれども、姉妹らしい似寄《にかよ》った円顔《まるがお》、小作りの身体《からだ》つき。黒い頭髪を左右に割った両鬢に、赤い花をさし、裾は短く胸は開けて半身と両腕をそのまま現わした黒い衣服の上に、赤と黄の色模様した房付きの肩掛を左の方ばかりの肩先から、斜めに引かけている。いわずと知れたバスク地方か、西班牙《スペイン》の女の、極《きま》り切った作り。一人が両手の指先にはめた、お定《き》まりのカスタニエット。他の一人が、鈴のついたバスクの小太鼓を持ち、——Tra ra ra と歌いながら、腰を振って踊る折々には、片手で頭より高く差上げた小太鼓をばトン、トン、と見事に片足を蹴上げて打鳴らして見せる。その度々に黒い上衣の下につけた真赤な蹴出しの裾(ジュポン)が、花のようにパッと開く。人々の喝采。

舞う事しばらくにして、女はやがて続けさまに蹴上げる足に、太鼓を乱打すると、他の一人は身体《からだ》のもぎ取れてしまうほどに、激しく急《せわ》しく、腰を振り捩《ねじ》って見せ、両人一斉、更に更に激しく二、三回を続けて見せた後、突然左右に分れて直立した。かと見ると、左の方の一人が、徐《おもむろ》に腰帯の間から、棹《さお》のない小旗を抜出し、その両端を指先に摘《つま》んで、さも奥床《おくゆか》し気に、見物の方へ拡げて見せる。

POURQUOI PLEURES-TU,

MON PIERROT ?

(何泣かしやんす、

ピエローどの)

見物の中から、女の声で、赤旗へ書いた白字の文句を読むものがあった。田舎者の好奇心が押出す嘆賞の唸《うめ》き声が、アーとその後に長くつづく。間もなく、右手に立った女が同じ様子で、

Vaudeville en trois actes

de M＊＊ de Paris.

(道化芝居三幕、巴里＊＊＊先生作) と色の違った旗を拡げる。左の女が続いて、

I acte A la foire

Aventure de Pierrot

(序幕市場の場ピヱローの冒険。) さて、左右一度に、

II acte Au balcon

Rêve de Colombine

III acte Au lit

Plaisirs d'amour

(二幕目出窓の場、コロンビン女の夢、三幕目寝床の場、恋の楽しみ。) この最後の表題が、手を拍《う》つ男女の笑声を呼起す中に、二人の女は見物人に接吻を送りながら幕の中へ引込む。直様《すぐさま》、以前の木戸番が、銅鑼鐘を叩いて、さアさア、入らッしゃい入らッしゃい。木戸銭はたった僅に、拾サンチーム(銅貨二枚わが国の四銭。) 面白い芝居は只今始まりそう、と叫ぶ。

見物《けんぶつ》はぞろぞろと続いて天幕の中へ這入《はい》って行く。どうしよう、面白いかしら、と佇《たたず》んだままで互に思案している連中も少くはない。

すると、道化芝居の隣へ陣取った見世物の木戸番は、自分の方へこの不決断の連中を引込もうという意気込みで、一段声を張り上げ、これは南洋の大蛇、亜弗利加《アフリカ》の大鰐、印度《インド》の大蝙蝠、皆さんが夢にも見た事のない獣物《けだもの》がたった拾サンチームと呼び出すや、木戸番の傍に坐っていた一人の女は、そのまま台の上にと直立し、身をくるませた紫色の外套《マントー》の、燃えるような緋の裏を返して、パッと後に脱《ぬ》ぎすてる。明くないカンテラの光で、肥《ふと》り肉《じし》の身は真裸体《まはだか》かと思われる薄色の肉襦袢に、金糸で繡取《ぬいとり》模様をした黒天鵞絨の猿股をはいている。べったり白粉を塗った細面は尖《とが》って愛嬌なく、引締った唇には毒々しく紅《べに》をつけ、大きい眼の下瞼へさした墨の色は、全体の容貌を一層物凄く見せる。年はもう三十以上であろうと自分が思った時見物人の中でいい女だと囁《ささや》くものがあった。

女は足元に置いた木箱の中から、無造作に両手で四、五匹の小蛇を摑み出して、真白なその頸やら、両腕やら、両の太腿やら、身体中に巻きつけたまま、微笑みもせず、物をもいわず、黒い眼を据え、瞬き一つせずに立っている。蛇は糸のような舌を、燈の光にピラピラ閃かしながら、女の肌の暖みを喜ぶ如く、重り合ってうねうね身体中を匐《は》い廻る。けれども自分には女の血が蛇のそれより暖いとはどうしても思い得られない。見物人は、半《なか》ば呆気《あっけ》に取られた如く黙《だま》って歩みながら、右手の入口から二人三人と這入《はい》って行く、同時に左手の方からは同じ人数がやはり黙って出て来る。

女は須臾《しばらく》して、まつわる蛇を一ツ一ツ解《ほど》きとって木箱の中に収《お》さめ、台の下で絶えず人を呼んでいる木戸番の方へ進み寄ったが、言葉一ツいうではなく、穿《は》いている靴の先で、男の肩を突いた。すると、男はびっくりして台の上を振仰いだが、立っている女の様子に合点して、大急ぎでポケットから煙草を探出《さがしだ》して手渡しする。女は椅子に脱《ぬ》ぎ捨てたマントーを引き纏《まと》い元の坐に腰をかけて煙草をふかす。表情のない冷えきったその眼は叢《むら》がる見物人の存在さえ映じぬらしく、唇から湧出す煙の棚曳《たなび》くにつれ、当てもなく夜の空の遠くへと注がれていた。

四

夏は過ぎた。太陽の光が日に増し黄《きい》ろく弱って行く、リヨンの街の角々、橋々の袂《たもと》には、夏中休んでいた寄席《よせ》や劇場の広告が掲げられる。競馬協会の大旗が閃く。菊花展覧会、サロンドートン(秋の画会)の洒々《しゃしゃ》たる広告画が目につく。カッフェーの軒先で奏する音楽が聞えなくなって、灯のあかるい窓に玉突の音が長夜の更渡《ふけわた》るまで響く。晴れた空が折々、午後から俄《にわか》に曇って風になり、一夜絶え間なく大雨がふる。ローン河の流れが濁って渦巻いて、恐しいほどに増水する。屋根をつけた冷水浴の河船が戸を閉ざす。河岸のプラターン樹が頻《しき》りに落葉する。学校生徒の制服姿が、午後の公園なぞに殊更《ことさら》徘徊する。日曜日には市中の往来が、何でもないのに、散歩の人出で歩けぬほどに雑沓する。Derniers beaux jours; Profitez-en!(名残の好天気をあだに過したもうな。)というのが、Bonjour(お早よう)だの、Comment ça va?(いかがです)。なぞの代りに、よく人々の繰返す挨拶になった。

まったく、晴れた日の一時間をも無益に過してはならぬ。暮行く秋と共に、雨と霧の悲しい時節の来ぬ前に、一年中の散歩の仕納《しおさ》めをして置かねばならぬ。終日閉込《とじこ》められた銀行の窓から、晴れた秋の青空を見るのが何ともいえぬほど辛く感じられる。窓下の往来をば、見すぼらしい女教師が、養育院の子供でもあるらしい大勢を引連れ、家外散歩に出て行くのが、堪えられぬほどに羨《うらやま》しい。何故《なぜ》といって、この頃では日に増しに、日が短くなって、銀行の閉店後には、とても夏時分のように、遠く田舎へと乗り出す時間がないのみならず、今まで半日の土曜日は、終日となり、殊更に事務が忙しい。自分は到底来るべき日曜日まで待ってはおられずに、ある日の事、何という気もなく、銀行へ行く足を公園の方へ向け、花壇の陰で半日を読書してしまった。午後は久振《ひさしぶ》り美術館を一めぐりした後、何処という当《あて》もなく、ぶらぶらクロワルッスの高台へ上って行った。夏と違って、晴れた秋の日和《ひより》には、一尺でも二尺でも、高きに登って、青空に身を近付けて見たくなるものだ。

クロワルッスの高台は、昔から由緒のある機織《はたお》りばかり住んでいる古い街で、日中はたまさか通る電車にも乗客少《すくな》く、建《た》て込んだ石造の家の到る処、休まず倦《う》まず、単調な機織る響の聞えるばかり。高台の清い空気のせいか、何となく深い静寂を感じる。人通りの稀《ま》れな大通りを、直《す》ぐさま、切開いた崖の上に出ると、おお！　リヨンの全市、ローン地方の低地、皆一眸《いちぼう》の中にあり。帯の如く曲るローンの水の、遥か眼界に消えるあたり、広い広い地平線の上には、連なるアルプの山脈が晴《は》れ晴《ば》れと現われている。自分は、この限りもない空間の偉大を望むや、忽ち冠っている帽子をとり、何を目当てにするともなく、幾度か敬礼しつつ歩いて行った。

道の開けるがままに、並木の植《うわ》っている大通へ出る。電車の終点と覚しく空《あ》いた車輛が四、五台も停っている、その傍の木の下には制服の車掌どもが帽子をぬぎ、ベンチへ腰をかけて煙草をすっていた。

ふと、目についたのは、停っている電車の横側には、いずれも、「今年のお名残、クロワルッスの大縁日ボーグ」と書いた広告の木札の下っている事であった。

ボーグ。自分は夏中夕暮に散歩したソーン河畔の美しい景色を思い浮べた。冬の来るのが、如何にも辛く悲しく感じられる。年中、同じ狭い室の中に閉込められ、同じ銀行の帳簿を、同じように繰ひろげている身の上がつくづく厭《いや》になった。外国にいるとはいえ、狭い日本人社会に棲息《せいそく》していては、東京の天地に蹐跼《せくぐま》っているも同じ事。自分はもうリヨンに飽きた。も少し違った新しい空が見たい。新しいものは必ず美しく見える。倦んだ心に生気を与える。鈍った神経に微妙な刺戟を与える。無宿浮浪の見世物師の境遇を、更に詩趣付《づ》けて思返した。彼らは燕と同じよう、冬の来ない中に、暖い、明《あか》い、南の国へ行くのだ。日の照る中は、車の中で汚《きたな》い毛布か藁《わら》につつまれて寝ている。その車は、痩せた馬に曳かれて、ゴトゴト礫をきしりながら、果てのない街道を、ゆるゆる行く。夜になると、辿《たど》りついた見知らぬ村の道ばたで、見知らぬ空の星の下で、銅鑼鐘を叩いては、見知らぬ男女の前に白粉を塗った面を曝《さ》らす。習慣が「生恥」と名付けた言葉の中には、ああ何という現《あらわ》しがたい悲愁美が含まれているであろう！

自分は歩いて行く中に、間もなく、古い寺院前の広場に陣取ったボーグの群に行当った、過る夏、ソーンの河畔で見たよりも、見世物小屋は非常に沢山寄集って立派に一部落の形勢を示している。しかし、土地の良民は尽《ことごと》く機織の家業に忙しい昼中の事とて、浮浪者の新部落は今が丁度安息の最中。窓をつけた古い汽車のような荷車の屋根からは、食物を煮る細い烟が立っており、車と車の間に引張った綱《つな》には薄きたない肌着の洗濯が下げてある。その下には、梳《す》いた事もないように髪を乱した女がブリキの手桶に汲んだ水で皿小鉢を洗っている。日にやけて垢じみた顔の男が、寝《い》ぎたなく午睡している。ロのはたに食物をつけた小供が、落葉の散り乱れた土の上に坐《すわ》って遊んでいる。秋十月の黄《きいろ》い日光は、早や大方は落尽したプラターン樹の梢《こずえ》から、明くも、この定めない人々の、疲れ静まった生活を照し、なおも正前に高く街を限て聳《そび》えたつ古い古い寺院の壁をば、斜に半分ほど、際立った陰陽の濃淡をつけていた。

自分は眠っている人々を驚かさぬよう、または折々顔を上げては自分を見る女どもを恐るるよう、落葉に響くわが足音をば忍ばせながら、車と車の間を歩いた。思い出すともなく思出すのは、いつぞや見た、あの道化芝居の姉妹らしい娘、気味悪い蛇つかいの女の事である。この群れの中に交っているかしら。もう疾《と》くに南へ行ってしまったかしら。

とある車の入口に、腰をかけ俯向《うつむ》いて、一心に針仕事をしている女がある。年児《としご》かと思われる、何れも三、四歳の子供が二人。愛くるしい口の端から頬までを、パンの片《きれ》につけたコンフィチュール(煮詰めた果物)だらけにして、大きい目をぱちぱちさせながら、おとなしく母の足元に坐っていた。

秋の日が斜に、車の屋根のみを照すので、陰なる女の姿は、完備した画室で見るような柔《やわらか》く屈折する光線のために、如何《いか》にも物静かに、浮上ったようにはっきり見える。汚《よご》れた裾着《ジュップ》一枚、下には胸当《コルセイ》も締めないらしく、肌着の肩をかくすためか、まだ寒いというでもないに、じじむさい毛糸の、肩掛《シャール》を引掛けている様子は、どうしても貧乏町の暗い小店の戸口で、よく夕方なぞに灯もつけず、背を円《まる》くして仕事をしている元気の失せた、生活に疲れた、馬鹿正直な頓馬な顔をした、年老《としふ》けた女房としか思われない。自分はもし、その美事に梳《くしけず》った髪の結形を見逃したなら、到底かの夜の、物凄《ものすご》い家業《なりわい》の女と気の付く事は出来なかったであろう。油煙を吐くカンテラの代りに、ああ日の光で照して見る、蛇つかい！

赤子の一人が、やッと歩けるばかりの年齢の、立上ろうとして忽ち中心を失い尻餅をつくや否や、それでも、しっかりパンの片を握ったまま、わっと泣き出す。女は驚いて立上り、抱き上げて、コンフィチュールでべたべたしているその頬へ接吻し、乱れた柔い髪をば掌《てのひら》で撫《な》でながらすかす。自分は開《あ》いている車の戸口を意味もなく窃《そっ》とのぞいて見た。亭主らしい男のいる気色《けはい》もない。

自分は何だか妙に悲しい気がした。赤子を持った母の姿。それが原因であろうか。そうともいえるし、そうでないともいえる。「悲しい」と定めたのがあるいはよくないのかも知れぬ。悲しいような一種の薄暗い、湿った感情を覚えたとでもいい直して置こう。

道化芝居の方は小屋の看板に見覚があったけれど、娘の姿は見出されなかった、見出そうともせずに、自分は家へ帰った。

ひとり旅

Nous, prêtre orgueilleux de la Lyre
Dont la gloire est de déployer
L'ivresse des choses funèbres.
　L'examen de minuit — Baudelaire. —

暗澹たる詩味に酔いて
その恍惚を歌わんこそ
吾ら驕慢なる
詩神の司《つかさ》の誉れなれ。
　夜半静思――ボードレール

□□伯爵はその夫人と共に、荘麗なホテルの高い窓から飽きもせずに目の下なるシャンゼリゼーを眺めていた。

四月はじめの蒼白《あおじろ》い日の光で、立続く橡 樹《マロニエー》の木芽は、見渡すかぎり一面に真珠を連ねた如くきらめいている。まだ天気の定まらぬ時節ながら、丁度午後の三時過ぎ、散歩の馬車自働車は、さしもに広い大通りを狭いほどに走《は》せ交《か》う。その間をば活動写真《シネマトグラフ》の広告隊が、行きなやみながら曲って行った。広い四辻の中央に、噴水を止めた泉水のまわりには、植木屋が草花の苗を植えている。歩いている人の混雑する中を、竿につけた風船売りの風船球がふらふら動く。

伯爵は先頃内閣の更迭を機として、□□大臣の職を辞し、夫人と共に、急がぬ旅のヨーロッパを漫遊しているのである。

戸を叩く音がして、制服美々しいホテルの給仕人が恭々《うやうや》しく、銀製の盆に載せた一通の手紙を置いて去った。

「季子。」と伯爵は夫人を見返り、「宮坂というのは誰だったかな。」

「あの方じゃありませんか。美術の留学生で、私たちが美術館の案内をお頼みした…………。」

「それじゃ、きっと私たちがイタリヤに行く、その事に付いてじゃろう。」

伯爵は夫人に聞えるよう、封を切って徐《おもむ》ろに読み出す。

＊　＊　＊

伯爵及び伯爵夫人閣下

余は伯爵及び伯爵夫人閣下の健康を祝し得るの光栄を喜び申候。過ぐる日、帝国大使館よりの命を得て、不肖の身をもて、ルーブルを初め、リュキザンブルグその他の美術館博物館を御案内致し候うが、意外の縁となり、この後は種々御庇護下さるるとの事、感謝の外無之《これなく》候。美術文藝の進歩には、一方に於て政府もしくは、貴族富豪の庇護の必要なるは、現に吾らが目にするフランスの藝術を見ても、明《あきら》かなる事に有之候。わが日本の美術界も、伯爵並びに伯爵夫人の如きパトロンを見出し得たる事は、単に小生一個の身の上のみにはあらず、東洋藝術界全部の幸福と信じ申候。

さて、今回閣下及令夫人のイタリヤに御旅行なさるるに付き、小生をば案内者、説明者を兼ね、旅行の伴侶たる光栄を得さしめんとの御手紙。こは疑もなく余が一生の最大名誉たるべしと存じ候。あまりに大なる光栄と信じ候。余は能うべくは、むしろこの名誉、この光栄をば、同業なる他の美術学生に譲らん事を希い候。

余は煩悶の末、この手紙をしたため候。余は閣下がさずけ給う大なる光栄を受領するに躊躇《ちゅうちょ》せる事の次第を、憚《はばか》る処《ところ》なく偽《いつわ》る処なく陳述するが、閣下並に令夫人に対する最も真卒なる礼法と信じ申候。

事の次第とは他なし。余は余りに深く淋しみを愛《め》ずるが故にて候。殊《こと》に、殊更に旅の淋しみを愛《め》ずるが故にて候。諺《ことわざ》に旅は道づれと申し候え共、小生にとりては旅の道づれほど、堪えがたきものは無之候。

ああ、世に寂寥ほど美しきもの有之候や。寂寥は唯一の詩神に有之候。あらゆる詩、あらゆる夢は、この寂寥の泉より湧出るものの如く思われ候。余は寂寥に堪えざる瞬間に於てのみ、自ら大なる芸術家たりとの信念に駆られ申候。

日常の散歩にも、恋人を除くの外は、如何なる場合といえども、話相手は何の益さえ無之候。特に旅する時、談笑の相手あらば、吾らは決して山水自然の生命に触るる事能《あた》わざるべく候。閣下よ、令夫人よ。終生孤独に泣きたるフランス、ロマンチズムの音楽家ベルリオと申すが、バイロン卿の詩に基きて作りたる、「伊太利に於けるハロルド」の一曲を聞かれたる事有之候哉。

かの一曲を聞き給わば、閣下は企てずして吾が心の底を知り給うべし。かの曲は長くして二段に分たれ候。初めは伊太利なるアルプッツェの山里の夕暮を、巡礼の人々祈禱の歌をうたいつつ行くさまを、次の段に入りては、夜となりて、山颪の音静《しずま》り星きらめく時、里人の誰《だ》れとも知らず、そが恋人の窓の下に誘《いざな》いの調弾《しらべひ》くさまを写す。すべてかかる山里の空気、色彩、物音をば百人に近き楽師の合奏する中に、ただ一挺のアルト（その音色やや低くさびたるビオロンに等しき楽器）はチャイルド、ハロルドと限らんよりは、むしろそれらに等しき憂愁を抱く旅人の心を奏《かな》で候。清霊なる伊太利の山里の浮世を見つつ彷徨《さまよ》う旅人の心の淋しさよ。余は水の如く吠え、風の如く消ゆるオーケストルの中に、断えては続くアルトの音色の悲しさを、生涯忘るる事なかるべしと存じ候。余はこのアルトの喞《かこ》ちの如く、独《ひと》り、ただ独り、寂しき異郷の旅をつづけたく存じおり候。

閣下よ、令夫人よ、余は淋しき人に候。淋しき藝術家に候。人にさまざまの模型あるが如く、藝術家にもまたあるタイプある事を免れず候。数多の人と歩調を同じくし、一時代の思想の健全なる公平なる代表者と成り得る藝術家あると同時に、如何なる時代にも免れがたき、社会の裏面を流るる暗潮に棹《さおさ》して、限られたる狭き思想を深く味う輩も有之候。誰れ彼れの選みなく王侯貴族の肖像画作り得る寛大なる人と、恋せざる限りは、如何なる美しき少女の像をも画板には上し得ざるものと有之候。

余はいうまでもなく、第二類の作家たるべく希《ねが》うものに御座候。余は何故か、日光、美人、宝石、天鵞絨、花なぞの色彩に打たるる事能わず候。巴里の市街も、雨と霧の夕暮を除きては、美しと思う処更になし。余は繁華なるブールヴァールよりもセーヌ河の左岸なる露地裏のさまに無限の趣きを見出だし候。若葉あざやかなる公園の木立よりも、セーヌ河の石堤に沿いて立ちたる、病みし枯木の姿を、灰色なす冬の空の下に眺むる事の、如何に余が心を喜こばし候うぞ。

伯爵閣下よ。余が閣下と旅行する事を恐るるは、閣下と共に荘厳なる旅館に宿泊し、広大なる食堂に食事せざるべからざる事にて候。余に取りては階段のほとりに金ボタン輝かせる番卒の如きもの立ちて、人の出入に敬礼する大旅館に泊するほど趣味なきものは無之候。また、四方より燕尾服着たる給仕人に見張りせられ、燭光昼の如く石柱に反射する処、銀器きらめく食卓に食事するほど、堪え難きものは無之候。

余は、これに反して、曲りくねりたる巴里の小路の安泊りのさまを忘れ得ず候。その名のみは何々ホテルと、壁の上に画きたる文字さえ、半《なかば》は剝《は》げて見え分かぬ戸口を入れば、帳場には髪の毛汚《きたな》き老婆が、さらずば、いつも襟付けたる事なき下着一枚の男控えおり候。サッフォーが物語の誂え通り、螺旋形《らせんけい》をなしたる梯子段を上れば、手摺れ、古びて、鼈甲《べっこう》の如く輝ける木製の寝床、曇りし鏡台、色あせたる窓かけなぞに、殊更狭く見ゆる天井低き一室の有様は、芝居の大道具然たるサロンのさまよりも如何に趣味深く候うぞ！

かかる安泊りの、殊に印象深きは、昼とも夕ともつかぬ薄闇き秋の日の午後《ひるすぎ》の、いつとはなく暮れ行く頃に有之候。一室の空気は、壁より生ずる幾分の湿気を帯び、長き午後のままに沈滞致しおり候。ただ一ツ、穿れたる窓よりは、名残の空の光進み入りて、白き窓かけを蒼白く照らす。この光によりて、寝台の角、鏡台の縁の一面は磨ける金属の如くに輝けども、その陰には已に夜蟠《わだかま》りたれば、あらゆる家具は輪廓おぼろとなりて、病みつかれて横《よこた》わる動物《けもの》の如く見え候。心は倦《う》み果てて、昨日の追想を繰返す力だになし。窓の下には貧しき小路にのみ聞かるる女房の声、子供のさわぐ声。遥か大通りの方には車の轟き止む事なく過ぐ。かかる物音の中に、忽然として響出るものは、裏町をさまよう乞食の、とぎれとぎれなる紙腔琴(オルグ、ド、バルバリー)の音に有之候。

ああ、裏町の泊りに聞くこの楽器の音色の哀れなるは、マラルメもそが散文詩「秋の嘆き」の中に、寂寥と沈黙の伴侶なる飼猫の背に片手をあたため、そが好める「羅馬最終の悩みもだゆる詩」を読む時、かの、「ものうく、憂わしき」音色は、追憶の黄昏に、彼れをして心狂うばかりに物思わしめ、遂には、忍び泣く音の、他に漏れん事を恐れて、投ぐべき銭をも、その窓よりは投げ得ざりし、と申し候。

余は已に、かかる安泊りを選びて、巴里に住む事二年以上に相成り候うが、止むなき事情に迫まらるる外は、決して人を尋ねたる事無之候。日々の食事する時も、余は知る人多く集まり、礼儀の挨拶を余儀なくせらるる下宿屋の食堂を厭《いと》いて、見知らぬ職人の卓を叩いて高論する場末の安料理屋に赴き候、醜き給仕女の汚れし前垂、職人どもの色さめたる布の上衣《ブルーズ》、油ぎりし壁、卓、椅子、ガスの裸火に照されし卑俗なる画額など、闇然たる一室のさまは、この上なく、わが心の淋しさに調和致し候。

然《しか》り、寂寞の情、孤独の恨ほど尊きものは無之候。余は劇場に赴きても、独り天井裏なる大向《アンフィイテアトル》の欄干に身を釣り下る時ならでは、如何に巧みなる名優の技にも何らの感動を催さず候。余は大勢一組みになりて、オペラ、殊に音楽会なぞに行く人の心を解する事能わず候。音楽のみにはあらず、詩も小説も、彫刻も絵画も、はた建築の美さえも、それら作品の真意義はやる瀬なき心の一人悄然として、これに対する時にのみ発見せらるるものに御座候。親兄弟の間にも読み聞かされ得べきものならねば、誠のよき詩にはあらずなぞいう評家の言は、一笑に付すべき価値だになし。道徳の問題はさて置き藝術の真意義は一人味いて、一人発見するものと信じおり候。

伯爵並びに伯爵夫人閣下。余がイタリヤ御旅行の通訳、案内者たるべき無上の光栄を受るに躊躇致し候は、かくの如き次第に御座候。世の礼義を知らざる藝術家の心情、偏《ひとえ》におゆるし下され度候。

伯爵は読終ると共に、夫人を顧み、

「分《わか》ったか。新しい日本人だ、日本もこういう変ったものを出すように成らなければならぬ。」

「なぜでございます。」

「独逸なぞ見るがいい。一方では立派な軍国だけに、一方には極端な破壊主義者が出る。進歩とか文明とかいうものは、つまり複雑という事も同様だ。宮坂のような変った男、思想の病人が出て来たのは、乃《すなわ》ち日本の社会が進歩した、複雑になって来た証拠じゃないか。私は喜ばしい事だと思う。」

再会

D'où vous vient, disiez-vous, cette tristesse étrange,
Montant comme la mer sur le roc noir et nu ?

——Baudelaire

黒き、はだかの巌の上に、満ち来る潮見る如く、
いとも怪しき心の愁、何処《いずこ》より来しと君や問う。

——ボードレール

はからず海外で親しくなった友達と、またはからず、何処《どこ》か異《ちが》った国で落合うほど嬉しいものはない。

しかも今、処《ところ》は巴里——

自分は暮れかかるブールヴァール、デ、イタリアンとて、市中第一の繁華な大通りの、目も眩《くら》むほどな馬車、自働車、乗合馬車の雑沓《ざっとう》を眺むべく、路傍に日蔽《ひおおい》をした、唯《と》ある

カッフェーの椅子に坐っていた時、突然、彼に出遇《であ》った。

雅号を蕉雨という洋画家で。五年前初めてセント、ルイスに開かれた万国博覧会の折に出遇って親しくなり、その後ニューヨークで再会してからは、一年あまりも、毎夜晩餐を共にした間柄であった。

その頃、吾々は共に米国にいながら、米国が大嫌いで、というのは、二人とも初めから欧洲に行きたい心は矢の如くであっても、苦学や自活には便宜の至って少い彼《か》の地には行き難いので、一先《ひとまず》米国まで踏出していたなら、比較的日本に止まっているより、何かの機会が多かろうと、前後の思慮なく故郷を飛出した次第であったからだ。

彼《か》れ蕉雨は、ブロードウエーにある、日本の美術品を売捌《うりさば》く商店の売子に住み込み、自分はウォール、ストリートの、ある銀行の電話小僧のようなものに雇われ、やッと下宿代を払っていた。で、二人顔を合すと、写真でのみ知る欧洲の市街の美麗と、その生活の詩趣深きを嘆賞し、同じ海外で送る月日の、ままならぬを恨んで、八当《やつあた》りに、米国社会の全体をば、殊《こと》に藝術科学の方面に至っては、さながら未開の国の如くに、罵《のの》り尽して、いささか不平を慰めるが例であった。

何につけても、吾々には米国の社会の、余りに、常識的なのが気に入らない。ロシヤのような、例えば、キシネフの如き虐殺もなければ、ドイツ、フランスに於いて見るような劇的な社会主義の運動もない。ユーゴーがエルナニの昔、ドビュイッシイがペルレアス、エ、メリザンドの昨日を思わせるような、激烈な藝術の争論もない。何も彼も、例の不文法(Unwritten law)と社会の輿論(Public opinion)とで巧に治って行く米国は、吾々には堪えがたいほど健全過ぎる。止むを得ない、吾々は米国の地にある間は、米国が産出した唯一の狂詩人、エッガー、アラン、ポーのために一杯を傾けようといって、酒場のカウンターに寄り掛り、ウイスキーを飲んだ事も幾度であったろう。

巴里は、今、次第に暮れて行く。四月はじめの、薄色した夕霧につつまれて、往来の向側に、まだ冬枯姿の並木を控えて並立つ、高い建物の列は、程よい距離を得て、丁度劇場の書割《かきわり》のように霞み出した。建物の屋根、軒、壁に飾置した電気仕掛の、色さまざまな広告の文字は、商店の硝子戸、両側の街燈と共に、一度に新しい燈光を輝かし初めたが、黄昏《たそがれ》の空はまだ薄明るくて、遠くの方までが、燈ならざる光で夢のように見透す事が出来る。とはいいながら、極《ご》く近く、目の前を過ぎる人や車の雑沓は、一様に漠然とした鼠色になり、ただ影と影が重《かさな》りつつ動いているに等しい。丁度、巴里中の商店会社の雇人が一時に家路を急ぐ刻限で、乗合馬車の混雑、馬車自働車の行交《ゆきかい》をば、少時《しばし》目を据えて見詰めていると、カッフェーの椅子に坐っていながらに、自分の身体までが、周囲の回転に連れて、動いて行くような目暈《めまい》を感ずる。折から、早や角々のカッフェーでは、賑《にぎやか》な舞踏の曲なぞ奏し出す、と、それがまた、明《あきら》かには聞き取れず、車の響、人の足音、話声に掻消《かきけ》されて、断えたかと思えばまた続く。やや肌を刺す冷《つめた》い湿った夕風につれて、近処《きんじょ》の料理屋の物煮る臭いが、雑沓の男女の白粉や汗の臭いに交って、何処からともなく流れて来る。神経はかかる周囲の刺戟によって、特別の昂奮を催す処へ、精霊はかえって静《しずま》り行く黄昏の光の幽暗に打沈められるからであろう、名状すべからざる精神の混乱——それは酒の酔に等しく、幾分の苦悩を交えた強い快感を生ぜしむるのであった。

久しい間、眺め入った街の方から眼を転じて、二人は互に顔を見合した。

「もう晩餐時分だね、何処かでゆっくり話をしようじゃないか。ニューヨーク時代の放浪生活《ボエーム》を思出すような安料理屋はないか?。」

訊《き》くと彼は、意味あり気に微笑み、「直《す》ぐそこのパッサージュに、安直な伊太利亜《イタリヤ》の料理屋がある。」と答えた。

伊太利亜料理——いや、この一語は、吾々二人の中には、特別の記念を起させるのだ。ニューヨークの当時、吾々は二人とも、木で鼻をかんだようなアメリカ人の下宿屋、または無暗《むやみ》と人を急がせるその料理屋にも閉口して、彼はメキシコ人の素人下宿、自分はフランス人の家庭に部屋借りをなし、毎晩、飽きもせず、疲れもせず、彼は商店、自分は銀行からの帰り道を、わざわざ蠅の多い、イタリヤの移民街で落合い、その辺の安料理屋へ飛込み、金のない時には、マカロニの煮込みに、名も知れぬ安葡萄酒で気焔を吐いたが、しかし懐《ふところ》都合のよい折には、あの、麦藁《むぎわら》で包んだキアンチの一罎《よこ》位は惜しまずに傾け尽すが例であった。ナポリから稼ぎに来たという頰の赤い手の汚れた、給仕の女のヂルダはまだ働いているかしら、人はいいが、気の早い男で、何かいうと直ぐにもナイフを振廻わしはせぬかと思われる酒場のジルゴは、どうしたであろう……。食事を済ますと、自分は研究すべき劇場か音楽会、彼は無月謝の美術夜学校の時間に遅れぬよう。急いで地下鉄道に乗って、一人は十四丁目、一人は四十二丁目の停車場で下りる、と、何時《いつ》もきまって車掌が、Watch your step——足元を御用心と、下車する人に注意する呼声が、今だに耳に残っているではないか!

吾々はさまざまな昔ばなしに食事をおわった時には、夜は已に九時過ぎで、パッサージュを出ると、丁度パリーの諸劇場が一度に開場する時刻である。

見渡す大通の眺めは、すっかり変ってしまった。夕暮の狂奔《きようほん》する雑沓は全く静《しず》まり、風采の綺麗な、その中にはシルクハットを冠った紳士連が、美しい女と手を引きながら、電燈の光で見事に飾り立てた宝石店の硝子戸の前なぞに立止りながら、ゆるゆる歩いて行く。何処を見ても花火のような明い灯ばかりである。馬車と自働車は車道の上を、以前のように引きも切らず馳《は》せ交《ちが》っているが、蒼《あお》く澄んだ夜の色に包まれて、車輪の響はずっと穏かに、むしろ、音楽的の調和を保っているように思われた。後から後からと、引続いて、幾輌となく、辻の角々に停車する乗合馬車からは、二十人三十人と、一団になって、何れも芝居行の夜装をした男女の群が溢れ出ると、その路傍に待合していた他の一団は、遠くモンマルトルあたりへ騒ぎにでも行くと覚《おぼ》しく、下りる客のまだ下り切らぬ中に、先を争って、馬車の屋根上といわず中といわず、一杯に乗込んで行く。其処《そこ》此処《ここ》の、数多いカッフェーの明《あかる》い灯は、空椅子一ツないほど入込んだ男女の姿を照し、絶えざる奏楽の響は、道行く人の歩調をも舞らすように、町から町へと反響する。

自分は、飽食後の微酔、夜の空気の爽快《さわやかさ》、眺むる四辺の賑さ、明さ、美しさに、何ともいえず気が浮き立って来て、行交う夜遊びの男女の間をば、彼方に避け、此方に衝突《ぶつか》りながら、揉まれて行くのが、かえって面白く、まるで泥酔したもののように、ふらふら歩いて行ったが、蕉雨は最前から何となく浮かぬ面持《おももち》。自分よりは酒も多く飲んでいながらとかく沈黙しがちで、殊《こと》に歩き憎《にく》い雑沓に堪えぬがよう、俯向《うつむ》きながら行くのであった。

「疲労《くたぶ》れたのか?。」

「いや。」

「その辺のカッフェーで休もうか。」

「休もう。」

丁度、オペラ座前の広い四辻に出た。今夜は演奏のない晩と覚しく、石段の上には番兵の姿も見えず、窓に灯もなかったが、荘麗を極めた大建築は、周囲の燈火と空の明りで、殊更《ことさら》粛然として、神聖犯すべからざる伽藍《がらん》の如くに立っていた。

二人は四辻の眺めを一目にした角のカッフェーに這入《はい》る。中は、明《あか》るい明い光の下に男女の帽子、衣服の色彩の動揺。絶えざる奏楽。

「さすがは、巴里だ!」

心の底から押出すような、嘆賞の声を発したが、蕉雨は、丁度給仕人《ガルソン》が注《つ》いで行ったカッフェーを啜《すす》ろうとした瞬間と見えて、何とも答えずにいた。

「え、君。吾々がニューヨークで、高架鉄道や荷馬車《ワゴン》の響で、気が狂うかと思うほど頭痛のしたのが、このパリーじゃ、何処へ行っても女の笑う声にビオロンの優しい音色だ。ニューヨークの絶望時代と今日の境遇とを比較して見給え。僕は無限の感に打れるよ。米国じゃ、ロングフェローの百年忌が来たといっても、新聞紙は余白うずめに、誰でも知っている、珍しくもない肖像画を出す位が関の山だし、折角《せっかく》、革命の文豪ゴルギーの来遊があっても、くだらない道義的僻見で排斥してしまうしさ、欧洲の音楽史に一新期限を作った「ザロメ」の如きオペラの演奏は、狭い宗教上の見地から禁止するという始末だ。それが、どうだろう！　大西洋一ツ越したこのフランスでは、ただ一人、若手の劇詩人が、新《あらた》にアカデミーの会員に選ばれるといえば、全都、全国の新聞紙が全紙面を埋めてこれを是非する位じゃないか。ニューヨークの市街だと、古い大統領の銅像がたまさか、高架鉄道の架橋の下などに、塵だらけになっているのが、このパリーに来ると、市中到る処《ところ》に詩人画家学者の石像が道行く人を見下している。僕は実際、街を歩く度々《たびたび》、フランスの国民に対して、覚えず感謝の涙を濺《そそ》ぐ……。」

語の途切れを待つものの如く、自分の顔を見ていた蕉雨は突然、

「つまり、君は、現在が非常に幸福だというのだね。」

「幸福以上だといっていいな。幸福だけじゃいい足りない。クラシックからロマンチズム。ロマンチズムからサンボリズムに至る今日まで、幾多フランスの藝術家が、藝術のために苦《くる》み悩んだその同じ空気を吸い、同じ土の上に住んでいる事を思うと、単に幸福というよりも、僕はそれ以上に、もっと深い、熱い感情が起る。」

蕉雨の顔色は暗くなり、その調子は悲《かな》し気《げ》に、「羨ましいよ。君。その熱情を冷さんようにしたまえ！」

自分はやや驚いて、「君はそういう熱情を感じなかったのか。」

「感じたさ。無論感じたさ！　しかしもう、すっかり冷《さ》めてしまった。今じゃ僕の心は灰のようだ。」

「どうして？」

「どうしてだか、それが分ってくれればいいんだが、自分ながら分らない。」

「不思議だね。」

「ああ。」と気のない返事をして俯向《うつむ》いたが、少時《しばらく》して、蕉雨はその混乱した思想をやっと纏《まと》め得たものの如く、静《しずか》に顔を起し、「僕も巴里に来た当座、二、三ヵ月というものは、やはり、非常な熱情に駆られたさ。町の景色、空の色、行く人の姿、何から何まで、皆な写生をするために出来てるように見えた。毎日毎日、セーヌの河岸《かし》、市中の広場や公園、時には城壁を越して田舎の森まで、まるで夢のように浮れ歩いていたんだが、もう大分、見取画も出来たから、一ツ創作に取かかッて見ようと思って、ある日、一日画室に引籠《ひきこも》っていた時だ――急に何だか、淋しそうな気がして来てね……。」

「淋しい……？」

「そう、淋しいといっちゃ、よくないかも知れない。淋しいといったからッて、旅の淋しさとか、ホームシックなぞとはまるで違う。何だか気力の抜けたような、妙に裏悲しい気がして、何にもするのが厭になった。」

「…………。」

「自分でも変だと思ったが、一心に作品に熱中しようと思ったが、どうも駄目《だめ》だ。」

「病気の所為《せい》じゃないか、神経衰弱か何かだろう。」

「病気なら結構だ。病気なら薬で直るという目当があるからね。」

蕉雨の面にはいわれぬ苦悩の色が現われた。自分は何となく、同じ話題を続けるのが気の毒にも感じられたし、同時に、カッフェー内の空気の、人込みで蒸暑くなって来た処から、調子を変《かえ》て、

「またぶらぶら歩いて見ようじゃないか、歩きながら話そう。」

いうと、蕉雨は黙したまま、すぐと椅子から立った。

ブールヴァールは春の夜寒を散歩する人で、初夜のままに雑沓していたが、しかし、次第にカピュッシユーヌを下りてマドレーヌの寺院近くへ来るに従い、燈火も人通りも大分少くなる。左手に突然、ルュー、ロワイヤルの大横町が開け、その端《はず》れに、星の如く散乱するコンコルド広場の灯が望まれた。馬車の列は重《おも》にその方へ流れて行くのに誘われて、二人は足の赴くまま、同じ方角へと曲って行く……。

「君！　蕉雨君！」

「え？」

「君は実際……病気でないのなら、何か非常に煩悶しているのじゃないか？」

「まアそうさね。」

「ニューヨークにいた時分よりも、非常に元気がなくなったようだね。」

「そうだ。」

「自重したまえ。君の前途は、直に、新しい日本の藝術の前途だ。」

「そんな大きな事をいわれちゃ困る。」

「だって……僕は君からの通信を得る前に、日本から届いた新聞で読んだ。東京の□□学校からは特別に君を保護する事になったという事じゃないか。つまりニューヨークで君が望んでいた通りになったのだろう。この後、二、三年たって日本へ帰れば、君の名は新しい藝術界の星《エトワール》だ。幾多の青年画家は、Mon《モン》 cher《シエール》 Maitre《メイトル》(わが親愛なる先生)といって君の手を握る事を名誉とするだろう。君は自身で「成功の人」だという事を意識しないのかね。」

蕉雨は答え得ずに五、六歩歩《ある》いて行ったが、依然として気のない声で、

「君はまだ経験に乏しい処がある。まア成功なら、成功でいい。人間の最大不幸は、その成功を意識した瞬間から始まる。と僕はそう思う。」

「奇論はよし給え。つまらんパラドックスは自分で自分を不幸にするようなものだ。」

「奇論でも空論でもない。僕は真実、そう感じているんだ。まア、君のいう通りに、僕の現在は世間並に、成功したものと仮定して置こう。ニューヨークで商店の売子をしていた時分には、一週間に一度も画筆を取る事さえ出来なかったのが、フランスへ来るや否や、およそ画家のあこがれる夢という夢は、一時に実現された。いざ、何も彼《か》も心のままになってしまうと、君！　実に不思議なものだ、僕は棒で撲《なぐ》り倒されでもしたように、甚《はなはだし》く勇気を挫かれたように感じてね、一方で現在の境遇をば幸福だ、うれしいと思えば思うほど、君、全く不思議だよ。厭《いや》で厭でならなかったニューヨークの逆境時代が、何となく恋しいように思返されて来た――。」

蕉雨は歩きながら、煙草へ火をつけおわるが否や直《す》ぐ語続《かたりつづ》ける。

「どうしてだか、自分ながら分らない。強《しい》て理由をつければ、自分の身の上は、もうこれだけと、極《きま》りがついた、よいにしろ、悪いにしろ先が見えて来たからだろう。例えて見れば、山を望んだり水を見たり、夕暮になったり暁に会ったりして、行先の分らぬ旅をしている最中は悲しみにも喜《よろこび》にも無限の空想に無限の色彩があるけれど、いざ目的の宿に着いてしまえば、湯にはいって行燈《あんどん》の下で寝てしまうばかりだ。航海の途上、難破した船の檣《マスト》から、大海の月を眺めて死を待つ、こんな悲惨はあるまい。しかしまた、無事彼岸に上陸して、多年の夢からぼっと目覚めた後の心持――君はやはり悲惨だとは思わないかね？」

丁度摺違《すれちが》った往来の人を避けようとして、自分は返事を躊躇《ためら》ったが、蕉雨はその瞬間をもどかしそうに、

「僕は絶望の悲《かなし》みという事があるならば、成功にもまた特種の悲みがあると思う。」と独《ひと》りで断定した。

長からぬリューロワイヤルの街は程なく尽《つき》て、二人の目の前には有名なプラース、ドラ、コンコルドの広々した夜の眺めが開展された。広場一面に散乱する数多い白熱燈の光で、広場の周囲に立っている、仏国の各市を代表した女神の石像から、右手は立続くシャンゼリゼーの茂り、左手はチュイルリーの宮庭が見え、正前は遥か彼方の橋の火影で、セーヌ河を越した議事堂《ブールボン》の屋根までが見えるかと思うほどに明るい。

「君はどこに宿っている。」と蕉雨が聞く。

「ヱトワルの近くだ。君は？」

「グルネルの場末に引込んでる。」

「それじゃ大変だ、馬車に乗ろう。」

「君は長く巴里に滞在するつもりか。」

「一年位いるつもりだが、その間に、是非伊太利亜を見て来たいと思ってる。君は

……？」

「僕か……。」と蕉雨はちょっと語を途切らして、「僕はもう何処《どこ》も見まいかと思っている。」

「なぜ……？」

「なぜッて、イタリヤに行けば行くだけ、僕は例の、成功の悲みを増すに過ぎないと思うからさ。何でも物は夢みている中に生命もある、香気《におい》もある。それが実現されたらもう駄目だ。僕はせめてイタリヤの青い空と海だけは、眼で見ずと、永遠に心で夢見ていたいと思うからさ。」

寒からぬ夜の風は爽《さわや》かである。二人を載せた馬車は両側の樹木に寂《しん》とした、シャンゼリゼーを走って行く。

話の種は尽きてしまった。突然、行手遥かに、星輝く空を遮《さえぎ》って、烟のような深い影が現われた。

「ナポレオン大帝が光栄の死骸《なきがら》！」

蕉雨は意味ある如くにいう。

馬車は止った。

馬車は自分を旅館の前に下した後、煩悶の画家を乗せて忽《たちま》ちセーヌ河の方へ馳去った。

自分は独り佇《たたず》んで、凱旋門を仰いだ。
凱旋門は夜の中に謎の如く立っている——いつも静に、いつも動かず——

羅典街《カルチエーラタン》の一夜

L'ombre de ma jeunesse en ces lieux erre encore.
Passé — Pierre de Bouchard.

このあたり我が青春の影ぞさまよう
——むかし、ブーシャール

幾年以来《いくねんこのかた》、自分は巴里の書生町カルチエー、ラタンの生活を夢みていたであろう。イブセンが「亡魂」の劇を見た時は、オスワルドが牧師に向って巴里に於ける美術家の、放縦な生活の楽しさを論ずる一語一句に、自分はただならぬ胸の轟《とどろ》きを覚えた。プッチニが歌劇 La Vie de Bohème に於いては、露地裏の料理屋で酔うて騒ぐ書生の歌、雪の朝に恋人と別れる詩人ロドルフが恨の歌を聞き、わが身もいつか一度はかかる歓楽、かかる悲愁を味《あじわ》いたいと思った。モーパッサンの小話、リッシュパンの詩、ブールヂュ一の短篇、殊にゾラが青春の作「クロードの懺悔」は書生町の裏面に関するこの上もない案内記であった。

自分は巴里東南部の停車場ガール、ド、リヨンに着すると、時節は丁度ミカレームの祭が過ぎて程もなく、大 通《ブールヴァール》の並木の根元《ねもと》や、小路《こうじ》の隅々には、祭の夜にまき散した色さまざまの切紙が、箒《ほうき》の目を漏れて残っている頃で。何はさて置き、懐《なつ》かしい書生町の宿屋に荷物を下そうと、馬車をセーヌ河の左岸に走せたのであった。

大概の人は画で見て知っていよう。犯し難い尊厳の中にもいわれぬ優しみを失わぬノートルダームの寺院が立つ、シテーの島を横切り、セーヌ河を越えて、爪先上り、サンミシェルの大通を上《あが》って行けば、其処《そこ》が乃《すなわ》ち、詩人や画家や書生の別天地、カルチェーラタンである。

この大通を中央にして、右手にリュキザンブルグの公園、左手にパンテオンの円頂閣が見える。医科大学を裏手に控えた表通りの、サンルイの学校と相対しては、哲人オーギュスト、コントの石像を前にした文科大学、その裏に法科大学が隠《かく》れており、ルイ、ル、グランの学校前を下《お》りれば、その名から学校街《ルュー、デゼコル》と呼ばれた通りに、コレーヂ、ド、フランスと工科大学がある。その他、鉱山科、薬剤科を初めとしてありとあらゆる専門の学校は、尽《ことごと》くこの界隈《かいわい》に、何れも自 由《リベルテー》、平 等《エガリテー》、博 愛《フラテルニテー》の三字を冠に、鼠色した石の建物を聳《そびやか》しているのだ。

されば、欧洲各国、遠くはトルコ、エジプトの辺《あたり》からまで、何《いず》れもこの街に集り来る書生の数は幾万を以て数えるほどであろう。毎年、幾千人が業を終えて去れば、入代《いれかわ》って、また幾千の青年が入込むので、人は代り時は移り、思想は定めなく動いて行っても、この街にのみ永遠に変らぬものは、青春の夢――如何なる煩悶にも、絶望にさえも、自ずと一種の力と暖《あたたか》みを宿す青春の夢である。

古きを集めたるルーブルの美術館とは事変《ことかわ》り、公園の一隅に立つルュキザンブルクの美術館は、吾々若いものの悩みと喜びを語る新しい藝術の宮殿ではないか。其処《そこ》から程遠からず、元老院《セナー》の門前を過ぎて、オデオンの劇場に出れば、こは人も知る通り、故実を問わぬ新しい劇の発生場であり、また、その建物の左右を取巻く薄暗い廻廊には、逸《いち》早《はや》く、新刊物を飾り立てる書籍店があって、朝から夕まで、智識に飢えた学究や青年の群を引付けている。

午後《ひるすぎ》もやがて暮近くなると、所々《しょしょ》の学校や講堂から出て来る、元気の可《い》い書生連の散歩に、いつも往来の激しい大通は殊更《ことさら》賑かになり、門並みに宿屋下宿屋の立連る裏通の窓々からは、稽古するビオロンやピアノや歌の声が漏れ聞える。その下の種々《さまざま》な小売店には、前垂がけの娘や女房の高話。さて、日は全く暮れ果てて、文科大学の堂宇ソルボンの大時計の音澄渡り、街は角々のカッフェー、レストーランの燈火と音楽に、巴里ならでは見られぬ夜の活気を帯びて来ると、歓楽を追う若人の腕にすがろうとて、夕化粧を凝《こら》した女の姿は、街中到る処に人目を引く……これが詩にも小説にも能《よ》くあるカルチエーラタンの遊《あそ》び女《め》である。中には画家のモデルもいる、詩人の恋人も交《まじ》っている。市中一流の料理屋、劇場の廻廊に、宝石の星、帽子の花をきらめかし、夜会服の裾長く引く、立派な身なりはしておらぬが、重《おも》に小作りの身体付《からだつ》き、投遣《なげや》った帽子の冠《かぶ》り方、裾短な衣服の着具合に、到底《とうてい》他の街の女の模し得ざる意気と愛嬌を見せるのが、その特徴であろう。

自分はこの書生町に入り込んだその日の夜。一人傾《かたむ》くる晩餐《ばんさん》の葡萄酒に、その辺を散歩しての帰り道、中では音楽の酣《たけなわ》とも見える、唯《と》あるカッフェーに這入《はい》って見た。

色硝子で四方を囲《めぐら》し、天井には天女の画模様を描いた、広い一室の中央には、白い揃いの衣服を着けた女の楽師が六人。一台のピアノ、二挺のビオロン、セロ、コントルバッス、と各自《おのおの》楽器を取って、威勢のいいポルカのようなものを奏していた。

歩むだけの間を残して据並《すえなら》べたテーブルには、何《いず》れも若い女や若い男が、あるものは茫然と音楽に聞き取れ、あるものは夢中で骨牌を取り、新聞を読み、雑誌を開き、手紙を書いているものがあるかと見れば、大声で話か議論をしているものもある。

煙草の煙で室内の燈火は黄《きいろ》く見える。空気は重く暖い。音楽の一節が済むと、人の話声が、皿コップの音と一緒《いっしょ》になって、海潮の激するように、一段高く太く室中に反響する。給仕人《ガルソン》や出入の人たちが、目まぐるしいように、椅子の間を歩く。絶えず開閉される戸口からは、例の意気姿した街の女が、その年の流行と覚《おぼ》しく、何れも花笠のような大形の帽子を、思うさま後に冠り、一人が出て行けば、入代りに他の一人が這入《はい》って来て、突如《いきなり》知己と見えるその辺の男のテーブルに坐《すわ》るもあれば、女同志で長々と話しているがあり、または、たった一人《ひとり》離れたテーブルに、坐込《すわりこ》んで、壁に穿込《はめこ》んだ姿見を向うに、頻《しきり》と帽子の冠《かぶ》り具合を気にしているがある。または、寄席藝人が舞台を歩くような腰振《こしぶり》で、室中を歩き廻った果は、きまって、手洗所へ通う戸口に佇《たたず》み、其処《そこ》に張番の雇婆と、長たらしく無駄口を聞いているもあった。風俗《みなり》の貧しい花売の婆が出て来て、人《ひと》込《ごみ》の中をかなたこなた、うるさいほどに勧めて歩く。金ボタンの制服ようのものを着た男が、手桶を片腕に、乾栗、乾海老、オリーブの塩漬なぞ、ちょっとした酒の肴《さかな》を売って歩く。Garçon ― un bock ― Quart brune ― Café ― café crême ― Addition ― Combien ― なぞあなたこなたから呼ぶ客の声。― Voilà ― Bon ― Monsieur なぞと飛廻りながら答える給仕人の叫び。

自分は人込の中の空椅子《あきいす》を見付けて腰を下し、近くにいる人たちの様子をば、一人《ひとり》一人に眺め廻した。何《いず》れも皆《み》な書生であるらしい。肩幅広く、厳《いか》めしい容貌の、殊更に恐しい頬髯、頤髯を生《はや》し、已《すで》に一角《ひとかど》の政治家らしく気取っているものもあれば、綺麗に髯を剃って、つやつやした頭髪を額に垂らし、フランチェスカの芝居で見るパウロのような優しい目付をした青年もある。破れかかった天鵞絨《びろうど》の上衣に、大黒頭巾を冠り、無性髯ぼうぼうとして、如何にも不遇の藝術家を以て任ずるらしく見えるがあれば、白手袋、高帽子、燕尾服の出立《いでたち》に、頻《しきり》と憂身《うきみ》をやつしているもある。かく、風采《みなり》の千差万様なるにつれて、その容貌が現わす人種もさまざま。鼻の大い独乙《ドイツ》人らしいもあり、額の平な魯西亜《ロシヤ》人、眼の黒い西班牙《スペイン》人、頬の紅い伊太利亜《イタリヤ》人らしいのもいる。

自分はいわずと、学生時代の昔を思出すのであった。日本中、各地方から色々なタイプの顔が集って来る本郷神田の生活を思出すと、それから関連して、牛肉屋の二階、蕎《そ》麦屋《ばや》の裏座敷、つづいて遊廓の景色までをも思出さざるを得なくなる。

一時《ひとしきり》、小休みしていた女の楽師が、再び座について、楽器を手にした。突然、絶えざる話声呼声の中に、響き出ずる曲を聞けば、耳に覚えのある伊太利亜の歌劇「トラビヤタ」の、しかも序幕——大勢の若い男女が、杯を上げ、夜を徹して騒ぎ戯るる歌の一節。ビオロンが女連の高い声を摸すると、セロは低い男連の声。ピアノは踊るが如くに、放蕩の楽《たのし》みを現わす心か、細《こまか》いノートを繰返すのである。やがて、曲は進んで、アルフレッドの独唱、それに答える美女ビオレッタが乱るる思い……自分はビオロンとセロの二挺が入りつ乱れつ、男と女の心をば糸の縺《もつ》れる如くに奏出るにつれて、独り口の中で折よく覚えていた――Un di felice――「歓びの一日」という歌の文句を繰返していた。室内の空気は不透明で、重く、暖く、人を酔わせる。大方そのためかも知れぬ。自分は何時《いつ》となく、四辺《あたり》に坐っている若い男女、今音楽が奏している歌劇中の人物のような身の上を、この世の限りの楽《たのし》みと羨《うらや》んだ事もあったものを……と夢のように過ぎ去った昔の事を思い初めた。

突然、傍の空《あ》いた椅子に坐った女があるので、自分は音楽に誘われた空想から、ふッと目覚めて、その方を見た。同時に女も、誰れに限らず坐に着く時には四辺を見廻わすもので、互に顔を見合わせると、女は愛嬌の微笑《ほほえみ》と共に、遠慮なく、

「あなたは、日本の方じゃありませんか。」と口を切った。

小造りの女である。黒味を帯びた紫色のシャルロット形の帽子《シアッポー》に、薔薇色した天鵞絨のリボンの、結んだ端をば二筋、房のように長く横顔の上に垂している。衣服は黒い縞のあるオリーブ色のジャケット、アングレーズを着け、その短くて広い袖口からは、細くて優《やさ》しい腕の形をば、長い鼠色の絹手袋に包んでいる。年は何歳《いくつ》か、ちょっと想像がつかぬ。巴里の、殊にこうした化粧の上手な女の年ほど不可知なものはあるまい。帽子の下から雲のように渦巻き出で、豊かに両の耳を蔽う髪の毛の黒いだけ、白粉した細《ほそ》

面《おもて》は抜けるように白いばかりか、近く見詰めると、その皮膚の滑かさは驚くほどで、眼の縁、口尻を験《しら》べても、まだ目につくような小皺も線《すじ》もない。とはいうものの、やや落ちこけたその頬の淋しさと、深い目の色には、久しくこうした浮浪の生活に、さまざまな苦労をしたらしいやつれが現われていた。

巴里の女は、決して年を取らないというが、実際であると自分は思った。年のない女とはかかるものをいうのであろう。若い娘ではないと知っていながら、その襟元の美しさ、その肩の優《やさ》しさ、玉のように爪を磨いた指先の細さに、男は万事を忘れてその方へ引付けられるように感ずるではないか。

通過ぎる給仕人《ガルソン》を呼んで、自分は女の望む飲物《のみもの》を命ずる。女はやや近く、椅子を自分の方に引付け、

「長らく巴里に被居《いらつし》ゃるんですか?」

「つい、二、三日前に来たばかりだ。姉《ねい》さんは……何かね、大分日本人にゃお馴染があると見えるね。」

「ええ、一時は……。」と微笑んだが、俯向加《うつむきか》減《げん》にカッフェーを啜《すす》り、「もう、昔の事です。」

「この辺には、今でも日本人は随分いるのだろう。」

「ええ。ちょいちょい角のパンテオンなぞでお見掛け申しますけれども……。」

「姉《ねい》さんの一番というお馴染《なじみ》は誰だね。」

自分は巴里に来たものの、まだ日本人社会へは一度も顔を出さない。しかし留学生の多いこの地の事、誰か知っている人もやと何心なく尋ねて見た。

「今じゃ、どなたも知りません。時々、パンテオンだのヴィクトリヤ、バアなんぞで、お話ぐらいはしますけれど、お名前なんざ、ちッとも知りませんの。」

「口止めをされているのじゃないか。」

「いいえ、全く知りません。二、三年前までは、この辺にいらッしゃる方は、大概知ってましたけれど、今じゃすっかり……全く知りません。」

「そう。じゃ昔のお馴染でもいい。何ていう人を知っていた?」

女は笑って、少時《しばらく》は答えなかった。花売の婆が歩き廻って、自分の前に立止り、女の方に愛嬌を見せながら、

「薔薇が一束、一フラン、ミュゲの花が五十サンチームでございます。」

「高いよ。おばさん。白い薔薇を、半価《はんね》にまけてお置きな。」

花売りはきまって市場の相場から、買出しの元価、さて世智《せち》辛《がら》い世渡りの苦労話しなぞ長々としはじめる。自分はいい価《ね》通りに一フランの銀貨一枚を渡した。

女は花売りから、花束を受取るや否や、直様《すぐさま》唇へ押付け、両肩を張るまでに息をついて、「ああ。いい香気《におい》だ。嗅いで御覧なさい。」と、今度はテーブル越に自分の鼻先へ差付け、さて丁寧に、襟元へピンで留めた後、その中の殊に大い一輪を引抜き、自分の上衣のボタンに挿込《さしこ》んで、

「日本の方は、皆《み》な赤い薔薇はお嫌いですッてね。」

「そうとも限りゃしまい。」

「いいえ、皆なそうですよ。赤いような色は大変に俗なんだッて、そうでしょう。あの……画の方でこっちにいらしッてた東原さんていう方……御存《ごぞんじ》じゃなくッて？　あの方が好く私の帽子《シャッポー》の色が俗だ俗だッて。そう仰有《おっしゃ》るんでした。」

画家だという点から想像すると、女のいう「東原」とは、日本の洋画界では最《も》う何やら、クラシックの響のする彼《か》の老大家、その人に相違あるまい。その人が巴里に留学していた頃といえば、もう十年近い昔の事じゃないか。自分は女の姿の若いのに驚くと共に、いよいよその年が不思議に思われて、

「東原という人を知ってたのか！」と覚えず聞返えす。

「知ッてますとも。お帰りになってからも、一、二年は手紙を下すったんですけれど、……どうなすったでしょうね、今頃は……。」

女は急に過ぎ去った事を思返すらしく見えた。

「立派な先生だよ。つまり画の方じゃ私たちの先生株だ。」

「それじゃ、もう奥様がおあんなさるんでしょうね。」

「たしか、子供もあるだろう。」

女は少時《しばらく》黙った。俯向《うつむ》いて襟にさした白薔薇の花の香をかいでいたが、

「それもそうね、もう何年前の事《こ》ッてしょう。巴里でこんな家業をしていると、ほんとに、何時《いつ》日がたつか忘れてしまいます。」

「姉さんの情人《いいひと》だったのかね。」

日本の女であったら、それとなくいいまぎらす処であろう。しかし何事にも感情を圧《おさ》えない風習とて、女はいうにいわれない若々しい微笑《ほほえみ》と共に、Oui《ウイ》――然《しか》り、と頷《うなず》いて見せ、

「何しろ、初めてお知己《ちかづき》になった日本の方ですし……。」

いいながら、突然、優しい手先を自分の方に差出し、

「この指環《ゆびわ》は、あの方から頂戴したんです。日本の大変古いお金なんですってね。そうですか。」

見れば二朱金を指環に細工したのであった。この時、突然、自分の眼には、まだ自分

が学校にいた時分、洋画の展覧会で見た「鏡に対する裸体美人」の面差《おもざし》が浮んで来た。かの画伯の名は、新しいフランスの藝術と、日本の社会には何時も絶えざる風教問題と共に、喧《かしま》しいばかり、世人の口に言い伝えられた。自分も早や一角《ひとかど》に藝術の意義が分ったつもりで、何とかいう青年文学雑誌に大論文を投書した事があった——あの「鏡に対する裸体美人」は、間違なく現在わが目の前に坐《すわ》っている女であるらしい。

「姉さんは、モデルをした事がありやしないか。」

「あります。どうして御存じです。」

「日本で、東原画伯の作品を見た事があるから。」

女は過ぎた昔を思返すにつけ、悲しさ嬉しさの、今は漸く押え切れなくなったらしい。夢見るような深い目容《まなざし》で——同じ人種の自分を見るのが懐《なつか》しいというように——自分の顔を見詰めながら、

「始めて、あの方にお目に掛《かか》ったのは、私がサンジェルマンの□□先生の画室へ毎日モデルに行く時分でした。その時分には、まだ母が生きていたんですが、間もなく一人になると、つい頼りがないもので、いつともなくこんな家業をするようになりました。それから段々あの方と御懇意になりましてね、二年ばかりは一緒《いっしょ》に暮した事もありましたっけ。舟遊びがお好きでね、能《よ》く私と二人、セーヌ河を夜中漕いで遊んだ事もありま

した。」

女はそれが丁度昨日の事ででもあるような調子で話す。しかし、東原画伯の名は、已にアカデミー式の錆《さ》びを帯び、今日の若い一部の日本人には、何らの感激をも与えない。日本ほど思潮の変遷の急激な処はないので、今日新しいと信ずる吾々も、かく外国に遊んでいる間には、忽《たちま》ち昨日の古いものになってしまうのかも知れぬ。

絶えざる四辺《あたり》の話し声、笑い声の喧《かしま》しさに、一時打消された奏楽は、突然、嗚咽《むせびな》くようなビオロンの高い調子を張り上げた。

「どうしても忘れられません。それアね、こんな商売をしているからにゃ、彼《あ》の方ばかりじゃありませんけれど、一年二年と、同じ室に寝起して、ほんとの夫婦見たように暮したのは、全くあの方が始めてなんですもの……。」

「別れてから後は、さぞ淋しかったろうね。」

「半年ばかりは、泣いてました。」

「そうだろうね。」

「しかし、いくら泣いてたからッて、一度別れてしまったものは帰って来ようはずがありません。泣いてばかしいちゃ、その日の暮しが付かないから、また前のように商売に出たんですけども、同じお客様なら、どうかして日本の方のお馴染《なじみ》になりたいと思ってね、大勢人のいるカッフェーに行くと、直《す》ぐ日本の方がいらッしゃりはしないかと、第一に気をつけたもんです。」

「その後は、誰か、いいお馴染が出来たか。」

「津山……伯爵《コントツ》津山《ヤマ》という貴族。御存じじゃなくッて?」

「知らない。」

「髯のない円い顔の方です。法科《ドロア》の学生《エチユデアン》でした。あの方とは独逸からモスコーまで、夏休みに一緒に旅行した事がありました。」

「それから後は……。」

「文科大学《ソルボン》にいた中川……。」

「ああ、中川博士か。あの人は一昨年《おととし》死んだよ。史学の先生だった。」

自分は思うともなく、強いて厳《おごそ》かな容態を作り、殊更に品位を保とうと勤めるらしい博士連の顔を思浮べた。自分がこの年月、西洋で知己になり、燈火と音楽の間に女帽の形を論じたり、舞踏の稽古談に興を得た人たちも、一度、順めぐりに日本に帰れば、誰れも彼れも、皆あのような渋い苦《にが》い顔になってしまうのじゃあるまいか。

そんな事を思うと、ああ、年のたつのを知らず、何時《いつ》も若い美しい化粧をして、毎夜毎夜、音楽や笑声の中に、こうした生活をしている巴里の女の身上が、かえって羨《うらや》ましい。

「姉さん！　お前の名は……？」

「マリヨン。」

「家は何処《どこ》？。」

「オデオン座の向う角《かど》の三階目。」

自分はその年齢だけは何となく訊《き》き得なかった。

音楽はマッスネが「タイス」の一節を奏している。エジプトの美人タイスという遊女が、おのが姿は永遠《とこしえ》に美しかれ若かれと、ベヌスの神に祈願を凝《こら》す歌の一節。かの女マリヨンは聞馴れた音楽の、別に感動する様子もなく、所在なさに、記念《かたみ》の指環をはめた指先で、軽くテーブルを叩きながら調子を取っていた……

モーパッサンの石像を拝す

そもそも、私がフランス語を学ぼうという心掛けを起しましたのは、ああ、モーパッサン先生よ。先生の文章を英語によらずして、原文のままに味《あじわ》いたいと思ったからです。一字一句でも、先生が手ずからお書きになった文字を、わが舌自《みずか》らで、発音したいと思ったからです。

米国へ向って、日本を出ました頃には、やっとフランス文法の一通りを終えたばかりでしたから、私は、彼の地へ上陸しましても、英語なぞは顧みず、すぐフランス語の教師を取りました。私の知人は、何れも、「アメリカへ来てフランス語を稽古するとは、よほどどうかしている。英語を知っていれば、日本へ帰っても、すぐ売れ口があるけれど、フランス語は使い道が少ない。」と注意してくれました。世の中の人は誠に親切なものです。

私は上陸後二年ほどたっても、アメリカ人の会話を聞き取る事が出来ませんでしたが、その代り先生のお書きになったものの中で、ごく読み易いものは、字書によって、どうかこうか分るようになりました。

私は、合衆国を通じて、大学に於ける仏語教授の模様、フランス移住民の生活から、すべてアメリカに於けるフランスという事については、普通の日本人よりも、一層委《くわ》しく知っているつもりです。

先生は篇中人物の対話にばかりではなく、地の文章にも、写すべき周囲の光景を活《い》かそうために、能《よ》く俗語をお使いなさる、それを解釈しようというには、是非フランス人の生活に接近しなければならない。で、私は二年間あまり紐育《ニューヨーク》の銀行に雇われております時分は、フランス人と同居し、フランスのパンと葡萄酒で食事する事を、何よりの楽みと致しました。同じ銀行で働いているアメリカ人は、私はまるで英語を知らない人だと思っていたそうです。

私は、どんな事をしても、フランスへ渡って、先生のお書きになった世の中を見たい、もし、この志が遂げられなければ、私は例え、親が急病だといっても日本へは帰るまい、と思いました。この一念が、太西洋を前に扣《ひか》えた紐育の商業界に、私を引止めていた唯一の力でした。叢《むら》り立《が》つあの二十何階の高い建物の、無数の窓々から、タイプライターの音が恐しいように急しく響き出して、建物の間々に反響する。私はその中に、遠くかすかに波止場を離れる欧州行の汽船の笛を聞いて、幾度心に泣きましたろう。またある時は、終日《ひねもす》、ともす瓦斯《ガス》の下、見上げるほどな大きい金庫の冷い扉に、悩む額を押し当てて、先生のような天才でも、時節の来ない時には、海軍省の腰辧《こしべん》をなされた事もあった。兄のゴンクールは、母の遺産を得るまでは、「二と二を加えれば、いくつになるかも知らぬ身」で、大蔵省の会計に雇われ、しばしば、自殺を空想したとやら、そんな事を思出して、私も一層《いっそ》、先生の著作を枕に毒を飲もうとした事もありました。

ああ、その毒をくれたのは、三年間も私のメイトレスになっていたアメリカの女です。先生が、「女の一生」Une vie の長篇、その他でお書きになった通り、女の一生ほど惨澹な、男の一生ほど憎くむべきエゴイストなものはありますまい。女は久しい堕落の生涯を、いつか機会を見て、一思《ひとおも》いに断滅してしまおうと、夜ごと姿をかざる化粧台の曳出しの底深く、隠していたモルフィンの一壜を、私は欺いて手に入れた。私は、突然、同じ銀行の仏国支店に転任を命ぜられる。私は、別れる運命の来る時には死のうといった言葉を裏に、女をすかして、飄然《ひょうぜん》と紐育をば後にしたのです。私の、藝術的熱情は、恋のそれよりも、何《ど》れほど、その瞬間には強かったでしょう。私は、生別、死別、いずれにもせよ。Adieu(わかれ)は、人間のまぬがれ難い運命だと、そういいました。彼の女はフランス語を知らぬ身ながら、わかれに臨んで私に先生の著作の大半を買ってくれました。ああ、私は、世の中に、私ほど、嫌悪すべき悪獣(ベート、フェロス)はないと思います。私がフランスの藝壇を見ても、なお、藝術に成功すべき人となれないのは、別れた後には、風の如く消息を絶したあの女が、この世か、あるいは已にあの世から、憎むべき私を呪っているからでしょう。

ああ、モーパッサン先生よ。私は今、巴里の停車場へ着くと、直ちに、案内記によって馬車を走《はし》らせ、先生が記念石像の下に、身を投げかけています。

緑深いモンソーの公園、ここは能く先生がお書きになった通り、今までも午後《ひるすぎ》には、近所の乳母が、芝生のまわりに遊んでいる幼児を番しています。忍《しの》び会《あい》でもするらしい、綺麗な若い細君が、静《しずか》で薄暗い池のほとりを歩いています。先生の石像は、フランスのオペラ壇に、ゲーテの物語からミニョンの一曲を作って名を上げたアンブロワズ、トーマの石像に隣りして、誰れの目にもつく芝生の上に立っています。後方には松の繁りがあって、其処《そこ》からは直ぐ池の流れを渡る古い石橋があります。

大理石の白い石像は半身で、先生が四十歳頃の逞《たくま》しい容貌、しかし、その眉の間には、写真で見るような、凄い、鋭い、神経の悩みがなく、むしろ優しい穏《おだやか》な表情が浮んでおります。像を頂いた柱は長く、その下には石榻《せきとう》に片肱《かたひじ》をつき、両足を長く前に伸した、その膝の上には、一巻の書物を開いている若い婦人の彫像があります。先生の愛読者を現わしたものだと、案内記に説明してありますが、その婦人の容貌の美しく強く艶《なまめ》かしい中にも、いうにいわれない病的な憂《うれ》わしい表情のあるのは、先生が著作全体の面影を遇した彫像家の、苦心の後かと思われます。石台の側面にはHOMMAGE A GUY DE MAUPASSANT(ギー、ド、モーパッサンのために)との文字。

こういう人中に、こういう立派な石像を建てたという事は、もし先生が地下に聞き知られたなら、如何《いか》に激しく憤り給うであろう。ゾラが自然派作家の短篇を集めた、『メダンの夜集』Soirée de Médin の巻頭に、先生が処女作、円《まる》ぽちゃの女との意味にて、「羊の肉団子」Boule de Suif と題したるものを出した時、書肆《しょし》がその後になって、猥《みだ》りに先生の肖像画を掲げたのに対して、先生は、わが著作は天下の公衆に属すれども、わが肖像はわれのみに属す、と憤慨された。また先生がその師フローベルに寄せた私信の公《おおやけ》にされたのを見て悲しまれた事もあった。それらを思えば、私は深く、後世の人が故人の志をないがしろにする事を嘆きます、が、また一方では、如何に先生の天才に憧がれるものが多いか。東洋の端《はず》れに生れた自分までが、今此処《ここ》に、恋を捨ててまでも遠く来《きた》って、その下に拝伏する事が出来る恩沢《おんたく》を察せられたなら、先生は苦笑しつつも、後人の罪を許されるであろうと思います。

先生の著作は、十年この方《かた》、日本の文壇に絶え間なく訳されていますから、私が今から再び、先生の伝記や何かを日本に紹介する必要はないでしょう。

私は先生のように、発狂して自殺を企てるまで苦悶した藝術的の生涯を送りたいと思っています。私は、先生の著作を読み行く中に、驚くほど思想の一致を見出します。私等が今日感じた処を、先生は已に三、四十年前に経験しておられたのです。

先生は人生が単調で、実につまらなくて、つまらなくて堪えられなかったらしいですね。愛だの、恋だのというけれど、つまりは虚偽の幻影で、人間は互に不可解の孤立に過ぎない、その寂寞《せきばく》に堪えられなかったらしいですね。老年という悲惨を見るに忍びなかったらしいですね。「要なき美」Inutile Beauté で論じられたように、私も神が作った人間の身体組織には不満足ですよ。紀行「水の上」Sur l'eau の中で説明された通り、私も無限を夢みるためには、エテールの蒸発気を嗅《か》いで、筆を走らせる時があるでしょう。

私はこれから、先生の遺骸を埋めたモンパルナスの墓地に参詣しましょう。私のささげる一束の花を受けて下さい。ああ、崇拝するモーパッサン先生。

偉人の墳墓パンテオン

橡《とち》の落葉

橡の落葉の序

巴里の市街には繁華の大通り、静《しずか》なる寺院のほとり、公園、四辻、河岸《かわぎし》の到る処にマロニヱーと呼びて、わが国の橡《とち》に類したる樹木を植えたり。四月の初めに芽をふきて、忽《たちま》ち一つの茎より五ツに分れ生じたる、幅広《はばひろ》き若葉をなす。その緑《みど》りは、わが国の植物には見るべからざる浅く軟《やわらか》き色なれば、明《あかる》き春の、青空の光は、これを射透《いとお》して、色付ける幽邃《ゆうすい》の微光に、深き木陰を夢の世の如くならしむ。五月に至りて蒼白《あおじろ》き花を着く。その形は大なる房の如く、かの国の人は、譬《たと》うるに、宮殿の天井より釣下《つりさ》げたる白銀《しろかね》の燭花《カンデラブル》を以てしたり。風なき夏の午過《ひるす》ぎに、紛々として雪をなす。秋来れば、物の哀れを感ずる事、他の植物にまさりて早く、朝夕の冷《つめた》き霧、街《まち》の敷石を湿《うるお》すに先立ちて、一夜に尽《ことごと》く落葉せり。されば、市街を飾るべき並木の植物としては、これに優《まさ》りたるものなしとせらる。ああ、われは如何に深くこのマロニヱーを愛せしか。わがフランスに於ける、忘れがたき記念は、一ツとしてこのマロニヱーの木陰に造られざるはなし。われの詩を読み夢に耽けりし処はその木陰なりき。詩聖の像を尋ねて跪《ひざまず》きし処はその木陰なりき。車を待つ処、往来《ゆきき》の人を眺むる処、うれしき出会《であい》を約せし処、皆その木陰なりき。歓楽の夜いつしか尽き、暁の光を見て悲しみし処、またこれ、ブールヴァールを蔽《おお》うその木陰なりき。美《うつく》しき人と杯《さかずき》を上《あ》ぐる時、料理屋の鏡に映《うつ》りて、華美《はで》なる衣裳の背景を作りしものは、同じくその木陰なりき。ああ。マロニエーよ。マロニエーよ、汝《なんじ》のみなり。われ今、追憶の涙に咽《むせ》び、わが喜び、わが秘密を知るものは、マロニエーよ、汝のみなり。われ今、追憶の涙に咽び、わが悲しみ、わが悩み、わ汝が名を呼びて、わが小品文集の題名となす。

墓詣

賑《にぎわ》う巴里の都にも、西東《にしひがし》、北南《きたみなみ》の、淋しき四隅《よすみ》には、黒杉《シイプレエ》の木繁りて、冷たき石連《つらな》りし死の国あり。この国は、世の常のさまとは異《こと》りて、富貴《ふうき》権門《けんもん》の人よりも、画伯詩人が名の前に、百花爛漫《らんまん》として、厳冬なお陽春の色を絶さず。西の方、ラシェーズの墓地は、その入口に築きし「死者のかたみ」の彫刻、名高かければ、心なき遊覧の旅人さえ、来り訪うもの少しとなさず。ここに、吾は、ミュッセが墳墓の石に、「親しき友よ。われ死なば、柳を植えよ。わが墓に。」という名高きその詩を彫み、一本の柳をさえ植えたるを見て、フランスの国民が、一代の詩人を愛する事の、如何《いか》に深きかを思いて泣きたり。ミュッセに隣りては、フランスの楽壇に、「セビルの剃師《そりし》」を伝えたるロッシニの墓ありしをも吾は忘れず。「死者のかたみ」のほとりを昇り行けば、霞渡る巴里の眺め絵の如く、繁りし黒杉の木立に、土湿りて、昼なお暗き処、モリエールはラフォンテーンと並びて休み、新しきドーデーの像を組入れし大理石の面には、銅《あかがね》にて、その名著の題目を連ね出したり。バルザックはかなた遥《はるか》にして訪《たずぬ》るに難く、ボーマルシェーの墓、また遠く、羊腸《ようちょう》たる石径を辿《たど》らざるべからず。

南の墓地はモンパルナスと呼びて、モーパッサンの眠る処、またボードレールの墳墓のみならず「悪の花」の記念碑もあれば、夙《つと》に詣でて知る処たり。モーパッサンの墓は、猶太《ユダヤ》人の共同墓地を横ぎりて後、一度フランスの音楽を味《あじわ》いたるものの忘るべからざるセザールフランクの墳墓に近く、いとささやかなる石の柱にその名を止《とど》めたるのみ。記録家の伝うる処によれば、後《のち》の人文豪の名を慕いて、その亡骸《なきがら》を西の方名士の墓多きラシェーズに移さんとしたれども、虚名を憎みて、翰林院の椅子をすら辞退せし文豪の志を思い、世に残りし母人これを許さざりしがためなりという。

「悪の花」の記念碑は、墓地の正門を入りて、車を通ずべき大道を左に曲りたる処、蔦まつわりし恐《おそろ》しき土塀を後にして立ちたれば、案内記持たぬ人も直ちにこれを認むべし。「悪の魂」ジェニー、ド、マルを形取りし容貌怪異の偉人は、魔の使いなる蝙蝠《こうもり》を彫《ほ》りし肱付《ひじつき》の上に肱をつき、シャール、ボードレールの名を現《あらわ》せし石台の上に、木伊乃《みいら》となりて横《よこた》われる詩人のさまを目戍《みまも》りたり。この怪人の腕は逞《たくま》しく、髪乱れて、纏《まと》える衣の袖は魔風に渦巻く如きさまをなしたり。

北の墓地は乃《すなわ》ちモンマルトルの歌吹海《かすいかい》にありて、紅裙《こうくん》翻《ひるがえ》る街道は架橋によりてその一隅を横ぎりたり。橋の欄《てすり》に佇《たたず》めば低き墓地の小高き処に、人は赤き蠟石《ろうせき》のアーチを戴《いただ》きたるゾラの半身像を見るべし。像は今日、絵葉書屋の窓にも見らるべき、巨大なる額の皺《しわ》深く、鼻眼鏡かけし「真理《ヴェリテー》」の著者には非《あ》らず、可憐《かれん》なる「ニノンに参《まい》らす物語」を書きし頃はかくやと思わるる優しき眼《まなこ》に、長き頭髪を左右に分ち、額の上に垂《たら》したるものなり。像の前には吾《われ》久しく、花環《はなわ》にて綴りし、「われ非難す。」の大文字据《す》えられたるを見たり。これ、徒《いたずら》に先人の徳を頌《たた》えて己《おのれ》を利せんとする朋党の輩《ともがら》、文豪の遺骨をパンテオンの堂宇に納めんと争える頃の事なればなり。

ハイネの白き像のまわりには、詣でし独逸人の名刺雪の如く、花束の間に投捨てられたり。詩人ヴィニーの墓、ゴンクール兄弟の墓にも、吾は已に崇拝の涙を濺《そそ》ぎ終りて、ゴーチエーが「詩」の像の前には、

L'oiseau s'en va, la feuille tombe,
L'amour s'éteint, car c'est l'hiver;
Petit oiseau, viens sur ma tombe
Chanter quand l'arbre sera vert.

鳥は去り、葉は落ちて、
冬にしあれば、恋もさめたり。
小鳥よ。梢《こずえ》青からん時、
来りて歌え、わが墓に。

の名句をも三誦《さんしょう》したり。吾が詩国巡礼の望みも、今は遂《と》げられたれば、帰るさに、デュマの作劇によりて知らぬものなき、「椿の姫」が石碑を訪わんとしぬ。
四月半《なかば》のことなりければ。春遅き西国の空なお定《さだ》まらず、浮雲の袖より落ちては乾く小雨の降りざま、悩める人の昔を思ひては泣き、泣きては心を取直すにも似たり。されども、淋しき墓地を蔽《おお》う橡《とち》、楓《かえで》の梢には、珠《たま》の如き木の芽已《すで》に伸びて、到る処《ところ》雀の子の喧しきが中に、午下の永きを苦しむ土鳩の鳴声、ものうく聞ゆ。

手にせし案内記には、ことごとしく目指《めざ》す墳墓の位置を示したれども、累々たる灰色の墓石は海と連《つらな》りて、導く細径また糸の如く乱れたれば、容易《たやす》くその何処《いずこ》なるかを辨ずべからず。吾は知らざる墳墓の中に佇《たたず》みて、道聞く人もやあると、あたりを顧みしかど、かかる危き日和《ひより》には、日頃寺院と墓地とにて必ず逢うべき考古家の影さえなく、漸くにして、吾はただ一人、黒き喪の姿したる若き女の、遠からぬ新塚の前に跪《ひざまず》けるを見たるのみ。暗き石、曇れる空、鳩の声。寂々たるこの周囲に対照して、若き女の美しく、哀れ深きは、さすがに吾をして、礼なく近《ちかづ》きて、道聞く事をためらわしめたりといえども、また同時に、巴里の浮世の計り難きは、墓辺に偽《いつわ》り泣きて物に打れ易《やす》き感情家を誘いし女もありしという、モーパッサンが小篇を思わしめたり。

許し給え。若き喪《も》の人よ。われの余りに、空想多き事を。

雨はこの時、はらはらと降り来れり。吾は傘打拡《うちひろ》げ満腔の恨を後に、尋ねがたき墳墓を捨てて去らんかとも思いし時、忽《たちま》ち後の方に、早く雨をよけよ。昨日《きのう》買いたる帽子を湿《ぬら》すまじと叫ぶ、花やかなる女の声聞えたり。

灰色したる悲しき石の間より、手向《たむ》けの花束よりもなお美しき物の色、現れ出で驚くべき香気と共にゆらめきて、吾が身のほとりに進み来れり。久しく彷徨《さまよ》いて、暗鬱なる墓石の色に、消え行く如く打沈められたる吾が心は、如何に激しく、思も掛けぬこの粧《よそお》いの色に惑わされしぞ。

連出《つれだ》ちし二人の若き女は、驚き眺むる吾が傘の中に入りたるなり。一人は言葉も早く、紳士よ。おん身は吾らの礼なきを怒り給わざるべし。咎《とが》めは、皆このローザの負うべき処なり。彼女は墓地を横ぎらば、家に帰る事、表通りを行くより、いと近しという。吾は土塀の高きに囲われたる墓地には裏門なしと答うるを、ローザは、他国より来りしものの巴里を知る事かは、従い来よとて、かかる寂《さび》しき道に迷い、雨に会わしめたり。紳士よ。吾らはこの墓地に裏門ありや否やにつきて、銅貨《サンスー》百枚を賭したり。吾身は已に半ば贏得《かちえ》たる事を信ず。おん身もかくは信じ給わざるか。

ローザと呼れし一人は傍より、紳士よ。吾らがために公平なる審査官たる事を辞し給うな。君はよきもの持ち給いたり。吾らは先ず、三人して案内記の地図を見るべしとて左右より、わがベデカーを打ちひろげ、首さし伸して論ぜり。論争は制服着たる墓守の歩み過るに及びて、初めて決定せられたりき。

ローザよ。おん身は巴里に生れたり。寔《まこと》によく巴里を知りたり。銅貨《サンスー》百枚をな忘れそ。かかる幸いを覚えたる事、われのかつて知らざる処なり。感謝す、墓守の爺よ、紳士よ、とて彼女はわが手を握りて躍《おど》りぬ。

吾は早く、二人が身の上の如何なるかを知りおりたり。同じ流れの美しき人々と手を取りて、世に謳《うたわ》れし名娼が墳墓を尋ね出さば、思いや更に深からんと心付きて、賭《かけ》に敗れて興覚め顔なるローザに向い、おん身は、このあたりに在りという「椿の姫」の墓をば知り給わざるか。といえば、知りたり、能く知りたり。かつて、吾は魯西亜《ロシヤ》の貴族を案内したる事あり。そはこなたの小道なり。ローザは殊更連れなる女に向いて、そが博識を誇らんとするものの如く、紳士よ。椿の姫に手向けし終らば、そが作劇の大家たるデュマの墓をも示し参らすべし。そは同じこの構内《かまえ》にあり。柩の上に横われる大家の像を彫みし麗《うるわ》しき墳墓なり。と答う。

ローザは吾らを導きて、第二十四区と道札立てし小径を曲《まが》り、しばし、四辺《あたり》を見廻せしが、これなり、これなり。久しく訪わざりし故途惑《とまど》いしたり。見給え、絶えざる花束の美しからずや。

まことに、数多き花束、花環のさまざまは、柩の形してさほどには大ならざる長方形の石碑を蔽いたり。吾は止むなく、菫の花環を片寄するに、何時《いつ》しか止《や》みたる雨の雫、花瓣《はなびら》と共に落ち散りて、湿《ぬ》れにし石の面には、

ICI REPOSE
ALPHONSINE PLESSIS
NÉE LE 15 JANVIER 1824
DÉCÉDÉE LE 3 FÉVRIER 1847
DE PROFUNDIS

アルフォンシン プレッシイ之墓
一八二四年正月十五日生
一八四七年二月三日卒
往生安楽国

の文字読まれたり。

女の一人はこの時、こはそも如何なる人ぞと、いと愚《おろか》なる問いを発すれば、ローザは敗れし賭事《かけごと》の腹癒《はらい》せするは、再びここぞと思いてや、小《こ》ざかしき唇を飜し、ニノンよ。汝は一度びも一代の女優サラ、ベルナアルを見たる事なきや。ベルナアルが「椿の姫」の悲しき芝居を見たる事なきや、といい、何処《いずこ》の人より聞きしか、哀れむべき遊女は、幼《おさな》き頃より孤児《みなしご》となりしが、その容色《かたち》美しかりければ、初めての媚をカルチヱー、ラタンに売りけるに、老いて富みたる外交官あり、亡《な》き姫の俤《おもかげ》に似たりとて、千金を擲《なげう》ちてこれを愛せしより、嬌名天下に馳《は》せ、当時の詩人ゴーチヱー、ジャナンなぞ呼びし人、何れもその美を歌わざるはなかりし事を物語りぬ。

物語るローザ、聞き入るニノン、一人《ひとり》は、花束の花、落ちて散り敷く青き苔の上に、その長き裾を引きて立ちたり。一人は湿《ぬ》れたる墓石に肱《ひじ》つきて、やさしき指に美しきその頰をささえたり。われ独《ひと》り、地にかがまりいて、高く仰げば、一双の嬌態画を欺きて、曇《くも》れる空に雲動き、鳥飛ぶ時、雨の雫枝より落つ。わが胸には、一味の幽愁、春の夜の笛の如くに流れたり。

ローザ、ニノン、二人は右と左よりわが腕を取りぬ。歩調《あしなみ》をそろえて歩む時《とき》、二人が裾はわが身の左右に、焰と見ゆる芍薬の花の如く揺《ゆら》めきて、名娼の墳墓、忽ち見失われぬ。ああ、さらば、椿の姫よ。希《ねが》わくば、東の国に生れたる醜きドンジャンが、君に濺《そそ》ぐ最後の涙を受け給え。われ此宵《こよい》は、ローザ、ニノン、君に同じき巴里の花を携えて、燦爛たる燈火の下に、君が身の哀れを歌いたる伊太利亜《イタリヤ》の歌トラビヤタを謳《とな》えん。パリジオ、コーラ(色彩《いろ》ある巴里)を歌わん。

休茶屋

リヨン市の郊外、ソーン河のほとり。

三月下旬、午後三時過ぎ。

日の光薄く、雲、雨を含み、風肌《はだえ》に浸《し》む。

灰色したる石堤長く連《つらな》りて、石の釣橋の袂《たもと》には、冬枯れしたる二本《ふたもと》のプラターン(楓樹の一種)高く立ちたり。その下には、ブリキ製の卓、椅子あまた置き捨てられぬ。ここに、絵具箱肩にしたる二人の画工、白き葡萄酒を飲みつつ、語りもせで景色を眺む。道を隔てて人家あり。瓦赤く、壁白く、扉青し。藤棚に蔽《おおわ》れたる出窓《バルコン》の欄干《てすり》には、川魚天麩羅《てんぷら》御料理の札を下げ、また野薔薇枯れたる小窓には、旅亭の旗出したるもあれど、戸の中暗く、人の気色《けはい》だになし。

流れの中央《ただなか》には、枯木を頂きたる島浮びたり。対岸の景色、人家、往来の車は、枯れたる枝、幹の間より見ゆ。

後は一面の丘陵にして、葡萄の畠は黒く荒れたり。流れと共に、空ひろく拡がりて、リヨンの都市いと遥《はる》けく、聳《そび》えたる製造場の煙突の上には、雲走る事早し。

橋袂に一条《ひとすじ》の小径《こみち》あり。堤を下りて水に通ず。水の中よりは柳の大樹生じて、道の上にまで、その長き枝を曳きたり。この枝は細《ほそ》く密にして、網目《あみめ》をなし、四、五艘の小舟を繋ぎたる舟小屋に、舟貸し候《そうろう》の文字を、いと物静かに覗《うかが》い読ましむ。

流れは平《たいら》かにして鏡の如く、この面に映ずるすべての影は澄みて、動かず。折々塵《ちり》の如く飛ぶ水虫の波紋に乱さるるのみ。

丘陵《おか》の麓を汽車走り過ぎぬ。

忽《たちま》ち、石の釣橋をば、みやびたる若き男女の腕組みて来るがあり。そが細き靴殊更《ことさら》に美し。橋の中ほどなる欄干《てすり》に身を倚せて、何《いず》れの小舟をや借るべきと指さし語る声。こなたの岸まで聞えつ。

画工は卓《たく》をたたきて、二度目の盞《さかずき》を命じぬ。

旅亭の方より物煮る臭いして、前垂《まえだれ》かけし十四、五の娘出《い》でたり。

犬の声聞ゆ。

午《ひる》すぎ

寝部屋は暗し。

燃ゆる煖炉の火は、薔薇《そうび》の色して、鏡の如く磨きたる寄木の床板《ゆかいた》に映れり。窓掛《リドー》の間より、幽暗の微光ただよう。

東雲《しののめ》か。黄昏《たそがれ》か。

ポーレットは眠れり。吾があらわなる腕を枕にして眠れり。香しき黒髪《かんば》は夜の雲と乱れて、吾が肩の上に流れたり。豊かなる胸は、熟《みの》りて落ちんとする果物の如く、吾が頬に垂れたり。鷲鳥の毛蒲団は半《なか》ば床《ゆか》の上に滑り落ちたり。吾らは纏《まと》い蔽うものもなし。

吾らが夢はあまりに暖く蒸《む》されたるなり。

物乞いの歌う唄、ビオロンの調《しらべ》、窓の外に聞ゆ。二月の冬の日は、さらば雪にてはあらずと覚ゆ。

昨夜《ゆうべ》の暁近く舞踏場を出でしより、今日は昼過るまでパンの一片をも口にせざりき。われは甚《はなは》だ飢えたり。しかも、臥床を去る能《あた》わず。夢あまりに心地よし。心あまりに懶《ものう》し。あまりに暖し。

われは閉《と》ざされたる、ポーレットが瞼《まぶた》の上に接吻せり。唇に触るる睫毛《まつげ》の戦《そよ》ぎは吾が全身を顫《ふる》えしめたり。香しき黒髪と優《やさ》しき女の指をば歯にて嚙《か》みぬ。

夜よ、とく来れ。美しき燈火の夜よ、とく来れ。吾は社会主義を奉ぜず。殊更《ことさら》に寒き夜を美酒に酔い、美女を抱きて、浮れ歩む事こそ面白けれ。

ああ、アンジェロスの鐘聞ゆ。夕は来れり。

ポーレットよ。起きよ。覚めよ。

今宵《こよい》は如何《いか》なる帽子をや選ぶべき。駝鳥の羽飾りしたるは余りにことごとし。絹天鵞絨《きぬびろうど》に白きダンテルの裏付けしシャルロットぞよき。されど、胸広く乳を見せたる昨夜の衣《きぬ》をな換えそ。杯三度《みた》び廻る時、色づく君が肌の見まほしければ。

起き出でよ。ポーレット。

夕の鐘頻に鳴り、車の音大路を走れり。

いざ。起き出る前に、今一度《ひとた》びの接吻《くちつけ》を。

裸美人

君はなお、かのコックランが美しき台詞《せりふ》と事々《ことごと》しき仕草に魅せられ給えり。まことの活《い》ける人生を、舞台の上に味《あじ》わんと思い給わば、新らしきギットリーの技をこそ論じ給わめ。とある人のいいければ、われはその年の名高き狂言「裸美人」を見んとて、ルネッサンス座に行きけり。狂言は劇詩人バッタイユの作にして、新時代の名優ギットリー出演す。

賑《にぎや》かなるブールヴァールの中央《ただなか》に聳《そび》えたる、黒き石の門、ポルト、サン、ドニの彼方に、我が目差《めざ》す劇場は、高き屋根の上に、その名を電燈にて輝したり。われは、最も価低き切符を購いたれば、限知れぬ石の階段を昇り行く事三、四階。つく息も苦しくなりて、漸くに天井裏なる大向《アンフィテアトル》の、いと堅《かた》き木のベンチに、その席を見出し得たり。見下せば、突出《つきい》でたる観棚《ロージュ》には美しき夜装の人の宝石かがやき、天鵞絨《びろうど》敷きたる平土間《オルケストル》の席には、黒き燕尾服の間《アビー》に、後向きたる貴婦人の真白き肩、彫刻の如く連《つらな》りたり。腰痛む我が大向うの腰掛には、羅典町《ラタンまち》の貧しき書生、髪長き画工の弟子など多かりき。これ狂言「裸美人」はモデルの女を主人公として、美術家の生涯を描けるものなればなるべし。

われは明《あ》くべき幕を待つ間、場内を売り歩く筋書を求めて読みぬ。ベルニヱーという画家、モデルの女ルイズを妻とし、貧苦の中に長き年月を過しけるが、一度び妻の姿を描きたる裸体の画像、展覧会の賞牌を得て、リュキザンブルグの美術館に収めらるるや、名声忽《たちま》ち天下に轟《とどろ》き、成功の画家は交際場裏の花と持囃《もてはや》され、遂には公爵夫人なにがしの恋人とはなりぬ。糟糠《そうこう》の妻、モデルのルイズは、賤《いや》しき身の上の、今は早《は》や、如何にするとも夫の心を引止る事能《あた》わざるを知りて、短銃を取ッて自殺を企てたれども、死することを得ず、かえって、旧知の一人に救われたり。こはルイズがベルニヱーの妻たる以前より、心窃《ひそか》に彼の女を恋したる無名の画家なりき。

成功の画家ベルニヱーに扮したる名優ギットリーの技術は、人のいう如く誠に新しきものなりき。古き舞台にて見る如く、特更《ことさら》に作りたる台詞《せりふ》の抑揚も、動作の変化もなく、吾らが日常の生活に見るままの有様にて、しかもその平々坦々たるが中に、極りなき表情の激変を示したり。女優バディーと呼ばれたるは、女主人公ルイズを勉めたるが、この人の技術はギットリーと相対して真に迫り、覚えず観客を泣かしめたり。そは殊に三幕目なりし。成功の画家が、新宅開の披露にとて、客を集めし夜の一室にて、彼の女は頼りなき夫が心の底を知り抜きて、一度《ひとた》びは気を失いて倒れしが、覚むるに及びて喃々《なんなん》として情深《なさけ》く、過ぎし二人が昔を語り、嘆き、訴え、泣き、むせぶ。われは潤う瞼《まぶた》に、四辺の人目を憚《はばか》りて、恐る恐る顧れば、幾多の書生、画工の人々も皆その鼻を啜《すす》りおりたり。

　われはこの時、わが腰掛の片隅に、一際《ひときわ》激しく吸泣く響きを聞き、舞台を見詰めたる眼を、その方に注げば、そは、紺天鵞絨《こんびろうど》の上衣に、長き襟飾《えりかざ》りを垂らし、頭巾に似たる帽子ベレーを戴きたる青年の画家と、居並ぶ腰掛の上にも互にその片腕を組みたる、若く、美しく、風采《みなり》貧しき一人の女の、ハンケチもてその顔を蔽いたるなり。彼の女が豊かなる両の肩は、女優の口より漏るる痛切悲惨の言葉に従いて、涙を堪《こら》えんとする吐息《といき》と共に、激しく揺《ゆ》れ動さるる事暫くなりしが、忽ち、膝の上に落るハンケチと共に、美しきその面は、ひしと男が胸の上に押し付けられぬ。いい慰むるにやあらん、われは、聞えざる低き声して、男の何事をか囁《ささや》くを見たりしが、やがて、幕なお下りざるに、男は拒《いな》まんとする女を抱き、足音を忍びて、観客の間をば、いとも気《き》まり悪《あ》し気《げ》に出で行きけり。

　——Voilà《ボワラ》 un《アン》 autre《ノートル》 Bernier《ベルニエー》(今《いま》一人《にん》のベルニュー現《あらわ》れたり。)とわが隣席の書生は囁きぬ。思うに、彼女は降り行く階段にて気をや失いたらん。恐しきは恋かな。オー、ラーラーとて、幕程もなく下りし時、あたりの人は語り合いぬ。二人は出でしまま、大詰の幕明きても帰り来らず、二人が席は演劇終るまでも、空しく残されたり。若き女は如何なる人なりしか。画家に伴われたれば、モデルにてやありしならん。身につまされて、舞台のモデルが身の上を、まこと、見るに忍びざりしと覚ゆ。

われは久しく女の面影を忘るる事能わざりき。眼を泣き張らし、声を飲みて、男の手に抱かれつつ出で行きし後姿の、如何に哀れ深かりしぞ。われは羅典町のカッフェー、舞踏場《バル》などに赴く時は、もしやこのあたりにて逢う事もやと心にかけしが、その望みは全く空しかりき。

その年の公設展覧会サロンの開けし時、吾は如何に激しき熱情を以て、女性を画きし半身像、裸体画の数々を探り歩みしか。ある時、三、四人の貧しき画家に交りて、あすこよ、ここよと、限りなき画面の中、われと同じく、何物かを捜し出さんとするさまにて、広き廻廊を歩みおりたる若き女を見たりしが、されどそは、わが逢わんと希《ねが》いし彼《かの》人《ひと》にてはあらざりき。

同じ展覧会なれども、こは反抗独立の旗色を立つるアンデパンダン派というがあり。その場内にて、ある日無名の詩人数多《あまた》打集《うちつど》い、詩の朗吟会ありし折、われは忽ち聴衆の中に、後姿よく似たる一人を見、急ぎ走《は》せ赴きしが、これさえまた、偽りの影なりけり。

逢わざる恨ほど深きはなし。吾れは程なく東の国に去らん。何時《いつ》の日にか再びこのフランスを見得べき。さらば、われは、永生その人に逢う事能わざるなり。ああ、「時間」よ。「死」よ。而して「忘却」よ。

恋人

およそ、悲しきも、嬉しきも、目に触るる巴里の巷《ちまた》の、活《い》ける浮世の芝居のさま、一ツとして我が心を打たざるはなき中に、殊更われの忘るる事能わざるは、料理屋カッフェー、アメリカンの夜半に、シャンパン飲みて舞いいたる、一双の若き舞踏者を見し事なり。

白き壁と柱の飾りを金色に塗り立て、天井よりは見事なる燭花《カンデラブル》を下げ、窓々には天鵞絨《びろうど》の帷幕《とばり》重々しく、さほどには広からぬ一室なり。四方には真白き布したるテーブルを据え、芝居帰りの夜装せる男女酒を飲めり、室の片隅には、三人の髪黒き西班牙《スペイン》の舞姫と一人の黒奴控えて、客の請うがままに、赤き揃いの衣着たる楽人の奏楽につれ、西班牙の足踏み鳴らす乱舞をなす。

この目覚ましき踊りの一くさりは終りぬ。人々は喝采せり。ビオロン弾《ひ》きは曲の調子を変じて、ワルスを奏し出しぬ。波《なみ》の動くが如き、緩《ゆるや》かなるその曲調は、自ら客をして卓を離れしめ、出でて舞うべく促すが如し。

独り、杯に対したる髪白き老紳士あり。衆に先じて、若きが中にもまた若き西班牙の舞姫が手をとりぬ。幾組の男女つづいて舞い出す。男は皆、面立厳《おもだちいか》めしく年《とし》ふけたり。昼の中は責ある職を負える人々にや。女もかかる歓楽と栄華を身の職業《なりわい》に、幾年《いくとせ》を一夜の夢のごとく送りなす輩《ともがら》の如く見ゆ。われは突然、わがテーブルの傍を舞過る若き一組あるに驚かされぬ。

若かりし。いとも若かりしよ。男は十九を越えざらん。女は十六か十七か。何《いず》れも丈高からずして痩せたれば、肥えて年とりたる人々の中に交りては、さながら人形の舞えるに異ならず。されど、その舞うさま、足の踏むさまは、秀《ひい》でて美しかりき、巧みなりき。

いまだかつて、われはかくも似合いたる舞踏者の一対を見たる事なし。相抱く二人の身は、同じき一ツの魂によりて動かさるるが如く見えぬ。男のそれに触れんばかりに近《ちかづ》けたる女の唇は、舞う度《たび》に迫まる呼吸の急《せわ》しさに、開きて正に落ちんとする花瓣の如くに分たれたり。その眼は幸福の影より外、何物をも見ざるが如く閉されたれど、折々は口の端に湧出る微笑と共に打開きて、見下す男の眼と相合う。あまりに近けたれば、二人は潤い輝ける瞳子《ひとみ》のみにしてかえって、美しきその面を見る事能わざりしなるべし。

ワルスの調はやや急しくなりぬ。横笛の音、ピアノの轟《とどろ》きの中に、晴れやかなる喜びのメロデーを歌えども、その高きより低きに、低きより高きに移る折々、ビオロンの長き震調《トレモロ》は、いうべからざる悲愁をわが胸に伝えぬ。そも、ワルスは喜ばしき舞の曲ならざるか。

争いと教えとは、あまりに人を急《いそが》わしく、賢からしめし今の世に、われはかかる美少年、かかる少女の相抱いて舞うさまを見る事の、嬉しきに過ぎて、その定めなき運命を思うに至らしめたればなり。

男はそのやさしくして、女にまがうべき容貌《みめかたち》、富める市民か、古の位ある家の若殿ならん。冬の夜をも恋人の窓の下に立ち明かし得べき力ありて、また暖き夜の私語《ささめごと》には、女の胸の中に故なくして泣く事を得べき人なり。女はわれ知らず、年十六にして、カルチエー、ラタンに初めての情を売りし「椿姫」の二世なるべきか。恋の蔓にすがりても、高きに上りて人を毒する類にあらず、世の習慣《ならわし》と教義《おしえ》の雨風に斃《たお》れん幽愁の花のみ。ああ、遊宴限りなき巴里の世は、鉄道といい、工業と称し、貿易と呼ぶ二十世紀に及びても、なおかかるロマンスの民を生む事のいじらしさよ。

ああ、美しの少年。ああ美しの少女。長き秋の夜は早や明けんとす。肌寒き風は、帷幕《とばり》を冒せり。ビオロン弾《ひ》きは疲れたり。西班牙の舞姫は椅子に倒れぬ。杯は已に空し。

君らはなお舞わんとし給うや。

　われは美しき二人の影の、やがて、辻に出でて、馬車の中に消るまでも眺めやりぬ。その時、アンリー、ド、レニエーの「経験」と題する詩、悲しくもわが唇に浮び出でたり。

J'ai marché derrière eux, écoutant leurs baisers,
Voyant se détacher leurs sveltes silhouettes
Sur un ciel automnal dont les tons apaisés
Avaient le gris perlé de l'aile des mouettes.

Et tandis qu'ils allaient, au fracas de la mer
Heurtant ses flots aux blocs éboulés des falaises,
J'en ai rien ressenti d'envieux ni d'amer,
Ni regrets, ni frissons, ni fièvres, ni malaises.

Ils allaient promenant leur beau rêve enlacé

Et que réalisait cette idylle éphémère ;
Ils étaient le présent et j'étais le passé,
Et je savais le mot final de la chimère.

秋の日や、静かなる空の色は、鷗の翼、曇りし真珠の光沢《つや》にも似たりけり。われ、美しき二人の姿を打眺め、接吻《くちつけ》の響を聞きつつ、その後に歩む。

大海の、崩るる岩に、波打ち寄する響もかくや、二人は行けり。わが心、羨まず、厭わず、悔まず、顫《ふる》えず、激せず、また怪しまず。

束《つか》の間の恋の歌をば、目《ま》のあたり、美しき夢に抱かれ二人は行けり。かの人たちは「現在《いま》」といい、われは「過去《むかし》」というものなれば、われ知らざらんや幻影《まぼろし》の消えぬべき最後《おわり》の言の葉を。

夜半の舞踏

バル、タバランは夜の戯れを喜ぶ人の、巴里に入りて、必ず訪うべき処の一つなるべし。肉楽の機関備《そなわ》りて欠くる処《ところ》なきモンマルトルにある公開の舞踏場なり。土曜には殊《こと》更《さら》に、夜の十二時打つを合図にいと広き場内をば肉襦袢《にくじゆばん》の美女幾十人、花車を引出て歩む余興もありと聞きて、われも行きぬ。

リュキザンブルグ公園の夜の木陰に、噴井《ふんせい》の水悲しく響くオデオン座の裏手より、わが乗れる乗合自働車《オートブス》は、静まりたるセーヌ河を渡りぬ。暗きルーブル宮殿の石の門を出ずれば、巴里の燈火は覚えず人の心を狂せしむ。

フランス座の廻廊には場を出でたる人押合えり。モリエールが石像行人を打まもるリシュリューの横町は、いつも車を通ずるに便ならず。ブールヴァールは、今こそ夜半の雑沓の最中なれ。フランス劇壇の名家ユージェン、スクリーブ、この処にみまかりし由、石の壁に彫《きざ》みたる館の前を過ぎ、フォーブルグの暗くして狭き道を行く時、われは車を下りぬ。

暗くして狭き道は、志すモンマルトルの高台に上る坂道なり。歓楽の世界に入る前には何処《いずこ》の国にもかかる貧しき街あるは何故ぞ。

坂の上なる歓楽世界の燈光は、流れ来りて、彼処《かしこ》に急ぐ女と男の半面を怪しく照らせり。この幽暗朦朧の裏道よりして、幽《かす》かに漏るる遠くの音楽と人の声とを聞く心地は、近《ちか》づきて燈火の中に迷入りし後の心地より、如何ほどか弥《いや》深き。

タバランの踊り場は、坂の尽きんとする処、およそ明《あか》き中にもまた明く、灯にてその名を掲げたれば、初めて行く人も直ちに知りぬべし。高き戸口にて入場料を支払いて入る。入りて直ちに人の目を眩惑《げんわく》せしむるものは、煌々《こうこう》たる燈火の下に漲《みなぎ》り動く、女の衣服の色彩なり。重き空気の圧迫と、音楽笑声の喧《かまびす》しさに、馴れざる人は到底十五分間をその座に堪ゆる事能わざらん。堪え得たりとするも、見るもの皆何物かの作り出せし幻影の如く思わるべし。

高き円天井《まるてんじょう》を色硝子にて張りたり。左右より上るべき厳《いか》めしき階段ありて、その上の突出でたる処に幾十人の音楽師並びて楽を奏す。此処《ここ》より場を廻りて観棚は二段に分たる。天鵞絨張りしその欄干よりは、糸の如き五彩の切紙、雨、滝の如くに垂れ下れり。これ、観棚の高きにあるものは、下なる舞踏者の群を喝采せんために、争いて、そを投ぐべき事を誉れとする習慣《ならわし》あればなり。

われの場に入りし時、余興は正に酣《たけなわ》なりき。伊太利亜に名高き水の都、ヱネチヤの祭の夜のさまを見せんとて、大なる紙張の館船二艘をば、水底に戯るる人魚の粧《よそお》いしたる二、三十人の女、各二列になりて、綱にてこれを曳廻す。船の上には、歓楽の女神ベヌスが裸像を形取《かたど》りて、黒髪の額に星を戴き、纏えるものなき肉襦袢《マイヨ》の女、造り花の褥の上に、いみじき身の投げ態《ざま》を見せたり。その傍には、金糸の繡したる天鵞絨の衣きて、花の如き遊楽の貴公子に扮したる女、これも兵士の姿したる数多《あまた》の女を従えたり。舷には数限りなき女船頭、短き袴と短き上衣の間よりは真白き腕と胸と脛《すね》とを見せ、満面の微笑に声を合せて、船歌を唱う。

四方の観棚よりは拍手の音と共に、船を目掛けて投げかくる幾千条の色紙の糸、夏の夜の空に砕くる花火の如し。

場中の電燈、突如として消えぬ。館船の軒辺に釣したる提灯《ちょうちん》の光のみ、蒼《あお》く赤く、いともおぼろ気に横《よこ》たわりたる女神の姿を照したり。船を曳く人魚の薄紗《うすもの》の袖は、真《まこと》の波の如く飜《ひるがえ》れり。女船頭の歌の声闇の中に一きわ高まりぬ。

幾千の観客は狂せんとす。ブラボーの呼び声。椅子、テーブルを叩く響、家を崩さんばかりなり、船は曳かれて場外に至らんとする時、電燈忽然《こつぜん》として魔界の夢を破りぬ。観棚の欄干、テーブルの片隅には、闇に乗じて、あらぬ態《さま》に戯れおりたる男女、斉しく声を上げて驚きぬ。それをば、更に喝采する人々の声、また少時《しばし》鳴りも止まざりき。

箒を持ちたる男、四、五人馳り出で、落ちたる糸紙を払い、場の床を清めて去れり。四辺は少時《しばし》、疲れたる如く静りぬ。給仕人は、彼方此方より、渇を呼ぶ人のテーブルに酒を運べり。突出でたる楽壇の欄干、唐草模様の浮彫の間に、電気仕掛にてポルカの文字が現れぬ。

場中は忽ち色めき出せり。笛と胡弓の音に、殊更飛び跳るようの音楽響き出すや、四方の観棚、場の隅々なるテーブルより、幾組の男女は、鳥の如く飛立ち、入りつ乱れつ、走馬燈の如くに舞い歩みて、さしもに広き場内、また狭きを覚えしむ。楽の調子に合せて、おかし気にその腰を左右に振る時、女の裾の色模様は一斉に揺れどよめくなり。

楽壇の下なる階段の陰より、十四、五人の女の群、二列になりて走り出でぬ。四方に起る、ウラー、ブラボーの呼声に心付きてか、乱れ舞いたる男女は、乱れ舞いつつ、道を左右に開きたり、女の一隊は皆一様の薄紫色したる薄衣を着たり。これ、舞踏場に雇れて舞踏を営業とするものなりとぞ。まことや彼らは能く舞いたり。足の踏みざま、いわれず美しかりしのみか、また彼らは、波打つ裾と、殊更短きを穿きたる靴足袋の間より、折々面に微笑を含みて、膝の上の肌を伺わしむる悪戯をいとわざりき。五色の糸紙は、忽ちにして、彼らが帽子を蔽えり。

先ほど、ヱネチヤの館船に乗りたる歓楽の女神を初め、人魚、船頭、貴公子の群は、思い思いに観客の間に交《まじ》り入りて、そがテーブルに坐して語りつ、戯れつせり。わが傍には、兵卒の姿したる女来りぬ。

緋天鵞絨の衣裳は、皺一ツなきまで、ひしと、肥えたる身を包みたれば、われは女の椅子につく時、そが太腿の殊更《ことさら》に太く張り出るを見ぬ。その請うままに酒を命ずれば、わが身も君が饗応にあずからばや、風入の窓なきかかる衣服の苦しき事よ。わが身中は尽《ことごと》く潤いたりとて、二人の人魚泳ぐが如く、わがテーブルに歩み寄りて、その肌着の胸の中をば扇にて煽《あお》げり。わが嗅感は遺憾なく鋭かりき。

劇場の舞台のみにて見るを得べき、かかる異様の粧したる女に取巻かれて、われは杯を上ぐる心地の、かつて味《あじわ》いたる事なき興を覚えぬ。打騒ぐ男女の叫びは、轟く奏楽の音と共に、波の如き律をなして、その一律ごとに、良心の判断を消滅せしめ、人を放蕩の海に突入れんと迫るが如し。

酒に酔い女に戯るる事の愚なるは人已に知れり。されどその愚なる事も極みに達すれば、また解すべからざる神秘を生ず。われは実に、人の血には何故かかる放蕩の念の宿れるかを、極むるに苦しむ。

酔いて場を出れば、春の夜已に尽きたり。憂鬱極りなき暁の光は蒼白く、狭き坂道に漂いぬ。燈火はつかれて瞬きせり。一夜を舞い明せし女は、さながら道のほとりにて辱しめに遇いたるが如く、乱れたる髪に帽の冠り態もしどろなる姿して、足を曳きつつ歩めり。薄暗き家の陰には一夜の餌を得ざりし女、哀れなる声して行く人の袖を引かんとす。風は冷かに面を打てり。

わが心は憂いぬ。故なくして悲しめり。しかも、わが眼は、その見たりし燈火と衣服の色彩、マイヨに包みしいみじき肉の形を忘れ得ざりき。ああ。われ放蕩の真味というは、強き慚愧の念より生ずるものなる事を知りぬ。

美味

雪より白きテーブルの上に、薔薇《ばら》の花籠あり。五月の日よりもあかるき燈火の光、これを照す。彼女と吾は相対して坐せり。

玻璃の杯には葡萄の酒注がれたり。燈の光反映して、宝玉の如く紅に輝けり。彼の女と吾はこれを飲みぬ。

磨ける匙、小匙、肉叉《にくさじ》、小刀《こがたな》の大なる小なる。燈の光その面《おもて》にうつりて、鏡よりも清く澄みわたれり。彼女と吾はこれを取上げぬ。

スープの烟は薫深く、暖く、吾ら二人の頤《おとがい》を撫《な》でぬ。

魚肉の黄《きいろ》く油揚げにしたるほとりに、青物の葉すこしあしらいたるは、南伊太利亜《イタリヤ》の焼け乾きたる巌壁の間に、橄欖の木の淋しきを見る心地す、と彼女の笑いければ、犢《こうし》の肉の鼈甲《べっこう》色したる、その上に茸、青豆、人参の塞の目にきざみたる煮付をかけし、われは苦しみて、西班牙《スペイン》の禿山を抜売りする人々、色さまざまの貨物を運びて行く如し、と戯れき。

蒸焼にしたる一羽の鶉をば、二人してその片足をつまみ、引取りて、何《いず》れの方に肉多く付きたりやと争いぬ。

青きサラドの葉の美しや。

ナポリの柑子の香しや。

アイスクリームの冷たきを啜りたる後の唇は燃ゆるなり。

料理は終りしか。

否。

否二人は、燃ゆる互の唇を味《あじわ》わんとす。

舞姫

おお！　ローザ、トリアニ。リヨンのオペラ座、第一の舞姫、ローザ、トリアニ。

われ始めて、番組の面に、第一位舞踏者《プルミエール、ダンスーズ》なる位付《くらいづ》けせし、君が名を読みし時、おお、ローザ、トリアニ。われは暖き伊太利亜《イタリヤ》より来ませし姫かと疑いぬ。君がふくやかなる長き面は、誰が目にも、まがうかたなきフランスの姫ならざりしか。舞台に出るフランスのかかる技藝家は、好みて伊太利亜綴りの藝名を用ゆと覚ゆ。伊太利亜つづりは、まこと、耳にさわやかなり。おお、ローザ、トリアニ！

そも、われの始めて君を見まつりしは、その年の秋、君が未だリヨン市設のオペラ座の舞台に出で給わざる前なりし。ローン河に横《よこた》わる橋々の袂《たもと》に、その年の初演奏はワグナーのワルキール、次の夜にはグノーがフォーストとの予告は出《い》でたり。われは初めて見るリヨンのオペラ、巴里のそれにくらべばや人より先きによき席を得んとて、本屋、小間物屋の店、勧工場《かんこうば》の如く連《つらな》りし劇場の柱太き廻廊を、札売る方に進み行きし時、われは初めて君を見まつりしなり。おお、ローザ、トリアニ！

その時、君は形余り大ならざる帽を後ざまに、いともはでなる辨慶縞なす薄色地の散歩着を着給いぬ。夕暮の急《いそ》ぐ人、狭き廻廊を押合い行く中に、君が衣服の縞柄の、如何《いか》にわが目を引きたりし。君は恋の絵葉書売る店先に、嫗《おうな》と立ちて語り給う。われは近く寄進みて、君が面を見まもりき。おお、ローザ、トリアニ！

君が面は恐しきまで美しく、頬の紅《べに》、唇の紅《べに》にてかざられき。恐しきまで美しとは、かかる化粧の技《わざ》は、よく物事わきまえぬ妻、娘の、夢企て及ぶべき処ならねば。何とはいわん、われにして、もし若干《そくばく》の富を抛《なげう》たしめば、今宵を待たず、君と共に一杯の美酒を傾け得べしと思いぬ。妄想は忽《たちま》ち、わが慾深き眼を、ひたすら、君が衣服につつまれし形体のいみじさに移らしめぬ。肩より腰、かかるいみじき肉の誇りは、飢に追われ餌につかれし世の常の遊び女《め》には見得べからず、幸《さち》ありしよ、われは。われは先取の権を得ばやと、狼の如く君が立去る後に従いぬ。君が姿は廻廊を後に、暗く狭き楽屋の戸口に消えぬ。そこには大道具の書割をつみたる荷馬車ありき。おお、ローザ、トリアニ！

われは初めて、ここに君がフランスの藝壇に出るアルチストなる事を悟りぬ。及びもつかぬわが望みの果敢《はかな》さを悲しみぬ。ワルキールの夜には、（ワグナーのかたくなる事よ）舞踏《バレー》なければ、われは徒《いたずら》に、ソプラノの姿より数多き女戦士の一人一人を見まもりぬ。フォーストの夜に至りて、われは漸く君を見出し得たり。四幕目、誘惑《いざない》の魔の岩屋にて、目くるめく遊仙窟の舞台、妙《たえ》なる楽の音につれて現《あらわ》れ出し時、君は、明き灯の下に、あまた居並び、横《よこたわ》りたる妖女の頭に立ち給いき。君は透見《すきみ》ゆる霞の如き薄紗《うすもの》の下に肉色したる肌着《マイヨ》をつけ給いたれば、君が二の腕、太腿の、何処《いずく》のあたりまでぞ、ただ一人君を寝室《ねべや》に訪う人の、まことに触れ得べき自然の絹にして、何処のあたりまでぞ、君が薫りを徒らに、夜《よ》ごと楽屋の媼《おうな》の剝ぎとるべき、作りし肌《はだえ》なるべきか。かくも、わが目は掻乱されぬ。かくもわが血は君が肉《ししむら》を慕いにき。おお、ローザ、トリアニ！

われはかくして、舞踏《バレー》の一場ありて、君出るオペラといえば、聞くべき音楽の一節をだも聞く事能わずなりぬ。春風の香しき鬢のもつれを弄《もてあそ》ぶが如き律ありて、およそ微妙なる感能の極度を動す舞踏《バレー》の曲につれ、君は爪先立ちて、鳥の如くに舞台を飛び廻り、曲の一節ごとに、裾を蹴って足を上げ、手をかざして両の脇を伺わしむ。ある時は身を空にひねりて雲の褥に横わるが如く、ある時は地にかがまりて、ベヌスの裸像の如く、坐れる腰にいいがたき曲線の美を示す。ああ、この妖艶なる君が形体は、如何なる時、わが心より消ゆる事を得べき。もし、その消え得べき時ありとなさば、そは、ただ、われにして君をわがアルコーブの張幕《とばり》の陰に引入れしめ、わが手わが唇をして、親しく君が肉の上に触れしめん夕べのみ。遂げたる望みの恐しさは、如何なる強き夢をも破りぬべし。われは貧《まずし》かりき。されば、われは幸深《さちふか》かりき。おお、ローザ、トリアニ。

われは君を愛す。ローザが腕よ。ローザが胸よ。ローザが腿よ。ローザが肩よ。おお、ローザ。トリアニ。リヨンのオペラ座、第一の舞姫、ローザ、トリアニ。

ルーヴルの美術館

巴里のわかれ

Pleure comme Rachel, pleure comme Sara.

——Hugo.

女優ラシェルの如く泣け、女優サラの如く泣け。

——ユーゴー

絶望——Désespoire《デゼスポワール》——

最後の時間は刻々に迫って来た。明日の朝には、どうしてもこの巴里を去らねばならぬ。永遠に巴里と別れねばならぬのである。已にこの春の、自分は、花咲く前に帰らねばならなかった、すべての事情を押除《おしの》け、医士の忠告を肯《がえん》ぜず、病軀《びょうく》を提げながら一日二日と、漸くに今日が今日まで、巴里に足を止《とど》めておったのであったが、滞在の金もいよいよ尽きた。明後日ロンドン出帆の日本汽船に乗るべく、その前日中には是非とも彼《かの》地《ち》に赴いて居ねばならぬ。

自分が久振《ひさしぶ》り、日本に帰るというので、二、三の親しい友達が、自分をばシャンゼリゼーの木陰なる料理屋に招待して、別れのシャンパンをついでくれたのも、早《は》や昨夜の事。料理屋を出てからは、同じ青葉の影に美しい灯を点《とも》すカッフェー、コンセールに流行唄を聞き、更にブールヴァールに出でて、唯《と》ある美しいカッフェーの一間に、イスパニヤの美人がカスタニエットを打鳴す乱舞を眺め、短夜の明けるのも打忘れていた。放蕩に夜を明して帰る道すがら、幾度となく眺め味うた巴里の街、セーヌの河景色も、ああああれが見収めであったのか！

朝日が早くも、ノートルダームの鐘楼に反射するのを見ながら、自分はとぼとぼとカルチエーラタンの宿屋に帰った。窓の幕を引き、室中を暗くして、直様《すぐさま》眠りに就こうとしたが、巴里にいるもこの日一日と思えば、とても安々《やすやす》眠付かれるものではない。リュキザンブルグの公園の森に勇しく囀《さえず》る夜明の小鳥の声、ソルボンの時計台の鐘の音が聞える。市場《アール》に行くらしい重い荷車の音が遠くに響く。

自分は寝台の上から仰向《あおむ》きに、天井を眺めて、自分は何故一生涯巴里にいられないのであろう、何故フランス人に生れなかったのであろう。と、自分の運命を憤るよりは果敢《はかな》く思うのであった。自分には巴里で死んだハイネやツルゲネフやショーパンなどの身の上が不幸であったとは、どうしても思えない。とにかく、あの人たちは止《とど》まろうとした藝術の首都に永生止り得た藝術家ではないか。自分はバイロンの如く祖国の山河を罵《ののし》って、一度は勇しく異郷に旅立はしたものの、生活という単純な問題、金銭という俗な煩いのために、迷うた犬のように、すごすご、おめおめ、旧の古巣に帰って行かねばならぬ。ああ何という意気地のない身の上であろう。

誰であったか、もし巴里でいよいよ食えなくなれば料理屋かカッフェーの給仕人になるがよいといっていたのを聞いた事がある。自分は忽《たちま》ち寝床から飛起きて、一度《ひとた》び脱ぎ捨てた衣服に手をかけたが、連夜の放蕩と、殊には昨夜の今朝方まで飲み続けたシャンパンのために、頭がふらふらするばかりか、身体《からだ》は疲《つか》れ切って、節々《ふしぶし》が馬鹿に痛い。ああ、こんな身体《からだ》ではガルソンは愚《おろ》か、何にも出来たものじゃない、娼婦《おんな》で生活する情夫《マクロー》にさえもなれはしまい。

再び床の上に倒れ……しかし自分はどうしても日本に帰りたくない、巴里に止りたいと、同じ事を考えるのであった。

朝日が引廻した窓掛《リドー》の間から斜めに床板の上まで射込んで来た。彼方此方で窓や室の戸を開《あ》ける音。水を捨てる音もする。強い煮立《にたて》のカッフェーの匂が何処からともなく香う。壁越しに隣の室で、男と女が寝覚のひそひそ話をするのも聞え出す、自分は気を取られて、何時《いつ》となく耳を聳《そばだ》てたが、その時、窓下の中庭《クール》で、宿の下男が水道のポンプを動《うごか》しながら。

Quoi, maman, vous n'étiez pas sage?
—non, vraiment! et de mes appas,
Seule, à quinze ans, j'appris l'usage.
Car la nuit, je ne dormais pas.

「そりゃ、ほんま、お母《つか》さんにも似合わない、私や物好き十五の時に、寝られない夜の物憂さに、つい知り初《そめ》た色の道。」
と寝ぼけた声で歌い出した。

ノルマンデーからでも来たらしい、あの田舎くさい、銅鑼声《どらごえ》も、日本に帰っては再び聞く事の出来ないフランスの俗謡かと思うと、自分はオペラでも聞くように身を延《のば》した。

ああ自分は何故《なぜ》、こんなにフランスが好きなのであろう。

フランス！　ああフランス！　自分は中学校で初めて世界歴史を学んだ時から、子供心に何という理由もなくフランスが好きになった。自分はいまだかつて、英語に興味を持った事がない。一語《ひとこと》でも二語《ふたこと》でも、自分はフランス語を口にする時には、無上の光栄を感ずる。自分が過《すぐ》る年アメリカに渡ったのも、直接にフランスを訪うべき便宜のない身の上は斯《かか》る機会を捕えよう手段に過ぎなかった。旅人の空想と現実とは常に錯誤するというけれど、現実に見たフランスは、見ざる以前のフランスよりも更に美しく、更に優《やさ》しかった。ああ！　わがフランスよ！　自分はおん身を見んがためにのみ、この世に生れて来た如く感ずる。自分は日本の国家が、藝術を虐待し、恋愛を罪悪視することを見聞きしても、最早《もは》や要なき憤怒を感じまい。日本は日本伝来の習慣によって、むしろそが為《な》すままたらしめよ。世界は広い。世界にはフランスという国がある。この事実は、虐《しいた》げられたる我が心に、何という強い慰めと力とを与えるであろう。フランスよ、永世《とこしえ》に健在なれ！　もし将来の歴史に亜細亜《アジア》の国民が世界を統一するが如き権勢を示す事があったら、フランス人よ！　全力を挙げてルーブルの宮殿を守ってくれよ。ベヌスの像に布の腰巻されぬように剣を磨けよ。自分は神聖なる藝術、ミューズの女神のためにモリエールを禁じた国民の発達を悲しむ。恐れる。

家内の階子段をば上り下りする靴の音が繁くなり、往来の方では車や人の声もする。夏の朝日は窓掛《リドー》の布地《きれじ》を射通《いとお》して、室中を明《あか》くし始めた。

十一時過ぎまで眼を開《あ》いたなり、自分は床の上に横臥《よこたわ》って、外国で暮したこの年月のさまざまな出来事、恋の冒険、さては今度日本に帰って後の境遇なぞ、とやかくと考えていたが、ついにはそれにも疲《つ》かれてか、覚えず居眠りして、いよいよ起出て顔を洗ったのは午後の二時に近い。

いつも行く角の安料理屋で食事を済ますと、自分はまた考えた。どうしてこの半日、最後の半日を送ろうか？

料理屋の硝子戸から、サンミシヱルの大通を眺めると、六月に近い日の光が一面に輝いている。街の両側に植付けた橡《マロニエー》の若葉の緑りはいわれぬほど鮮《あざや》かな、その下をばいつも絶えざる人通りに交《まじ》って、美しい女の夏衣と、日傘の色が目覚めるばかり引立つ。行き違いざま、買立《かいた》てらしいパナマを冠った学生の一群が、日傘の一人を呼び止めて何か笑いながら立話しをしていた、かと思うと、皆一緒《いっしょ》になって、面白そうにリュキザンブルグ公園の方へと散歩して行った。

自分は今日の半日、出来る事ならば見ても見飽きぬ巴里の全市街をば、今一度《ひとたび》、一時《いっとき》に歩き廻って見たいとも思ったが、この広い都会のそれも早《は》やかなわぬ望みである。自分は春の午過《ひるすぎ》を毎日のように読書と黙想に耽《ふけ》ったあの公園の木陰メデシの噴井《ふんせい》のほとりに、わが巴里に於ける最後の午後を送るが適当であろう――そう思うや否や、自分は日傘の女を囲んで戯れながら行く、彼《か》の書生の後を追い、爪先《つまさ》き上りの大通を斜めに突切り、直《す》ぐと公園の鉄柵を潜った。

柵に近く詩人ルコント、ド、リールの石像の周囲には、五色に色分けしたチュリップの花が、明い日光を受けて錦の織模様のよう。その後一面、やがて泉水《バッサン》の方へ下るあたりまで、さしもに広い園内は、正しく列をなした橡《マロニエー》の木立の若葉で、こんもりと緑深く蔽い尽されている。若葉は極《ご》く薄く軟《やわらか》な処から、夏の青空の光は、自由にその一枚一枚を射通《いとお》すので、下から見上げると、丁度《ちょうど》緑色の画硝子で張詰めた天井も同様、薄明く色づいた木の下陰一面は、伽藍《カテドラル》の内部に等しい冷《ひややか》な空気と幽邃《ゆうすい》な光線とで、人の心はいい知れず静まって行き、木立を越した柵外の往来には、人や車が急《せわし》げに通りながら、しかし、それはかえって、薄暗い寺院の壁の画面でも望むように、如何にも遠く隔って見える。

いつも夢見勝ちな、若い悩みに苦しむらしい巴里の処女や、それにも劣らず若々しく見える人の妻は、この夢かと思われる薄明い木陰の椅子に腰かけ、俯向《うつむ》き勝ちにその真白な頸《うなじ》を見せながら、読書している。編物《あみもの》している。繍取《ぬいと》りしている。何にもせずに茫然として、梢《こずえ》高く鳴く黒鳥《メール》や駒鳥の声に耳を澄しているもある。三人四人と椅子を近寄せて話しをしているのもあるが、互に身につまされる事でも打明け合うように、小声でしんみりと語合《かたりあ》っている。乳母車《うばぐるま》を押す田舎出の乳母の中には、帽子の代りに黒いリボンを大く蝶結びにした若い美しいアルザス出の児守《こもり》の姿が目立って見える。人形よりも可愛らしい幼児《おさなご》が、彼方此方の木の根元で砂掘りの遊びをしている。その様子をば、通りすがりの杖を止め、衰えた悲しい眼でじっと打目戍《うちまも》っている見すぼらしい白髪の老人がある。互に若い同志の、身を凭《もた》れ合して、覚めているとも、居眠るともなく、うっとりと思いに耽ける男女もある。それら、恋の幾組を、遠くから淋し気《げ》に読みさしの書物を膝に載《の》せたまま打眺めている顔の青い、鬚《ひげ》の長い詩人らしい男もいる。

すべては皆生きた詩である。極みに達した幾世紀の文明に、人も自然も悩《なや》みつかれた、この巴里ならでは見られない、生きた悲しい詩ではないか。ボードレールも、自分と同じように、モーパッサンもまた自分と同じように、この午過ぎの木陰を見て、尽きぬ思いに耽ったのかと思えば、自分はよし故国の文壇に名を知られずとも、藝術家としての幸福、光栄は、最早やこれに過ぎたものはあるまい！

頭の上で、鳩が二、三羽、太い鳴声と共に、古びたメデシの噴井《ふんせい》の方に飛立つ。その羽音と共に、橡樹《マロニエー》の白い花が、散ったる上にも、またはらはらと散る。

自分は噴井に近い木陰のベンチに腰を下し、今目に入るものは尽《ことごと》く、草や花の色は無論、女が着たる衣服の流行まで深く深く、永遠に、心の底に彫込《きざみこ》んでおこうと思い、少時《しばし》目を閉《つぶ》ってはまた打眺め、打眺めてはまた少時、目を閉《つぶ》って黙想した。

日は次第に暮れて行く。若葉の陰の人影は、一人《ひとり》一人に消去って、黄金色した夕陽が、斜めに取り散した四辺《あたり》の空椅子の上まで射込んで来るので、木陰一面、公園中は昼よりも一層明くなったかと思われる。が、それも暫《しばら》くで、木立を越したルュキザンブルグの建物と、その後に聳《そび》ゆるサン、スュルピースの寺院の塔の頂が、僅かに遠近によって、著しい濃淡を示すようになると、フランス特有の紫色なす黄昏《たそがれ》は、夢の如く巴里の街を蔽うのである。ああ、巴里の黄昏！　その美しさ、その賑かさ、その趣きある景色は、一度巴里に足を入れたものの長く忘れ得ぬ、色彩《いろ》と物音の混乱である。

晴れ切った日の終りの青空は、西から射《さ》す夕照《ゆうやけ》の色と混じて濃く染めたように紫色になる、と、立ち続く白い石造の人家や、広い平な道路の表は、その反映で、一様に薄く水浅黄色《みずあさぎいろ》になり、空気は冷に清く澄み渡って、屋根も人も車も、見るもの尽く洗出したように際立《きわだ》ち、浮上って来るが、何処《どこ》にやら、いわれぬ境に不明な影が漂っていて、心は何とも知れず、遠い遠い昔の方へ持運ばれて行くような気がする、押しては返す潮のように、馬車、電車、乗合馬車《オムニブス》、自働車、往来の人崩《なだ》れを打つ様《さま》、四辺一面《あたりいちめん》に湧出る燈火の光に、自然と引入れられて、歩む足もいわれなく急《いそが》わしく、気のせき立って来れば来るほど、何処を行くのか意識が朧《おぼ》ろになり、目は無数の色の動揺、心は万種の物音に掻乱《かきみだ》されるばかりである。

自分は夕飯を済ますや否や、外はまだ、黄昏——九時が打《う》たねば全くの夜にはならぬ長い巴里の街の黄昏を歩み、日頃行き馴れたソルボンの角のカッフェーに休んだ。

青い植木の鉢物を置いた道傍《みちばた》のテラースは無論、広い家の内まで、丁度夕涼の人の出盛りで、界隈《かいわい》の書生や画工、それらを相手の女たちで、殆んど空《あ》いた椅子もないように込合《こみあ》っている。自分は奏出《かなでだ》す賑《にぎやか》な音楽、騒しい人声、明い電燈、美しい女の帽子に沈み果てた心をば、少時《しばし》の間でも元気づけ、せめては、わが最後の晩をばたわいなく送って見たいと思ったが、如何《いか》に強いアブサント酒の一杯も、死刑の人の名残に飲む酒と同じく、この時ばかりは何の効力《ききめ》もない、自分は音楽、人声、皿の響の騒然たる中に、時間の進む事ばかりを思詰める、と、かの緩《ゆるや》かな舞踏《ワルス》の拍子が、時間の進みを刻《きざ》んで行くように思われて、殆ど坐に居たたまれぬほど、気がいら立つ。されば、やがて横町の突当り、電燈の光で蒼白《あおじろ》く見える哲人オーギュスト、コントの石像の後に聳ゆるソルボンの大時計が何時《なんじ》とも知れず、沈んで鋭い時の鐘を打出した時には、自分はその響の数が一ツ一ツ、毒の雫《しずく》の身に腐《くさ》れ入る如く覚えた。

おお！　この苦痛！　自分はあたりの椅子、机、皿を打破《うちこわ》し、猛獣の如く荒れ廻って見たいとも思う。同時にまた、ああこれほどまでに苦悶して名残を惜しむものを、巴里の都は自分の心情とは全く無関係で、今や蒼然たる夜の衣に、燦爛《さんらん》たる燈火の飾りを付けて、限りない歓楽の夢に入ろうとしているのかと思えば、自分は暗い裏街の、冷い寺院の壁に身をかくし、人知れず声を上げて泣きたい気もする。

ああ、Mon Dieu《モンデュー》（わが神よ）自分はどうしたらいいのであろう。いっそ、今、突嗟《とつさ》の間に、汽車の発する時間が来てくれればよい。自分は、到底《とても》、じッとしてこの一夜の明けるのを待つ事は出来ぬ。動くに如《し》くはない、身体を何処へなり動かしたならば、幾分か気のまぎれ、心の変る機会もあろう。自分は往来を通過ぎる自働車《オートモビル》を呼び止めた。車に乗ろうとする時であった。二人連の女が丁度散歩しながら、カッフェーに小休みしようとして、自分の姿を見付け、遠慮もなく、

「一緒《いつしよ》に載《の》せてッて頂戴！　散歩なさるんでしょう。」という。

Oui Mesdames《ウイメダーム》――自分は散歩するのだ。夜の明けるまで、巴里中を風のように飛び廻わろうと思うのである。

夜は更けるに従いいうばかりもなく蒼くなって来た。並木の大通はカッフェーの室内も同様、電燈の光まばゆい中に自分らの乗った自働車は、往来《ゆきき》の男女のさざめく間をば、さながら餌《えば》に飢えた大鷲の、小鳥の歌を聞付けて突進する如く、明い中にもまた明い燈火の巷を目掛けて、世界の放蕩場モンマルトルの方へ飛去った。

＊　　＊　　＊

別れた後ならでは、誠の恋の味は解されぬと同様、フランスを去ってイギリスに入るや、自分は今更らしくフランスの美しさを思返した。

午前十時過るにパリーなるサンラザールの停車場を発したロンドン急行列車は、緑滴《したた》るセーヌの河づたい、製造場の多いルアンの街に小休みして、沃々《よくよく》たるノルマンデーの野を過ぎ、デエップの港に着いたのは、午後の二時。旅客は直様《すぐさま》、小蒸汽船に乗移って、二時間あまりで海峡《マンシュ》を越え、ニューヘブンから再び汽車でその日の夕暮、ロンドンの都に這入《はい》るのである。

自分は小蒸汽船から上ると、直様《すぐさま》心付いたのは青空の色である。世界は今何処《いずこ》も五月の花さく夏の事で、イギリスの空も能《よ》く晴れ居るが、たった海峡の水一帯を越したこのイギリスの青空は、青いながらも、フランスで見るような軟《やわらか》な滑《なめらか》な光沢《つや》を帯びていない。ニューヘブンの街を出ると、直ちに、眼の届くかぎり青草の繁った牧場や森の景色が見えたが、自分は驚くよりもつくづく不思議に感じた。青草の色はいやに黒みがかっており、樹木の姿は、何処《どこ》となくいかつく、かのセーヌの河畔、コローが画に見るような、優しい枝振りといっては一ツもない。広々とした満目の光景は、静かというよりは淋しさが勝《まさ》っていて、たった今、通って来たノルマンデーの牧場の、あざやかな色彩と日光が呼起したような、心身の恍惚、魔酔を感ずる事は、到底出来ないのである。

Gracieux ——さわやか、Agréable ——こころよき。かかる語《ことば》の真の意義は、フランスでなければ、決して味《あじわ》い得べきものでないと、つくづく感じた。

英国人は、定めしこの牧場を美しいと歌うであろう。美しい事は美しい。しかし、美しいのみでは、直ちに爽《さわや》か快《こころよ》いという事にはならぬ。見よ。この美しい牧場は、若き悩みにつかれた夢見がちなる吾々には、何の関係もない無感能の、冷い自然に過ぎないではないか！　あの、黒ずんだ草の色を見ては、夏の夜明けの色なす烟と共に、裸体の神女《ナンフ》が舞出でようとの想像も起らず、あの、刺張《とげば》った森の蔭では若い牧神《フォーン》が午後の夢さめて、笛を吹くとの感じもせぬ。つまり、イギリスの自然は、現在自分が目で見る通り幾千の羊にのみ必要な牧場である。一国の産業とか工業とか称するものに必要な野原なのだ。

ロンドンに着くと、自分は不知案内の都の事。かつは、明朝出帆すべき日本の汽船を待つ間《あいだ》、ほんの一夜を過せばよい事とて、どれこれの選みなく、辻馬車《ハッケー》の案内するままに、停車場近くの唯《と》ある宿屋に這入《はい》った。

丁度夕飯の時刻で、宿屋の食堂では食物の匂いや皿の音がしていたが、自分は廊下を往来している宿の女中の顔を見ると、とても、イギリス人の家では食事する気にはなれなくなる。大方アイルランドか何処《どこ》かの女であろう。口が「へ」の字なりに大きく、頤《あご》が突出て、両の頬骨が高く聳《そび》え、眼が深く凹《くぼ》んでいる形相《ぎょうそう》は、どうしても日本の盤若《はんにゃ》、独逸《ドイツ》の物語にある魔法の婆としか見えぬ。いやに、いばって、大手を振りながら歩いて

来て、自分の顔を見るや。だしぬけに、

Will you take dinner? というではないか。自分は実際呆《あき》れて何とも返事が出来なかった。

この年月、自分は、フランス語の発音、そのものが已に音楽の如く、耳に快い上にやさしい手振、いわれぬ微笑を見せるフランスの町娘のみを見馴れていた処から、イギリスの下女の様子はいうまでもなく、英語に特有の、鋭いアクセントが耳を突いて何の事はない、頭から冠《かぶ》せかけて叱《しか》り付けられるような気がするのであった。

No thank you——と聞えぬほどにいい捨てて往来にと出た自分は、ロンドンにもフランス人の居留街《まち》があると聞いていたので、多分は同じ料理屋もあろうと思い、辻馬車の馭者に聞きただして、其処《そこ》へと馳付《はせつ》けた。

やや、繁華らしく思われるオックス、フォード、ストリートとしてある大通りを行く事、やや少時《しばし》、馬車は狭い横町に止まった。下りて歩むと、別に何処《どこ》といってフランスらしい特徴はなく、往来の男女を眺めても、フランスらしい姿は更に見当らない。しかし間《ま》もなく、自分は三色《トリコロール》の旗が二流、ユニオン、ジャックの旗と差違《さしちが》いに出してある料理屋を見付けたので、夢中で中へ馳込んだ。

汚《きたな》い安料理店で、入口に近く、よごれた白布《ナップ》を掛けたテーブルには三人の職人体の男、中央には商人らしい男が四、五人、やや離れた片隅には醜《みにく》からぬ女が一人坐《すわ》っていた。その服装、容貌、帽子の形、見すぼらしいけれども、一目見て特徴の著しい巴里の女《パリジェーヌ》である。

自分はさながら、砂漠の中に一帯の青地を見出したも同様、ノルマンデーの海辺を後《うしろ》に、イギリス海峡を越えて後《のち》、たった三、四時間しか経たぬが、已に堪えられぬほどに感ずるホームシックの情をば、一時に慰め得たように思うのであった。が、それも一瞬時。職人体の男が片隅のテーブルで怒鳴り散らす巴里街頭のアルゴ(俗語)、字典には見出されぬ俗語放言を耳にするにつけ、自分の胸には、モンマルトルあたりの、なつかしい記憶が縷々《るる》として呼返され、何も彼《か》も、一度去っては後返《また》らぬ昔の夢になってしまったのかと思うと、いい難い悲愁は雲の如く身を包む。

自分は見るともなく、自然と、一人《ひとり》ぼッち、淋しげに坐っている女の方を見返ッた。汚《よご》れた壁に添うて、汚れたテーブルの上に片肱《かたひじ》をつき、物思わし気《げ》に時々は吐息《といき》をもつくようで、手にした肉叉《にくざし》に料理を叉《さ》しながら食べようともせず、蠅の糞《ふん》で汚れている天井を現《うつつ》に仰いでいる姿は、どうしても、異《ちが》った国から、移植《うつしう》えた草花の色あせ、やつれた風情。グレート、ブリテーンという四辺《あた》り一般の空気の中に、巴里生粋《きっすい》の、その横顔から肩の様子が、何ともいえぬほど、物淋しく物哀れに見られた。旅には久しく馴れた自分も、急に漂泊《さすらい》の悲しみを覚え、彼の女は如何《どう》してあの美しいフランスを見捨てたのであろう。ああ、もしこれが、巴里の街であるならば、同じ場末の安料理屋でも、アブニューを蔽う橡《マロニエー》樹の若葉の陰、道傍《みちばた》のテラスで、紫色に暮れて行く往来《ゆきき》の人通を眺め、何処からともなく聞えて来るビオロンの調《しらべ》を聞きながら、陶然一ぱいの葡萄酒に酔えようものを……………と、今は他人の身の上ならぬ過ぎし我が巴里の生活を思いはじめる。

自分は食事している間に、どうかして、あの女の唇から一語たりと、やさしいフランス語を聞きたいものだと思った。自分は明朝船に乗れば、もうかかる巴里生粋の女とは一生話をする機会がないかも知れぬ。自分は女の身分やら、何のために、たった独り、何処《どこ》も彼処《かしこ》も煤《すす》で黒ずんだロンドンの街に彷徨《さすら》っているのであろうと、それからそれへと空想を逞しくする。同時に一挙一動、話しかけべき機会を見逃すまいと注意した。

いつも、情《つれ》ない運命は、この時ばかりは自分の心を哀れと思ったのであろう。丁度女の食事が済《す》みかけた時、曇りがちなイギリスの空は珍らしくもあらぬ雨となった。女は給仕人に二、三度も天気模様をきいていた。女は傘を持たないというのに嬉しや、旅仕度の自分は、杖の代りに傘を所持していた好運に思当《おもいあた》ると、もう一瞬間も我慢が出来ず、無遠慮にも、遂にマダムと呼掛けた。

女は礼儀ばかりに自分の差出す傘をば辞退した。雨は程なく晴れようからと、なお坐についていたが、会話はそれから滞《とどこお》りなく取交わされる——女は丁度この頃に開始した英仏大博覧会の売店に雇われるため、一昨日《おととい》の夕に初めてロンドンに着いたとの事、これから一町ほど先きの下宿に宿を取ったが、イギリスの食事は、パンからカッフェーから、とても口には合わぬ。さりとて贅沢な料理屋へ行く事も出来ぬ身分、今宵《こよい》始めて、このフランス人の安料理屋へ来て見たとの事であった。

「ロンドンは如何《いかが》です。」

「陰気な処《ところ》です事ね。カッフェー一《ひと》つないんですもの。」と淋しく微笑《ほほえ》んだ。

自分はなお容易には止みそうにもない小降りの雨を幸い、女が辞退するのを無理強いに、遂にその宿の戸口まで送って行った。女は戸を開《あ》けて別れ際《ぎわ》、手袋したままの片手を差出して——Mercie《メルシイ》 monsieur《モッシュー》, aurevoir《オールボワール》——

自分はその手をば女の驚くほど強く握った後、馳《か》けるようにその場を立去った。ああ! 何事も知らぬ巴里の町娘! 彼女は愛嬌に「再び見ん」との意味ある懐《なつか》しいAU REVOIR の一語を残してくれたが、この夜を限り遠く遠く東の端《はず》れに行ってしまう身の上には、Adieu pour toujour——再会の期なき別れである。ああ! 彼の女は自分に純粋な「巴里の発音《アクサンパリジャン》」を聞かしてくれた最後の「巴里の女《パリジエーヌ》」である。自分は恋人よりも懐《なつか》しい気がする。百年を契《ちぎ》った思う人の面影よりも、なお、その面影は深くわが胸の底に彫《きざ》み込まれたであろう。

自分は堪えがたい憂悶を退《しりぞ》けるには、何処か音楽のある処をと思返し、横町を出ると直様、馬車を呼んだ。しかし一度び巴里の燈火を見たものの眼には世界最大の都府ロンドンは、何らの美的思想もなく、実利一方に建設された煉瓦と石の「がらくた」に過ぎない。かの不朽なるオペラをいう勿《なか》れ。詩人ミュッセの像を角にしたテアトル、フランセーの威儀あるに引換えて、ロンドンの劇場は、まるで、料理屋か酒場のような外構《そとかまえ》をしている。街には樹木がなく、家屋は高低整《ととの》わず、いくら位置を変えて遠くを眺めても、いささかの調和をも見出す事が出来ない。時たま、銅像の立っているのを認めたけれど、適当ならぬその位置は、永久のものとは思われず、目下工事中仮拵《かりごしら》えをしたものの如く見えた。通行する女はと見れば、帽子に何の飾もなく、衣服の色合には無頓着で靴の形が悪く、腰が太くて、裾さばきに何の趣きもない。無暗《むやみ》と往来しているのは、二輪の辻馬車で、人がそれを呼止める笛の音の鋭さは、何の訳《わけ》もなく探偵小説中の場当りを思起させる。

自分の見たイギリスはかくの如くであった。自分はひたすらこの地を去るべき明日《あす》の夜明けの来《きた》らん事を望みつつ、宿屋の寝床に眠ったのである。

黄昏の地中海

ガスコンユの入海を越え、ポルチュガルの海辺から、南東へと、やがてエスパニヤの岸に添うて、南にマロックの陸地と真白なタンヂェーの人家、北に三角形なすジブラルタルの岩山を見ながら地中海に進み入る時、自分は、どうかして、自分の乗っているこの船が、何かの災難で、破《こわ》れるか沈むかしてくれればよいと祈った。

　さすれば、自分は救助船に載せられて、北へも南へも僅か三哩《マイル》ほどしかない、手に取るように見える向うの岸に上る事が出来よう。心にもあらず、日本に帰る道すがら、自分は今一度ヨーロッパの土を踏む事が出来よう。ヨーロッパも文明の中心からは遠《とおざか》って、男ははでな着物きて、夜の窓下にセレナドを弾き、女は薔薇の花を黒髪にさし、あらわなる半身をマンチラに蔽《おお》い、夜を明して舞い戯《たわむ》る、遊楽のエスパニヤを見る事が出来よう。

　今、舷から手にとるよう望まれる向うの山——日に照らされて土地は乾き、樹木は少く、色ざめた青草のみに蔽われた山間には、白い土塗りの人家がチラチラ見える、——

あの山一ツ越えれば、其処《そこ》は乃《すなわ》ちミュッセが歌ったアンダルジヤじゃないか。ビゼが不朽の音楽を作った「カルメン」の故郷じゃないか。

目もくらむ衣裳の色彩と、熱情湧きほとばしる音楽を愛し、風の吹くまま気の行くまの恋を思う人は、誰れか一日も、ドンジヤンが祖国ヱスパニヤを忘れる事が出来よう。熱い日の照るこの国には、恋とは男と女の入り乱れて戯れる事のみを意味して、北の人のいうように、道義だの、結婚だの、家庭だのと、そんな興のさめる事とは何の関係もないのだ。祭りの夜に契《ちぎり》を結んだ女の色香《いろか》に飽きたならば、直ちに市場《フェリヤ》の午後に行きて他の女の手を取り給え、もし、その女が人の妻ならば、夜の窓にひそんで、一挺のマンドリンを弾じつつ、

Deh, vieni alla finestra, O mio tesoro!

（あわれ。窓にぞ来よ、わが君よ。モザルトのオペラ、ドンジヤンの歌）

と誘い給え、して、事露《あらわ》れなば一振の剣に血を見るばかり。情の火のぱっと燃えては消え失せる一刹那《せつな》の夢は、乃《すなわ》ちこの熱き国の人生のすべてであろう。鈴付の小太鼓に打つ手拍子、踏む足拍子の音烈しく、アンダルジヤの少女が両手の指にカスタニヱット打鳴らし、五彩きらめく裾を蹴立てて乱れ舞う、この国特種の音楽のすさまじさ。嵐の如く、いよいよ酣《たけなわ》にして、いよいよ急激に、聞く人、見る人、目も眩《くら》み、心も覆《くつがえ》る。曲、

舞、忽然《こつぜん》として止《や》む時は、さながら美しき宝石の、砕け、飛び、散ったのを見る時の心地と等しく、初めてあっと疲れの吐息《といき》を漏すばかり、この国の人生はこの音楽のその通りであろう……

然《しか》るを船、憎き船は悠然として、吾が現実すべからざる慾望には何の関係もなく、左右の舷に大海の水を蹴って、遠く沖合に進み入った。突出《つきで》たジブラルタルの岩山は、その背面に落ちた折からの夕日の光で、焔の中に燃えるよう。その正面、一帯の水を隔てたタンヂェーの人家と低く長く延びたマロックの山とは、薔薇色から紫色にと変って行った。

しかし、徐《おもむ》ろに黄昏の光の消え行く頃には、その山も、その岩も、皆、遠く西の方水平線の下に沈んでしまい、食事を終って再び甲板の欄干に身を倚《よ》せた自分は、茫々《ぼうぼう》たる大海原の水の色のみ、太西洋のそれとは驚くほど異って、紺色を呈し、天鵞絨《びろうど》のように滑に輝いているのを認めるばかりであった。

けれども、この水の色は、山よりも川よりも湖よりも、更にいわれぬ優しい空想を引出すほど美しく見えるのである。この水の色を見詰めていると、太古の文藝が、この水の漂う岸辺から発生した歴史から、美しい女神ベヌスが紫の波より産《うま》れ出たと伝うそれらの神話までが、如何《いか》にも自然に、無理ならず首肯《うなず》かれる。

星が燦《きらめ》き出した。その光は鋭く、その形は大きくて、表象的の画で見る如く、正しく五つの角々があり得るように思われる。空は澄んで、暗碧の色は飽くまで濃い。水は空と同じ種類の色ながら水平線ははっきりと限られて見える。すべてが、夜でも――月もない夜ながら――いうにいわれず明《あかる》くて、漠として山一つ見えない空間にも、何処《どこ》かに正しい秩序と調和の気が通っているように思われた。ああ、端麗な地中海の夜よ。自分は偶然、輪郭の極めて明い古代の裸体像を思出した。クラシック藝術の美麗を思出した。ベルサイユ庭苑の一斉に刈込まれた樹木の列を思い出した。わが作品もかくの如《ごと》くあれ。夜のような漠とした憂愁の影に包まれて、色と音と香気との感激をもて一糸を乱さず織りなされたる錦の引幕の粛然として垂れたるが如《ごと》かれと念じた。

＊　＊　＊

地中海に入って確か二日目の晩である。午後に遠く南方に陸地が見えた。アフリカのアルジェリーあたりだと思う。

食事の後甲板に出ると、夕なぎの海原は波一つなく、その濃い紺色の水の面は、磨き上げた宝石の面のように、一層の光沢を帯び、欄干から下をのぞくと、自分の顔までが映《うつ》るかと思われた――美しい童《わらべ》の顔のようになって映るかと思われた。無限の大空には雲の影一ツない、昼の中は烈しい日の光で飽くまで透明であったその藍色は、薄く薔薇色を帯びてどんよりと朧《おぼ》ろになっている。ヨーロッパで見ると同じような蒼い黄昏の微光は、甲板上の諸有《あらゆ》るものに、船梯子や欄干や船室の壁や、種々の綱《つな》なぞに優しい神秘の影を投げるので、殊に白く塗り立てたボートには何か怪しい生命が含まれたように思われた。

そよ吹く風は丁度酣《たけなわ》な春の夜の如く爽《さわやか》で静《しずか》であり、空気は身も溶けるように暖く、海上の大《おおい》なる沈静が心を澄ます。

しばらく、自分の心は全く空虚《うつろ》になった。悲しいとも、淋しいとも、嬉しいとも、何とも思うていなかったが、ただ非常に心持がよくて堪らない事だけを意識していた。自分はかえって大なる苦痛に悩むように、どっさり、有り合う長椅子に身を落し、遠く空のはずれに眼を移した。

夕の明い星の数が、五ツ六ツともう燦《きらめ》き初《そ》めている。自分はその美しい光を見詰めていると、何時《いつ》か、いわれぬ詩情が胸の底から湧起って来て、殆ど押さえ切れぬように感じる。肺腑の底から、自分はこの暮れ行く地中海の海原に対して、美しい声一杯に美しい歌を唄って見たいと思った。

すると、まだ歌わぬ先から、自分の想像した歌おうとするその美しい声が、ゆるやかな波のうねりに連れて、遠く遠くの空間に漂い消えて行く有様が、もう目に見えるような気がする。
自分は長椅子から立上り、爽な風に面を吹かせ、暖く静かな空気を肺一ぱいに吸込み、遠くの星の、殊更《ことさら》美しい一ツを見詰めて、さて唇を開いて声を出そうとすると、ああ、心ばかり余りに急ぎ立っていたためか、自分はどういう歌を唄うのであったか、すっかり選択する事を忘れていた。歌謡《うた》は要《い》らない。節ばかりでもよい。直様《すぐさま》そう思って、自分は先ず

La《ラー》, la《ラー》, la《ラー》, ……と声を出して見たが、それさえも、どういう節を歌ってよいのか、また迷った。

自分は非常に狼狽して、頻《しきり》に何か覚えている節をば記憶から捜し出そうと試みる。紫色の波は朗《ほがら》かな自分の声の流出るのを、今か今かと待つように動いており、星の光は若い女の眼が、じれったがるように輝く。

自分は漸く、カバレリヤ、ルスチカナの幕明きに淋しい立琴《アルプ》を相方にして歌うシシリヤナの一節を思付いた。あの節の中には、南伊太利亜の燃える情と、何処《どこ》となしに海辺の淋しみが含まれていて、声を長く引く調子のそれとなく、日本人の耳には船歌とも思われるような処がある。航海する今の身の上、この歌にしくものはあるまいと、自分は非常に勇立《いさみた》って、先《ま》ず第一句を試みようとしたが、O Lola, bianca come――という文

句ばかりでその後を忘れてしまった。

あれは、自分がよく知らない伊太利語だから記憶していないのも無理はない。それじゃ、トリスタンの幕明、檣の上で船頭の歌う歌、この方がなおよく境遇に適していよう。ところが、今度は歌の文句ばかりで、唱うべき必要の節が怪しくなっている。

これア駄目だ! いかほど歌いたいと思ッても、ヨーロッパの歌は唄いにくい。日本に生れた自分は、自国の歌を唄うより仕方がないのか。ややこの度《たび》は沈着《おちつ》いて、自分はこの場合の感情——フランスの恋と藝術とを後にして、単調な生活の果てには死のみが待っている東洋の端《はず》れに旅して行く、それらの思いを、遺憾《いかん》なくいい現わした日本の歌があるかどうかと考えた。

ああ、しかし、これは歌いにくい西洋の歌に失望するよりも更に深い失望を感ぜねばならぬ。「おしょろ高島」と能《よ》く人が歌う。悲しくッていい節だと賞める。けれども、旅と追分節という事のみが僅な関係を持っているだけで、ギリシヤの神話を思出すような地中海の夕暮に対する感情とは、余りに不調和ではないか。「竹本」や「常盤津《ときわず》」を初め、すべての浄瑠璃は立派に複雑な感激を現わしているけれど、「音楽」から見れば歌曲といおうよりは楽器を用ゆる朗読詩ともいうべく余りに客観的で、咄嗟《とっさ》の感情に訴えるには冷《ひやや》か過ぎる、「歌沢《うたざわ》」は時代の遠い花柳界の弱《よわ》い喞《かこ》ちを伝えたに過ぎず、「能楽」の謡《うたい》は仏教的の悲哀を含むだけ、古雅であるだけ、二十世紀最進式の汽船とは到底相容《あいい》れざる処がある。あれは苫船《とまぶね》で櫓の音を聞きながら、遠くに墨絵のような松の岸辺を見る景色でなくてはならぬ。その他には薩摩琵琶歌だの漢詩朗吟なぞも存在しているが、これ同じく、色彩の極めて単純な日本特有の背景と一致した場合、初歩期の単調が、ある粗朴な悲哀美を齎《もたら》すばかりだ。

自分は全く絶望した。自分はいかほど溢るる感激、乱るる情緒に悶えても、それを発表すべき、それを訴うべき、音楽を持っていない国民であるのだと心付く。かかる国民、かかる人種が世界の他にあるであろうか。

下の甲板から、この時、印度の殖民地へ出稼ぎに行くイギリスの鉄道工夫が二、三人と、香港へ行くとかいう身元の知れぬ女とが、声を合せて歌うのを聞付けた。ロンドンの東側の寄席などで歌う流行唄《はやりうた》だとは、滑稽を交えた軽佻《けいちょう》な、深みのない調子で想像せられる。音楽としては、無論何の価値もないものだけに、聞き澄《すま》していると、イギリスの労働者が、海を越して遠く熱帯の地に出稼ぎに行くその心持が、三等室の汚《きたな》い甲板の薄暗い有様と釣合って、非常に能く表現されている。

幸福な国民ではないか！　イギリスの文明は智識のない下層の労働者にまで、淋しい旅愁を托するに適すべき、一種の音楽を与えた。明治の文明！　君は吾々に限り知られぬ煩悶を誘ったばかりで、それを訴うべき、托すべき何物をも与えなかった。吾らが心情は、已《すで》に遺物となった封建時代の音楽に取り縋ろうには、余りに遠く掛け離れてしまったし、といって一散《いっさん》に欧州の音楽に赴《おもむ》かんとすれば、吾らは如何《いか》なる偏頗《へんぱ》の愛好心を以てするも、なお風土人情の止《や》みがたき差別を感ずるであろう。

吾らは哀れむべき国民である。国土を失ったポーランドの民よ。自由を持たぬロシャの人よ、諸君は、なお、ショーパンと、チャイコウスキーを有したではないか。諸君は世界の一隅には、領土と政府と軍隊とのみあって、その他に何物もない国民の存在する事を驚かぬであろうか。

夜の進むにつれて、水は黒く輝き、空は次第に不思議な光沢を帯びて、恐ろしく底深く見え、星の光の明くて、数多い事はまた驚くばかりである。おお、神秘なる北アフリカに近き地中海の空よ。イギリスの工夫が歌う唄は、物哀れに、この神秘の空に消えて行く。

歌え。歌え。幸福なる彼ら！

自分は星斗賑《にぎわ》しき空をば遠く仰ぎつつ、心の中には、今日よりして四十幾日、長い長い船路の果てに横《よこた》わる、落寞たる明治の世の中の有様を描き出した。

ああ、自分はどして巴里を去ることが出来たのであろう！

砂漠

地中海の紫色した美しい水の色が、その朝目覚めて甲板へ出ると、驚くばかり変って緑色に濁っている。ニルの大河が吐き出す水のためだというが、山の影、雲の影さえ見えないので、自分はやはり遠い沖合を航海しているように思っていた。

突然、遥か水平線上にヱジプト形の小さい帆掛舟が鳥のように飛んで行くのが見えて、黄い砂の上に立つポートセットの人家の列は、突如として蜃気楼《しんきろう》の如く現れ出たのである。

大概、何処《いずこ》の国にしても、港へ近づく前には、先ず山とか島とかを望むものであるが、ポートセットばかりは、その出現の有様が、如何にも不意であったためか、見るもののすべてが、尽《ことごと》く深い印象を留めた。

スヱズ運河経営者の銅像を立てた波よけの堤防に入ると、これまで自分が世界の何処《どこ》にも見た事のない、さまざまな色に塗立てた無数の帆掛舟が浮んでいる。船頭の冠《かぶ》っている真赤なトルコ帽や、衣服や、腹帯なぞの濃く単純な濃い色が、真青く晴れている空の色、水の輝きに対して、欧米の街にさえ見られぬ快感を与える。熱帯の強い日の光で、碇泊船の檣《ほばしら》や旗竿や綱類なぞまで、あらゆる物の輪廓は驚くばかり鮮明で、見渡す港全体の景色は、あまりに明い処《あかる》から、何の事はない、一点の曇りさえない、大きな鏡の中に映っている遠い処を見るような気がした。

ポートセットはヱジプトの尽る処である。多年、自分の空想した東方回教国の一部である。色彩を愛し、歓楽を思い、安逸を夢みる人の忘れ得ぬ天国である――と思えば自分は遠いアメリカの空の下で、幾度か思いを此処《ここ》に走《は》せた当時の事を追想せずにはおられぬ。

日本にいた昔にも、自分は已にロッチが美しいトルコの恋物語を読みながら、なおヱジプトやトルコに対しては、これという特別の感想を持つ事が出来なかった――物語は要するに美しい架空の物語に過ぎなかったが、一度び米国に赴《おもむ》いて、一方では常に曇りがちな空と、窮屈な清教徒の生活に苦しめられると、同時に一方では、フランス藝術の一部に現われているオリヤンタリズム(東方派)の美を感ずるや、空想は矢の如く北アフリカからバルカンの空に向って走せた。

例えば、新英州《ニユーイングランド》あたりの寒い町のはずれで、米国の宣教師が、禁酒禁煙なぞの演説をしているのを見る時には、自分はあの人たちが、いくら、あんな事をいっていても、世界は広い。空青く、日の輝く地中海のほとりには、一夫多妻の教があり、人は鴉片《あへん》に等しいアシッシュという毒煙の夢を見ている国の存在している事を思い、世界はまだなかなか、それほど無味枯淡にはなるまいと、無限の慰藉を感ずるのであった。千九百〇四年世界の奇を集めた、セントルイスの博覧会場以来、自分の心を去らぬものは、かのエジプトから来た女の腹を揺《ゆす》る舞《ま》いと、それに伴う唱歌音楽とである。

あの舞、あの音楽、あの唱歌——淋しい太古的な立琴の囁き、何かの反響かとも思われる鈍い鼓の音、鈴の響につれて、何らの表情や身振の技巧も見せず、肉情に疲れた身体の底から出るままの、全く自然な、単調な声で、有色の皮膚の、ぽっちゃりと油ぎった両腕、両肩、胸、腹、腰の筋肉を、蛇の匐《は》うように、うねらせ、動《うごか》す有様は吾らをしてあらゆる近代的の煩悶を忘れさせるばかりでない。人間の肉情、そのものを智識や思想的の空想から全く離れて、独立、自由、純粋ならしめ、その強く、重く、また苦しいほどな快感の中に、自我の意識を没却させる。自分はしばしば毒烟を喫した場合の、精神の麻痺——最初は苦しく、次に眠く、快く、遂に遠く気の疲れて行く具合も、かくの如くであろうかと思う事さえあった。

それに能《よ》く似た調子の船歌が、今や、大勢で櫓を漕いでいる石炭船《ぶね》から聞え出して、我が乗る汽船は、イギリスを出て十四日あまり、疲《つ》かれた旅路の歩みを休める。黒い房付の赤帽に、紺色の袴をはいたエジプト人、アラビヤ人の大勢が、汽船の碇や船梯子の、まだ下りるか下りぬ中、下から投げる綱を攀《よ》じて、甲板に飛び上り、モッシュー、シニョール、ゼントルメンとフランス、イタリヤ、またイギリス語のさまざまに、煙草、宝石、駝鳥の羽、絵葉書なぞを並べ出した。

自分は街を見物するために、梯子の下から大声に争って客を迎える、赤い日蔽《ひおおい》付きの小舟に乗る。

烈しい日光の下、涼しい微風の中、静《しずか》な水のその面には、絶えず、鮫のような、大きな、怪魚の、岩かと思う頭を持上げるのを、恐れもせずと、その辺の荷舟から、鉄より黒い土人の小供が、泳ぎ遊んでいる間《あいだ》を過ぎ、船頭が高話の、聞馴れぬエジプト語には、ただKの発音の耳立つを怪しむほどもなく、小舟は、後の海岸一帯を鉄柵で囲った波止場についた。

碇泊の汽船からでも、一目に見える海岸通りは、欧州各国の汽船会社や、ホテルの立並ぶばかり。それから電車の通じている大通りへ曲ると、両側にずっと商店が並んでいる。旅の客の足音を聞付けて、両側から騒がしく呼込む売り子の顔を見れば、イタリヤ人、ギリシヤ人が第一に、エジプト人も交っていて、如何《いかが》わしい宝石やら、織物やら、扇子やら、絵葉書雑貨を並べ立てた店頭の、けばけばしく、沈《お》ち着《つ》きのない色彩は、極めて疎雑な、新しいペンキ塗り木造の家屋と調和して、どうしても急拵《きゅうごしら》えに作り立てた博覧会場の売店としか見えぬ。天気のいい時節だけが、賑《にぎわ》いの束《つか》の間《ま》で、冬が来ると共に、取払いになって、引抜いた杭や柱の穴に水が溜り、一面の雑草の生えた空地になってしまうのではないか、というような、果敢《はかな》い感じがする。

この果敢さは、殊更一時的に見える商店ばかりでなく、一本道を行尽して、村落の間に進入れば入るほど、ますます深く人の胸に迫って来る。ポートセットという港の村全体から、言葉にいえない一種の物哀れさが湧いて来るように感じられる。「東方の静寂、悲愁」とよく詩人のいうのは、これであろうか。太空は、何処《どこ》までも青く、晴れている。村落の後方、左右には、沈黙の動かぬ海――真黄《まっきい》ろな砂漠が、近くに見える地中海よりも、限り知れず、広く広く見渡される。村落の尽る処、砂漠の入口ともいう処に、エジプトの都ケールとスエズに行く鉄道の停車場がある。砂漠の砂のやや堆高《うずたか》く小山をなした低い処に建ててあるので、こなたから眺めると、ギラギラする日光の反照で、その屋根は傾いて、半ば砂に埋っているように見え、此処《ここ》から出発する列車という列車は、出発したが最後、決して二度と再び帰る事なく、中途で砂の中に埋葬されてしまうものであるような気がした。

村落を作る人家は、皆、(自分には伊太利亜風かとも思われる)欄干をつけた木造の二階立《だて》である。この村落とても、一度び、砂漠に砂の暴風《あらし》が起ったり、海から大波が寄せて来たなら、残りなく跡形なく消え失せてしまうのであろう。平かな砂地は低い処から、見渡す地中海の水平線の方が、二階の屋根よりも遥か高く眺められるではないか。

村落の一部は、ギリシヤ、南のイタリヤ、東欧諸国の移住民で形造《かたちづく》られ、一、二軒、円屋根《まるやね》を頂いたギリシヤ形の寺院もあり、残りの大部分はヱジプトからでも来たらしい回教人種である。空気の乾いた熱帯の常とて、吹く風涼しい人家の物陰に、自分は、幾度となくニューヨークの波止場へ着く移民船《いみんぶね》や、マルセイユの貧民窟で見たような、乳飲子を抱えた、貧しい南欧の女房を、此処にも計らず、幾人となく見て過ぎた。ナポリの名所絵を思出すような、黒い大きい眼のパッチリした十二、三の乙女子の、二人三人、壁に添い、地にかがんで遊んでいるのをば、自分は、世界の端《はず》れ、この失われたる砂漠の果には、カルナワルの祭りも踊りもあるまいものをと、如何に悲しく、気の毒に思ったであろう。

土人の村落に這入《はい》ると、支那人を見るような、浅黄木綿の衣服をまとった土人の子が、痩せた驢馬に曳かした二輪車から、果物に駄菓子を売っている。その廻りに、大概は眼の悪い、病気かと思うほど元気のない小供が、黙って、跣足《はだし》のままで、うろうろ歩いている。人家の軒下には、白い布で頭を包んだ老人が幾人も、作ったもののように、大《おお》胡坐《あぐら》をかいたまま、少しの身動きもせず、長い管から水煙草を飲んでいるが、その煙管《キセル》からは煙も出ぬらしく、生きた人間らしい表情の全く消え失せたその大きい眼は、眠るのでも、覚めているのでもなく、瞬《また》き一ツするさえ懶《ものう》いように開放《あけはな》されたままになっている。骨格の逞《たくま》しい壮丁の男が、道端の砂の上に、ながながと、腕を投出し、足を踏張って午睡している――自分は今日まで、これらのアラビア人ほど、気持よく、覚まされる恐れなく、熟睡しているものを見た事がないと思った。アメリカの忙《いそが》しい波止場や普請場で、堅い荷物の上に、よく人足が午睡しているその様子とは全く違う。これらの土人は、労役につかれて眠っているのではない。更に多く働こうという目的のために休んでいるのではない。休むために休み、眠るために眠っているのである。これら、眠っている人、動かぬ人の間をば、頭から冠った黒く長い面紗に、眼ばかりを見せ、鼻の上に木片のような一種の飾りを付けた女が、同じ黒い色の薄い衣服《きもの》に、アラビア人特種の、麗《うるわ》しい肉付の曲線を忍ばせながら、素足に下駄をはいて、足音もさせずに通る。村落中何処といって、仕事をしている家とては一軒も見えない。青い青い大空から、絶えず吹通う涼しい微風は、この別天地の明い睡眠をば、殊更心地よくさせる造化の意志であるらしく思われた。何という静寂であろう。折々、人の寄合う休茶屋のような家からは、鈴付き太鼓の音の漏れるのを聞いたけれど、それさえ、物音のない静寂をば更に深く厳しく味《あじわ》わせるための、疲れた懶《ものう》い響であるとしか感じられなかった。

自分は歩いていながらも、あらゆる意識が痴頓に、おぼろになって、心は眠げな太鼓の音に揺られ、眼は村の後から左右に広がる茫々たる砂漠と青空の色に引付けられ、何処までも知れず歩いて行きたい、砂の大海の中に迷込んで見たい、という押切《おさえき》れぬ慾望を感じた。

村落は間もなく、砂の上にその屋根ばかりを現わすようになった。遠くから望んだ時には一面に平かなようであったが、砂漠の面は小山つづきの、波の如くに起伏していて、低く下りる砂の底は、前なる岡に烈しい日を遮《さえぎ》って、吹く風の、乾いて涼しい。やッと眼のとどく地平線の上をば、幾匹の駱駝《らくだ》が通って行く。日がぎらぎら輝いているので、動物の影は、青空に対して真黒く、影絵の動いて行くように見える。それさえ、忽《たちま》ち地平線の彼方に没してしまうと、ああ。眼に映ずるものは、ただ、漠々たる黄《きいろ》い砂の海、茫々たる青い大空ばかり。何一ツ、ささやかな物音さえもなくなった。烈しい日光が、一面に、際限なく輝き渡っている。天と地と光との間に、自分は今、寂寞、沈黙に対して自分たった一人立っているのだという感じが、恐しいほど強く、身に迫るのを覚えた。

口を開いて、声を出すと、その声は自分が声を出している間だけ、茫々たる砂漠に響き、自分が口を閉じると同時に、反響もなく、はたと止んでしまう。足で砂を蹴ると、砂は自分の足の力が与えた丁度それだけ、動いて乱されて、而して元の通りに静止してしまう。あの声は自分の声であった。この力は自分の力であった。

眼の前に自分と相対して、自分の影が黒く、黒く、真黒く、黄い《きいろ》砂の上に横わっている。これは自分の影である。何物も、如何なるものも、自分自身さえも、地球上から消す事の出来ない自分の影である。おお、自分よ！　自分は初めて、この大寂寞の中に、ぴッたり、自分と対峙した、自分を見たような感に打たれて、じッとじッと自分というその影をば、動かぬ砂漠の面に眺め、眺めた。

自分は、如何に激しい、強い愛情をば自分の影に対して感じたであろう。自分は、自分自身の手で力で、何故自分を作り出さなかったか？　自分を作った親、自分を産み付けた郷土なるものが、押え難いほど、憎く厭《いとわ》しく感じられて来た。自分は、他物の力で作られた自分は、どうしても、生命のある限り、今自分の影を見るように、自分を感ずる事は出来ない。自由とは、誰れが作り出した偽《いつわ》りの夢であろう。親は、自分には何らの相談もせずに、勝手に自分を作った。日本は、自分がその国体、習慣、何にも知らぬ先に、自分の承認を待たずして、自分をば日本人にしてしまった。自分は何の酔興《すいきょう》で、親に対し、国土に対して、無理無体なその義務を負うべき寛大を持つ必要があろう。自分の影は、自分の影であるが故に、自分はこれを愛する。自分の親、自分の国土、ああ何という残忍な敵であろう。自分は日本に帰りたくない。ヨーロッパにも戻りたくない。自分はこのまま、何時《いつ》までも、何時までも、自分の黒い影ばかりを眺めていたいと思った。何という美しい、鮮かな黒い影であろう。自分の影。自分の眼が親しく見るこの自分の影！

＊　＊　＊

夕方の六時、わが乗る汽船は、スヱズの運河に向って、徐々として港を離れた。ヱジプト形を模した税関や政庁の円屋根《まるやね》、水のほとりに危く立っている木造の人家、碇泊の外国汽船、ヱジプト形の帆掛舟、見返えるポートセットの哀れな小さい全景は、黄い《きいろ》砂の間に通ずる運河の、積上げた砂の堤のかげに、直様《すぐさま》隠れてしまった。堤の上には物凄《ものすご》いばかり黒い葦の葉が茂っていて、物哀れな虫の声が漏れる。自分は如何《いか》に不可思議に、この虫の歌を聞いたであろう。西も東も、見渡す限り、真黄《まっきい》ろな砂漠が、無際限に広がっている。遥かに山が見えた。驚くべき砂の波の、驚くほど高く聳《そび》えたものである。形容の出来ない真赤な烈しい夕陽が、炎々として、聳ゆるこの砂山のかなたに燃立っている。暑い空気は死の如く沈んで動かない。

船は両岸の砂を打崩すかと思うほど激しく、淀み静まった運河の水を押分けて進む。日は暮れて行く。何という速さであろう。我がフランスならば、夏中は九時まで続く黄昏《たそがれ》を、砂漠の海には、夕陽は殆どその余光を止《と》める暇なく、夜は唐突に、非常な勢で下りて来る。燃え上る夕陽に焼付けられた人の眼は、忽然《こつぜん》、如何に激しく、声なく風なき、深い深い闇の色に驚かされるであろう。

後からは堤の砂に押潰され、前には危く、運河の水にと落ちそうに立っている信号番人の小屋と砂漠の真中に立っている一流《ひとながれ》の国旗を認めたのが、浮世の最後の表示《しるし》であった。今一分間を過ぎたら、何一ツ見られない夜の間際《まぎわ》、寂々たる無人の境に、淋しく、勇しく、美しく立っている赤地に白の半月と星。自分は熱誠をもって敬礼した。自分は土耳古《トルコ》を愛する。砂漠に国旗を立てた土耳古を敬する。少くとも、彼は偽善の国でない。西洋諸国の仲間入がしたいという軽薄な虚栄心に、絶えざる恐怖と不安を加えて、頻《しき》りと、偽文明の体面をつくろう、日本の如き偽善の国家ではない。卑屈な国家ではない。ああ、嫌悪すべきは明治の文明なる哉《かな》。わが敬愛する欧羅巴《ヨーロッパ》人の基督教を奉じ、自由を思い、憲法を設けたのは、他国人に見てくれとの虚栄心から出たものでない。諸君が他国人に友誼《ゆうぎ》の厚きは、黄禍論《こうかろん》を一生懸命に防ごうとする我国の外賓歓迎の意味とは違う。諸君が藝術学問の研究は、万国博覧会で賞与をのみ得ようとするためでない。諸君が、今日ギリシヤに学んだ美しい文明は、もっと深い根底、深い要求から生じたものである。諸君翻《ひるがえ》って、この要求を感じない土耳古は、また如何に驚くべく、如何に勇しく土耳古らしいであろう。土耳古よ。一夫多妻、専制の土耳古よ。われ一度《ひとた》び、その名を呼ぶ時は、嫌悪憫笑《びんしよう》すべき日本に対し、同時に驚嘆すべき西欧に対して、偉大の諷刺《イロニー》と、また何たる無辺の謎語《エニグム》に打たれるであろう。

自分は神を信じない。自分はミュッセが「ナムーナ」の詩篇に歌いたる、

C'est le point capital du mahométanisme
De mettre le bonheur dans la stupidité.
Que n'en est-il ainsi dans le christianisme!

(回々教の主意は、蒙昧を以て至福となす。基督教、何が故に此《かく》の如くならざる。)

の三行を思いつつ、折から聞える食事の鐘に、心は乱れて甲板を去った。

悪　感

Grâce à la vorace Ironie
Qui me secoue et qui me mord.
——Baudelaire.

感謝す、貪乱の「諷刺」よ。
吾が心を覆し吾が身を嚙む。
——ボードレール。

顧《かえりみ》れば、西の方、ヨーロッパの天地は如何《いか》に遥《はる》けく隔ってしまったか！　曇りし太西洋、晴れし地中海、苦熱の紅海、暴風の印度洋。船は今、シンガポールに到着した。

五日前、コロンボに寄港した時には、仏陀《ぶっだ》の生れた島といい、オペラの「ラクメ」が舞台をしのび、さては、キップリングを思い、ルコント、ド、リールを夢みて、初めて仰ぐ椰子《やし》の林や裸体の土蛮。恐しい水牛や烈しい日の光。驚くべき草木の茂りを目《ま》の当《あた》り、久しく夢みた熱帯の美に酔わされていたが、かかる新奇に対する一時の恍惚は、跡方もなく消え失せた。今、休みもなく、我が心を焦立《いらだた》せるは、東の方、大日本帝国、ロシヤに勝った明治の文明国が、如何に如何に、我が身に近く進み寄って来たかという事のみである。

巡査、教師、軍人、官吏、日比谷の煉瓦造、西郷隆盛、楠正成の銅像、人道を種《たね》に金をゆすって歩く新聞紙、何々すべからずずくめの表札、掲示、規則、区役所、戸籍、戸主、実印、容色《きりよう》の悪い女生徒、地方出の大学生、ヒステリー式の大丸髷、猿のような貧民窟の児童《がき》、夕日の射込《さしこ》む雪隠《せついん》、蛞蝓《なめくじ》の這《は》う流《なが》し下《もと》――昔から日本帝国に対して抱いていた悪感情、一時欧米の天地で忘れるともなく忘れていた悪感情が、過ぎた夜の悪夢を思出すように、むらむら湧返って来た。

汽船は古い木製の桟橋に繫がれている。桟橋の向うには、汚《よご》れた瓦屋根の倉庫が引続いていて、熱帯の青空ばかり、陸地の眺望の、すべてを遮《さえぎ》っている。甲板からは、耳を聾《ろう》する機械の響と共に、荷物が桟橋へと投出される。醜《みにく》い馬来《マレー》の土人や汚《きたな》い支那の苦力《クーリー》が、幾人と数知れず、互の身を押合うように一方では、取出された荷物をば、倉庫の中に運んで行く。と、一方では、倉庫の中から石炭を運び出して船へと積込む。何《いず》れも腰のほとりに破《やぶ》れた布《ぬの》片一枚を纏うばかりなので、烈日の光と、石炭の粉、塵埃の烟の渦《うず》巻《ま》く中に、行きつ戻りつ、これらの労働者の動いている有様は、最初は人間ではなくただ、黒い、汚《きたな》い肉の塊《かたま》りが、芋でも洗うように動揺しているとしか思われなかった。やがて、動く手足の筋肉が、重いものを背負《せお》う度々、松の瘤のように高く張出《はりだ》して、汗が滝のように流れ滴《したた》るさまに気の付いた時は、久しく機械と電気の力にばかり驚かされていた自分は、まるで心を捲《むし》られてるような痛ましさ、恐しさに打たれるのであった。東洋という処は、実にひどい処だ、ひどい力役の国であると感じた。

倉庫の前には、役人らしい、人相の悪い、二、三の西洋人が、兜形の帽子を冠って、大股に歩いている。後にも先きにも、互にその船尾《とも》と舳《へさき》を接して、幾艘の汽船が並んで繋《つな》がれている。入船、出船の往来がなかなか忙《いそが》しい。しかし、どの船を見ても、殖民地《しょくみんち》通《がよ》いの荷船《にぶね》ばかりで、立派な客室が、広々した甲板上に街を見る如く連っているものなぞは一艘もない。欄干に身を倚《よ》せている人たちをば、遠くから眺めると、何《いず》れも角張《かどば》って鋭い顔立、悲しい中にも荒々しい眼付の船員、水夫、でなくば、出稼に行くらしい人足体《てい》のもののみで、幾人と居並ぶ汚《きたな》い衣服の、色褪《いろざ》めた甲板上の淋しさは、かのニューヨーク埠頭の出船入船に、花園かと怪しむ女の衣服、打振るハンケチ、投げ合う花束《はなたば》の、青い水、青い空の色に反映し、人の呼ぶ声、泣く声、笑う声。奏する音楽の悲しい、勇しい、その賑《にぎわ》いに引き比《くら》べると、何という烈しい対照であろう。殖民地通いの荷船は出るにも、這入《はい》るにも、漂泊は人生の常だ、少しも驚き騒ぐ事はない、といわぬばかり、欠《あくび》でもするように、間の抜けた汽笛をば、太く鈍く響かせるばかりである。

ああ、シンガポール。英領海峡殖民地の船着き場シンガポール。荷船、土蛮、出稼人……自分はふいと、流行だの、粋だの、華奢《かしゃ》だのというものが、如何にこの天地とは無関係であるかに驚いた。自分が腰掛けている椅子の前をば、汚《きたな》い毛脛《けずね》を出した跣足《はだし》の土人が、入代《いれかわ》り立代り、絵葉書や宝石や果物なぞを売りに来る。爪の延びた黒い手先や、厚い唇の間から現われる磨《みが》かない歯、垢だらけの胸、襟頸《えりくび》、毛脛の肉は、実際、自分をして、これまで経験した事のない一種の恐怖をさえ催さしめる。覚えず、顔を外向《そむ》ける度々、自分は化粧という事は実に美しいものだと、つくづく思った。一日でも半日でも、ヨーロッパの空気を呼吸したものは、生涯の光栄であると今更の如く感じ入った。巴里では樹木一本でも野生のままにはして置かない。枝をきる、高さを揃える。人は毎朝髯を剃《そ》る、爪を磨《みが》く。食事には酒と音楽が欠くべからざる必要品になっている。テーブルの会話には、何時幾日《いついつか》のオペラでは、第何番目のビオロン弾が、合奏中に、第何段目の第何節の手を、どう弾《ひ》いたから、能《よ》いとか悪いとかいう事を、天下の一大事の如く論ずる。色彩上のニュアンス、ぼかし、濃淡からの争論のためには、青年はピストルで決闘をさえ試みる。注文した着物の襞《ひだ》一ツが気に入らぬとて一夜を泣明《なきあか》す女なぞは珍しい例ではない。ああ、それが今は、何処を見返っても、人間の空想才智が造出した技巧の跡は更になく、眺め渡す江湾一帯の美しい景色、島嶼《とうしょ》の多い美しいその景色は、天然そのものの美しいばかりであって、かの地中海辺の市街を見るような、欄干をつけた岸壁上の散歩道も、規則正しく整列せしめた椰子の植込も望まれない、自分は実に堪《た》えがたい心淋しさを感じた。いくら焦立《いらだ》っても、最《も》う駄目だという気もした。自分一個の小《ちい》さい才能は、どうして大きい自然に敵しよう。「東洋」という野生の力が、眼には見えないが、もう身体中に浸込《しみこ》んで、この年月、香水や石鹼で磨いた皮膚や爪は無論、詩や音楽で洗練した頭脳まで、あらゆる自分の機官と思想をば、めちゃめちゃに蛮化さして行くような気がする。

自分は、あたかも滅び行く種属の、最後の一人であるような心持。熱帯の七月という烈しい暑さとあたりの騒しい物音に弱りながらも、衣嚢《かくし》に入れたミュッセの詩集を取り出し悲しげに、しかし熱心に読み出した。

Poëte, prends ton luth et me donne un baiser

詩人よ、琴取りて、われに与えよ、接吻《くちづけ》を……

突然、自分の名を呼ぶものがあったので、振返《ふりかえ》ると、船の事務長が、今夜出帆するこの船にと、今方新しく乗込んだ一人の紳士と、三、四才になる子供をつれたその夫人とを紹介するのであった。

二年ほど、広東省の、何とかいう学堂の教官をしていたが、この度《たび》、印度を見物して帰朝するとの事。自分は暫くは黙って、呆《あき》れたように二人の顔を眺めていた。久しく、西洋化した日本人ばかりを見ていたせいか、純粋の内地的な二人の様子が、如何にも物《もの》珍《めず》らしく見えると同時に、現代の日本に対する悪感情がますます混乱して来るからで。

紳士は年五十に近い。支那の貿易地から印度に於ける、殖民地の流行にならって、ヘルメット形の帽子に、立襟《たちえり》の白服を着ている、逞《たくま》しい骨格で、幅の広い肩はいかつく、首は太く、面積の広い顔には頬骨が、聳《そび》え立《た》ち、伸《の》びるままに伸ばした口髯は海老の角のように、左右へ突き出ているので、全体の様子がとげとげしく妙に角張《かどば》って見える。皮膚は日にやけて赤銅《しやくどう》のように光って、頤《あご》や頬には、剃《そ》らない無性髯《ぶしようひげ》が、海豹《あざらし》の背のよう、一面に針を植えている。言語には、北方の鼻にかかる訛《なま》りが、都会の軽薄には少しも感化されなかったその意気を示すものの如く、完全に保存されているのみか、その声柄《こえがら》は、生れついて士官や巡査のような、号令と叱咤《しつた》にはこの上なく適当すべく、高く、強く、太く、鋭く、喧《やかま》しく、会話の相手をば頭から圧伏するように響く。同時に、思想の極めて単純で、従って判断力の明快迅速な事をも想像せしめる。

碇泊中の事で、上甲板の其処此処《そここここ》には、機関師や運転師が幾人も休んでいる。所在なさに新聞や雑誌を読んでいるものあり、帽子で顔を隠して昼寝しているもあったので、雑談は自然《おのず》と、紳士とそれらの人々の間に長くつづき出した。

紳士は高等師範学校の出身だという――自分は若い人や学生と胸襟を開いて談ずるのが、何よりも愉快だとの前提《ぜんてい》で、疲れを知らぬ地方訛《なまり》で盛んに、自個の経歴を吹聴する、――事業をなすには健全でなければならぬ。健全な身体には健全の思想がどうとやらいう格言を事々しく引用した――廿年間というもの、どんな寒中でも冷水浴を断行している――ナポレオンは八時間寐ればよいという話を実例に引いた――旅行は見聞を広めるから愉快だ――東洋を旅行すると日本の如何に進歩しているかが分る――西洋人なんざア実に、我が帝国の進歩にや魂消《たまげ》きっているんだ、とタマゲルという言葉に甚しい訛りを響せた――ボンベイやコロンボあたりで、出稼《でかせ》ぎ上《あが》りの殖民地の西洋人が、社交上のお世辞《せじ》でいった事をば、如何にも重々しく、ヨーロッパ全洲の輿論を実地に視察して来たらしく紹介した――日露戦争の逸話が大分長く続いた――戦功将卒の中で、あの人は私が何々学校で何年頃教育した事のある男じゃと、それから次第に、国民教育の必要な事が、講義的に辯じ出された。

その最中に突然、子供が泣き出した。垂れ流した小便《ちょうず》の気持悪さに、泣き出したのである。メレンスの赤い帯を後で結び、筒袖の単衣物《ひとえもの》を着ていたが、その裾はびしょびしょになって、小便は跣足《はだし》のままなる子供の足をつたわって、甲板まで流れている。子供は処々に体毒の腫物《はれもの》の禿《はげ》あとを残した、章魚《たこ》のような大きな頭を振り、鼻水を垂し、眼の小さい顔中を口一杯にあいて、母親の方を向き、立ったままで泣く。

それでも、母親は、子供の小便した事には気が付かず、しかし、泣声に驚されると、丁度、電話交換局の女技師が、呼鈴に覚《さま》されて、習慣的な、機械的な、力のない声で番号をきくと同様、「どうしたんです。ぼっちゃん、さア、、、、うまうま」と呼んだ。けれども、子供がなお立《たち》すくんだまま泣止まぬので、母親は、大勢いる男の前も更に恥らう様子なく、荒いお召の単衣の襟を割って、青黒い皮膚のだらりとした乳房をば手で引出した。

自分は再び顔を外向《そむ》けた。しかし、親切な船員があって、「奥様、お小便なすったんですよ。」と教えた。良人《おっと》の教育家は、得意な気焰の拍子を抜かれて、声もあらあらしく、「お光、注意してやらんじゃ困る。太郎が小便した。早く衣服《きもの》を着換えさせなけりゃいかん。健康に害がある。」

周囲から注意されて始めて知った妻君は、顔も赧《あから》めず、周章《あわ》てもせず、驚きもせず、といって、不快な様子や、憤る姿も見せず、油気のない束髪の後《おく》れ毛《げ》の、風に乱れ掛かるのを撫上《なであ》げながら、「さア、ぼっちゃん、母《かア》ちゃん処《とこ》へいらッしゃい。」いうばかりで、なおも椅子からは立上らずにいる。

妻君は出帆せぬ前から、最う船に酔っているのだ。船だの汽車だの、そういう活動的の機関に対しては先天的に無意義な恐怖を持っている日本の婦人の事で、何をする元気もない。流下《ながしもと》に蛙の如く蹲踞《しゃが》んで物を洗ったり、火鉢の向うへ横座りに頬杖を突いて、蚤に攻められながら居眠りしつつ、夫の帰りを待つべき運命に養われた身体《からだ》は、絶えず風が裾をまくる椅子に腰をかけている事だけでも非常に気づかれがしてしまうのであろう。

子供は先刻《さっき》から、最《も》う大分《だいぶ》、大声で泣いて見せても、迅速に椅子から飛び立たぬ母親の無気力をば以《もっ》ての外《ほか》の事だと憤りでもするように、一層かしましく、声を枯らすまでに、足と手を振りながら喚《わめ》き出した。それのみならず、いよいよ母親が立上って、船室へ連れて行こうと手を引いた時には、復讐的に困らしてやる心算《つもり》か、厭《いや》ッ厭ッと頭から身体中を振り立て、取られた手を振払ってしまう。見兼ねて、子供好きの船員が、母親を助けて、共々にすかし宥《なだ》めようと試みると、悪く人見知《ひとみし》りをして、おびえるように特《こと》更《さら》烈しく泣き立てるのに、船員は甚だ恐縮して引下った。

突然、桟橋上《さんばしうえ》の物音、甲板上《かんぱんじょう》の響が、掻消《かきけ》すように止《や》んだ。怪《あや》しんで振返る間もなく眩《まぶ》しいばかり輝く熱帯の空は、東の方だけ真青に晴れたままに残りながら、いつか一面に墨のような黒雲に蔽《おお》われ、豆のような大粒の驟雨が滝かとばかり降濺《ふりそそ》いで来た。目の前の倉庫も、後方に広がる入江の景色も、往来《ゆきき》の汽船も帆船《ほぶね》も、見るもの皆、雨の飛沫《しぶき》で朦朧《もうろう》と霞み渡った。裸体の土人は天然の沐浴に汗を流させ、獣物《けだもの》のように大きな口をあいて笑っている。

船員初め一同は、椅子を天幕の深い陰にと引移《ひきうつ》したが、ますます吹荒《ふきすさ》む夕立の、遂には其処《そこ》にも居りかねて、各自《めいめい》船室の方へと下りて行く。自分はたった一人、自分の船室に這入《はい》ると、戸を閉めるか閉めぬ中、手にした読みさしの詩集をば、まるで父親の咳嗄《しわがれ》声《ごえ》に妨げられた恋人の手紙でも読返すよう、

Poète, prends ton luth et me donne un baiser

詩人よ、琴とりて、われに与えよ、接吻《くちづけ》を……と繰返して読出したが、二行目の初めに移るが否《いな》や、La fleur de l'églantier という植物の名称をば、如何《いか》なる草であったか、木であったか、いくら思出そうとしても思出せない。窓の外では再び荷物を引上げる激しい機械の音が響出した。五分と経《た》たず、晴れてしまうのが印度で見る夕立の常で、日が現われると同時に、桟橋の上ではまたもや土人の叫ぶ声。

自分はただ恨《うら》めし気に、解する事の出来ぬフランスの綴字《つづりじ》を打眺めたなり船室に留っ

ていた。船室は雨の止むと共に、煮返るような蒸暑《むしあつ》さである。けれども自分は、涼しい海の風吹く甲板に行く事を、むしろ恐れ憚《はばか》った。甲板には、きっと、教育家先生とその夫人、その幼児《おさなご》がいるに違いない。髪の毛の薄い、歯の汚《きたな》い血の気の失せた細君の顔は、日本という国では化粧の技術を卑しみ、容貌の評論を許さず、総《あらゆ》る恋愛の歓楽を否定し、女は全く、ロシヤを征伐すべき未来の兵卒を産むべき、繁殖の機械に過ぎないという事をば、自分に向って暗示する如く、合点《がてん》せしめる如く映ずる。同時に、教育家先生の、逞しい大きな顔と、人を圧伏するような大声とは、明治の文明国は仁義忠孝の君子国である、以後十日を出ずして自分もその地に足を踏入れるならば、否《いや》でも応でも、足の短い、胴の長い、色の黒い、頬骨の突出した祖先の組織した伝来の習慣に服従してしまわねばならぬ事をば、豪然と説諭《せつゆ》するもののように思われるからで。

ああ、再び見るわが故郷《ふるさと》。巡査、軍人、教師、電車、電柱、女学生、煉瓦造りにペンキ塗り。鉄の釣橋、鉄矢来《てつやらい》。自分は桜さく、歓楽の島ではなくて、シンガポールよりも、それ以下の、何処《どこ》かの殖民地へと流されて行くような気がする。

国立劇場オペラ

国立劇場テアトルフランセイ

国立劇場
オペラコミック

国立劇場オデオン

附　録

西洋音楽最近の傾向

一

遠く独《ひと》り、欧米の空の下に彷徨《さまよ》うとき、自分が思想生活の唯一の指導、唯一の慰藉《いしゃ》となったものは、宗教よりも、文学よりも、美術よりも、むしろ音楽であった。

ニイチェは、音楽を聴く時は、神が天地を創作するを目のあたりに見る心地す、といい、ヘーゲルは音楽は情的生活の墳墓をあばく、ショーペンハウエルは世界は実在の音楽に外ならずと、また音楽者は宇宙を超越せる言語もて、吾人には不可知なる宇宙の生命を語る――といった。かくも偉大なる泰西の音楽は、無学無経験の自分をしてさえ、遂には朧気《おぼろげ》にもかかる思想の一端に触れしめるに至った事を、自分は自分の生涯の最大幸福と信じた。如何となれば過去に於て、音楽は折々、一部の大思想家にさえ、解釈し得られなかった例が尠《すくな》くないからである。ユーゴーとゴーチエーを以てするも、音楽は、音響の中にては最も不快ならざるもの。アンドレー、ランをしては、メロデーは伴《ともな》う歌謡の美しき時のみ聴くに堪える、といわしめた。マコーレーは二種の曲の差別を辨じ得ず。ゾラに至っては、音楽愛聴者の心情を想像する事さえ出来なかったという。

しかし、かかる逸話は、今日の吾々をしては無稽の伝説の感あらしむるほど、時代は変じた。他の藝術は著しく音楽と密接した。音楽は文学、哲学、美術の領内にまで進入《すすみい》った。試にバッハのフューグを聴き給え。ヘンデル、ハイデン、モザルトのソナトやサンフォニーを聴き給え。それら音楽上のクラシックと呼ばれた名曲は、自身楽器を弄《もてあそ》び得るものに対するだけの感興を、能《よ》く他の単純なる好楽家に与うる力があったろうか。それらの名曲は余りに、音楽としての音楽であった。しかし、十九世紀の初頭に至って、時代思想の変転は、他のすべての藝術に於けると等しく、音楽をもロマンチズムの渦中に投ぜしめねば止まなかった。大天才のベトーヴェンあって、彼は音楽によってそが生涯の偉大なる思想を発表すべく、幾多の専門的小曲以外に、九曲の大なるサンフォニーを作った。第一曲より第五曲まで、彼は、バッハ以後モザルトに及ぶ古典の形式に従って、そのサンフォニーを作曲していたが第六牧野の曲(Symphonie Pastorale)を出《い》だすに及んで、到底旧来の法則内に止るに堪えず、音楽上で主題(Thème)と称している新らしい節奏の応用を創造した。その目的は乃《すなわ》ち音楽の純美なる音楽的感激の発表のみに止《とど》まらず、更に進んで、深き何らかの意義を示さんとしたものである。(パストラルの曲を聞け。音楽もて田園の光景を描くと共に如何によく、その光景が吾人に与うる平和安息歓喜の印象を伝うるかを。曲は第一段を、田園に到着する時に呼起さるる歓喜の情、第二段を小川の光景、第三段を農民の楽しき会合、第四段を嵐の後の感謝安息の情と題す。)この、意義ある音楽は、評家が後に、題目もしくは傾向音楽(Musique à Programme)と名付け、音楽史上にベトーヴェン前を音楽上のクラシック、ベトーヴェン後をロマンチックとして、二大区域を作らしめた最初の現象である。

ベトーヴェン後に、シュッベルト、メンデルゾンあり、ウェーベルを次いで、ワグナー出るに及び、この傾向音楽は完全なる発達をとげた。しかし、ワグナーは人已《すで》に知る如く、純器楽の方面は、僅に二、三曲の断片を残したのみで、最初より、先人のサンフォニーに現われた傾向音楽を基礎とし、古来歌謡の美を主としたるオペラを改造して、彼がいわゆるMusikdram(楽劇)を興したが、この天才の陰にかくれ、能《よ》く彼の成功を扶《たす》けたフランク、リッストは、退いて純音楽の領内に止まり、ベトーヴェン後の傾向音楽の形式を更にまた破壊して、今日の全盛を見るポヱム、サンフォニック(Poème Symphonique)の先駆となった。

ポヱム、サンフォニック(詩形サンフォニーとも訳すべきか。)は、従来のサンフォニーが、ベトーヴェン以後新生面を開いたとはいえ、なお、アレグロ、アダッヂオ、スケルツォー、フィナーレ等、各自異なる曲調により、三段乃至《ないし》五段に分るる法則を取っていたのが、全く何らの段別、何らの約束された規定もなく、随意に出《い》でて随意に終結し得るものに変化した新形式のサンフォニーに与えた名称である。この新形式は短少な時には、単に断片的の感想、もしくは、一場の風景を写し、聴衆をして忘るべからざる暗示的藝術の美妙に酔わしむる、が、同時に、その長大なる時は、ストラウスのシンフォニヤ、ドメスチカ(Sinfonia Domestica)の如く、間隙なく演奏するも四十分以上を要するほどで、一篇の複雑なる物語をも、劇的に表現する能力がある。

音楽は、此処《ここ》に至って、実に驚くべき自由な発達をなし得たというべきである。ベトーヴェン時代には、サンフォニーを演奏すべき楽師の団体、六十人を以て最多数とされたのが、今日規模の大なるポエム、サンフォニックを演奏するに当っては、少くも百人に近く、多きは二百人を越え、楽器もまた、古来のオーケストル以外、およそ奇なる音を発すべきすべての楽器を付加するに至った。音楽は最早《もは》や単純なる音楽のみではない。音楽は吾々が劇に見る通りの時間ある事件の推移と動作とを現わし得ると同時に、香気と色彩を合して、絵画よりも詩篇よりも、深刻美麗に周囲の光景を描写し得る。二十世紀の藝術界に於て、もしその代表的なる最大の作品を後世紀に残すに足る天才が出るとするなれば、十九世紀に於けるワグナーの如く、それは再び音楽の方面からであろうと早断するものさえある。それは若い一部の文学者画家の藝術観が著しく音楽的になって来たのと、新らしく生れる作曲家の大なるものは音楽家たると共に皆立派な思想家であり詩人である実例が現れたからであろう。独逸《ドイツ》のストラウスは音楽家としてワグナーの後継者たると同時に、思想家としては、如何ほど深くニイチェの面影を忍ばすであろう。フランスのドビュッシーは、詩人マラルメに作曲の技能を付与した観がありはせまいか。ストラウスとドビュッシー。この二人の音楽は、実に最近の音楽中でも更に最新の傾向を示すのみならず、ライン河を境にした人種の別により全く性質を異《こと》にした藝術の二方面を語っている。欧洲音楽の新状態を知ろうとする者には、この二人ほど適当な代表者を見出す事は出来まい。二家の音楽の相違している事は、単に先ずその作曲の題目のみを比較して見るも、また容易にこれを想像し得る興味がある。一八九二—九三年に、ストラウスが、グントラム (Guntrum) と題したオペラを作ったに対して、ドビュッシーは、一八九三—九五年に、メーテルランクの脚本に基けるオペラ、ペルレアス (Pelléas et Mélisande) を作り、またストラウスが一八九五年にニイチェの詩、「ザラツストラの語りける」(Also sprach Zarathustra) を作った三年前に、ドビュッシーはマラルメが「牧神の午後」(Après-midi d'un Faune) について小序曲 Prélude を作った。

二

先ず独逸のストラウスを掲げよう。リヒヤルト、ストラウス(Richard Strauss)今年四十四歳。一八六四年六月十一日ムニッヒに生れた。父はコール(喇叭の一種)の名手といわれた帝室付の楽師であった故、彼は父母の言語と共に音楽を知り、楽壇の陰に生長した生れしままの音楽家である。四歳の時、早くもピアノを弾じ、六歳の時から絶えず、種々なる作曲を試みたという。一八八五年マイニンゲン市の音楽指揮者(Musikdirector)の職についてよりムニッヒ、ワイマーらに於ける、同様の経歴の後、今日では、伯林《ベルリン》帝室オペラ劇場の楽長に聘《へい》せられ、世人《せじん》よりは、ワグナーが大天才の後継者と仰がれている。

この新来の天才の、藝術的発展の基礎を作ったものの中には、全く性質の異った二方面の感化があった。一つは、彼がマイニンゲンで(一八八五年)初めて邂逅《かいこう》したワグナーの甥、アレキサンドル、リッテル(Alexandre Ritter)と呼ばれた音楽家の指導と、他の一ツはその翌年に伊太利《イタリヤ》を見、更に一八九二年より一年有半、シシリ島からギリシヤ、エジプトに旅した時、麗わしい南方の空が授けた深い自然の印象である。ワグナーの甥なるリッテルは、その時までは重《おも》に古典の音楽にのみ養われていたストラウスに向って、リッストやワグナーの如き、大胆で、新らしい音楽の真意義を味わしめたと同時に、またショッペンハウエルの暗く悲しい思想をも伝えた。リッテルの感化は、その後ストラウスをして音楽の創作界に独立独歩せしめたるものであると、彼《か》れ自身人に語った事さえある。南方の旅行は、直ちにそのサンフォニー Aus Italien (伊太利にて)に現れた如く、彼をして永遠に南方の色彩と歓楽と日光とを忘れ得ぬ哀愁(ノスタルヂー)の人たらしめその再び、寒く曇れる北欧の空の下に帰るや、彼は憂鬱限りなき沈思の詩人となった。

ストラウスは実に、ややもすれば病的に傾こうとする新らしい時代の、すべての憂悶に包まれた詩人である。その音楽は、今日まで一曲のオペラと、数多のポエム、サンフォニックの現われるごとに、音楽界は余りに大胆なる、革命的の破格によって、打騒がせられると共に、社会一般は、時としてその思想の極めて反抗的なるに驚かされるが例である。自分の紐育《ニューヨーク》にあった時(一九〇六年)米国社会は、聖書の物語を非基督教的に取扱ったため、彼が新作のオペラ、サロメ(Salomé)の演奏を禁止した事さえあった。

彼の作は、最初から最近のものを通じて、著しくその内面生活の動揺と不安を示している。Wanderers Sturmlied (1885), Aus Italien (1886), Macbeth (1887) 等の作曲あって後、一八八八年の作曲ドンジャン(Don Juan)に於いて、彼はバイロンが社会の偽善的道徳に対する反抗の思想を寓《ぐう》した、同じスペインの物語を材料として、ロマンチックの英雄が人間のあらゆる歓楽を一摑《いっかく》しようと夢み、遂に絶望して斃《たお》るるさまを表しながら、翌一八八九年には、Tod und Verklärung(死と霊魂の救)を作って、貧しき瀕死《ひんし》の人が死後の光明を認むる心を示して、基督教的信仰を仄《ほのめ》かした。しかし、その次に来るオペラ、Guntram に至ると、彼は最初の三幕を作曲し終った時、あたかも病を得て埃及《エジプト》に遊び(一八九三年)著しい思想の変動を来たして、その結末に於て、彼は遂に、自作オペラの主人公の、弱々しく人生の法則に屈従することを肯《がえん》ぜず、忽然として豪慢なる個人主義と、いわゆるニイチェが超人の強烈なる厭世《えんせい》主義を表現した。このオペラの梗概は左の如くである。

　若き人グントラムは飢えた民が領主に叛いて騒いでいる村を通る。荒れた村の夜に美しい春が来るのを打眺め、無限の感慨に打たれる折から、領主ロベルト公の妃フライヒルトが、連添う夫の悪行と浮世の様の浅間《あさま》しさに、館を忍出《しのびい》で、美しの姿を水に投げようとするに行合い、憐みの情は愛慕と変じ、若き彼は、飢えたる民と愛する妃を救出さんとの大願を起して暴君の館に入る(序幕)。館の内は遊宴正に酣《たけなわ》である。グントラムは居並ぶ賓客の醜劣なるに心悲しみ、むしろ去って再び、寂しき沈黙の人たろうとしたが、目のあたり愛する妃の悲しい面を見る時はまた去るに忍びず、踏止って領主の請うままに歌物語をなす。歌は初め悲しい調子ながらに、平和と愛の夢を歌っていたが、次第に情の激するに従い、死、戦い、荒野、夜のさまに移り、飢えたるものを救え、囚れたる人を放せと、博愛自由人道の叫びを上げた。暴君はその穏《おだやか》ならぬに心付き、グントラムを捕えようとする時、貧民が暴動の声、館に迫る。グントラムは刀を抜いて暴君を誅《ちゅう》した(二幕目)。けれども、彼は退いて自身の心に反省した。彼が暴君を誅した瞬間の感激は、果して、一点の私なき博愛の念からのみ呼起されたのであろうか。その妃フライヒルトを得ようとする卑しい嫉妬利己の邪念が交ってはいなかったろうか。彼は内心の非難に堪えなかった。彼は開放せられた人民をば再び領主の支配に任かせ自ら捕われて身を牢獄に投じた。とはいいながら彼はまた、純基督教の最後の裁判を肯ぜず、贖罪《しょくざい》の光明を偽の影と見て、彼は人生が道によって支配され、人間が法則に従うべきものとなした過去の信仰を投げ捨てた。「我れはわれ独《ひと》りその悩みを静むべし。われはわれ独りぞが罪を贖《あがな》うべし。わが内心の法則、独りわが生を導く。わが神、われによってのみわれに語る。」と叫んで、グントラムは牢獄の中にて最後の大断案に到着した。

このオペラは、公衆にもオペラ俳優にも余り歓迎せられなかった。ストラウスは、以後サロメに至るまでオペラを捨て、翌年一八九四年に、Till Eulenspiegel's lustige Streiche, nach alter Schelmenweise, in Rondeauform(昔の伝説に基き、ロンドーの形式に作りたる、諧謔《かいぎゃく》なるチルの滑稽譚《こっけいたん》)と題したポエム、サンフォニックを作曲して人生を嘲笑《ちょうしょう》したが、彼のニイチュ主義は増々盛《さかん》になって、一八九五―九六年には、超人ザラツストラの物語をそのまま、音楽によって説明しようと試みた。Also sprach Zarathustra, Tondichtung frei, nach Nietzsche(ニイチュに基ける、自由の作曲ザラツストラの物語)と題され、広大なる一曲の一節ごとには、「宗教的理想」、「偉大の向上心」、「歓楽と慾情」、「墳墓の歌」、「智識と科学につきて」、「慾望より脱したる霊魂」、「舞踏の歌」、「夜の歌」と順次に小題目を設けてある。宇宙の謎語に苦められた一人の男が、最初は信仰の陰に避難するが、其処《そこ》には長く止まれず、かえって反抗の念に駆られて、恣《ほしいまま》な熱情を喜ぶ。けれども間もなく倦《う》み疲れて、死に近くまで専心に智識と学問に耽《ふ》けるが、それをも遂には抛《なげう》って、全く智慾から身を脱し得た彼は、此処《ここ》に初めて、宗教的信仰も押え難き慾望も、情熱も、嫌悪も、歓楽も、すべて人間らしい感情の疏通《そつう》し得る宇宙の大舞踏会の音頭取《おんどとり》ともいうべき轟然《ごうぜん》たる大笑声を聞くに至るまで、ニイチュが乃《すなわ》ち「吾《わが》兄弟よ。心を高く上げよ、高くいよ高く。されどもまた低く、その足元を忘るるな、われは笑声を戴《いただ》かん。超越せる人々、笑う事を学べ。」の一大哲理を、自由に、巧みに驚くべき専門的の技藝によりて発表した。

次に現れたるものは(一八九七年)西班牙《スペイン》の頓奇翁《ドンキホーテ》が物語を取り、Don Quixote, Fantastische Variationen über ein Thema ritterlichen Charakters(中世騎士の性格を主

題としたる夢幻的変調曲）と題されたるもので、音楽は騎士ドンキホーテが、怪人と戦う英雄譚を読みいる書中の光景より始まり、騎士自ら諸国を武者修行にと遍歴する山水人物の幾変化を描いたもので、全曲を演奏するには四十五分間を要するとか。この一曲に於て、ストラウスの題目音楽（Musique à Programme）に対する作曲的技巧は極度以上に達し得たといわれてある。而してそが偉大広遠なる最近の人生観の全体は、これを、翌一八九八年に出したHeldenleben（英雄の一生）に托した。

ヘルデンレベン（英雄の一生）は六節に分たれている。英雄――英雄の敵とその味方、戦場――英雄が平和の事業――隠遁《いんとん》――精霊が理想の完結これである。ホーマーの稗史《はいし》に見る如き英雄は無智なる俗衆、喧騒なる愚民の間に嘲笑されつつある。曲中のビオロンは卑しい婦女の戯《たわむ》れを歌う中にトロンペット響いて、戦乱起る。この一段は覚えず人を起たしめるほど悲壮の曲と称せられ、ある仏国の批評家をして、独逸《ドイツ》は三十年来遂に真正なる勝利の大詩人を見出し得たと叫ばしめたほどである。英雄は敵を打て勝利を得た。けれども世俗群集は依然として下賤で無智である。英雄はつくづく已れの勝利の無意義なるを知った。彼は一時の憤恨を収めて、山水自然の安息中に身を退けその押えてもなお溢れ出る偉大の力に役せられて、英雄は泉と湧く空想によって、詩篇の創作をする。（ストラウスはこの一段に於てそが半生の作曲全部の面影を忍ばしめた技術の巧妙にして大胆なるは、評家の絶賞する処となっている)。詩人と変じた英雄は折々嵐の如くに響き来る戦乱の昔を思出すが、同時に愛と喜びの記憶を繰返し、音楽は力ある静安の調《しらべ》を以て、英雄が額に光栄の冠を置く如く、そが精霊の安息を奏する。

ストラウスがこの大曲を作るに当って、ベトーヴェンがナポレオンの面影を慕うた、「英雄の曲」Héroïque, 3e Symphonie から得る処の多かった事は、疑いない事実であろう。けれどもストラウスの曲中には、英雄の力よりも敵手の力が更に強く現われていて、ベトーヴェンに見るが如き、希臘《ギリシヤ》的、共和的なる古英雄の面影は更にこれを見出す事が出来ない。ストラウスの英雄は勝利を得て、しかる後、勝利とは何物かと疑った、偉大なる意力の尽くる処なく発展し行く、忽然《こつぜん》その中途にして、彼れは自ら省み、自ら怪しみ自ら挫けた。強い力の底に、いいがたい悲哀がある。これをかの、シルレルが歓喜の讃美歌(Hymne à la Joie)を取って楽天向上安息の大曲、「第九サンフォニー」を最後に残したベトーヴェンのそれに比較しては、何たる思想の相違であろう。

ストラウスはその後一九〇三年に Sinfonia Domestica(家庭の曲)と題して、夫、妻、幼児の三主題から組み立てた長いサンフォニーを作り、一九〇五年に、英国の詩人オスカーワイルドの一幕劇、サロメをそのままに、オペラとなして、非基督教的の思想から、欧米の社会を騒《さわが》した。

三

独逸に於て、かかる稀有《けう》の天才、旧式音楽の破壊者の現われたと同時に、フランスの音楽界は巴里にクロード、ドビュッシー(Claude Debussy)を出した。

一八六二年八月二十二日、巴里の郊外、緑深きサンジェルマンに生れた。さればストラウスよりは二歳の年長、今年四十六になる。一八八四年二十二歳の時、巴里音楽学校(Conservatoire de Paris)を出るに際して、その卒業製作、声楽、放蕩児《ほうとうじ》(聖書に基ける)Enfant prodigue の成績により大羅馬賞《グラン、プリー、ド、ローム》を得た。大羅馬賞を得た彼は、アカデミー、デボーザール(美術院)の規定通り、四年間研学のため、ローマに派遣せられたが、その地に於いて(一八八八年)英詩人ロセッチの詩に基き声楽選ばれし姫君(Damoiselle Elue)を作るに及び、その技術の余りに、近世的にして、古典を破る事の甚しかったため、保守的なる美術院との衝突を免れず、遂に美術院派を去って独立する事になった。独立後のドビュッシーの音楽はドビュッシー独特の音楽であって、狭くしてはフランスの音楽界、広くては欧洲全体の音楽がその日までは聞いた事のない新しい音楽であった。絃楽器四部連奏(Quatuor à cordes)ピアノ、スイト(Suite pour Piano)散文情詩幾篇(Proses lyriques)等、数多《あまた》の小曲と、短きポエム、サンフォニック「牧神の午後」の作あって後五幕のオペラ、「ペルレアス」が巴里オペラ、コミック劇場の舞台に出るや、(一九〇二年四月三十日初演奏)フランスの藝壇は湧くが如く騒ぎ立った。このオペラは彼一個の上の大成功であったのみならず、同時に、その一派の藝術家(音楽家のみではない)からいわせると、多年彼らが夢みた新藝術の勝利であって、フランスの音楽をば、独逸音楽の専横ワグナー劇の圧迫から救出した未曾有《みぞう》の傑作と仰がれた。

自分は此処《ここ》で、簡単に十九世紀末のフランスの音楽界の有様を一言して置こう。フランスの音楽は十七世紀の初にラモーの如き大家が出たにもかかわらず、その後フランス音楽の革新をなした大家は、グルックといい、マイヤベーヤといい、ロッシニといい、音楽上の属籍をフランスに置いてはいたけれど、皆な外国人であった。それのみならず、フランス人の思想は、文学美術の方面の進歩に伴わず、十九世紀の中葉に至っては、グノーやフランクの如き大家も出ないではなかったが、ベルリオの如き熱烈なる音楽家の作を認めるだけの力さえ失せ、音楽といえばベトーヴェン前後の独逸音楽、オペラは舞台面のみ綺麗なマイヤベーヤのもので、余りその他を要求しなかった哀れな状態に陥っていた。新しい強いワグナーの音楽は、かかる時、ライン河を越えてフランスへ伝播して来たのである。フランスの藝術界ではナチュラリズムの系統以外に、その以前から、一種の新しい気運が動いていて、まだ確《たしか》な勢力にはならなかったが、詩の方では已にヴェルレーヌ、マラルメの名が現われ、画の方ではマネーがいた。これらの表象派といわれた詩人、印象派と称された美術家は、各自巴里の街々のカッフェーに落合って議論していたのが、やがて、後に有名になった羅馬街(Rue de Rome)にある詩人マラルメが寓居に於ける毎火曜日の夜集となり、若き藝術家の一団は初めて(一八八五年)『独立評論』(Revue Indépendante — série Fénéon)の定刊によって旗揚げをなした。新主義の先鋒となったこの評論は、その後数年の間に、Décadant(『衰亡派』)Vogues(『浮浪の見世物師』)Symboliste(『表象派』)と変形し、再び、Revue Indépendante となりまた Entretiens politiques et littéraires(『政治と文学の提携』)となり、その初号発刊の年(一八九〇年)に、同主義の Mercure de France(『仏蘭西報知』)、翌年に Revue Blanche(『白色評論』)が現われ、この最後の二雑誌は今日まで継続している。(ドビュッシーは久しくこの『白色評論』の批評家であった。)

かかる印象派、表象派の動勢の中で、殊《こと》に音楽方面について注意すべきは最初『独立評論』の起った一八八五年から三年間続いて発行した『ワグナー評論』(Revue Wagnérienne)である。『ワグナー評論』は、フランスに於けるワグナーの崇拝者(ヱドアル、デジャルダンその他)が相集って、その音楽の普及を計った事は勿論、ワグナーは音楽者たると同時に詩人であった、劇作家であった事を知らしめ、彼が音楽に発揮したる藝術をそのままにすべての種類の藝術に応用しようという彼ら一派の抱負を発表したものであった。その効力はその頃までフランス人一般の、絵画その他外形藝術に対する流行熱を次第に音楽の方面に移らしめ、文学者にはその作品中に音楽的表情を含ませ、音楽が与うると同様の印象を表わそうとする新しい傾向を起させ、また画家の方面には線と色の音楽的調和を計る新研究に入らしめ、音楽家自らをしては、音楽的感激の源泉と、活《い》きた音楽の真生命を充分に了解せしめるに至った事である。詩人マラルメは自ら人に語って、「我をラムールー音楽会に連れて行ったものは、『ワグナー評論』である。」といい、その晩年には、日曜日の演奏会には、欠かさずその姿を見せたほどであった。ラムールー演奏会は(自分が九月上旬の『読売新聞』日曜附録にも説明した通《とおり》)、その頃ワグナー音楽のフランスに於ける普及を専務にしていたものである。

かくの如くフランスの藝術界に新しい音楽的感興は満々《みちみ》ちた。オペラ界には、マッスネーを初《はじめ》として幾多《いくた》の小ワグナーが現われた。シギュールの如きワグナーと同一材料の作曲も出来た。ワグナーは余りに全盛を極める傾《かたむき》が生じて来た。

かつてはその熱心な崇拝者であったものも、その中の一部には過度なるワグナー影響の専横に堪えず、何とかして、純フランス式な更に新しい音楽を要求する声さえ聞えるに至った。

クロード、ドビュッシーの音楽は、一面表象派文学の動勢に伴い、正しくこの要求に応じて現われたものである。メーテルランクの脚本に基いて作ったオペラ「ペルレアス」について、巴里の若《わ》かい音楽批評家ロマン、ロラン氏は、このオペラは、実に昔に遡《さかのぼ》ってはルリーの「コンダムス」、ラモーの「ヒポリット」、グルックの「イフヒゼニイ」にも比ぶべく、フランス音楽史上で新紀元を開いた、二、三の例の中に数えられべき傑作と称するも、決して誇張でない。「ペルレアス」の成功には無論、すべての成功が伴わす俗衆の好奇心も交っていないではないが、その原因には最も深く真面目なものがある。内容からすれば、メーテルランクのこの脚本は、人間が見えざる運命に支配され、如何《いか》なる故とも知らず生れ、愛し、欲し、動き、死んで行く、現代に止《や》み難《がた》き暗澹《あんたん》たる思想を表わしており、また技巧の方面より見れば、独逸音楽、殊にワグナーの音楽の悪感化《かんか》からは全く別途に出で、仏蘭西《フランス》特種の洗練された趣味と、調和と、佳麗と、繊細と、光彩との藝術品でもあって、もしビゼが「カルメン」以外に純仏蘭西式なる模範的音楽を知らんとすれば、文学としてラシーンが「ベレニース」の研究の必要である如く、この「ペルレアス」を味わねばならない。といっている。

ドビュッシーの音楽は、かくの如く、ワグナーの後継者なる独逸のストラウスの物とは、自《おの》ずと内容も形式も全く異っている。ストラウスの音楽はワグナー以後のLeitmotiv(主動の曲節)を基礎として、その形式の誇大、組織の複雑なる、作家の強い意力の人を圧迫する等、その印象は著しく暗鬱、深刻であるが、ドビュッシーに至ると、今述べたような、趣味、調和、鮮明を見る外に、聴者は音楽が現わす色彩の美に酔い、捕えんとするも捕え難き夢幻の冥想に誘い入れらるる。マラルメの詩の、秩序を以て配列された言語が、いい現す代りに暗示する味と、配列それ自身の間に、驚くべき色と線との美を含んだ趣きがある。

実例の第一は「牧神《フォーン》の午後」の一曲であろう。このポエム、サンフォニックは元来、マラルメが同題の詩を作るに当ってその着想の準備にとの目的で作曲されたという話がある。曲は古来のサンフォニーとは全く違った趣《おもむき》で、先ず美しい横笛と淋しい立琴の音を主としたオーケストルで夢の如く浮び出る。詩章にある通り、「獅子里の海辺、静かなる小石原」に暑き日の輝く夏の午過《ひるすぎ》、腰より下は獣の様して、髯深いフォーンとよぶ牧野の神が昼の夢覚めて、肉美しいナンフ(女神)と戯《たわむ》れたは、過ぎし現実の歓楽であったか、あるいは覚めたる夢の影であったか。と思迷う、夢と現《うつつ》の思出は入り乱れて何れかとも辨じ難くなった。縦笛(オーボワ)の音一際高く、緑深き牧野の様を思わせて、オーケストルは一斉に乱るる思いと、捕えんとする慾情の悩みに高り狂ったが、次第に静《しずま》り収って、曲の初めに聞えたる涼しい横笛と淋しい立琴の音が、雅《みや》びたサンバル(鐃鉢《にょうばち》の類)の響と共に現われ、聴者の心もまた夢の如くなって、思出の悩に疲れ果てた牧神が、遂には再び夢みるともなく夢に入る有様を想像せしむる。

次の例は一八九七—九九年間の作にかかる「夜、三曲」Trois Nocturnes である。(その中二曲は自分の聞かざるもの故他日に譲る。)自分の知る一曲はモンマルトルの夜景色である。モンマルトルは寄席、舞踏場、料理屋などの集った処で、巴里の男女が歌ったり舞ったりして毎夜を騒ぎ明す歓楽場である。ドビュッシーはこの歓楽場の夜深《よふけ》の騒ぎから、夜明になって狂楽の男女が疲れて帰った後、静に燈火の消えて行くさまを絵画以上に描写した。オーケストル全体が「夜」という広く深い色を奏している中に、種々部分的の曲節が、騒《さわが》しい舞踏や寄席の囃子《はやし》を聞かせるのみではない、男や女が明い灯の下で笑う声、または裏街の暗い処を帰って行く道すがら囁めき合うその声までが一種奇怪な音響の継続で驚くほど、巧に現してある。しかし、かかる細密な写実があるにもかかわらず、曲全体はドビュッシーの独特の夢幻、暗示の情味を失わず、全曲を通じて幽暗な美感に一味のいい現しがたい悲愁を伴わしむる。

ドビュッシーはその後一九〇四年に「舞の曲二種——清浄の舞、汚れの舞」Danses: Danse Sacrée; Danse Profane を出し、翌〇五年には「ジムノペヂー」Gymnopédies と、「海の写生三種」とを公にした。これが彼の最近に於けるポヱムサンフォニックである。

「海の写生」は彼が色彩美に対する無限の熱情と、それを遺憾《いかん》なく音楽に表したる技巧の神秘を窺《うかが》わしむる傑作である。（原題 La Mer: I. De l'aube à midi sur la mer; II. Jeux de vagues; III. Dialogue du vent et de la mer — trois esquisses symphoniques）全曲を三節に分ち、第一を「海上の暁より正午まで」、第二を「波の戯れ」、第三を「海と風との問答」と題したが、各段は断片的で、現われた思想の連絡のある訳ではない。しかし自分が聴いた時の印象をいうと、三節を通じて彼の描いた「海」は静《しず》か な、美しい入江とも見るべき海であった。水は飽くまで青く、空は限なく晴れ渡り、日光は暑くて明い、南フランスもしくはイタリヤの海辺であろう。この麗わしい海上の明け行く暁の段には従来のオーケストルには見馴れない木琴ようの種々な新しい楽器が交って、何ともいえぬ複雑な色彩の混和と変化を見せ、第二第三段に至っては、熱い日光が、漂う波の上に輝くさま、または透通《すきとお》る水底に海草の動きも窺われ、夕の風と共に、満潮の波が、岩の間々に深い静《しず》か な響を立てると、沈み行く夕陽の光が、赤く乾いた岩や、白く熱した砂の上に落ちている貝殻の一ツ二ツに反射するのかと思うほど、一幅の画面が鮮かに心の中に浮んで来るのである。

ドビュッシーは前述したオペラ及サンフォニー等、形式の大なるものの外に、無数のピアノ独奏曲と声楽を作っているが、何《いず》れも印象派の画に見るべき詩景、表象派の詩篇にのみ味われべき情緒の発現である事は例えば「歓楽の島」L'Ile Joyeuseとか「雨中の庭」Jardins sous la pluieとか、「水鏡」Reflets dans l'eauなどいう巧な名題の文字を見ても想像せられるであろう。ヴェルレーヌのアリエット六篇、ボードレールの詩五篇を歌うように曲譜をつけたものは、短い唱歌の中でも殊に有名なものである。

フランス最新の印象派の音楽は、ドビュッシーの天才に次いで、更にポール、ヂュカ、(Paul Dukas)を出した。彼がゲーテの詩Der Zauberlehrlingに基き「魔法の弟子」Apprenti sorcierと題せる一曲(スケルツォー式断片一八九七年巴里初演奏)と、昨年(一九〇七年)巴里オペラコミック劇場に初演奏をなさしめたオペラ「美姫アリアンと暴君バルブブルー」の傑作は、更にこの印象派の勝利を確かにし、『ワグナー評論』以後二十余年保守派と戦《たたか》った新しい藝術家をして歓喜の涙に咽《むせ》ばしめた。

歌劇フォースト

西洋音楽中、ゲーテの詩フォーストを作曲したるものは少からずあるが、その中で最も有名なるはボイトー(伊人)のメフィストフェレス。グノー(仏人)のファウスト、及びベルリオ(仏人)のラ、ダンナシオン、ド、ファウストの三種であると称せられる。しかしゲーテの原詩は人の知る通り、世界文学史上の一大詩篇であれば、その中に現われた事件と思想の全部を音楽に仕組み舞台に昇す事は、いうまでもなく不可能の事である。さればオペラ作曲家はこの大詩篇から得た各自の感想に従い、各適当なる詩篇中の一部分、一断片を撰み取ってその音楽的天才を発揮する材料とした。乃《すなわ》ち、ボイトーはその題目の示すが如く原詩中の悪魔を主人公となし、グノーは少女マルグリットとファウストの恋物語を主となしたが、ベルリオに至っては、大胆に原詩より放れてファウストをば地獄に落し、その題目も改めて、ラ、ダンナシオン、ド、フォースト(地獄落)と名付けた。

余は今年メトロポリタン座、及びマンハッタン座の両オペラハウスに於て演奏せられたこのグノー及びベルリオの二曲を聴いたので、計《はから》ずも双方を比較し得るの機会を得た。

グノーの「フォースト」

グノー(Charles Gounod 1818-1893)は丁度仏蘭西《フランス》のオペラがMeyerbeer《マイヤーベーヤ》以後独特の劇的発達をなしてその絶頂に達し、やがて独乙《ドイツ》からワグナーの感化を受ける、この変転する両時代の間に現われた大音楽家で、その手によって作られた「フォースト」と「ロメオ、ヱ、ジュリヱット」の二ツは近代の仏蘭西オペラの模範と称せらる傑作である。

さて、「フォースト」は一八五九年始めて巴里のテアトル、リーリック Théâtre Lyrique で演奏せられ、今日に至るもなお毎年各国のオペラ座で演ぜられている。しかし今日では演奏時間の短少なるために、最初作曲された時のものよりは、よほど削除された部分がある。今余の聴いた演奏の場面を掲ぐれば、

第一幕、フォースト書斎の場
第二幕、関所前、居酒屋外の場
第三幕、少女マルグリット花園の場
第四幕、寺院前の場
第五幕、牢獄の場

の五幕で、序幕幕明には、老博士フォーストが煩悶絶望の意味を含ませた極めて暗澹《あんたん》な器楽が演奏せられる、しかし、暗澹な中にも何処かに潜んでいる希望の意をば、器楽中でウッドウインド(Wood-wind)と通称している笛の部分が時々重い Strings(糸《い》声《と》)の音の中に聞えつ消えつして、楽は次第に緩《ゆる》や《や》かになり幕明くと、

ゲーテの原詩にもある通り、大きなゴチック風のアーチの下に暗鬱な書斎。下手《しもて》に窓、その前に机、上手《かみて》には目立ぬ戸口、机の上には一点の燈火が今や消えんとしている。白

い髯あるフォーストは黒い寛かな衣服をつけ、今まで読みふけっていた大きな書物をバッタリ閉せ、片手を額にして、力なく悲し気に(第一低音 Ténor)一声 Rien(無なる哉《かな》)と歌い、それよりつづいて、我ひたすらに自然万象の心を究《きわ》めんとして究むる能《あた》わず……わが心は倦《う》みたり労《つか》れたり、……われ今は何をも見ず何をも知らず……無なる哉、空《くう》なる哉……と机より立上ると夜尽きて窓やや明《あか》くなる。ああ、また夜は明けしか……いで我が最後の曙《あけぼの》……と博士は机の上なる杯を取り毒を注ぎて飲まんとする。折しもあれ、忽然《こつぜん》窓の外遥《はるか》に、露の恵みの曙歌う女の声々(合唱 Paresseuse fille qui sommeille encore!)フォーストこれを聞きて、覚えず心乱れ、何とて打顫《うちふる》うこの手ぞやと毒杯を下に置く。この度《たび》は野に労働を楽しむ若人の声(Aux champs l'aurore nous appelle,)フォースト今は腹立し気に、神を呪《のろ》い、幸福を罵《ののし》りわれには悪魔……と湧起《わきおこ》る器楽と共に両手を振って叫ぶ。器楽の調子一変して、悪魔メフィストフェール(第三低音部 Basse)赤き電光を身辺に伴い、忽然として上手の戸口に立現れ、われここにあり(Me voici)剣を腰に、羽帽を頭に、美しき衣を肩にかけ……と太い恐《おそ》し気な声にてその扮装《いでたち》を述べたる後、博士に向って何が望ぞ、富か名誉《ほまれ》か、博士は富にもあらず名誉にもあらず、わが望めるは万《よろず》を含む一ツの宝………わが望めるは青春なり、………この一節両人の対唱(Duet)となり、悪魔は遂にその持参せる契約書に博士の手書を迫る、博士は霊魂を悪魔に売る事を拒むの一節ありて、悪魔はさらばと不思議の手振《てぶり》をなして、青春汝を招ぐ、いで打眺めよや……と正面の壁を指さす、フォースト驚き眺めると、壁の後に少女マルグリットが糸車を繰っている姿ありありと現れる。この時の音楽はいうにいわれぬほど幽艶で、フォーストは一節、ああ不思議の妖術(O Merveille)と歌い、ダヂダヂと幻影の方に蹣《よろめ》き寄る、幻影《まぼろし》は忽ち消え失せてしまう。悪魔はこれにてフォーストよりその手書を得その代りに杯《さかずき》の中に火焔を封じ込めフォーストに勧めて、死にもあらず毒にもあらず、これ生命なり……と杯を一息飲干させる。すると不思議や今まで老たる博士は、一変して美々しき若武者となる。フォーストは勢よく、彼の糸車繰る少女には何時逢うべき、悪魔答えて翌の日に、とこれにてフォーストは再び、われに歓楽、少き娘(à moi les plaisirs)の歌を繰返す、悪魔は冷笑う調子にて、汝に青春、その望み(A toi la jeunesse)と一緒《いっしょ》に歌いつつ共々急いで上手の戸口の方に行きかける、幕。

＊　＊　＊

第二幕目はフランクフォルト城門前、正面奥深かに城廓の石段、遥《はるか》に山上の城を望む。下手に酒神《バッカス》の看板ある居酒屋、その前に食卓椅子数多《あまた》あり。調子早き愉快なる音楽にて幕あくと、この日は村の祭礼(Kermess)の事とて、食卓の周囲にはフォースト博士の門人ワグナー(第三低音 Basse)を頭に数多の書生、兵卒、打集《うちつど》い、その他老いたる平民、若き娘、女房ども数知れず舞台一面に居並びいる。書生が歌う酒の歌(Vin ou bière)より、兵卒、平民、娘、女房、各々賑《にぎやか》なる合唱一わたり済むと、楽壇より低きトロンボンという喇叭《らっぱ》の音聞えて、少女マルグリットの兄バランタン(第二低音 Baritone)出で来り、われ今墳墓の地を去り光栄を敵地に探らんとす、後に残るは妹のマルグリットただ一人、いとしき母は已に在《いま》さず……と悲し気に歌って、妹マルグリットの身の上をば、折よく居合すジーベル(第三高音 Contralto)に依頼する。これにて書生ども、好き酒に涙落すな、いで飲まんと歌い出し、ワグナー続いて鼠の歌(Un rat plus poltron)を歌い始めると、程なく早きストリングの音を合方に、悪魔メフィストフェレス出で来り、書生の群に交って黄金の歌(Le veau d'or)を歌い、やがて居合す者どもの手相を見て占いをなす事なぞよろしくあって、一同と共に酒を飲む。しかし、この酒は味好からずと杯を捨て、いでや酒の神……とバックスの名を呼ぶと、不思議にも、酒屋の呑口より紅の美酒滾々《こんこん》として流れ出る。皆々杯をささげると、悪魔はいで、マルグリットの健康をと呼わる。兄バランタンは最前より悪魔の挙動《ふるまい》を心に憤っている最中、いとしき妹の名を呼ばれたので、今は堪え得ず、腰なる刀を抜いて悪魔の杯を打落す。ワグナー、ジーベル皆々刀を抜く。悪魔もこれにて刀を抜き、身の周囲に円形を描くと、バランタン初め一同の刀は中ほどより二ツに打折れてしまう。一同仰天しながらも、必定これ悪魔の仕業《しわざ》ならんと悟り、皆々折れたる刀の柄を前に捧げて十字架を造り、これぞ我らを地獄より、守らせ給う十字なり(C'est une croix,)と歌えば、果して悪魔は力を失い顔を他《そ》向《む》けて近き兼る。一同は繰返して十字の歌を歌いつつ、長き一列をなし、バランタン、ジーベル、ワグナーの三人を前にして、歌の調子につれて後退《あとじさ》りに次第に退場する。と、上手よりフォースト、若き武士の扮装にて出で来り、第一低音独特の美声にて、美しの少女いずこぞや……と悪魔に問う。折しも村の祭始まって、下手、上手両方より娘若者数多出で、畠の砂を朝風の、吹《ふき》つ散《ちら》しつするように、舞えよ、踊れよ。踊れよ、舞えよ(Ainsi que la brise legère)とはでなる舞踏の曲(Waltz)につれて歌い、舞う。能きほどに、少女マルグリット(第一高音Soprano)鼠色したる衣をつけ、質粗《しっそ》なる田舎娘の扮装にて下手より出る。フォースト悪魔の注意に促されて進出で、愛慕の情胸の底より湧き出るが如き、余情深い声にて、少女の手を取りて導き行かんと願う。それをばマルグリットは優しく辞退する。その語は、「否君よ、我身はかかる美しきものにはあらず……Non, monsieur, je ne suis ni demoiselle ni belle」と僅に二節の短い句であるが、その清かな汚れのない調子で、聴く者は少女の無垢を十分に知る事が出来、同時に来るべきその運命の悲惨を思合していわれぬ同情を催す。この時器楽はフォーストがその手を取らんと願った折の歌の節を静かに奏して少女の心中には若く美しきフォーストの情深き印象を残した意味を知らせるのである。少女マルグリットはかくして俯向《うつむ》いたまま舞台を斜めに下手奥に這入《はい》る。両側に居並びたる娘若者どもは再び賑《にぎや》かなるワルスにつれて舞う中、幕次第に下りる。

＊　＊　＊

第三幕目はこのオペラの中で最も美しい場面であろう。上手に野薔薇の纏るマルグリットの住居。入口、窓などよろしく、舞台中央に花壇、後方奥深く土塀にて遮《さえぎ》り、よき処に小き潜門《くぐりもん》あり、所々に美しき樹木立つ。すべて少女マルグリット花園の体。

短い幕明の音楽あって幕明くと、マルグリットを恋慕えるジーベル(第三高音Contralto)潜門より入り来り、中胡弓《セロ》(Violoncello)の訴うるが如き音を合方に、マルグリットを思う切なる情を歌い、花壇の花を手折って花束を造ろうとすると、花忽《たちま》ちに萎《しぼ》んで落る。ジーベルは驚きながら前の幕にて悪魔の占いを思い起し、上手軒辺に設けある聖像を伏拝《ふしおが》み、再び花を摘むと、この度《たび》は悪魔が呪い破れて花はそのままに咲匂うている。喜び勇んでジーベルは花束を住居の入口に置いて立去ると、フォースト及び悪魔メフィストフェール打連れて潜門より入り来り、フォースト一人居残ると、彼《か》れは花壇の傍に佇み少女が賤家《しずや》を打眺めて、汚れぬ魂の住いする清き伏家の気高さよ……と(Obbligato violin を合方にして)花壇の周囲を一歩一歩に廻りながら歌う。この長い

独唱は有名なもので、普通の音楽会なぞでもしばしば歌われる。歌謡も非常に美しい、その一節を記せば、

Salut! demeure chaste et pure, ou se divine
La présence d'une âme innocente et divine!
Que de richesse en cette pauvreté!
En ce reduit, que de félicité—!
O nature, c'est là que tu la fis si belle!
C'est là que cette enfant a grandi sous ton aile,
A dormi sous tes yeux!
Là que, de ton haleine enveloppant son âme,
Tu fis avec amour épanouir la femme
En cet ange des cieux!

汚れぬ魂《たま》の住いする、清き伏家の尊さよ。
眺め貧しきその中に、富みも恵も宿るかな。
乙女をかくも美しくなしつるものは、ああ自然。
そが翼の下に生立ちて、

そが守る眼《まなこ》の下に熟睡《うまい》して、
そが吐く息につつまれて、
この世ながらに乙女子は、
天《あま》ツ御国《みくに》の人ならん。

能《よ》きほどに悪魔は宝石を入れたる立派な手箱を持ちて立戻り、それをば住居の入口に据置きフォーストを連れて共々庭の木立に身を隠す。クラリネットとバイオリンの音を合方に少女マルグリット潜門より入り来り、直に花壇の傍に置いてある糸車を繰りつつ、その昔チェレーの王は死ぬまでも亡き恋人を思いつめ、記念に残る杯につぐ酒ならでは飲まざりし……(Roi de Thulé)という昔話の歌をば、夢見るような悲しい力のない調子で歌い折々は物思わし気に歌い止む。少女の心には、我を慕うジーベルが事、さては過る日、祭の道にて逢うたる若きフォーストの面影の、夢見る如くに浮び出ずるのであろう。少女は遂に糸車を繰り止め、住居の方に歩み寄るや否や、先ずジーベルが置きたる花束を見付け、喜び手に取上げたものの、やがて悪魔が持来れる美しい手箱を見るや、乙女心の哀れさ、彼女は花束を捨てて手箱を開き、美しい宝石を見て驚き取り上げ、それをば夢中にて身に付け、鏡に向って我と我身の美しさに驚く。(Ah, je ris de me voir si belle) これが有名な宝石の歌で、かかる処へ、隣の女房マルト(第二高音 Mezzo-

Soprano）続いて悪魔とフォースト出で来り、悪魔は女房マルトの手を取り、フォーストはマルグリットの手を取り、折々は木立の間を歩みつつ、変化の多い四部合唱（Quartet）一わたり済むと遂にフォーストとマルグリットの二人居残り、舞台は次第に暗く蒼然たる電光の仕掛にて一面に美しい夜となる。フォーストは別を告げて入らんとする少女の手を引止め、蒼き夜の星光の、優しく照すその顔を今少時《しばし》打目戍《うちまも》らせ給え（Laisse-moi contempler ton visage）という歌より、有名な長い両人の連唱（Duet）が始まり、マルグリットが遂に男の腕に身を投げ、君のためならば死もいとわじ（Pour toi je veux mourir）というまで、この処はその音楽といい、歌といい、舞台といい、オペラが聴衆を魅する魔力をば遺憾なく打振う所である。ワグナーのオペラを除けば、普通伊国及び仏国のオペラの最も強い印象を与える処は、こういう詩味溢るる恋の場で、一度オペラを聴いてその趣味に酔うと、純粋の劇詩が何となく物足らなくなるのも無理はない。さてマルグリットは、さらば（Adieu—!）と遂に戸を押して住居の中に這入る、フォーストはいで立去らんというのを、折しも悪魔立ち出で来り、少女が窓を明けて夜の星に歌うを聴けとて引止むる。それとも知らぬマルグリットは果して住居の窓を明け、

我が心何とて顫《ふる》う。

鳥歌い、風ささやき、

もろもろの声、
彼《か》の人われを恋いすと歌わずや。
如何に生命《いのち》の香しき。
空は微笑《ほほえ》み、
気は身を酔わす。
木の葉打顫《ふる》い、打ちそよぐは、
恋のためか、喜びのためか。
明日《あす》の日、疾《と》く返りませ。
わが恋人。
疾《と》く来ませ。

と直訳すればかかる語を情深く歌う。木陰に聞きいたるフォースト今は堪え得ず。ひたと窓側に駈け寄り、マルグリットを抱く。この様を見遣って、悪魔はその大なる腹を抱えて呵々《かか》とばかり打笑う時、器楽はマルグリットが歌った恋歌をば引つづいて奏している中、幕下る。

＊　＊　＊

第四幕目。上手に高い寺院の入口、下手に低きマルグリットの住居。正面は寺院の壁にて見切る。寺院の中にて奏する風琴の音《ね》聞《きこ》えて、下手奥より男女二人三人と次第に出《いで》来《きた》りて寺院の階段を上る。マルグリットも同じく礼拝に赴《おもむ》かんとて寺院の方に進み行くを、女供見返りて賤《いや》しみ厭《いと》う体《てい》。マルグリットは一人行遅くれて寺院の階段に膝付き、神の恵を祈ると、何処よりともなく、太く恐し気なる悪鬼の声起りて少女の名を呼ぶ。少女は恐れおののきて四辺《あたり》を見廻すと、この度は寺院の中より讃美歌(Quand du Seigneur le jour luira)聞ゆる。少女聞き澄して何事ぞ今は神の御声のかえりて空恐《そらおそ》しという時、悪魔黒き衣に身を纏《まと》い、忽然後方に立現われ、汝には地獄(à toi l'enfer)と呪咀《じゅそ》の一声。少女は覚えずアッと叫んで寺院の中に逃入る。後暫時舞台寂となると、やがて喇叭《らっぱ》の響幽《ひそか》に聞えて、勇しき進行曲と合唱につれ一群の兵士、戦場より故郷に凱旋し来る。男女の群はこれを迎えて勇しく愉快なる合唱となりてこの人数《にんず》這入《はい》ると、二幕目に出でたる少女の兄バランタン同じく戦いより帰来《かえりきた》りて下手の家に這入る。悪魔はフォーストと共に出来《いでき》たりその引止むるにもかかわらず家の戸口に立ちて、携えたるギターを弾き一節のSerenade《セレナード》(恋人が女の住む窓の外にて歌う歌の総称)を歌う。これを聞きて兄バランタンは大に憤り抜刀を手にして戸口に現われ、フォーストに向って決闘を迫る。悪魔を中にして三人の連唱(Trio)勇しく、二人はやがて剣を交えて渡合《わたりあ》い、バランタン遂に致命の傷を負うて倒れる。悪魔は驚くフォーストの腕を取り急ぎ逃げ去ると、物音を聞付けて近隣の男女大勢出て、手負《ておい》を取巻く、妹のマルグリットはジーベルと共にバランタンを介抱する、兄はこの時妹の顔を見、我は汝が恋人の手に傷《きず》つけられたりと呪《じゅ》咀《そ》の語を最後にして、呼吸を引取るので、少女は余《あまり》の恐《おそろ》しさに気を失い同じくその場に倒れる。周囲に立つ男女が祈禱《きとう》の合唱にて幕となる。

＊　＊　＊

第五幕大詰は、石牢の場にて、幕明の音楽は先《ま》ず物凄く響き顫う太鼓の音に初《はじま》り、無調子のように聞ゆる、低く太いブラス(すべて黄銅製の喇叭類をいう)の音これにつづく。この暗澹な楽は容易に死もしくは獄屋の光景を想像せしむるが、忽ちにしてこの暗澹な響の底より美しいバイオリンの音、さながら暗中に閃く一道の光の如く聞出し次第に強くなる。これ少女の魂神の手に救るる事を意味したものであろう。

幕明くと、少女マルグリットは白き衣に髪を振乱し、手錠をはめられたまま、藁の中に倒れている。悪魔と共に入来れるフォーストは獄屋の鍵を受取り、一人居残りて、少女がその幼児を殺したる罪にて獄に投ぜられたる由を語り、少女の手を取ってこの場を逃れよと勧める。しかしマルグリットは已《すで》に心乱れてか、あるいは神の正判を待つ心か、夢見る如き眼してフォーストの顔を打眺め、過し祭の日、初めて男を見たる時の事を思い浮べ、「美しき姫われに道知べを許させ給わずや」とフォーストが言葉。それをば、

「否、君よ……」と拒みたる二幕目の連唱を繰返して歌い、また花園の夜を回想しては、「君は夜《よ》ごと、薔薇咲き香う花園の、閉せる夜に忍び来ぬ」(Et voici le jardin charmant)とこのわたり音楽もまた前幕の美しき要所要所に奏したるものを繰返す。フォーストは幾度となく逃れよと呼ぶ折から、悪魔再び入来り、夜は明けんとす、疾く疾くと促す。少女は悪魔の姿を見て、天つ使よ我が魂を神の御国に運び去れ……とて膝付きて歌い、遂にばったり倒れる。悪魔立寄りて一声。裁判《さばき》は下れり(Jugée)と叫ぶや、牢獄の書割左右に開けて、向う一面、明き天国のさまとなり、棚曳く雲の間に舞い上る天女の数々、マルグリットの霊魂救われたる事を歌う。フォースト下《した》に住いて平伏《ひれふ》し、悪魔は天国の光に打れて斃《たお》れ死す。

ベルリオの「フォーストの地獄落」
(La Damnation de Faust)

以上述べたるが如く、グノーの歌劇フォーストは、仏蘭西オペラの特徴を現し、輪廓の鮮明と、劇的色彩に富みたる、その結果は、すべての人物事件(悪魔まで)が、余りに実在的になって、やや原詩の規模を狭少ならしめ、幽玄の詩趣を現し尽さぬような感じを生ぜしめる処があった。この点に於て、ベルリオのフォーストはオペラの形式を取らず、オラトリオに因って作曲しただけ、よほどの深刻と、強い幻想とを有している。(オラトリオとは、オペラと同じく声楽器楽の綜合よりなるものであるが、劇的舞台の装置を要しない。)ベルリオ(Hector Berlioz 1803-1869)は、しかし、この広大なるオラトリオを作曲したとはいえども、その生前に於ては、断片的にして全部の演奏を試《こころみ》る機会なく、空しく不遇の恨を呑んで世を去ったのである。その後世間は、漸くにその才能の偉大なるを了解し、死後十年近くを過ぎて、乃《すなわ》ち千八百七十八年に至り、初めて、巴里のコンセール、ポピュレールに於て、全部オラトリオの演奏をなすや、非常の成功を得た結果は、遂に、舞台なきオラトリオをば舞台に上し、オペラとなして興行するものあるに至った。

しかし、元来がその目的に作られておらぬもの故、劇的の動作少く、オペラとしては不完全であるのみならず、かえって純粋なる音楽の妙味を傷付ける事が多くなった。自分は、しかし全曲を未知の読者に紹介する上には、本来初めて米国で演ぜられたオペラの舞台に因る方が、無形の音楽のみなるオラトリオの原作によるよりも便利である故、眼を以て見たる舞台の場面を左に記述する事とした。すなわち、

第一幕、窓外、匈牙利《ハンガリー》平原の眺望。

第二幕、フォースト書斎の場。

第三幕、酒場穴倉の場。
第四幕、花園夢の場。
第五幕、マルグリット住居内外の場。
第六幕、マルグリット内の場。
　同、深山幽谷の場より地獄落の場。

で、最初の幕明くと、広大なる一室の椽側《ベランダ》にて、室内に書冊、髑髏《どくろ》を置きし机の上に燈火淋しく燃えている。舞台一面暗澹《あんたん》たる中に、フォースト独《ひと》り椅子に住いいて、人の世の争いより遠《とおざ》かり、寂寞の中に打沈む心の静けさ悲しさを歌う。する中《うち》に、正面の椽側外、次第に明《あか》く。夜の明《あ》け行くと共に、一面青々としたる匈牙利《ハンガリー》の牧場、上手に高く要塞の石垣聳《そび》えたる景色現われ出る。フォースト椽側に近付き、景色を眺めて、喜びの終りには死というものあり。止まれと呼べども「時」は止らずと唄い続ける中、幽かに農民の舞踏と軍隊の進行曲。やがて、賑やかなる男女の合唱聞え来る。フォースト耳を傾け、村人の青き牧場に歌うを聞けば、我心の悲しみは、世の喜びを羨《うらや》む妬《ねた》みなり。と悲しく心乱るる体。(椽側外の景色はレースの霞を掛けたればすべて遠く見ゆるものと知るべし。) この時、花の飾りを着けし男女の農民、三隊に分れて舞い出《い》で、次第に早まる音楽(Ronde)につれて、烈しく舞う。軍隊の進行曲漸く高まり、舞狂う男女は能きほどにて、皆々舞台上手の要塞の方を見返り、帽子、ハンケチ、花環など振動すと、普通にラコッチーといっている匈牙利《ハンガリー》特種の、壮烈なる進行曲につれ、幾流の旗、槍、薙《なぎ》刀《なた》等を持ちたる匈牙利の兵卒進み出で、これまた音楽の速度につれて、歩調を早め、遂に馳足《かけあし》になって這入《はい》る。フォースト茫然として佇《たたず》み、若き人の心は勝利の歌に打顫《うちふる》えども、吾心には熱冷《さ》めて、光栄の念い消え失せたりと、椅子に倒れ、机の上なる髑髏《どくろ》を握って見詰める。進行曲なお盛に湧返る中、幕となる。

＊　　＊　　＊

第二幕はフォーストが書斎の場にて、グノーの作と大差はない。老いたる博士は絶望して毒杯を仰ごうとすると、書斎正面の壁次第に明《あか》くなり、前幕と同じように、レースの霞を越して、正面奥深く、ゴチック式寺院の内部現われ出で、幾多の男女跪《ひざまず》きて復活祭の讃美歌(Christ vient de ressusciter !)を歌う。この合唱は今日オラトリオにて用いられるモチフの完全なる模範であって、ダブルバッスを伴う第一高音部と、第三高音部の前唱《イントラダクション》があって後、讃美歌は男声部のみにて初まり、次に第一高音及び第三高音部の女声これに合し、器楽またつづいて次第に高まる。舞台は讃美歌の合唱高まるに従い全く暗く、寺院内の光景明瞭になる。フォーストは毒杯を投捨て覚えず合掌をして、幻影の方に近寄らんとすると、寺院の夢、パッタリ消えて暗くなり、幕明きの如く書斎の場ばかり明くなる。忽然《こつぜん》上手の壁より、悪魔現われ出で、第三低音部《バッス》の太き声にて、吾は生命なり、吾れは、喜び、楽しみ、幸い、あらゆる物を参らせん。と問答一渡りあって、さらば、先生、哲学を捨てて、浮世のさまを見給うべし、吾れに従い給え。と悪魔は黒きマントーにて博士を蔽い、舞台切穴の中に消え入る。

＊　＊　＊

第三幕は円形の天井低く、暗鬱なる酒倉の体にて、武骨《ぶこつ》なるテーブル、椅子数多据え、大勢の男、酒を飲みいる。酔漢の中にて、ブランデル（第二低音《バリトン》）という男卑猥《ひわい》なる「鼠の歌」をば合唱に伴わせて歌う。フォーストは、悪魔に伴われて、この酒倉に来り、酔漢の歌を聞きいたるが、余りの賤《いや》しさ、醜さに打呆《うちあき》れ、この場を去らん。歌う言《こと》の葉《は》美しからず、この外に吾に見すべき歓楽なきや。青春は何処《いずこ》ぞという。悪魔答えて、さらば来ませ、と一閃の火焔を呼起し、驚き騒ぐ酔漢どもの後に消え去る。

＊　＊　＊

第四幕目に至ると、舞台は一面、薔薇の谷底にて、四方より蔽《おお》い冠《かぶ》さる若葉の枝は、奥深く七重八重に垂れ下り、その間には澄渡りし水底をのぞむが如き幽邃《ゆうすい》なる光線漲《みなぎ》りたり。老いたるフォーストは已《すで》に美しき青春の人と変じ、舞台前側なる薔薇の花の腰掛の上に眠りいる。悪魔その傍に佇みて、

薔薇《ばら》ひらく夜の、
香しき褥《しとね》の上に、
わが親しきフォースト息《いこ》えり。
うるわしき眠りの夢に、
紅なす唇は君に触れ、
君が肌を包まんと花瓣《はなびら》動く。
妙《たえ》なる声を君は聞かずや。
耳傾けよ。天地の精霊、
君が眠を揺らんと、
愛《め》でたき楽《がく》を奏《かな》ずるを。
と歌えば、怪しや、咲乱るる薔薇の花と繁れる若葉の間より、
眠れよ。フォースト、幸《さち》あるフォースト。
空の色、光の色の薄紗《うすもの》に、
君が眼《まなこ》の閉《と》ずる時、
うれしき恋は君に媚び、
中空遠く、望みの星は輝かん。

という嚠喨《りゆうりよう》たる天女の合唱湧起《わきおこ》り、あたりの薔薇の花、忽《たちま》ち裸体の美女と変じ、妖艶《ようえん》なる姿態のさまざまを尽して、眠れるフォーストの身辺に舞い歩む。忽然、正面奥深き花の間に、少女マルグリットの姿ありありと見ゆる。フォースト眠りながらに、一声マルグリット！ と呼《よ》ばわれば、少女の幻影煙の如く消え失せ、以前の美女と共に、合唱の歌再び四方に起りて、

山のめぐりの湖水《みずうみ》に、
湛《たた》うる水は漲《みなぎ》りて、
緑の野辺に流れたり。
流るる水に打響く、
喜び唄う歌の声、
舞の手足もいと軽く、
青き小山に走《は》すよと見れば、
深き淵《ふち》にと突き進む。
鳥は驚き隠《かく》れ家《が》を
小暗きかげに求めんと、
沼の彼方に飛び散りぬ。

深き生命《いのち》の味いに、
触れよと人《ひと》は、光ある、
懐《いと》しき星を空に求《もと》むる。
　眠れよ。眠れよ。

君に授けし、恋の女神の賜物は、かの人ぞ。
眺めよ。美しの面影。

少女マルグリットの姿、花の間に現わるる事、再三。その度《た》びに、フォーストは夢の中にその名を呼びかける。悪魔は、已によし、彼が心は捕われたり。眠りを覚まさしむるなといえば、幾多裸体の美女は、暫くの間フォーストが身の周囲《まわり》を舞い歩み、遂《つい》に蝶の如く、花と若葉の間を空中に舞い上る。

幽婉《ゆうえん》極りなきこの末段の音楽は、作家ベルリオが独特の技能を発揮した処で、幾挺の胡弓《ビオロン》の細《こま》かく高く切々として響き出るに従い、立琴の音の絶えんとしては、また続く、その態《さま》は、さながら、花瓣《はなびら》の一枚一枚に揺《ゆ》れ動いて散り行く響を聞くかと思われ、特に驚くべきは、音楽が一種の香気を発散するかとまで思わるる事である。

＊　＊　＊

第五幕は全曲中、最も劇的の変化に富んだ――乃《すなわ》ち最もオペラらしい場面である。

右手少女マルグリットの住居。戸口二ツあり。一ツは往来に向い、他は奥なる庭に通う。舞台左手は高き寺院の入口にて、正面に電気仕掛にて光を発する十字架あり。寺院と少女住居《すまい》の間は広き往来の心、正前奥深く、石垣と関門を見せる。幕明くと、兵士書生の群《むれ》、関門より出で来り、合唱一わたりして、一同太き絃声に歩調を揃えて這入《はい》ると、悪魔はフォーストを伴いて出で、少女の家に忍び入らしむ。フォーストは心の喜びを歌いおわりて、戸口より庭に忍び、悪魔は他の戸口より往来に出で物陰に潜む。少女は一人提灯《ちょうちん》を手にして、正面奥より歩み出で、何とも知れぬ心の乱れ。重苦しき夜の様を歌いつつ、下手の住居に入り、机の上に提灯を置きたるまま、物思わしげの風情にて、(グノーのオペラにもあった通り)チュレーの王の昔語《むかしがたり》を歌う。その歌は、

チュレーの王は、その昔、
契《ちぎ》りし誓いをたがわじと、
慕いし姫のなき後は、
形見に残る杯を、
夜ごと日ごとに打《うち》まもり、
尽きぬ涙に暮れ給う。」
この君やがて年を経て、

世をつぐ人にもろもろの、
身にある宝を譲りしが、
杯のみはなおも手に、
多くの殿《との》を呼び集め、
海にのぞめる館にて、
名残の酒盛なし給う。」
一息のみて欄干《おばしま》に、
君は立ち出《い》で杯を、
海に投れば忽《たちま》ちに、
潮湧き立ち、杯は、
海の底にぞ沈みける。
波は程なくおさまりて、
海は静けくなりけるが、
君が面に色は失せ、
世になき人となりにける。

という意味で、三節に分れている長い独唱である。伴奏する器楽には、あたかも啜り泣きするような胡弓の音、一際《ひときわ》高く聞えて、胸の底から聴衆の詩情を動す。少女は一度《ひとた》び歌いおわり、再び最初の一句を繰返そうとして、そのまま頰杖して眠り入ると、悪魔は往来の真中に現われ出で、禍《わざわい》の魂よ。踊り出で、乙女をこなたに引き来れ。と命ずれば、陰火、かなたこなたに閃き、気味悪き器楽と共に、一群の怪物、短く赤き着物に黒髪を振乱しながら、走り出で、悪魔を中心にして舞いたる後、一列をなして少女の方に進み寄り、気味悪い手振りして一斉に引招ぐさまをなす事やや暫く、悪魔の命令にて、一同馳け入る。悪魔一人居残り、少女を手招ぎすれば、少女は磁石に引かるる如く眠れるままにて家外に出で、上手なる寺院の方に進み行くと、その扉の中に、フォーストの姿朦朧《もうろう》として現われ出る。少女は驚き縋寄《すがりよ》ろうとすると、寺院の屋根に十字架の光輝き、悪魔はこれを恐れ憚《はばか》るさまにて外套《マントー》の袖に顔をかくせば、フォーストの姿は早や消えて後もない。少女は地に跪《ひざまず》き一心に十字架の光を拝するが、これまた忽ちに消え失せて悪魔の顔を擡《もた》げると共に、扉の中には再び美しいフォーストの姿現われる。少女の後には悪魔次第に寄進み、爪長きその手にて、前に押しやり、後に引戻すさまを示せば、少女はただ人形の如く、その為《な》すままになり、前なる美しき幻影《まぼろし》を捕えんと身をもがきつつも、遂に、後退《あとじさ》りに引き分けられて、家の中に入り、以前の椅子に頰杖つきて倒れ眠る。悪魔は戸口の外に立ちなおこの上にも少女の心を虜すべしとて、ギターの音に模したる胡弓を合方にして一節のセレナードを歌う。この歌終ると、最前より後庭に忍びいたるフォースト若々しき姿にて現れ、愛らしの天《あま》つ少女《おとめ》よ(Ange adorée)と呼びかけ、これより両人の対唱になり、両人《ふたり》は互に、今宵《こよい》初めて相逢う以前より夢にその面影を見て已に深く思合っていた心を歌う。熱き恋に激した若い男女の声。(第一高音《ソプラノ》と第一低音《テノール》)の合いつ乱れつ、消えつ起りつする具合は、心の波の打騒ぎ、情の海の湧返るさまを写して、殆《ほとん》ど余す処がない。この激しい対唱の最中、夜は次第に明け行く心にて、正前関門の間より、提灯下げたる近隣の男女四人五人と、やがて大勢出で来る。悪魔あわてて庭口の戸より現れ、人々目覚めたり、疾《と》く逃げよと、これにて、家内にはフォーストと少女と悪魔三人の連唱《トリオ》、家の外には男女の合唱、相合して烈しく、急《いそが》しく幕となる。

＊　＊　＊

第六幕はマルグリットの小暗き部屋の場にて、下手の窓より悲しき夜の光のみ射込《さしこ》んでいる。少女は独《ひと》りこの窓にもたれて、

焰と燃ゆる恋の思いに、
晴れたる胸は曇りたり。
心の平和《やすみ》、永遠《とわ》に破れて。

君ゆきて、君在《いま》さねば、
わが心枢《ひつぎ》と重く、
よろずのものは、
喪《も》にある如く見ゆるかな。

と九節に分れた長い独唱を歌う。窓の外遥かに、前の場にて歌いたる書生と兵士の合唱聞える。少女は聞き澄し、君は遂に来給わず、ああ如何にせん。と泣きつつ這入《はい》る。道具変って、直《す》ぐ様《さま》、深山幽谷の場となり、後《うしろ》一面山岳渓流の書割、上手寄り岩の間に十字架立つ。フォースト独《ひと》り、山岳を望んで、偉大なる自然の美を歌う。悪魔上手より出で、マルグリットの魂を救うがために、フォーストに向いて地獄に落ちよという。フォーストはその名を書きて悪魔に与え、共々急いで入ると、一隊の農婦出で来り、上手十字架の前に跪き、Sancta Magdalena, ora pro nobis《サンタマツダレーナオラプラノビス》の讃美歌を歌う中、雷鳴天地に轟き、十字架崩れ倒るる。農婦の一隊逃げ入ると同時に、山岳の書割左右に開けて、地獄の光景となり、活動写真の如く、さまざまの恐ろしき地獄の書割右より左にと開展する。この場の烈しく物凄《ものすご》き音楽は、すなわち有名なる地獄落の楽(Course à l'abîme)

と称するものである。
地獄の光景、開展し尽すと、舞台の奥次第に明く晴れやかになり、光に伴《つ》れて、人家の屋根見え、前なる地獄の雲を描きしレースの霞破れて、舞台は、屋根の上なる青空となる。天女数多《あまた》屋根の間より現われ空中に舞い上りて、清涼の楽の音と共に、少女の魂天国に運ばれたる意味を知らせて幕となる。

（紐育一九〇七年正月）

欧洲歌劇の現状

欧州に於けるオペラの現在を語る事は、ワグナーの改革と、その結果と、遂にはその反動までを論ずる事になる。ワグナー以前の欧州オペラは全体を通じて伊太利亜式であったが、その以後の今日に至っては、ある評家が、ワグナーの影響によらざる音楽は世界にないといった通り、尽《ことごと》くワグナー式に変じてしまった。従来のオペラは、モザルトの「ドンジヤン」に於てさえ、単に男女の痴情に基《もとづ》き、事相の複雑を示したに過ぎざる如く、歌謡の爽快美麗を第一要件とした娯楽藝術であったが、ワグナーは「トリスタン」に於て、大胆に両性の実感的なる熱情を描き、従来の音楽が現《あらわ》し得なかった新しい題目を捕えて、その実例を示し、更に「パルシファル」に至っては、「天上の愛」を標榜とした通り、藝術が高遠なる宗教にも代わり得《う》べき事を、吾人に教えた。

ワグナーはそれら自作のオペラをば、旧例に従ってオペラと名付ける事を好まず、新しく、ムージックドラム（楽劇）なる名称を作った。ムージックドラムが旧来のオペラと異なる要点は科白《せりふ》劇と音楽とを綜合した事で、全然相入《あいい》れざる二個の藝術を混和して、更に新たなる特別のものを作出した事業は、非凡な大天才をまって始めて完成し得べき一ツの奇跡といってもよい。新しきを知るために、先ず旧《ふる》きものを説明せしむればオペラの起源は中世紀の舞踏、仮面劇から発達し、希臘《ギリシヤ》の古劇を復活せしめる意味をも含んで、一五九七年フローランスに試演されたペリのダフネ（Dafne）である。その後年と共に欧洲全体に伝播《でんぱ》し、種々の形式種別を生ずるに至った。その形式も時代と共にまた幾多《あまた》の変遷混同を生じたが、ワグナーの以前まで、慣用された名称を挙《あ》げると、伊太利亜オペラでは、オペラセリア（Opera Seria）オペラブッファ（Opera Buffa）仏蘭西《フランス》では、オペラまたはグランオペラ（Opéra, Grand-Opéra）とオペラコミック（Opéra-Comique）の二差別があった。それらの差別は、各自面倒な形式的条件の下に、動《うごか》し難い厳密な法則の網目《あみめ》を張っていた。例えばオペラセリアに付いて見るに、歌曲はアリヤ及びレシタチボの二種に分たれ、物語と動作を示すにはレシタチボを以てし、声楽の美はアリヤの専務であり、また、全曲の構成について、登場人物を三組ずつの恋人、男女六人に限り、全部を三幕とし、一幕中の一節は必ず美なるアリヤに因って終らねばならぬ。アリヤにもレシタチボにも小分類があり、序曲《ウーベルチュル》にも完結《フイナール》にも幾多の法則が設られていた。それがワグナーの楽劇になると、如何《いか》なる藝術にも免れがたい余義ない形式以外には何らの法則をも設けてない。登場人物が歌う歌曲はアリヤでもレシタチボでもなく、いわゆる「無限旋律」と呼ばれて、必要な場合には、無際限に連続するし、しからざる場合には、全く無言のままで、音楽ばかりがこれに代って無限の管絃楽を奏する。またある場合には、管絃楽は猛《たけ》り狂って人物の歌謡を全く打消してしまう事をも厭《いと》わない。

要するに、ワグナーは全曲の意義と、個々の人物の自由なる感激の発表を主として部分的の形式美を第二にした。科白劇に足らざる処を発見して、これを補うに、ベトーヴェン以後の題目音楽を以てした。それ故、人物の歌謡よりも、音楽の部面に重きを置いたのである。ワグナーが、その楽劇に応用したベトーヴェン式の音楽は乃《すなわ》ちライトモチーフ(Leit-motif)と名付けられ、ワグナーの創造によって、世に伝えられ、近代音楽の最大特徴となったものである。ライトモチーフ(英語にて Guiding motive 仏語にて Thème conducteur.)とは一節の音楽が、各自特別の意義を有している事で、例えば「喜び」のモチーフと「悲しみ」のモチーフとがあって、一曲の中にこの二種のモチーフが同時に混同して聞える時には、聴者はこれによって、明《あきら》かに、二個の感情相争うさまを想像し、またその一方の強弱につれて、一方の感情が全心を支配せんとする如き状態を想像し得る。

実例につきては、「タンホイザー」の楽劇には、重なるモチーフが二ツある。乃《すなわ》ち快楽の女神ベヌスに属するもの(Venusberg)と、懺悔《ざんげ》の人が羅馬《ローマ》へ謝罪に赴《おもむ》く巡礼の曲、(Pilgrims chorus)の二種で、一ツは罪の快楽、他は懺悔並びに宗教的贖罪《しょくざい》の念を意味して、妖艶《ようえん》と清浄の二分子は、序曲より始まって三幕全曲を通じ、常に相混乱して表われている。それがために聴者は、楽劇の主人公タンホイザーが、歓楽と懺悔、宗教的と非宗教的の相入れざる二個の概念に煩悶して斃《たお》るる運命を、ライトモチーフによって、歌謡も科白も決して企て及ばざるほどの深さにまで味《あじわ》い得るのである。第二幕目、領主の館の場の如き、並いる大名の面前にて、タンホイザーが愛の歌を唄う中、一度《ひとた》び断念したる歓楽の夢をば、忽然《こつぜん》として我知らず思返すあたり、ベヌスのモチーフは最初厳正な曲調の中に、幽《ひそ》かに弱く糸の如く現われる。と聞く間もなく、焔の風に燃え立つ如く曝然として湧返るを聞けば、この瞬間に於けるタンホイザーの情懐を表すに、ライトモチーフ式音楽が、如何に有力であるかを会得するに充分であろう。「聖杯《グラール》」の事績を仕組みたる「パルシファル」の楽劇には、これら特別の意義を含んだモチーフの数は二十二種の多きに上り、その幕明きの序曲中には、同時に五種のモチーフが相混乱して現われている。乃《すなわ》ち、最後の晩餐。聖杯。信仰。主の苦悩。聖槍の五種で、あたかも渓流に映ずる日光の動揺を見る如き清涼無比なる曲調の中に、無限の苦悶と悲哀を含む序曲を聞かば、聴客は幕明かざる以前、厳粛を極めし聖杯の儀式を観ざる以前に於て、已に塵寰《じんかん》を脱したる深重の感想に打たれるであろう。

然《しか》れども、「パルシファル」「マイステルジンゲル」また「ダス、ラインゴルト」等、ワグナーがその理想と技巧とを最も恣《ほしいまま》にしたる諸曲にあっては、モチーフの種類が余りに多数であるため、経験の少ない聴衆の耳には、むしろ調和を欠き、徒《いたず》らに喧騒混乱を齎《もたら》すばかりである。されども、ワグナーは最初より、美麗、爽快ばかりを音楽の目的とはしていない。聴感の美に逆うべき喧音こそ、かえって強烈の感激を発表するには欠くべからざるものと信じ、古来の伊太利亜式歌劇が、美の最上となしたる歌謡中には、唱歌者をして盛《さかん》に、純粋の科白劇にて見る如く、絶望、苦痛、驚愕等の叫声を発せしめている。人物も古来の形式の如く、その人数には何らの制限もない。最も少数なるは「トリスタン」であろう。第二幕目トリスタンとイソルデが夏の夜の後庭に密会する場の如きは一時間に近い幕の間、最初の幕明きと最後の幕切れの小部分を除いては、全一幕、ただ恋する二人の対唱で埋められ、何らの変化突飛をも求めない。また、「パルシファル」の如きに至っては、余りに長時間を要するので、最初はこれを二晩つづきにして演奏したという逸話さえある。要するに、ワグナーの楽劇は旧来王者貴族の宴席を飾った種類のものではなく、ある程度の忍堪勉強を以て味うべき藝術である。

ワグナーは、英国リットン卿の著作に基ける「リエンヂー」より、ライン河の伝説を取りたる三楽劇に至るまで、重なる十一曲の楽劇《ムージクドラム》を残し、永遠の勝利を目撃して、千八百八十三年に世を去った。

その後に於ける欧洲音楽界の気運は、全く一変して、伊仏それぞれに音楽界の革命が行われたのである。先ず伊太利について見れば、古来美麗なる歌謡本位の祖国より、マスカニ、プッチニ、レオンカバルロの三人を代表とせる新作曲家が、ワグナーと並び称せられる大家ヴェルヂの後をついで現われた。

此処《ここ》に一言、ヴェルヂの事について語るべき必要がある。ヴェルヂ (Giuseppe Verdi 1835–1901) はワグナーの如き革命的の作家ではなく、伊太利特種の熱情と色彩と、溢るるメロヂーの美を有した美しい藝術家であった。それ故、世界は尽《ことごと》く、如何《いか》なるワグナーの崇拝者になった時代に於ても、なおヴェルヂは一方に超然として名声を保ち死後はその記念石像の遠く紐育《ニューヨーク》の街上にまで建設せられるほどの勢力を持っていた。ヴェルヂの音楽的才能は、無限の変化に富んでいて、一作ごとに音楽的技巧の特種なる方面を発展している。殊に驚くべきは、藝術家の大多数が大抵、老年と共に一方に固守し成功に安じて、新方面を顧みざる傾向に陥り易いのを、ヴェルヂは死に臨む晩年に於て更に一大進歩を敢てした事である。「オテロ」、「ファルスタッフ」の如き、全く中年の作と異った新しい技巧の妙を示した。これら晩年の作曲は、争うべからざるワグナーの感化があると難ずるもの、辯護するものもあり、遂には評家にして二大作家の音楽的天才の優劣大小を争うものさえ出るに至った、けれども、要するに、ヴェルヂはワグナー以外の藝術の一面を代表した大天才である事は何人も拒み得ぬ事実である。ワグナーの楽劇は、強烈なる力を以て人を圧伏する主張と主義の藝術であるが、ヴェルヂの歌劇は、絢《けん》爛妖艶《らんようえん》を以て人を酔わしめる藝術のための藝術である。「パルシファル」が聖杯の儀式の場に比較するに「アイダ」がエヂプトの古刹《こさつ》の礼拝の場を以てすれば、容易に両天才の特質を区別し得るであろう。

前述した三人、マスカニ、プッチニ、レオンカバルロの後進作家は、乃《すなわ》ちヴェルヂの技巧とワグナーの理想の感化に基き、伊太利亜現今のオペラを代表するものである。マスカニはしかしその中でも比較的ワグナーに感化されず最も旧来の伊太利式美麗を有していて、その作「カバレリヤ、ルスチカナ」（郷士）は世界中到る処の舞台に演奏せられつつある。幕明かざる前の独吟「シシリヤナ」の一節に吾人は先ず無限の美に打たるるこの一幕のオペラは、獅子里島の狂暴なる風俗を描いたもので、日光暑き南伊太利亜の燃える肉的熱情の美は、その烈しいしかも流暢《りゅうちょう》な音楽によって遺憾《いかん》なく現されている。レオンカバルロはその傑作「ルイ、パリアッチ」(道化役者)に於て、曲中の人物をして、テアトロ、エ、ラ、ヴィタ(舞台は人生なり)と唱わしめ、オペラと写実劇の調和を示し、プッチニに至っては、更に一層オペラを劇に近寄らしめ、歌謡を以て直ちに科白に代わらしめたため、少なからず音楽的余情を欠く嫌《きらい》さえ生じた。しかし脚色の複雑、動作の迅速なるは著しい特徴で、その実例は仏国サルドウの脚本に基ける「トスカ」また「マノン、レスコー」「ヴィー、ド、ボヱーム」(巴里書生生活)等である。

フランスに於ては、多数なるワグナー式作曲家中、その代表者となすべきものは、何人もジュール、マッスネの名を揚げねばなるまい。しかし、マッスネは最も多方面なる作曲家であって、グノー。ビゼらの後を継いで、仏国歌劇の特徴たる、詩章と歌謡と音楽の巧みなる調和を得たオペラコミックをも沢山作っているが(アッベヱプレボの小説に基ける「マノン」ゲーテに基ける「ウヱルテル」の如きものを好例とす)同時に、全くワグナーのライトモチーフを応用して、アナトールフランスの小説を取った「タイス」の如き、「ヱロヂアード」の如き、また「ナバレーズ」(ナバルの女)の如きに至っては、砲声や剣戟の響をそのまま音楽中に挿入したような、大胆な企てにも成功した。マッスネに次いではブリュノーという人がある。ゾラの著レーブ(夢)に基き、ワグナー式の音楽を応用して、真率切実なる一曲のオペラを作り、世の注目する処となった。それ以来、「ラッタック、デュ、ムーラン」(風車小屋の攻撃)、「ラ、フォート、ド、ラッペ、ムーレ」(僧ムーレの罪)等、何《いず》れもゾラの著作より仕組んだオペラを作曲した。ブリュノーの外にはレイエー。シャルパンチエーらの作曲家あり。また少しく流派を異《こと》にしては、老大家サンサアン、若きダンデーらの名家もあるが、仏蘭西の音楽界は最近二十世紀に至って、ドビュッシーらの印象派音楽によって、ワグナーの感化以外に更に新しい境地を開くに至った。この事は已に、自分が「西洋音楽最近の傾向」の中にも論じた通り、その一派の人からいわしむれば、印象派の藝術は仏蘭西音楽をして、久しく支配された暗鬱晦《かい》渋《じゅう》なる独逸音楽の感化を脱して、幽婉《ゆうえん》、典雅、美麗を好むラテン種属特有の長所を目覚せしめたものに外ならない。同時にまた、旧時の形式に対しては、如何《いか》に突飛《とっぴ》な反抗であるかは、ドビュッシーの「ペルレアス」には序曲を奏せず、ポール、デュカーの「美姫アリアン」にては、今日までのオペラに欠くべからざる必要とした「テノール」男声第一低音の声がなく、登場人物の主要なるものは、ソプラノ、コントラルト、バリトンの三音声ばかりで、その中でもソプラノの一声のみが殆ど全曲を不平均に埋めている一事でも想像される。

さて、ワグナーの本国独逸に於ては、沈鬱なるストラウスが出て、驚くべき大天才の後を継ぎ、更に最近「ザロメ」の如き楽劇に於て、ワグナーの当時さえ音楽と見做《みな》され得なかった破格を敢《あえ》てし、音楽の自由を限り知られぬ辺まで広めようと試みた。（ストラウスの事は、また「西洋音楽最近の傾向」中に委しく紹介してある。）

最後に近代のオペラに付いて、注意すべきは、その歌謡が往々無韻の散文で書かれている事である。ワグナーは自ら筆を取ってその楽劇の脚本を書いたのであるが、何れも皆自由ではあるが、韻律を含む詩章であった。それが、「タイス」も「ペルレアス」も「ザロメ」も「アリアン」も、尽《ことごと》く最新の傾向を代表すべきものは散文であって、普通の脚本と何らの相違もない。しかも、音楽として聞く場合には、毫《ごう》も音楽的美感を傷付ける事がなく、感情の激動を示す場合なぞには、かえって旧来の韻律詩よりも成功する傾きさえある。また近代の作曲家は、そのオペラに対して、多くオペラなる名題を付せず、メロドラマだの、エピソードだの、ドラムリーリックだの、あるいは単にドラムと題したものも少くない。これ、厳格な規定の下にオペラを類別した習慣が破壊されて、作家はその作について、如何なる特別の名称をも付し得ぬためであろう。

○仏国の音楽家マッスネの事は四十一年十月の雑誌『音楽界』に於て内藤水翟氏が委しく紹介している。

○ワグナーの作「トリスタン」の全曲をば、ダヌンチオはその小説「死の勝利」の末段に驚くべきほど巧みに描いている。文字を以て、捕えがたき音楽の美を紙上に写したものの中、ダヌンチオのこの一節ほど完全なものは他にあるまい。上田敏氏は「楽声」と題して「みをつくし」中にこれを訳された。

欧米の音楽会及びオペラ劇場

紐育につきて

欧米と号したけれど、古来音楽の中心点たる独逸《ドイツ》もベトーヴェンが生涯を送った墺国《オーストリア》の維納《ウイーン》も自分は見た事がない。此処《ここ》に紹介するのは、実見した紐育《ニューヨーク》及び巴里《パリ》についてである。

紐育といえば、二十階の高い建物が隙間《すきま》もなく突立《つった》っている間を高架鉄道が夜といわず昼といわず雷鳴のように天地を震動しつつ走せ交っている、商業工業一方の実利的の都府で、大概の日本人はあんな処に音楽やオペラがあろうと思ってはいまい。自分も米国の地を踏むまではやはりそう思うていた。しかし何たる意外の現象であったろう。かかる喧騒《けんそう》を極めた商業的活動の物かげには、立派な音楽の世界が隠れていたのである。事実に於て紐育は音楽の万国博覧会ともいうべき処で、露西亜《ロシヤ》、独逸、波蘭土《ポーランド》、ボヘミヤ、匈牙利《ハンガリー》、伊太利《イタリヤ》、仏蘭西《フランス》、各国の最大音楽家にして、一度も紐育に招聘《しょうへい》せられぬものはなかった。驚くべき紐育の富は、毎年幾多《あまた》の音楽家オペラ俳優をば格外の報酬を擲《なげう》って、欧洲各国から招聘する。それゆえ、一時に各国の異なる音楽を聞き分けようとすれば、自分は世界の都という巴里よりもむしろ紐育の方が便利であると思う。

先ず純音楽の方から話そう。

電車は風の如く飛び、大なる商店の硝子戸《ガラスど》に百貨きらめくブロードウェーを遠《とおざ》かり富豪の館立つづく第五通に近く、緑深い中央大公園からは程もなく、第七通と五十七丁目の角に装飾のない、しかし何となく静粛な大きい建物がある。富豪カーネギーが新大陸音楽界のために献じたる大音楽演奏場で、カーネギー、ホールと名付けられ、建物の中には演奏場の外に、音楽学校、俳優学校及びその試演劇場までが附属している。此処では主として大規模のサンフォニーを演奏するが、室内音楽(Chamber music)の如き小さいもの、乃《すなわ》ち独奏、独唱、四楽器連奏の如きものを演奏するためには、四十丁目オペラ、ハウスの筋向うの横町に洒々として品のいい、メンデルゾン、ホールという演奏場が設けてある。

カーネギー、ホールのサンフォニー演奏場の内部は、普通の劇場より二倍がけ大きく、オペラに比すべきほど広大であり、その舞台は楽に五百人以上の楽師唱歌師を並列せしむるに足りる。毎年この音楽の宮殿に於て演奏する音楽者の組合も一ツや二ツでない。重《おも》なる団体を上れば、

○オーケストル(管絃楽演奏団体)

New York Symphony Orchestra
New York Philharmonic Orchestra
Young People's Symphony Concert
Russian Symphony Orchestra
Victor Herbert's Orchestra
Volpe Symphony Orchestra
Harlem Philharmonic Association

(右は何れも本部が紐育に置てある。ボストン、ピツバーグその他の市に組織された団体も、毎年回数を定めてカーネギー、ホールへ出張演奏をなす)

Boston Symphony Orchestra

(これはボストンに本部が置いてあるが、米国にある音楽団体の中では最も尊重

されている。毎年欧洲第一の音楽家を、団体の楽長として招聘《しようへい》し、その指導の下に、完全なる演奏によって、欧洲最新の音楽を米国に紹介している事は、米国の音楽社会が深く感謝しつつある処で、同時にクラシック音楽の演奏もまた他に比類のない程精練されている。）

〇オラトリオ演奏団体

People's Choral Union

New York Oratorio Society

また小規模の室内音楽及び独奏等のために設けられたメンデルゾン、ホールの楽壇に現われる重なるものには、

Olive Mead Quartet

Marum Quartet

Kneisel Quartet

などがある。Quartet とはフランス語にて Quatuor といい、四種類の楽器の合奏を意味す。

次は紐育にあるオペラ劇場(Opera House)の事である。一を、メトロポリタン、オペラ、ハウス、(Metropolitan Opera House)他の一を、マンハッタン、オペラ、ハウ

ス。(Manhattan Opera House) といい、紐育に存在するこの二カ所のオペラ劇場が新大陸全体のオペラを代表したもので、米国にはこの二ツより外にオペラはない。しかし毎年、メトロポリタンの方は紐育の興行季節を終った後、一座はワシントン、ピッツバーグ、フィラデルフィヤから遠くサンフランシスコまで地方興行をする。されば桑港にいる日本人にしてもし音楽の志さえあれば、彼らは居ながらにしてワグネルの楽劇を聴き得る訳である。

新開国の米国に、欧洲のオペラが伝わったのは最初、伊太利亜のオペラ興行団体が旅して来て、現今は乞食芝居としてその汚ない建物を遺物として残している十四丁目のアカデミー、オフ、ミュージックという劇場を興した(自分は委しい年代を知らぬ、想像するに、千八百八十年代らしい。)しかしこの一座はもともとが田舎廻りの事とて演藝も拙であって、間もなく失敗に終った。その後、米国の富豪連が、例の米国的虚栄心で、自分の国にも旧世界にまけぬオペラがなくては困ると、いうので、資本主になって、今のメトロポリタン劇場を建てた。けれども米国にはオペラを作曲する音楽家もまた演ずべき唱歌俳優も何にもない。あるものは金ばかり。そこで、莫大な金銭を投じて興行事務を管理する支配人から、音楽者、俳優、合唱隊、何から何までを欧洲から雇入れて、毎年十一月から翌年三月まで十三週間、毎隔夜に欧洲オペラを演ずる事とした、その後年々に米国では音楽の趣味、特にワグナーに対する趣味が伝播して来たため、今日では、世界第一流の俳優を無法な報酬で買収しているにかかわらず、以前贅沢《ぜいたく》にやった資本主なる株主は、多額の利益配当を得るに至った。この有様を見て、紐育の興行師として知られたハンメルスタインという独逸猶太《ユダヤ》人は、自身一個の経営で、一九〇六年に、マンハッタン劇場を興し、旧来のメトロポリタン劇場と競争して、多大の聴衆を引付けつつある。

かくの如く米国のオペラは富の力を以て、何れも欧洲各国第一流の演技者を招聘し、原作をそのまま、その国語を以て演奏する故、前にもいった通り、観察者の側からいうと、各国オペラの特徴を比較研究すべき便利が、巴里よりも多い。巴里だと、重に演ぜられるものがフランスの産物ばかり、ワグナーその他の外国ものも、フランス人が、フランス語に飜訳して唱う処から、往々、原作の真味をそこなう事がある。(ワグナー楽劇のフランスに於ける演奏の巧妙でない事は、フランスの批評家自らも認めている処である。)

今、紐育に於ける右二劇場の異なる特徴ともいうべきものをいえば、メトロポリタンはその建築の内部及び外部の有様、舞台の広さから、一体に荘厳で貴族的であり、他のマンハッタンは砕けて平民的に見える。丁度、巴里に於ける、オペラ劇場(L'opéra)とオペラ、コミック劇場(L'opéra-comique)の如き差を生じている。メトロポリタン劇場では、伊太利オペラの外に、毎年、欧洲にも類のないほど完全な、ワグナー楽劇全体の定期演奏をする。(殊にパルシファル及び、ラインゴルトの三楽劇は、欧洲に遊ぶも、ワグナー生前の経営にかかるババリア州バイロイトの劇場(むしろ藝術の宮殿)ならでは見られぬものとしてある。米国は富の力でそれをばそっくり太西洋を越して紐育まで持って来た。)マンハッタン劇場の方では、やはり、伊太利オペラと同時に、盛にフランスのオペラコミックを演ずる(オペラコミックなるオペラの形式は煩を避くるため此処には説明せぬ。ワグナー楽劇の如きを時代物オペラとすればそれに対して、オペラコミックは、世話物オペラと思えばよい。)

これは、時々メトロポリタン劇場の舞台でも演ぜられるが、舞台が余り広過ぎるため、自然と規模のやや小さいマンハッタン劇場の方に適当して、喜ばしい成功をなした。(オペラというと紐育にいる日本人は大抵入場料が非常に高いように思うているが、交際的でなく個人として音楽を聞きに行くつもりなら、服装の心配もいらず、日本の貨幣で一円から四円位の席料で充分である。東京の劇場よりも廉価で過去世紀の最大藝術に接する事が出来る。)

紐育に於いて、見るべき音楽学校は僅かに二つしかない。一つはニューヨーク、シンフォニー音楽団隊の楽長をしたダムロッシという人の私立音楽学校、その他は米国出身で欧洲のオペラ界に名を売ったノーヂカというオペラ女優の最近の経営にかかるもので、この方では重にオペラ俳優を養成しようというのである。しかし今日まで米国人で名手といわれるものは、一人残らず欧洲に遊学しその地の大家について、技藝を磨いたものばかりである。米国の社会だけではまだ自国の音楽者の才能を批判するだけの力がない。欧洲の楽界に於て技倆を認められたものをば、初めて米国の大音楽者として迎えるばかりである。米国には(英語も同じく)未だ特有の国民音楽というものがない。つまり欧洲大陸の音楽を楽器の上で演奏し得る Virtuose として有名なものは出し得たが、米人の思想を代表するに足る大きい作曲家はまだ一人も産出しないからである。

巴里につきて

フランスの音楽界は、フランスの美術、劇、文学界が、久しく欧洲藝術界の中心になっていたのとは、全く異《こと》なり、最近十年、やっと二十世紀の今日に至って、僅かに将来の光明を認め得たに過ぎない。十八世紀の前半にラモーの如き大家が出たにかかわらず、その後、音楽の感興はすっかりフランス人の心から消えてしまい、僅かにオペラと宗教音楽が、音楽全体の命脈を繫《つな》いでいたような有様であった。

ところが、千八百七十年以後から、追々にその時代の新思潮に触れた新しい音楽家が現われて来て、歴史的遺跡として残っている旧来の音楽者及びその団体には満足せず、頻《しき》りに新しい団体を組織して、一般の劇場を借受け熱心に、新しい音楽の普及を謀《はか》った。しかしこれら新興の団体に対しては、フランス共和政府は他の藝術界に対する如き保護を与えなかったので、新音楽団体は経済上から失敗したり、あるいは音楽者内部の仲間割がしたりして、一ツが解散されると、また一ツが興るという具合で、種々込み入った変遷《へんせん》の末、今日に至り、漸《ようや》くその地盤も堅くなったのみならず、フランス音楽将来の希望もこの新しい団体に属されるようになった。

しかし順序として古い方面から紹介すると、その第一は千八百〇六年に組織された仏国学士会院の中の一部たる美術院(Institut de France の中の Académie des Beaux Arts)を揚《あ》げねばならぬ。美術院は画家十六人、彫刻家八人、建築家八人、製板家四人、音楽家六人よりなるもので。アカデミーという厳しい名称、並びに毎年の審査会合によって少壮の音楽家に羅馬《ローマ》賞の受与等、本来からいえば、フランス音楽界に於いて最も重要な活動の地位を占めべきはずなのであるが、音楽の何たるを知らぬ他の会員が多いのと、また音楽者自身もとかく老大家にはあり勝《がち》な、保守主義の人ばかりなので、今日まで、これと注意すべき活動もせず、その選ばれた会員の名さえ、フランスの音楽家として内外国に聴《きこ》えているものは、サンサアーン(Camille Saint-Saëns)とオペラ劇場の楽長たるマッスネー(Jules Massenet)との二人があるばかりである。

次には、音楽家及び俳優養成所とも訳すべきConservatoire National de Musique et de Déclamationで、今日では一口に、巴里のコンセルバトアールとして有名なものである。美しい橡樹の並木と、立派な両側の商店の間を、永生絶ゆる事なく人や車の、走馬燈の如く馳《は》せ交っているプールヴァール、ポアソニエールの大通から曲って、向うに高くて新しいコントアール銀行の屋根を見る一条の古い裏通り、その行き尽した横町に立っている古い建物が、乃《すなわ》ちそれで、来歴をいえば、千七百九十二年に初めて、巴里国民軍の軍楽及び普通の音楽を無月謝で教授するという一般的、平民的の目的に基いて建立され、その翌年千七百九十三年に国民音楽学校(Institut national de musique)と名付けられたのが、更に二年後(一七九五年)Conservatoireと称せられる事になった。目下、学校長ガブリエル、フォーレーの下に教師八十一人、生徒は七百人もあって、フランス音楽史上にその名を記載せらる大音楽家は、皆この学校から出たといってもよい。毎年卒業生徒中の最優等者には伊太利と独逸に遊学せしむる規定があり、また例年定期の演奏会を開くが、しかし、この演奏会は入場料等の関係から近来は増々貴族的となり、普通一般国民の音楽思想を養成する上には余り与《あずか》って力がない。

次は、La Société des Concerts du Conservatoire と称する一団で、千八百二十八年以来、存在して特にフランスの音楽界に、初めてベトーヴェンの音楽を伝えたという歴史的功労を有している。この一団体に集っている音楽者は他のものよりも皆抜群の技藝あるものの精粋と称されているが、今日伝える処の音楽はいつも旧式のクラシック音楽が重で新しい風潮にはなかなか感化されない形がある。

以上は純音楽の方面で、フランスのオペラ劇場については、誰れでも知っている、あの立派な、高々しい宮殿のようなオペラ(Opéra)がある。正面、幾多の彫刻や装飾のある屋根の下に、Académie National de Musique の文字が掲げられてある通り、フランス国立劇場の第一位に数えられている。現在の建築物はフランス政府が千八百六十一年から七十四年まで十四年間かかって仏貨三千六百五十万法《フラン》(十四万二千五百七十八円約)の巨額を投じて作り上げたものであるが、フランス、オペラ劇場の起原といえば、実に三世紀の昔、千六百六十九年まで遡《さかのぼ》っている。かく古い歴史を持っているにかかわらず、一時音楽思想の衰頽《すいたい》から、ナポレオン大帝がオペラはフランスの虚栄であり、テアトル、フランセイ(フランス国劇のみを演ずる劇場)はフランスの名誉であるといった通り、オペラは次第に国家的の装飾品になって来て、現政府は、年々三百九十八万八千法の経費をつぎ込んでいるだけ、今日のオペラ劇場は、巴里の名所として建築の荘麗が人を驚《おどろか》すばかり。一部の新しい音楽者からいわせると、此処ではワグナーの楽劇二、三を演ずる外、フランス音楽の現在及び前途には無関係な遺物だと称している。

これに反して、いつも新しいオペラ界の戦場となるものは、オペラコミック劇場である。(Théâtre nationale de l'Opéra-Comique と称して、第二位国立オペラ劇場である。) 巴里最大繁華のプールヴァール、デ、イタリアンの大通りからちょっと曲った細い横町に、高いけれど、表の見付きは極く質粗な建物が、大通りからはわざと見付けられぬようにその姿を隠くしている。しかし、全体の空気が古代の宮殿か、伽藍《がらん》らしく見えるオペラ劇場とは違って、何となく生々《いきいき》として活気づいている。この劇場では、一方では古来の例によって、時代がかったオペラに対する世話物のオペラコミックを演ずると同時に、流派の如何《いかん》を問わず、新しいオペラは、フランス人の作たるとまた外国ものたるとに論なく、出来る限りどしどし登場演奏して音楽界の新気運に投じようと務めている。それ故、最近のフランス並びに欧洲の新しいオペラの傑作という傑作の巴里に紹介されたのは、厳しいオペラ劇場ではなくて、皆、このオペラコミック劇場の舞台によってである。(フランス新音楽勃興の先駆であったクロード、ドビュッシーのペルレアスの演ぜられたのも、また伊太利の大作曲家ベルヂの新作オペラの紹介せられるのも此処である。自分が巴里にいた時には、露西亜《ロシヤ》の新しい作家リムスキー、コルサコフの

「雪娘《すねぐろっちか》」をやっていた。)また、この劇場に於ける舞台装飾の完全なる事は、常に劇場背景画の模範といわれている処である。

さてフランス音楽界の変動(千八百七十年)後になって、新しい音楽家によって、組織せられた団体の中、今日この方面の代表者となるべきものは、

第一が、Société Nationale de Musique(国民音楽協会)で、普仏戦争の国難当時に、現存の大家カミュ、サンサアーンその他によって組織され、一時は名のある新進の音楽家を網羅して、三十年間、フランス音楽界新興の気運を強めた多大の功果を収め得て、今日に至ってはややその活動を終結し、老い疲《つ》かれた姿となった。

第二は、エドアール、コロンという現存の大家が組織した、Concerts Colonne(コロン演奏会)で、千八百七十三年初めて組織された時には、国立劇場オデオンを借りて演奏したが、翌年からは、セーヌ河の右岸、シャートレー劇場(Théâtre de Châtelet)に引移って今日まで引続いている。この演奏会は巴里に現存する純音楽演奏会の中では、最も平民的で、最も廉価な入場料で多数の聴衆を集め、ベートーヴェン、ワグナーの音楽と共に、サンサアーンの音楽を、フランスに紹介した外、殊《こと》に記載すべきは、今日の新フランス音楽の起るべき先駆であったにもかかわらず終生薄遇で認められずに死んだフランス、ロマンチズムの音楽家エクトル、ベルリオ(Hector Berlioz 1803–1869)の音

楽をば、フランス人一般をして理解せしめた事である。

巴里には、このコンセール、コロンと並び称せられるコンセール、ラムールー(Concerts Lamoureux)という演奏団体がある。前のコロン演奏会よりも十年後《おく》れて、シャール、ラムールーとよぶオペラ劇場の楽長がその職を辞すると共に、自ら組織した新しい団体で、最初はSociété des Nouveaux Concertsといったのが、後になって、今日のコンセール、ラムールーと改名されたのである。この一団のフランス音楽界になした功労は、ワグナーの音楽を盛《さかん》に演奏して、バイロイトの天才の思想をフランスに伝え、青春の藝術家をして後に至り今日のフランス特有の新音楽を起すべき動機を作らしめた事である。

最後に述ぶべきは、古来の音楽学校コンセルバトワールに対して、新しく民間に経営された音楽学校の事である。名をば、スコラ、カントロム(Schola Cantorum)という。その起原は、セザール、フランク(César-Auguste Franck 1822–1890)という白耳義《ベルギー》生れの大家が旧コンセルバトアールの音楽教育に満足せぬ処があり、新しい機関を興《おこ》したいと思いながら、その志を果さずに死んだ。で、その門弟たる現存の大作曲家ダンデー(Vincent d'Indy)という人が、中心になり、師の遺志をついで、その没後二年、千八百九十四年に経営した新しい音楽学校である。

その主意方針は尽《ことごと》く先師フランクの志により今日のフランス音楽中で最も発達しておらぬ、合唱及び宗教音楽を奨励すると同時に、十七世紀の純フランス故典の音楽を再興する等の事を称号とした。この新音楽学校はその効果よろしく、今日では巴里の本部以外、フランス全国に渡って、リヨン、マルセイユ、ボルドー、アビニョン、センベリヱー、ナンシーを初め十カ所の都市に分校を設け、盛《さかん》に生徒の養成と実地の演奏をなすばかりか、巴里の本部内に設けた出版部からは、正に散逸忘却されようとしていた十五世紀以降の宗教音楽、及びオペラ初期の楽譜を校訂して出版する等、その尽くす処尠《すくな》からぬ有様である。

かくの如く、巴里に現存する音楽家の団体は、紐育のそれの如く単に演奏の組合というではなく、直に流派の別をなし、藝術上の絶えざる争闘を試みている。重なる流派別を挙げると、Société Nationale de Musique を興したカミユ、サンサアーンは独逸音楽の故典を重じたアカデミー派を代表し、「スコラ、カントロム」音楽学校を興したヴァンサン、ダンデーは準故典派を基した新派であり、その反対は、何物にもよらず、時代の新しい感興を主とした独立派、印象派で、クロード、ドビュッシーを代表者と見做《みな》すべきものである。

巴里にはなお幾多の室内音楽演奏(Musique de Chambre)の団体があり、またオペラ劇場では、以前に紹介した国立劇場二ヵ所の外に、準国立劇場と見るべき、Théâtre Lyrique Municipal(又は単にGaîté)と、入場料の極めて廉低なTrianon-Lyriqueというのがある。

また音楽会では、近年になって、以上説明したような厳格なものでなく、独逸のRes-taurationskonzerteにならったカッフェー風(休茶屋風)の音楽会が出来た。切符なぞ買う面倒もなく珈琲もしくはその他の飲物を命じながら、音楽を聞く。つまり日本の席亭のようなものであるが、演奏する音楽は厳粛な大演奏会と同様クラシックから今日の新派音楽まで、また聴衆の投票によってその好むものを選んで、演奏する事なぞもある。(この種の有名なるはConcerts-Rouge, とConcerts-Toucheである。)

夏中、気候のよい時には、日比谷公園の軍楽隊の演奏と同じく、ルュキサンブルクやチュイルリーその他各所の緑静かな椽樹の木蔭で、(重に午後)軍楽隊の演奏が催される。

(『読売新聞』所載)

仏蘭西観劇談

西洋にいる時分は、当時の境遇がそうしたためであろう。絵画より彫刻。小説より詩。

劇よりも音楽の方が好きであった。小説は脚色や事件を読み行くのが面倒で興味をそぐ処から、十行位の印象派の詩の方が、遥《はる》かに心を動かした。それと同様に、劇には、作劇上の要件として、脚色、変化、前提、順序なぞのあるのが、どうも面白くないので、今夜は一度位芝居の方へと思いながら、つい毎晩のように、オペラか音楽会の方へ足を引かされてしまった。それ故、実は芝居の方は一から十まで尽く知っているという訳ではない。巴里の芝居で知っているだけの事を話そう。

巴里には国立劇場が二つある。一つはコメデーフランセーズでモリヱール以来由緒の深い劇場で、他の一つはオデオンである。フランセーの方は名の通り仏蘭西の国劇を演ずべき処で、格式が高く当代一流の作家の作でなければ演じない。オデオンの方は、それよりもよほど格式が略になって、新作家のものもやるし、イブセン、ハウプトマン、ショー、シェーキスピヤら古今の外国劇をも舞台に出す。外国ものは、大概木曜日曜の昼興行の時で、序幕の前には、大学の教師か誰れか名士が出て、演ずべき外国劇の講話をするのが例であるらしい。自分はイブセンの「幽霊」と沙翁の「リヤ王」を見た時にも、一時間近くも親切な講話を聞いた。フランセーの入口の壁にはラシーン、モリヱール、ユーゴーの丸い彫像がはめ入れてあり、往来の角には、詩人ミュッセが詩の女神に抱かれている像がある。オデオンの前には、オーヂヱーの像が置いてあり、またこの芝居の外廻りの廊下には日中は書籍店があって、書生町の書生が大勢新刊ものを見ている。この事はドーデの日記にもあるから、知る人は、日本にいても知っているだろう。

国立劇場以外で有名なのは、サラベルナール女優のサラベルナール座。名優アントワンのアントワン座、ポルト、サン、マルタン座、女優レジャンのレジャン座。それからルネッサンス。ジムナーズ。ヴァリエテー、ヴォードヴィル、など呼ぶ劇場である。すべてこれらの劇場は、建築の内外とも、総《す》べて国立劇場よりも綺麗で、席料も安くない。目下仏蘭西劇壇で、天下の名優を以て目されているものは、男優では、コンクラン、ヱーネー。アントワン。ギットリーの三人。女優では、ベルナール。レヂャン。バルテイの三人を代表とすべきものだ。各自、得意の方面を異《こと》にしている。コンクランは、時代物で、ロスタン作の「シラノ、ド、ベルジヱラク」なぞは無類といわれている。アントワンは何でも立派にやる極く変化のある役者で、時代もの、世話もの共に秀でているが、コンクランのようにキチンとした熱のない遣り方ではなく、態度が如何にも自由である。学才もあって、今ではオデオンの座長に推選され、大《おおい》に同座を改良した功績がある。ギットリーは、今ではルネッサンス座を引受けて一人で客を呼んでいる。藝風はアントワンよりはまた一層砕けて新しい。それ故吾々若いものは皆ギットリーが一番好きだ。こういう人になると、台詞廻しから、態度仕草が、全く「芝居」というものを放れて、写真の極を見せた、何ともいえぬ巧妙な処がある。日本の演劇が、ギットリーのような程度まで進むには、三世紀位を要するだろう。女の方で、ギットリーに対すべきは、レジャーン夫人だ。レジャーンの芝居は、フランス人でも、巴里生粋《きっすい》のものでなければ、真味を解し得ないというほどの、砕けた世話物で、その軽い事といったら、お話しにならない。台詞を聞いていると、芝居とは思えず、巴里の町女房の口説を立聞きしているような気がする。それでいてふっくりと、枯れていて、何処《どこ》までも藝術的で、少しも不快な実感を起させない。容貌《ようぼう》は悪く、肥った女だ。

サラベルナール夫人は米国興行以来、自分はその十八番ともいうべき舞台を大概見ているが、もう藝が如何にも古い。仕草態度が如何にも芝居らしく形式的である。全体この女優は、どんな役に扮しても、その人にはならず、ベルナール特種の人物になって、それがかえって、成功をした次第であるから、トスカでも、ゾライヤでも、または椿姫マルグリットにした処で、つまりは同じような女になってしまう。しかしベルナールの無類な処は、熱情の激動を示す時の表情と辯舌で、人間の言語ではなくて、まるで音楽のようである。ベルナールの発音は特種の美を持っていて、世間がいわゆる、ボワ、ドール(黄金の声)と賞讃するものである。既に六十以上の年齢で、その全盛は過ぎてしまったけれど、人気は決して落ちず、セーヌ河畔に聳《そび》ゆるその私有劇場は必ず大入りを取っている。

レジャンとベルナールの間を行くものは、フランセーの舞台へ出るマダム、バルテェで、品のいい、学問のある、神経の鋭い、上流の婦人なぞに扮すれば当代これに及ぶものはない。レジャンほど、舞台を生世話に砕いてはしまわないが、ベルナール夫人などとは全く違った新しい藝風である。自分は女優としては、レジャンよりも、極端にならない、健全な、模範的な人だと思う。

新作脚本にはどんな物が一番多いかというと、社会劇で、傾向劇で、離婚、私生児の問題に関するものが一番多いようだ。これは、オーヂユー、デュマ以来、仏蘭西劇の特有で、作者も役者も共に手に入った遣り方をしている。政治家の政治的生活を描いたものにも非常に成功したものがある。独逸の有名な「織工」のように、主人公が一人でなくて、多数者の一団になっているもの、または、一幕物――短篇小説のように、後も先きもなく作の興味は幕が下りてから後の余情に宿るようなものは、近代の新しい傾向の一つである。韻文の劇詩を企てるものは、依然として盛である。しかし、人物をギリシヤの物語なぞに取っても、精神は全く近代的で、かの象徴派詩人アルベール、サマンの「ポリフェーム」の如きは、近頃に成功したこの新劇詩の好例であろう。日本でも鷗外先生の両浦島の如きは同じ行方である。脚本家として有名なのは、アカデミーの会員では、時代物の作者でサルドゥー。ロスタン。傾向劇では、ヱルビュー。ドンネー。韻文家では、リッシュパンなぞ一番多く耳にする名前である。その他にはバッタイユ、ベルンスタン、カピュス、ブリューらあり、また小説家ブールジヱーの近作小説は「ヂボルス」(離婚)「ヱミグレヱ」(移住)等必ず舞台に演ぜらる。

仏蘭西にはまた、テアトル、ド、ラ、ナチュール(天然演劇)と名付けられた特種のものがある。つまり、夏の夜の屋外劇で、南方の夏の夜古代の城廓をそのまま背景に使って、重《おも》にギリシヤ式の古劇を、蒼天の下で演ずるのである。マルセイユから二時間ばかりで行けるオランヂュ市にある羅馬《ローマ》人の遺趾《いせき》を初めとして、その他に二、三カ所ある。米国のサンフランシスコにも、大学構内にこれを模倣したギリシヤの劇場のある事は、たしか春雨君が通信したと思う。要するに雨のない国でなくては出来ない事故、いくら模倣好きのハイカラでも日本では不可能の事である。サラベルナールが桑港大震災後に火事の煙を遠い背景にして、大学構内で屋外劇を演じた時は、何ともいえない悲壮を感じたという事が、その日記に書いてある。フランス劇の事は、再び順序を追って研究したいと思うから、一先ずこれで御免を蒙る。

(『国民新聞』所載)

〔『ふらんす物語』附録 余篇〕

オペラ雑観

△米国では十一月末から翌年三月中旬までオペラの興行期を「グランド、オペラの季節」などといっている、これは音楽と歌謡と劇的動作とを交えた幾多《あまた》の演藝的興行から区別するために特更《ことさら》名付けたものかも知れない。が全体、オペラには従来四種の分類が行われグランドオペラはその中の一種に過ぎない、即ち四種というのは

Opera seria　オペラ、セリア、
Opera comique　オペラ、コミック、
Grand opera　グランド、オペラ、
Opera buffa　オペラ、ブッファ、

でこの訳語には適当な日本語がないから簡単な説明を付すると、第一のオペラセリアというのは英雄的悲劇的の事件を材料とす、劇中の人物、唱歌及び幕数にも各厳格な一定の制限がある(詳細なこの規定は必要がないから略する)、第二のオペラ、コミックは結

末のめでたく幸福なるべき材料を撰みまた器楽の伴奏なき科白《せりふ》を交るということが必要の一条件である、第三のグランド、オペラは仏蘭西《フランス》オペラ中興の天才ともいうべきマイヤーベーアの改良によって起った名称で、主に劇的色彩に富み舞踏や多人数の行列や、その他 Aria ensemble Finale など称する賑《にぎ》やかな勇しい合唱等を交え舞台の装飾にも美を尽し器楽も極めて濃艶なるべく務めた、第四のオペラ、ブッファはもとオペラセリアの幕間に演じた滑稽物から生じて特別の一形式をなしたもので滑稽の意を生ぜしめんがために必ず男女二組以上の恋人を設くることと男声部の低音に重きを置くことがこの種のオペラの欠くべからざる条件となっている。

△しかしこの厳密な四分類も、実は時代と共に破壊もしくは混同してしまい、遂にワグネルの感化が世界の音楽壇を支配する今日となっては、いよいよこの外形の分類には多くの注意を払う必要がなくなったようである。それに反してオペラの国民的相違ともいうべきものは時代と共に増々顕著になって来た、乃《すなわ》ち伊太利、仏蘭西、独逸、この三国のオペラは規定の形式以外に各国民の性情に従って思想的の大差別を生じている。これは各国のオペラの劇的材料の撰択によってもまたその音楽が聴衆に与える感想によっても直ちに知る事の出来る大差別である、

△米国では毎年欧州各国から多数の音楽者やオペラ俳優を招聘《しょうへい》してオペラは毎夜各国の

言語で演奏するのが例であるからこれらオペラの国民的相違を見るには非常に便利である、米国のオペラで最も多く演ぜられるのは、伊太利のオペラ、次いで独逸のワグネル、仏蘭西のオペラは割合に少い、

△伊太利はそもそも十七世紀の初頭にオペラなるものの起った音楽の祖国であり、加うるに伊太利人には非常な音楽の天才がある処から伊太利派の音楽は厳初頭からして永くオペラ壇の一大勢力となり、一時は欧洲のオペラは皆伊太利派に属していたといっても好い位であった、ワグネル出でて以後今日では全世界の音楽は広い意義に於て尽《ことごと》くワグネルの流派に変じてしまったとある評家のいった通り伊太利も少なからずワグネルの感化を受けているが、しかしその感化は伊太利派の特質を減じはせず、むしろ旧《ふる》い伊太利の軟弱を救って更に新らしい進境に向わしめたというべきで、現時の大作曲家プッチニやレオンカバルロのオペラの如きはその好例であるとのことである、

△さて、伊太利オペラの特徴は、歌曲、音楽、の美麗、爽快、軽妙な点と、また南方的熱情の爆発する激烈な点とに存する、これは他国人の模すべからざる伊太利音楽の特徴といわれているが、同時に短所、欠点を茲《ここ》に存している、吾人は伊太利のオペラを聞いて感覚上の美はこれを感ずることが出来るが、時には単調となり、かのワグネルの音楽を聞くように、精霊に深い印象を残す事が出来ない。これに反して独逸のオペラはウェ

ーベルといい、ベトーベンといい沈重で憂鬱で、殊に空前絶後の大才ワグネルのオペラに至っては音楽は人生の神秘を説明した大宗教、大哲学となった、(モザルトは独逸の大音楽家であるが、そのオペラは軽妙で滑稽の趣味ある点はむしろ伊太利式といっていい。)

△仏蘭西のオペラは伊太利のフロレンスでオペラの起る以前十六世紀末に於て既にバレーだのシルスだの称した舞踏にその根元を発したので最初から、場面の美々しいものを愛したらしい、さればグルックから下って、マイヤーベーアに及びその改良の下にグランドオペラの特徴を示し而してオペラをして劇の方面に近か寄らしめその外形に一層の美を添えしめた。

△かくの如くこれら三国のオペラはまたその劇的取材の方面からも、直ちにその相違を見出し得る、例えば伊太利のオペラに仕組まれた材料を見ると多くはローマンチックな恋物語で仏蘭西は劇的変化に富んだ複雑な事件を取り、独逸はワグネルに至って全く独逸固有の伝説を材としている(というものの無論三国を通じて同性質の材料も少《すく》ない。)

△で、しばしば伊太利もしくは仏蘭西のオペラ中で極く情的な艶麗なものを聴いていると丁度日本で義太夫の心中物でも聴いていると同様の感を抱くことがある、この種のオ

ペラの仕組は、重に、一人の男が二人の女から恋されその間に立って、共々身の破滅を来す筋とか、あるいは一人の女がその思う男のために身を犠牲にして死ぬとかいう筋で実例を挙げればベルヂの傑作「リゴレット」に於て娘グイルグの死は「矢口渡」で、頓兵衛の娘を思い出すし、トーマの「ミニオン」に於て我娘の行衛を探らんために音楽者となって旅する親爺は何やら朝顔日記の悲しみにも比すべく「ギオコンダ」の結末に於ける激しい活劇は近松の浄瑠璃を想像せしめ「トラビヤタ」の身の上の哀れさは浦里、梅川、小春などにも比較し得るであろう、

△しかし、これらの、オペラは音楽が余りに美しく歌曲が余りに変化に富んでいる結果として前にも述べた如く、感覚上には強い悲哀の美を感ぜしめるけれどもそれ以上深く心の底に突き入る力を欠いでしまった、この欠点を補い、オペラをして最上の藝術たらしめたものは即ちワグネルである、ワグネルのオペラは伊仏のものとは全く材料の方面が違う。独逸固有の国民音楽を起すために、彼はことごとくその古来の伝説を材とした、「タンホイゼル」といい「ローヘングリーン」といい「ラインゴルド」(ライン河の指環)といい皆そうである、

△そもそも予が泰西のオペラを聴いたのは、ワグネルの「トリスタン」が最初であるが、聴いて直ちにその音楽が一種神秘の力を持っていて聴く者の心に何らかの深い冥想を与

えるということを経験した、例えば第一幕目船の上の場に於いて、トリスタンが後の引幕を排してイソルデの面前に進み出る時の音楽、それから二人が毒を飲んで互に顔を見合して抱き合う時の音楽、第二幕目奥庭の場になってはイソルデがトリスタンを招いで恋を語る所、また結末、古城の場になってはトリスタンが死の煩悶に伴う牧童の笛の如き特更《ことさら》に深く心臓をえぐる力があった。

△ワグネルは旧来のオペラの規定を全然破壊してしまい、流暢《りゅうちょう》な歌曲のみを主としたオペラなるものと、科白劇とを混和せしめた上に、シンホニー(Simphony)式の音楽を応用して、劇中の人物、事件、感想を説明した、この音楽が有名なワグネルのleit motiv〔二字分欠〕語では、Guiding motive と称するもので、科白も歌謡もいい顕わすことの出来ない深き感想はこの「モーチーブ」のために極めて深刻に聴者の心に伝送することが出来る、トリスタンの例をいえばトリスタンが幕を排して出る時には「英雄トリスタン」Tristan the hero と名付る、大波の寄せては返すような器楽が奏せられるので、トリスタンこの瞬間の感情が言語で説明するよりもなお深く了解し得られるしまたトリスタンとイソルデが毒を飲んで、互に顔を見合す時には Confession of love 及び desire 次ぎに grance の名称ある三種のモーチーブが恋する男女の心中を説明する、「トリスタン」以外の例を挙ぐれば、「タンホイゼル」ではこのオペラ根本の二思想は、全オペラ

を通じて各所に奏せらるるピルグリム(巡礼の曲)とベヌスベルグ(恋の女神)の二曲によって表わされており、また、「ローヘングリン」にては皇女ヱルザに属す、doubt(疑い)といい dark plot(たくみ)と称する、モーチーブ及びローヘングリンに属する Holy grail(聖杯) mystery of the name(名の神秘)など名付くるモーチーブによって、地上の神秘と天上の神秘に対する思想が示されている、

これが、伊太利や仏蘭西のオペラに於ては、こういう特別のモーチーブがないから音楽はつまり特別の深い意味を含んだものではなくて、日本音楽の合の手の如き歌と歌の間隙を繋ぐかもしくは歌謡にされた悲しみ、喜び、等の意を助けたにしか過ぎなくなる訳である。かくいうてしまうと、オペラはワグネルに限って他の者は悉く聴《きく》に足らぬが如く見ゆるが、しかし前にも述べた如く、伊太利のオペラには、ワグネルにはない美妙可絶な特質があるので、ワグネルの重さに見えぬ聴衆は、彼方の美に酔い得る訳である、一言すれば、ワグネルのオペラは音楽以上の使命を帯びたもので、伊太利には「音楽のための音楽」である、この相違は音楽のみには限らずすべての藝術界に於て見らるべき二現象であることは今更論ずるまでもない。

(『音楽界』一九〇八、三、一)

解説

川本皓嗣

『あめりか物語』と『ふらんす物語』は、明治四一(一九〇八)年にパリから戻った「新帰朝者」、永井荷風の名声をにわかに高めた作品として、二つ並べて語られることが多い。だが実は、順調な船出をした『あめりか物語』(明治四一年八月)とはこと変わり、その翌年に続いて出るはずだった後者の初版は、ついに陽の目を見ることがなく、それが『名著復刻全集近代文学館　ふらんす物語』(近代文学館、一九六八)として一般読者の目に触れたのは、その六十年後のことにすぎない。

というのは、すでに雑誌に掲載された数篇の小説に新作を加えて、明治四二(一九〇九)年三月に博文館から発行を予定されていた『ふらんす物語』初版は、出版納本の手続きをすませた直後、発売頒布禁止の処分を受けたからである。同書はその後、博文館の『新編　ふらんす物語』(大正四年)をはじめ、たびたびの荷風全集で復元が試みられたが、いずれも削除と修正のあとが著しい。ことに、初版以前に雑誌への発表を経ていない「放蕩」と「脚本 異郷の恋」の二作は、荷風自身が発禁の原因だとにらんでいたせいもあって、前者(のち「雲」と改題)はあとあとまで伏字や削除が残り、また後者はようやく第二次大戦後の昭和二七(一九五二)年、『中央公論』誌上で、初めて公開された。

本文庫新版の『ふらんす物語』は、表記が現代化されたという点を除き、すべて初版の作品タイトルとテクストを底本としている。ただし、同じ初版にもとづく岩波書店の新版『荷風全集』第五巻(一九九二年)の構成にならって、フランス滞在に想を得ていながら、『あめりか物語』初版に「附録フランスより」と題して収められた三篇が、あらたに巻頭に据えられている。今回岩波文庫から同時に出る新版『あめりか物語』とともに、こうして両書の初版テクストを手軽にまとめて読むことのできる楽しみや利点については、あらためて述べるまでもないだろう。

『あめりか物語』の解説では、アメリカ各地や、フランスのリヨンでの滞在が、荷風にとっては憧れの聖地、パリに至る巡礼の過程だったこと、とはいえアメリカは、少なくとも初めての洋行者荷風のために、「西洋入門」の役割を果たしたこと、滞米末期に原書で耽読したモーパッサンらのフランス文学、なかでもボードレールの作品が、荷風に第一の転機と、著しい文体上の変化をもたらしたことなどを述べた。ここではその続きとして、ボードレールからの影響を中心に、さらに荷風のスタイルの成熟のあとを追っていこう。

もっとも、『珊瑚集』(大正二年)という訳詩集の傑作を残し、他の作品の中にも数々の訳詩をちりばめているとはいえ、荷風は何よりもまず小説家であり、彼の「芸術の功名心」が、もっぱら小説に向けられていたのは言うまでもない。その荷風が『ふらんす物語』の諸篇、ことに「羅典街の一夜」、「再会」、「ひとり旅」の三作で、モーパッサンらの小説作法をどのように生かしているか、モーパッサンやゾラ、さらにはオペラ『ラ・ボエーム』などの「ボヘミアン文学」(鷗外の『舞姫』もこの系譜に属する)に学びながら、荷風がいかに同時代のパリに住む日本人ボヘミアンたちの夢や煩悶の諸相を描き出し、「日本の近代文学でついぞ書かれなかった〈画家小説〉を開拓した」か、といった点については、今橋映子『異都憧憬　日本人のパリ』(柏書房、一九九三年。平凡社ライブラリー、二〇〇一年)所収の「ボヘミアン文学としての永井荷風——『ふらんす物語』」に卓抜な論考があるので、参照されたい。

なお付け加えれば、『ふらんす物語』の荷風は〈画家小説〉を創始したばかりではない。初版の「附録」として収められた五篇の西洋音楽・オペラ論(本文庫版にはさらに、一九九二年に発掘された「オペラ雑感」が添えられている)は、「単なる感想文の域をはるかにこえて、当時の新音楽の潮流、技法や意義までもかなり的確に伝えた論作」であり、「これなら六〇年後の今日でも立派な〝解説〟として通用しそう」（塚谷晃弘「荷風の音楽観について」、岩波旧版『荷風全集』月報二七、一九七三年）だという。「霧の夜」ほかの小説でも、随所に音楽論が展開されていて、「アメリカでめざまされた洋楽への触覚が、大陸に渡ってから（……）さらに〝サンスェル〟〔感覚的・官能的〕にみがかれ、ほりの深いきめの細かい音楽享受の心を生んでいる」（同上）のが感じられる。この道の先駆者上田敏のあとを受けて、荷風は近代日本の音楽批評にも、新境地を切り開いたと言えるだろう。

作家としての「自家の感情と文辞とを洗練せしむる」（「訳詩について」）ために荷風がとった行き方は、独特のものである。あるいはこれこそが文筆を学ぶための常道なのであって、すぐれた思想や豊富な人生経験があってはじめて文学が成り立つとする世間一般の常識とは反対に、彼はまず「文辞」、つまりことばと、ことばが触発する「感情」の方から始めた。

想像をかき立てることばに対して、彼はほとんどフェティシズムに近い愛着を抱いている。西洋に対する彼の夢を育てたものは、「愛《ラブ》だとか家庭《ホーム》だとかいう文字」（『あめりか物語』「一月一日」）だった。フランスへの憧れを語る時にも、彼はまずその美しい言語について語らずにはいられない。「フランス！　ああフランス！　自分は中学校で初めて世界歴史を学んだ時から、子供心に何という理由もなくフランスが好きになった。自分はいまだかつて、英語に興味を持った事がない。一語《ひとこと》でも二語《ふたこと》でも、自分はフランス語を口にする時には、無上の光栄を感ずる」(「巴里のわかれ」)。美しい語の連鎖は、それだけで一篇の詩となる。「自分は窓の硝子戸《がらすど》から、雨の街《まち》を見下《みお》して、秋――雨――夜――燈《ともしび》――旅――肌寒――とこんな名詞をば、フランス語で、調子をつけて口の中《うち》に繰返した事がある。自分ばかりには、その時、それが、何だか意味の深い詩になっているような気がしたからで」(「秋のちまた」)。

日本やアメリカで、荷風は熱心にフランス語を学んだ。村上菊一郎が指摘するように、「明治四十年ごろ、原書でボードレールを熟読玩味できた日本の文学者は、上田敏を除いて幾人あったであろうか」(「渡仏前の荷風について」、岩波旧版『荷風全集』月報三、一九七一年)。よく文中に引用されるフランス語の綴りや文法など、多少心もとない面もあるが、カラマズー・カレッジでの成績(同上)などから見ても、彼のフランス語力が、小説や詩をらくに読みこなす域に達していたことは明らかである。

しかしことばの背後には、それを現実に用いて生きている人間の生活がある。ことばを生かすのは、そのことばを使用する人々の生活と文化の総体であって、「秋――雨――」といったつぶやきが詩になるのも、そうしたことばが一連の生活体験の記憶を喚びさますからである。外国語を学ぶのに必ずしも外国へ行く必要はないが、学んだことばが生きるためには、実際にその国に住むのにほぼ匹敵するだけの「生活」の経験を、読書その他を通じて蓄えねばならない。ワシントンを遠望して「人類、人道、国家」(『あめりか物語』「林間」)といった空疎なことばを並べ立てていた荷風には、まだその裏付けが欠けていたのであり、当時の彼の日本批判の底が浅く、単なる感情的な反撥にとどまっていたのも、彼が拠り所とした西洋への認識自体が浅いものだったからである。

アメリカとフランスに暮らした五年間は彼にとって、こうした空虚なことばに体験の重みを添える、言いかえれば、西洋の現実をある程度正確に認識し、充実した生活の中で「文辞と感情」の洗練を同時に達成するという意義をもっていた。そのような彼の修業における最も重要な指導者が、ボードレールであった。いま彼は、日本にいる間はぁやふやな想像しか許されなかった世界に身をおいて、愛読するさまざまな書物を生み出した文化をみずから味わうことができる。アメリカやフランスでの彼の生活は、いわば読書とその実地検証とのくり返しであり、場数を踏むにつれて、その実地検証が単なる模倣、身ぶりから、相当の見識をそなえた独自の観察と表現にまで高められていったのは当然である。

ああ! パリー! 自分は如何《いか》なる感に打たれたであろうか! 有名なコンコルドの広場から、並木の大通シャンゼルゼー、凱旋門《がいせんもん》、ブーロンユの森はいうに及ばず、リボリの街の賑《にぎわ》い、イタリヤ四辻《よつつじ》の雑踏《ざつとう》から、さては、セインの河岸通《かしどお》り、または名も知れぬ細い露地の様《さま》に至るまで、自分は、見る処《ところ》、到る処に、つくづくこれまで読んだフランス写実派の小説と、パルナッス派の詩篇とが、如何に忠実に、如何に精細に、この大都《たいと》の生活を写しているか、という事を感じ入るのであった。

(「船と車」)

そして「『悪の花』の詩材の宝庫」であるチャイナタウンを描く「支那街の記」や、「夜あるき」(『あめりか物語』)などは、情熱にみちた彼のボードレール「学習」の成果であり、そこでよく引き合いに出されるボードレールの詩句は、彼にとって、熟読に熟読を重ねた数々の詩行を実地に「復習」し「応用」することで得た収穫の記念碑なのである。

ボードレールが荷風の散文にどのような形で生かされているか、いまその一つの例を、プロヴァンスの町アヴィニョンを舞台とする「祭の夜がたり」の一節について見よう。

突然、その反響の消え行く遠くの方から、これも曲った小路を流れ流れて伝わって来る細《こまか》いギタールの調《しらべ》が聞えた。北の国で聞くのとは同じ楽器でも音色が違う。どうしても南方の響だ。南方の、艶いた暖い、香しい、また懶《ものう》い情から湧出る響だ。自分はありありと、頬の薔薇色した頭髪の真黒な、重々しく肥った女の、薄い襦袢の下に恐しい動悸《どうき》を打つ豊かな、柔い、滑かな、また燃えるほど熱い胸と乳房のさまを思い浮べた。／（……）

古城の街の、人住む家の窓という窓は、欄干《てすり》のあるのも、ないのも、扉のついたのも、付かないのも尽《ことごと》く暗く音なく閉されてしまったこの夜更《よふ》けに、ああ、あの窓一ツ、燈火の光が薄赤く、引廻した中なる窓掛《リドー》の花模様を透《すか》して見せる風情《ふぜい》。何という奥床しさであろう。Il n'est pas d'objet plus profond…qu'une fenêtre éclairée d'une chandelle――燭の光に照らされた窓ほど、眩《まばゆ》く、豊で、不思議で、奥深いものはない、日の光で見るものは、何によらず、硝子戸越しのかなたのものよりも風情は浅い、暗くとも明くとも、窓という穴の中には、生命《いのち》が生きている。夢みている、悩んでいる――已に何年か昔《むか》しにボードレールがそういっているじゃないか。自分はどうしても、あの窓の中を覗《のぞ》きたい。窓の中に這入《はい》りたい。どんな危険をもいとわないと思った。好奇心ほど恐ろしいものはないよ。

ここにはまず、ボードレールの散文詩集『パリの憂鬱』の「窓」からの直接の引用がある。「燭の光」から「悩んでいる」までは、きわめて原文に忠実な邦訳だが、生硬な翻訳調を嫌う荷風は、「眩く」以下の形容詞（ただし profond「深い」を除いて、原文の引用ではすべて省略されている）の順序を変えたり、ténébreux「暗い」だけを省いたりして、語彙の上でもリズムの上でも、訳文をごく自然に前後の文に溶け込ませている。

次に、遠く聞こえるギターの音から語り手が思い浮かべる女は、例えば『悪の華』の詩「美しい船」などに描かれた、豊満で官能的な女性の同類である。

まるく豊かなきみの頸《うなじ》の上、肉付きよい肩の上に、
きみの頭《こうべ》は、ふしぎな優美さを見せて、華やかに立つ。(……)

(中略)

進み出て、文地《あやじ》の絹を盛り上がらせる、きみの乳房、
勝ちほこるきみの乳房は、美しい飾り戸棚、(……)(阿部良雄訳)

その女の「南方」的な「懶い情」は、やはり『悪の華』の「異国の香り」、「髪」、「踊る蛇」などにうたわれた南国的な「ものうげな恋人」たちの魅力に通じている。また、同じ小説の続きで、無言の媚態を示す女を前にして語り手の抱く思い――「惚れたの、愛するの、淋しいからのと、そんな人の心情に訴えるような事で、吾々を誘うのは全く無益である。いつも、かかる女に対して、吾々が持っている嫌悪醜劣な感情をば、その起るがままに極度まで、極度以上までも高かめさせて、かえって人をしてその捕虜《とりこ》たらしむるようにするのだ」――は、「私の心根を知りぬいて」、肌もあらわな姿で「わが魂の安静をかき乱そうとする」(「宝石」)『悪の華』の冷ややかで挑発的な女たち(「されどなお飽かずして」など)に源を発している。

『ふらんす物語』にはこの他にも、道化芝居や見世物の活気とわびしさの入り混じった町外れの賑わいに興じるところ(「蛇つかい」)、霧の夜のリヨンを徘徊し、悪臭にみちた裏街で「この凹凸《でこぼこ》した敷石の上にはどうしても浮浪人の死骸がなくてはならぬ。あの暗い窓からは、己が女房を絞殺してその金を奪い取った泥酔《よいどれ》の亭主の真赤な顔が現われべきはずだ……」という不吉な妄想にとりつかれるところ(「除夜」)、可愛い子供の遊ぶ姿を「通りすがりの杖を止め、衰えた悲しい眼でじっと打目戍《うちまも》っている見すぼらしい白髪の老人」を目撃するところ(「巴里のわかれ」)など、韻文散文を問わず、特定のボードレール作品の世界をそのまま再現したような「追体験」の例が多く見られる。

そして最後に、荷風の用いることばのはしばしにあらわれる、ボードレール的なテーマあるいは発想の数々、例えばさっきの「祭の夜がたり」で言えば、散文詩「窓」に触発された〈閉ざされた窓の向こうの他人の生への好奇心〉のモチーフがあり、「夜あるき」(『あめりか物語』)後半の、悪徳と神への反逆、美の酷薄、粉黛《ふんたい》と人工の趣味、「時」による破壊のテーマなどがある。そのすべてを列挙する余裕はないが、二つの『物語』や帰国後の作品を読めば、当時の荷風がいかに深くボードレールの密室の空気を呼吸していたかがわかる。

しかし、作家荷風の中に最後まで生き残ったものを考えてみれば、彼がボードレールから手に入れたものは、単に引用するのに便利な美しい語句の数々でもなければ、ボードレールに親しいいくつかの発想やテーマのリストでもない。荷風がボードレールと共有しているものは、すべて彼があらたにボードレールから学んだものと決めて、その痕跡を彼の作品の中に探るのは容易だが、実際には、単純な「影響」や「借用」の例ばかりがあるのではない。例えばいかにもボードレール的な、猥雑な陋巷に対する嗜好にしても、すでに『あめりか物語』の「寝覚め」の中で、そうした「場末の貧乏街」に立った「沢崎」が「わけもなく柳町《やなぎちょう》か赤城下の街あたりの様を思い浮かべ」たとあるように、もともとごみごみした裏街の風情はわが国の文学と無縁のものではない。同じく「悪友」によれば、日本から船でシアトルに着いた荷風は、すぐに「日本人と支那人の巣窟」にある遊郭の見物に出かけ、洋楽のバンドのひびきにまじる三味線の音や男女の歓声をきいて、「不調和な、不愉快な、そして単調ながらに極めて複雑な感」にうたれている。粉黛《ふんたい》の愛好、罪の中の快楽、世にうとまれる詩人・戯作者の鬱憤などにしても、江戸末期の文化に深く身を潜めた荷風にとって、少なくとも感覚的にはそれほどなじみのないものであったとは思われない。

彼がボードレールに学んだものはむしろ、彼がもともと萌芽の状態で身内に蓄えていた雑多な夢、嗜好、想念に筋道をつけ、そこから一つの調和をもった独自の世界を作り上げる方法、つまり自己の得た印象や感想を既成の観念で割り切ることをせず、執拗な分析を重ねることで、できる限り自己に忠実な認識と表現に到達する方法だった。ボードレールに心酔した時期から、荷風の語彙は急速に整頓と統一に向かう。時代の臭みを帯びた常套語は次々と切り落とされ、濃厚な肉感と詩情を含む語の群が叙情的な散文を構成する。

したがって、いよいよフランスを離れて帰国するという時期に訪れた第二の転機以後、荷風の関心が再び故国日本の文化に向かい始めた時も、こうして鍛えた彼の筆が記すものは、以前のように痙攣《けいれん》的な嫌悪の叫びではなく、本物とまがいものを確かな目で見分ける見識をそなえた、生活者の観察と反省の結果なのである。しかしむろん、これで荷風の文体が完成したわけではない。新帰朝者の荷風は、まだ二十九歳の青年にすぎない。彼にはまだ、「歌わんと欲すれども生れながらに覚えたるわがことばには韻もなく旋律もなし」と嘆いた現代日本語、のちに萩原朔太郎が「僕等の時代の日常語が、昔の文章語のように洗練され、多少複雑した芸術的気分や余情やを発想し得るようになるまで、思うにおそらく尚一世紀を要するだろう」と述べたその日本語を用いて、のちの小説や随筆類にみられる、良く神経の行き届いた、格調ある文体を生み出すための苦心が、まだ残っているのである。

〔編集付記〕

一、底本には、岩波書店版『荷風全集』第五巻(一九九二年五月刊)を用いた。
一、解説は、川本皓嗣「荷風の散文とボードレール」(阿部良雄編『ボードレールの世界』青土社、一九七六年刊)を大幅に加筆・改稿したものである。
一、本文中、差別的ととられかねない表現が見られるが、作品の歴史性を鑑み、原文通りとした。
一、左記の要項に従って表記がえをおこなった。

岩波文庫(緑帯)の表記について

近代日本文学の鑑賞が若い読者にとって少しでも容易となるよう、旧字・旧仮名で書かれた作品の表記の現代化をはかった。そのさい、原文の趣をできるだけ損なうことがないように配慮しながら、次の方針にのっとって表記がえをおこなった。

(一) 旧仮名づかいを現代仮名づかいに改める。
(二) 「常用漢字表」に掲げられている漢字は新字体に改める。
(三) 漢字語のうち代名詞・副詞・接続詞など、使用頻度の高いものを一定の枠内で平仮名に改める。
(四) 平仮名を漢字に、あるいは漢字を別の漢字にかえることは、原則としておこなわない。
(五) 振り仮名を次のように使用する。
(イ) 読みにくい語、読み誤りやすい語には現代仮名づかいで振り仮名を付す。
(ロ) 送り仮名は原文どおりとし、その過不足は振り仮名によって処理する。
例、明に→明《あきらか》に

(岩波文庫編集部)

ふらんす物語《ものがたり》

1952年 1月 8日 第1刷発行
2002年 11月 15日 改版第1刷発行
2024年 10月 15日 第17刷発行

作 者 永井荷風《ながいかふう》

発行者 坂本政謙

発行所 株式会社 岩波書店
〒101-8002 東京都千代田区一ツ橋 2-5-5

案内 03-5210-4000 営業部 03-5210-4111
文庫編集部 03-5210-4051
https://www.iwanami.co.jp/

印刷・精興社 製本・牧製本

ISBN 978-4-00-310429-3 Printed in Japan

読書子に寄す

——岩波文庫発刊に際して——

岩波茂雄

真理は万人によって求められることを自ら欲し、芸術は万人によって愛されることを自ら望む。かつては民を愚昧ならしめるために学芸が最も狭き堂宇に閉鎖されたことがあった。今や知識と美とを特権階級の独占より奪い返すことはつねに進取的なる民衆の切実なる要求である。岩波文庫はこの要求に応じそれに励まされて生まれた。それは生命ある不朽の書を少数者の書斎と研究室とより解放して街頭にくまなく立たしめ民衆に伍せしめるであろう。近時大量生産予約出版の流行を見る。その広告宣伝の狂態はしばらくおくも、後代にのこすと誇称する全集がその編集に万全の用意をなしたるか。千古の典籍の翻訳企図に敬虔の態度を欠かざりしか。さらに分売を許さず読者を繫縛して数十冊を強うるがごとき、はたしてその揚言する学芸解放のゆえんなりや。吾人は天下の名士の声に和してこれを推挙するに躊躇するものである。このときにあたって、岩波書店は自己の責務のいよいよ重大なるを思い、従来の方針の徹底を期するため、すでに十数年以前より志して来た計画を慎重審議この際断然実行することにした。吾人は範をかのレクラム文庫にとり、古今東西にわたって文芸・哲学・社会科学・自然科学等種類のいかんを問わず、いやしくも万人の必読すべき真に古典的価値ある書をきわめて簡易なる形式において逐次刊行し、あらゆる人間に須要なる生活向上の資料、生活批判の原理を提供せんと欲する。この文庫は予約出版の方法を排したるがゆえに、読者は自己の欲する時に自己の欲する書物を各個に自由に選択することができる。携帯に便にして価格の低きを最主とするがゆえに、外観を顧みざるも内容に至っては厳選最も力を尽くし、従来の岩波出版物の特色をますます発揮せしめようとする。この計画たるや世間の一時の投機的なるものと異なり、永遠の事業として吾人は微力を傾倒し、あらゆる犠牲を忍んで今後永久に継続発展せしめ、もって文庫の使命を遺憾なく果たさしめることを期する。芸術を愛し知識を求むる士の自ら進んでこの挙に参加し、希望と忠言とを寄せられることは吾人の熱望するところである。その性質上経済的には最も困難多きこの事業にあえて当たらんとする吾人の志を諒として、その達成のため世の読書子とのうるわしき共同を期待する。

昭和二年七月

《日本文学（現代）》〔緑〕

怪談 牡丹燈籠	三遊亭円朝
小説神髄	坪内逍遥
当世書生気質	坪内逍遥
アンデルセン 即興詩人 全二冊	森鷗外訳
ウィタ・セクスアリス	森鷗外
青年	森鷗外
雁	森鷗外
阿部一族 他二篇	森鷗外
山椒大夫・高瀬舟 他四篇	森鷗外
渋江抽斎	森鷗外
舞姫・うたかたの記 他三篇	森鷗外
鷗外随筆集	千葉俊二編
大塩平八郎 他三篇	森鷗外
浮雲	二葉亭四迷 十川信介校注
吾輩は猫である	夏目漱石
坊っちゃん	夏目漱石
草枕	夏目漱石
虞美人草	夏目漱石
三四郎	夏目漱石
それから	夏目漱石
門	夏目漱石
彼岸過迄	夏目漱石
漱石文芸論集	磯田光一編
行人	夏目漱石
こころ	夏目漱石
硝子戸の中	夏目漱石
道草	夏目漱石
明暗	夏目漱石
思い出す事など 他七篇	夏目漱石
文学評論 全二冊	夏目漱石
夢十夜 他二篇	夏目漱石
漱石文明論集	三好行雄編
倫敦塔・幻影の盾 他五篇	夏目漱石
漱石日記	平岡敏夫編
漱石書簡集	三好行雄編
漱石俳句集	坪内稔典編
漱石・子規往復書簡集	和田茂樹編
文学論 全二冊	夏目漱石
坑夫	夏目漱石
漱石紀行文集	藤井淑禎編
二百十日・野分	夏目漱石
五重塔	幸田露伴
努力論	幸田露伴
一国の首都 他一篇	幸田露伴
渋沢栄一伝	幸田露伴
飯待つ間 —正岡子規随筆選	正岡子規 阿部昭編
子規句集	高浜虚子選
病牀六尺	正岡子規
子規歌集	土屋文明編
墨汁一滴	正岡子規

仰臥漫録	正岡子規
歌よみに与ふる書	正岡子規
獺祭書屋俳話・芭蕉雑談	正岡子規
子規紀行文集	復本一郎編
正岡子規ベースボール文集	復本一郎編
金色夜叉 全二冊	尾崎紅葉
多情多恨	尾崎紅葉
不如帰	徳冨蘆花
武蔵野	国木田独歩
運命	国木田独歩
愛弟通信	国木田独歩
蒲団・一兵卒	田山花袋
田舎教師	田山花袋
一兵卒の銃殺	田山花袋
あらくれ・新世帯	徳田秋声
藤村詩抄	島崎藤村自選
破戒	島崎藤村
桜の実の熟する時	島崎藤村
夜明け前 全四冊	島崎藤村
藤村文明論集	十川信介編
生ひ立ちの記 他一篇	島崎藤村
島崎藤村短篇集	大木志門編
にごりえ・たけくらべ	樋口一葉
大つごもり・十三夜 他五篇	樋口一葉
修禅寺物語 正雪の二代目 他四篇	岡本綺堂
高野聖・眉かくしの霊	泉鏡花
歌行燈	泉鏡花
夜叉ケ池・天守物語	泉鏡花
草迷宮	泉鏡花
春昼・春昼後刻	泉鏡花
鏡花短篇集	川村二郎編
日本橋	泉鏡花
外科室・海城発電 他五篇	泉鏡花
海神別荘 他二篇	泉鏡花
鏡花随筆集	吉田昌志編
化鳥・三尺角 他六篇	泉鏡花
鏡花紀行文集	田中励儀編
俳句はかく解しかく味う	高浜虚子
俳句への道	高浜虚子
立子へ抄 —虚子より娘へのことば—	高浜虚子
回想 子規・漱石	高浜虚子
有明詩抄	蒲原有明
宣言	有島武郎
カインの末裔・クララの出家	有島武郎
一房の葡萄 他四篇	有島武郎
寺田寅彦随筆集 全五冊	小宮豊隆編
柿の種	寺田寅彦
与謝野晶子歌集	与謝野晶子自選
与謝野晶子評論集	鹿野政直・香内信子編
私の生い立ち	与謝野晶子
つゆのあとさき	永井荷風

濹東綺譚　永井荷風
荷風随筆集　全二冊　野口冨士男編
摘録 断腸亭日乗　全二冊　永井荷風　磯田光一編
すみだ川・新橋夜話　他一篇　永井荷風
あめりか物語　永井荷風
下谷叢話　永井荷風
ふらんす物語　永井荷風
荷風俳句集　加藤郁乎編
花火・来訪者　他十一篇　永井荷風
問はずがたり・吾妻橋　他十六篇　永井荷風
斎藤茂吉歌集　山口茂吉　柴生田稔　佐藤佐太郎編
鈴木三重吉童話集　勝尾金弥編
小僧の神様　他十篇　志賀直哉
暗夜行路　全二冊　志賀直哉
志賀直哉随筆集　高橋英夫編
高村光太郎詩集　高村光太郎
北原白秋歌集　高野公彦編

北原白秋詩集　全二冊　安藤元雄編
フレップ・トリップ　北原白秋
友情　武者小路実篤
釈迦　武者小路実篤
銀の匙　中勘助
若山牧水歌集　伊藤一彦編
新編 みなかみ紀行　若山牧水　池内紀編
新編 百花譜百選　木下杢太郎画　前川誠郎編
新編 啄木歌集　久保田正文編
吉野葛・蘆刈　谷崎潤一郎
卍（まんじ）　谷崎潤一郎
谷崎潤一郎随筆集　篠田一士編
多情仏心　全二冊　里見弴
道元禅師の話　里見弴
今年竹　全二冊　里見弴
萩原朔太郎詩集　三好達治選
郷愁の詩人 与謝蕪村　萩原朔太郎

猫町　他十七篇　萩原朔太郎　清岡卓行編
恋愛名歌集　萩原朔太郎
恩讐の彼方に・忠直卿行状記　他八篇　菊池寛
父帰る・藤十郎の恋　菊池寛戯曲集　石割透編
河明り 老妓抄　他一篇　岡本かの子
春泥・花冷え　久保田万太郎
大寺学校 ゆく年　久保田万太郎
久保田万太郎俳句集　恩田侑布子編
室生犀星詩集　室生犀星自選
随筆 女ひと　室生犀星
室生犀星俳句集　岸本尚毅編
出家とその弟子　倉田百三
羅生門・鼻・芋粥・偸盗　芥川竜之介
地獄変・邪宗門・好色・藪の中　他七篇　芥川竜之介
河童　他二篇　芥川竜之介
歯車　他二篇　芥川竜之介
蜘蛛の糸・杜子春・トロッコ　他十七篇　芥川竜之介

侏儒の言葉・文芸的な、余りに文芸的な	芥川竜之介
芥川竜之介書簡集	石割透編
芥川竜之介随筆集	石割透編
蜜柑・尾生の信 他十八篇	芥川竜之介
年末の一日・浅草公園 他十七篇	芥川竜之介
芥川竜之介紀行文集	山田俊治編
田園の憂鬱	佐藤春夫
海に生くる人々	葉山嘉樹
葉山嘉樹短篇集	道籏泰三編
嘉村礒多集	岩田文昭編
日輪・春は馬車に乗って 他八篇	横光利一
宮沢賢治詩集	谷川徹三編
童話集 風の又三郎 他十八篇	宮沢賢治 谷川徹三編
童話集 銀河鉄道の夜 他十四篇	宮沢賢治 谷川徹三編
山椒魚・遙拝隊長 他七篇	井伏鱒二
川釣り	井伏鱒二
井伏鱒二全詩集	井伏鱒二
太陽のない街	徳永直
黒島伝治作品集	紅野謙介編
伊豆の踊子・温泉宿 他四篇	川端康成
雪国	川端康成
山の音	川端康成
川端康成随筆集	川西政明編
三好達治詩集	桑原武夫 大槻鉄男選
詩を読む人のために	三好達治
夏目漱石 全二冊	小宮豊隆
新編 思い出す人々	内田魯庵 紅野敏郎編
檸檬《レモン》・冬の日 他九篇	梶井基次郎
蟹工船・一九二八・三・一五	小林多喜二
富嶽百景・走れメロス 他八篇	太宰治
斜陽 他一篇	太宰治
人間失格・グッド・バイ 他一篇	太宰治
津軽	太宰治
お伽草紙・新釈諸国噺	太宰治
右大臣実朝 他一篇	太宰治
真空地帯	野間宏
日本唱歌集	堀内敬三 井上武士編
日本童謡集	与田準一編
至福千年	石川淳
小林秀雄初期文芸論集	小林秀雄
近代日本人の発想の諸形式 他四篇	伊藤整
小説の認識	伊藤整
中原中也詩集	大岡昇平編
ランボオ詩集	中原中也訳
晩年の父	小堀杏奴
夕鶴・彦市ばなし 他二篇 ―木下順二戯曲選II―	木下順二
元禄忠臣蔵 全二冊	真山青果
随筆滝沢馬琴	真山青果
みそっかす	幸田文
古句を観る	柴田宵曲
俳諧随筆 蕉門の人々	柴田宵曲

新編 俳諧博物誌　柴田宵曲／小出昌洋 編
子規居士の周囲　柴田宵曲
小説集 夏の花　原民喜
原民喜全詩集
いちご姫・蝴蝶 他二篇　山田美妙／十川信介 校訂
銀座復興 他三篇　水上滝太郎
魔風恋風 全二冊　小杉天外
幕末維新パリ見聞記 成島柳北「航西日乗」・栗本鋤雲「暁窓追録」　井田進也 校注
野火／ハムレット日記　大岡昇平
中谷宇吉郎随筆集　樋口敬二 編
雪　中谷宇吉郎
冥途・旅順入城式　内田百閒
東京日記 他六篇　内田百閒
ゼーロン・淡雪 他十一篇　牧野信一
西脇順三郎詩集　那珂太郎 編
評論集 滅亡について 他三十篇　武田泰淳／川西政明 編
宮柊二歌集　宮英子／高野公彦 編

新編 東京繁昌記　木村荘八／尾崎秀樹 編
新編 山と渓谷　田部重治／近藤信行 編
日本児童文学名作集 全二冊　桑原三郎／千葉俊二 編
山月記・李陵 他九篇　中島敦
眼中の人　小島政二郎
新選 山のパンセ　串田孫一 自選
小川未明童話集　桑原三郎 編
新美南吉童話集　千葉俊二 編
摘録 劉生日記　岸田劉生／酒井忠康 編
量子力学と私　朝永振一郎／江沢洋 編
書物　森銑三／柴田宵曲
自註鹿鳴集　会津八一
窪田空穂随筆集　大岡信 編
暢気眼鏡・虫のいろいろ 他十三篇　尾崎一雄／高橋英夫 編
奴隷 ―小説・女工哀史1　細井和喜蔵
工場 ―小説・女工哀史2　細井和喜蔵
鷗外の思い出　小金井喜美子

森鷗外の系族　小金井喜美子
木下利玄全歌集　五島茂 編
林芙美子随筆集　武藤康史 編
林芙美子紀行集 下駄で歩いた巴里　立松和平 編
放浪記　林芙美子
山の旅 全二冊　近藤信行 編
酒道楽　村井弦斎
文楽の研究 全二冊　三宅周太郎
五足の靴　五人づれ
尾崎放哉句集　池内紀 編
江戸川乱歩短篇集　千葉俊二 編
少年探偵団・超人ニコラ　江戸川乱歩
江戸川乱歩作品集 全三冊　浜田雄介 編
堕落論・日本文化私観 他二十二篇　坂口安吾
桜の森の満開の下・白痴 他十二篇　坂口安吾
風と光と二十の私と・いずこへ 他十六篇　坂口安吾
久生十蘭短篇選　川崎賢子 編

墓地展望亭・ハムレット 他六篇　久生十蘭
六白金星・可能性の文学 他十一篇　織田作之助
夫婦善哉 正続 他十二篇　織田作之助
わが町・青春の逆説　織田作之助
歌の話・歌の円寂する時 他一篇　折口信夫
死者の書・口ぶえ　折口信夫
汗血千里の駒 坂本龍馬君之伝　坂崎紫瀾 林原純生校注
山川登美子歌集　今野寿美編
日本近代短篇小説選 全六冊　紅野敏郎・紅野謙介・千葉俊二・宗像和重・山田俊治編
自選 谷川俊太郎詩集
訳詩集 白孔雀　西條八十訳
茨木のり子詩集　谷川俊太郎選
第七官界彷徨・琉璃玉の耳輪 他四篇　尾崎翠
大江健三郎自選短篇
M/Tと森のフシギの物語　大江健三郎
キルプの軍団　大江健三郎
石垣りん詩集　伊藤比呂美編

漱石追想　十川信介編
荷風追想　多田蔵人編
鷗外追想　宗像和重編
自選 大岡信詩集
うたげと孤心　大岡信
日本の詩歌 その骨組みと素肌　大岡信
詩人・菅原道真 ―うつしの美学　大岡信
日本近代随筆選 全三冊　千葉俊二・長谷川郁夫・宗像和重編
山之口貘詩集　高良勉編
原爆詩集　峠三吉
竹久夢二詩画集　石川桂子編
まど・みちお詩集　谷川俊太郎編
山頭火俳句集　夏石番矢編
二十四の瞳　壺井栄
幕末の江戸風俗　塚原渋柿園 菊池眞一編
けものたちは故郷をめざす　安部公房
詩の誕生　大岡信 谷川俊太郎

鹿児島戦争記 ―実録 西南戦争　篠田仙果 松本常彦校注
東京百年物語 一八六八〜一九〇九 全三冊　ロバート キャンベル・十重田裕一・宗像和重編
三島由紀夫紀行文集　佐藤秀明編
若人よ蘇れ・黒蜥蜴 他一篇　三島由紀夫
吉野弘詩集　小池昌代編
開高健短篇選　大岡玲編
破れた繭 耳の物語1　開高健
夜と陽炎 耳の物語2　開高健
色ざんげ　宇野千代
老女マノン・脂粉の顔 他四篇　宇野千代 尾形明子編
明智光秀　小泉三申
久米正雄作品集　石割透編
次郎物語 全五冊　下村湖人
まっくら 女坑夫からの聞き書き　森崎和江
北條民雄集　田中裕編
安岡章太郎短篇集　持田叙子編
俺の自叙伝　大泉黒石

《ドイツ文学》〔赤〕

ニーベルンゲンの歌 全二冊　相良守峯訳
若きウェルテルの悩み　ゲーテ　竹山道雄訳
ヴィルヘルム・マイスターの修業時代 全三冊　ゲーテ　山崎章甫訳
イタリア紀行 全三冊　ゲーテ　相良守峯訳
ファウスト 全二冊　ゲーテ　相良守峯訳
ゲーテとの対話 全三冊　エッカーマン　山下肇訳
スペインの太子 ドン・カルロス　シルレル　佐藤通次訳
ヒュペーリオン —希臘の世捨人　ヘルダーリーン　渡辺格司訳
青い花　ノヴァーリス　青山隆夫訳
夜の讃歌・サイスの弟子たち 他一篇　ノヴァーリス　今泉文子訳
完訳 グリム童話集 全五冊　金田鬼一訳
黄金の壺　ホフマン　神品芳夫訳
ホフマン短篇集　池内紀編訳
ミヒャエル・コールハース チリの地震 他一篇　クライスト　山口裕之訳
影をなくした男　シャミッソー　池内紀訳
流刑の神々・精霊物語　ハイネ　小沢俊夫訳

ブリギッタ・森の泉 他一篇　シュティフター　宇多五郎・高安国世訳
みずうみ 他四篇　シュトルム　関泰祐訳
沈鐘　ハウプトマン　阿部六郎訳
地霊・パンドラの箱 ルル二部作　F・ヴェデキント　岩淵達治訳
春のめざめ　F・ヴェデキント　酒寄進一訳
花・死人に口なし 他七篇　シュニッツラー　番匠谷英一・山本有三訳
ゲオルゲ詩集　手塚富雄訳
リルケ詩集　高安国世訳
ドゥイノの悲歌　リルケ　手塚富雄訳
ブッデンブローク家の人びと 全三冊　トーマス・マン　望月市恵訳
魔の山 全二冊　トーマス・マン　関泰祐・望月市恵訳
トニオ・クレエゲル　トオマス・マン　実吉捷郎訳
ヴェニスに死す　トオマス・マン　実吉捷郎訳
講演集 ドイツとドイツ人 他五篇　トーマス・マン　青木順三訳
講演集 リヒァルト・ヴァーグナーの苦悩と偉大 他一篇　トーマス・マン　青木順三訳
車輪の下　ヘルマン・ヘッセ　実吉捷郎訳
デミアン　ヘルマン・ヘッセ　実吉捷郎訳

シッダルタ　ヘッセ　手塚富雄訳
幼年時代　カロッサ　斎藤栄治訳
ジョゼフ・フーシェ —ある政治的人間の肖像　シュテファン・ツワイク　高橋禎二・秋山英夫訳
変身・断食芸人　カフカ　山下肇・山下萬里訳
審判　カフカ　辻瑆訳
カフカ短篇集　池内紀編訳
カフカ寓話集　池内紀編訳
ドイツ炉辺ばなし集 —カレンダーゲシヒテン　ヘーベル　木下康光編訳
ウィーン世紀末文学選　池内紀編訳
ティル・オイレンシュピーゲルの愉快ないたずら　阿部謹也訳
チャンドス卿の手紙 他十篇　ホフマンスタール　檜山哲彦訳
ホフマンスタール詩集　川村二郎訳
インド紀行 全二冊　ボンゼルス　実吉捷郎訳
ドイツ名詩選　生野幸吉・檜山哲彦編
聖なる酔っぱらいの伝説 他四篇　ヨーゼフ・ロート　池内紀訳
ラデツキー行進曲 全二冊　ヨーゼフ・ロート　平田達治訳
ボードレール —ベンヤミンの仕事2 他五篇　ベンヤミン　野村修編訳

風車小屋だより　ドーデー　桜田佐訳
サフォ ―パリ風俗　ドーデー　朝倉季雄訳
プチ・ショーズ ―ある少年の物語　ドーデー　原千代海訳
テレーズ・ラカン 全二冊　エミール・ゾラ　小林正訳
ジェルミナール 全三冊　エミール・ゾラ　安士正夫訳
獣人 全二冊　エミール・ゾラ　川口篤訳
氷島の漁夫　ピエール・ロチ　吉氷清訳
マラルメ詩集　渡辺守章訳
脂肪のかたまり　モーパッサン　高山鉄男訳
メゾンテリエ 他三篇　モーパッサン　河盛好蔵訳
モーパッサン短篇選　高山鉄男編訳
わたしたちの心　モーパッサン　笠間直穂子訳
地獄の季節　ランボオ　小林秀雄訳
対訳 ランボー詩集 ―フランス詩人選(1)　中地義和編
にんじん　ルナアル　岸田国士訳
ジャン・クリストフ 全四冊　ロマン・ローラン　豊島与志雄訳
ベートーヴェンの生涯　ロマン・ロラン　片山敏彦訳

ミレー　ロマン・ロラン　蛯原徳夫訳
狭き門　アンドレ・ジイド　川口篤訳
法王庁の抜け穴　アンドレ・ジイド　石川淳訳
モンテーニュ論　アンドレ・ジイド　渡辺一夫訳
ヴァレリー詩集　ポール・ヴァレリー　鈴木信太郎訳
ムッシュー・テスト　ポール・ヴァレリー　清水徹訳
エウパリノス 魂と舞踏 樹についての対話　ポール・ヴァレリー　清水徹訳
精神の危機 他十五篇　ポール・ヴァレリー　恒川邦夫訳
ドガ ダンス デッサン　ポール・ヴァレリー　塚本昌則訳
シラノ・ド・ベルジュラック　ロスタン　辰野隆・鈴木信太郎訳
海の沈黙・星への歩み　ヴェルコール　河野與一・加藤周一訳
地底旅行　ジュール・ヴェルヌ　朝比奈弘治訳
八十日間世界一周　ジュール・ヴェルヌ　鈴木啓二訳
海底二万里 全二冊　ジュール・ヴェルヌ　朝比奈美知子訳
火の娘たち　ネルヴァル　野崎歓訳
パリの夜 ―革命下の民衆　レチフ・ド・ラ・ブルトンヌ　植田祐次編訳
シェリ　コレット　工藤庸子訳

シェリの最後　コレット　工藤庸子訳
生きている過去　レニエ　窪田般彌訳
シュルレアリスム宣言・溶ける魚　アンドレ・ブルトン　巖谷國士訳
ナジャ　アンドレ・ブルトン　巖谷國士訳
ジュスチーヌまたは美徳の不幸　サド　植田祐次訳
とどめの一撃　ユルスナール　岩崎力訳
フランス名詩選　安藤元雄・入沢康夫・渋沢孝輔編
繻子の靴 全二冊　ポール・クローデル　渡辺守章訳
A・O・バルナブース全集 全二冊　ヴァレリー・ラルボー　岩崎力訳
心変わり　ミシェル・ビュトール　清水徹訳
悪魔祓い　ル・クレジオ　高山鉄男訳
失われた時を求めて 全十四冊　プルースト　吉川一義訳
子ども 全二冊　ジュール・ヴァレス　朝比奈弘治訳
星の王子さま　サン=テグジュペリ　内藤濯訳
プレヴェール詩集　小笠原豊樹訳
ペスト　カミュ　三野博司訳
サラゴサ手稿 全三冊　ヤン・ポトツキ　畑浩一郎訳

《別冊》

- 増補 フランス文学案内　渡辺一夫・鈴木力衛
- 増補 ドイツ文学案内　手塚富雄・神品芳夫
- ことばの花束 —岩波文庫の名句365—　岩波文庫編集部編
- 愛のことば —岩波文庫から—　岩波文庫編集部編
- 世界文学のすすめ　大岡信・奥本大三郎・川村二郎・小池滋・沼野充義編
- 近代日本文学のすすめ　大岡信・加賀乙彦・菅野昭正・曾根博義・十川信介編
- 近代日本思想案内　鹿野政直
- 近代日本文学案内　十川信介
- ポケットアンソロジー この愛のゆくえ　中村邦生編
- スペイン文学案内　佐竹謙一
- 一日一文 英知のことば　木田元編
- 声でたのしむ 美しい日本の詩　大岡信・谷川俊太郎編